都挺好

阿耐 著

ALL IS WELL

【完结篇】

江苏凤凰文艺出版社
JIANGSU PHOENIX LITERATURE AND ART PUBLISHING, LTD

图书在版编目（CIP）数据

都挺好. 完结篇 / 阿耐著. — 南京：江苏凤凰文艺出版社，2018.12

ISBN 978-7-5594-2622-2

Ⅰ. ①都… Ⅱ. ①阿… Ⅲ. ①长篇小说—中国—当代 Ⅳ. ①I247.5

中国版本图书馆CIP数据核字（2018）第173261号

书　　名	都挺好. 完结篇
著　　者	阿　耐
责任编辑	王　青
特约编辑	李　彤
出版发行	江苏凤凰文艺出版社
出版社地址	南京市中央路165号，邮编210009
出版社网址	http://www.jswenyi.com
印　　刷	天津旭丰源印刷有限公司
开　　本	700mm × 980mm　1/16
印　　张	21
字　　数	340千字
版　　次	2018年12月第1版　2019年4月第4次印刷
标准书号	ISBN 978-7-5594-2622-2
定　　价	49.80元

目录

二十三

各怀心事

明玉睡了吃，吃了睡，自以为睡得天昏地暗，极其腐败，可是心中阶级斗争的一根绳一直牵着，稍微有点儿清醒，几乎看都不用看伸手就把手机开了。结果，手机没叫，床头座机却不屈不挠地响着。知道她这儿电话的人没几个，她连忙将座机电话接起。

没想到里面传来的居然是蒙总的声音："小苏，在睡觉？很不好？为什么不在医院待着？"

"还行，医院不舒服。蒙总回来了？"明玉顿时一激灵，人全醒了，忙坐起身来，"明天……要我上班吗？"

"我能不回来吗？我本来想多拖几天谈个好价，现在大本营给我乱成这样子，我能安心吗？明天白天你不用来，我处理几个人。晚上我找你谈话，你把晚上时间空出来，等我电话。"

"行，但别太晚，我最近精神不济，真话。"

"我那儿有支野山参。明天拿来给你。"

"不用，我又不是要吊性命的老太爷。谢谢蒙总，我这两天好吃好睡养好了就行。"

蒙总忽然问了一句："你家里不是就你一个人吗？谁伺候你？"

看来绯闻还没传到蒙总的耳朵里，明玉看看紧闭的卧室门，笑道：“自生自灭啦。”

蒙总不是个八卦的人，听明玉这么说便信了，道：“你多吃多睡。回头我让柳青也回家睡觉去。不行，柳青这人放回家只有更累，不能放。”

明玉听了只是笑，却不得不承认蒙总说的是事实，这是大家都知道的事实，柳青闲下来就会玩花样儿。放下电话后下楼去，见石天冬不在，到处找一圈还是没人，明玉心中有些失望。也是，她自己睡觉，怎么能要求别人无所事事地等着她醒来？何况石天冬还是个脚底装弹簧的大活人。

但她还是忍不住给石天冬打电话，石天冬一接起就大声道：“你醒了？我立刻过来。”

明玉别扭地说了句：“你忙的话，别过来了。”

石天冬笑道：“我来看一下我妈，我这就过去你那儿。”

明玉想了想，道：“带几瓶啤酒来。”

石天冬答应，想到明玉晚上可能要与他煮酒论英雄了。两人至今几乎还是陌生，明玉更是不知道他的底细，他准备今天跟她好好说说。

石天冬很快回来，从被他塞满的冰箱里取出材料，做了几个下酒小菜，让明玉缩着手在旁边站着，他一个人动手将桌子、椅子搬到门外，面朝大海，喝酒吃肉。这才由得明玉动手放碗筷，因为很明显地，一觉睡下来，明玉的气色又恢复不少，可见她平时又瘦又苍白都是累的。他回头又去洗了一把手，免得明玉嫌他腌臜。

石天冬坐下就给明玉倒酒，一边还说“你少喝一点儿，喝个意思就行”。明玉感觉自己现在状态还行，就伸出一个指头将瓶口下按，非让石天冬给自己倒了满杯，嘴里不由问了句：“你回父母家都不吃了饭再来？”

石天冬笑道：“是母亲家，不是父母家。我爸妈以前是养蜂的，我一到暑假、寒假就跟着他们天南海北地走，从小去过不少地方。听说我刚生下来的时候白白胖胖，后来养蜂晒黑后就没恢复过来。那时候真好玩，爸妈放蜂，我骑车到处玩。爸妈很恩爱，我是他们的心头宝贝，那段时间是我最快乐的时光。”

“但是？”明玉听出有什么不对。

石天冬喝一口酒，吃一口菜，才说了下去：“那时候爸爸最喜欢在旷野里唱一首歌——《爸爸的草鞋》，你听过没有？”

明玉摇头，笑道：“我是个很贫乏的人，一心钻在钱眼儿里。”

石天冬笑道：“你是我妈心目中认为的最踏实的人。她总说我心太野。可惜我唱歌跟敲破锣似的，否则我唱给你听。那首歌第一句是‘草鞋是船，爸爸是帆，奶奶的叮咛载满舱，满怀少年十七的梦想，充满希望地启航启航’，我爸正好是十七岁就出门放蜂。后来回家娶妻，就像歌词里面说的，‘多了妈妈来操桨’。爸爸每每唱起这首歌的时候，妈妈在一边就笑得跟蜜一样甜。后来爸爸干脆将第一句改了，改成‘爸爸是船，妈妈是帆’。但这首歌唱到我上高中时，爸爸在一起车祸中去世了。养蜂人一直在路上，死在路上却不是养蜂人心中的归宿。然后，妈妈带着蜂箱回来，不再养蜂。”

“我家死的是妈，今年年初才……年初去世的。”明玉说到后面才想到语气甚是不恭，忙改了。

石天冬喝了一大口，神色如常地道：“我妈回来不到一年，改嫁了。我很想不明白，自暴自弃了。结果大学没考好，吃老本考了个水产学院。我想我妈改嫁本无可厚非，可是才一年不到，半年多一点儿，她那么快就能在心里接受另一个人？后来我一直不肯回家，不愿面对那个后爸，自己打工讨生活。有些经历后才想开了。妈是我的妈，她再婚不影响我是她儿子。不过我现在还是不适应有后爸的家，但只要有时间常会去看看妈。今天没吃饭，留着肚子来你这儿吃。呵呵。”想起妈埋怨他这是找了媳妇忘了娘，但这话可不能说出来。

明玉听了问：“你妈不给你大学生活费？”

“给，但我拒绝了，我那时要争口气。你不知道我那时候特别冲，再加上一帮父亲家的亲戚挑拨，搞得我妈那时候日子过得挺艰难的，都是我干的坏事。你大学好像也打过工吧？”

明玉佯笑道：“这是我跟你唯一的共同点，我上大学开始生活自理，家里不再提供支援。不过，十八岁，成年了，该自己养活自己了。”

石天冬看看明玉，心中不舍，心说中午他煮沙鳗的时候被明玉取笑刀工不行，说不应该剖开肚子，只要在肛门拉一刀，剔了鳗腮，拿一根筷子插进去一卷就能把内脏清理干净，杀完那沙鳗还是活的。这手法太专业了，连他都做得不是很好，可见她以前勤工俭学都做了些什么。他由衷地道："那时如果我认识你，我一定分钱给你用，女孩子一边读书一边打工太难了。"

明玉一笑，道："有什么难的，刚开始没门道乱钻，洗碗洗菜都做，后来就做有点儿技术性的活儿了，赚的钱除去生活费，还存下不少。到最后一个学期，勤工俭学纯粹是为打发时间，不是为了生活。提前进入社会，没什么不好。后来工作后，我做什么都比同期毕业的人上手快。你肯定也有同感。"

石天冬笑道："我一开始就做技术性的打工，帮人家养鱼治鱼病，还促进学校和渔民联手引进新品种，我赚得不少，但花得也不少，都旅游了。出来后承包了一处鱼塘，海边的，非常熟练地养蟹养虾，带两个帮工对付八个塘，靠三条大狼狗帮我赶小偷赶海鸟。哪天我带你去看看，那三条狗现在还认识我。"

"我记得在网上认识你的时候，大家都说你是做近海运输的，原来不是啊。那做得好好的为什么改行？"

"三年天天做同样的事，人给死死捆在鱼塘，跟关监狱一样，我早给捆烦了。后来把鱼塘转手，就换你说的近海运输。然后又被朋友们一怂恿，开了家汤煲店。最没意思的就是汤煲店，都是些小眉小眼的事情。要不是因此认识你，我会把这桩生意看作失败。幸好店有人要，赶紧赚一笔转手。所以我妈说我这性格定不下来，是以前养蜂到处流浪给养坏的。看你一直在一家公司做，我真是服了你。"

明玉笑道："我还以为你去香港学做西点，是为以后回来开一家中西合璧的饭店呢，看来我会错意了。"

"可不，我去香港纯粹是因为眼下经济上没压力，自己又贪吃，不是说香港是美食天堂吗？我到那儿又吃又学，本来打算花半年时间，吃遍港澳，游遍港澳。现在只想快点儿学好了回来，原计划得做一下浓缩。"

"就这样？"明玉奇怪了，他这是谦虚，还是真的没有目标？前面说毕业后就出来做海水养殖，三年后就嫌被捆死而改行，船运够五湖四海了吧？结果被朋友一起哄却又转行做汤煲店，而今又出手汤煲店去香港学做西点，工作改变非常随性。照目前来看，从香港回来后他好像还没有目标。照他妈说，他性格还没定下来，但是，他不小了吧？这么大了，做人还没计划、没目标，这让明玉非常不以为然。她自己做事一向事前充分调查研究，然后统筹规划，确定一月、一季、一年、三年、五年的计划，做事情时则是不达目的誓不罢休，从来没有浅尝辄止半途而废的可能。石天冬这样的人如果放入江南公司，她倒是比较头大，有能力但没长性，用还是不用？一般，这种人她是不会考虑重用的。明玉都没去想，石天冬为什么要浓缩学习时间，只是觉得他怎么又随意改变计划。

石天冬被明玉的三个字问得摸不着头脑，不知道明玉是什么意思，再想了想，忙解释道："是啊，我现在想着早点儿学好回家，旅游观光的时间就压缩一下吧，我早点儿回来，你不会不欢迎我吧？以后常请你吃饭。"

"挺好。"明玉终于了解了石天冬缩短香港学习时间的意图，但不愿回应，她不欣赏朝三暮四的人。

石天冬满腔热情的试探被明玉的冷淡打了回去。明玉也不给石天冬继续抒情的机会，抓紧转移话题："你看这儿一整片是我看着开发起来的。我们公司刚开业时，一穷二白，我们单身的住的都是简易平房，屋顶是竹篾片上加瓦片，梅雨季节地上会发白花，冬天雪花会从瓦片缝里飞进来，就是现在四层楼那地儿。不过那时候我们蒙总跟我们住一起同甘共苦，大家都是凭着一股血性做事。蒙总是个有魄力的人，等公司正常运转起来，先造了下面那一片四层楼宿舍区，房子阔大，设计前卫，风景很好，装修也是由公司提供，总体比其他同类公司能提供的待遇要好得多，把我们这些小年轻的生活待遇极大改善了，我们更是都铁了心为众诚服务，血性之后需要有后续支持啊。"

石天冬喝口啤酒，道："早听说你们集团待遇很好，听说全体员工每年包机旅游一次，我一个朋友好像是众诚集团哪个分厂的，他说你们老板信奉有钱大家赚，所以大家都服他。"

明玉见石天冬没理解她话中的真正意思，却也没想循循善诱要石天冬清楚，血性是血性，一个人凭血性做事不能长久。她只若无其事地把话继续了下去，但不再指望石天冬明白什么。"是，我们都服蒙总，尤其是他一手带出来的人，再滑头的也服他。"柳青是个多滑头的人，可是为了老蒙，他还是会半夜三更从一楼爬到十楼，这是实打实的服，而不是嘴皮子。但这些都不用跟外人说，明玉想说给石天冬的是另外一个信息，她说话都是有的放矢。"山上这十几幢别墅，是前年才完工的。看见没有，最上面一套是给蒙总的，但他基本上不住，去年开放做了俱乐部，给员工结婚用。接下来两套是集团副总的，地势越往下，在公司里的职位越低，我前年时论资排辈，分到地势最低、位置最靠西、房子最小的别墅，呵呵。不过我们都只有使用权没有产权，说白了，这别墅跟公司配给我们用的汽车没什么两样。”明玉想传递给石天冬的就是这个没有产权的信息，说明一下她有房有车不过是徒有其表。心里却不由想到明天晚上与老蒙的谈话，说实话，她对老蒙这次借生她和柳青的气金蝉脱壳这件事很是反感，她和柳青背了多大的黑锅、受了多大的压力，若不是信念坚定，他们心思只要稍微“活泛”一下，就跟孙副总一样也做了跳梁小丑了。老蒙真是太奸猾、太不信任人了。中下层的职工都会说老蒙有多好，因为他们看不到真实的老蒙，但高层的人，甘苦自知了。老蒙的本质是个资本家。

明天晚上的谈话，老蒙会怎么谈呢？有没有与柳青谈话的计划？与柳青约定的又是什么时间？拿下武汉那家企业之后，老蒙的布局是不是与她设想的吻合？如果是，围剿鎏金公司的战役应该会在下一阶段立刻打响，老蒙有没有可能找到一个可以替代她和柳青的人？她作为召集人签名的那份临时行动计划，肯定已经通过老毛的手传递到老蒙那里，老蒙心中会如何发酵？明天见面会不会细看她脑后有无反骨？虽然，最坏的打算已经都在她考虑范围之内了，但是如果真出现最坏打算的局面，那，她会很伤心。

与石天冬的聊天没意思，除非把自己逼成一个弱智才会谈得高兴。明玉不自觉地一头扎进自己的公务里，手指敲着扶手陷入沉思，也不管石天冬在说什么。可惜手头没烟。她忽然想到车里有烟，忙起身去取。起身急了，供血跟不上，人好一阵子乱晃。石天冬忙起来问：“你要拿什么？我来。”

明玉笑笑：“车钥匙给我，我拿一包烟。”

“我替你拿。”石天冬一跃过去车库，根据明玉的指点找烟，心里一个劲儿地纳闷：她是怎么了？怎么好好说话，说着说着就一脸严肃地一声不吭了呢？大家不是聊得好好的吗？他说他的家庭，她说她的，大家互相了解，多好。可是为什么她板起脸了呢？石天冬虽然把香烟递给明玉，但附上一句金玉良言：“吸烟不好。”

“知道，但到处都是吸烟的，与其吸二手烟，不如自己采取主动。”明玉自有歪理，给石天冬，他不要。

“什么逻辑。你太不会照顾自己，还是多吃点儿菜吧。”

“哪天我向你学烧菜养活自己。”明玉有点儿心不在焉地回了一句，取出手机，几乎看都不用看就能找出柳青的号码，“柳青，老蒙找你了没有？”

“找了，还是先找了我再找你的，你手机关机，他问我要其他联络方式。他要我明天待在江北公司不许动，晚上找我谈话，你呢？”

“一样，他要我在家里待着好好养着，也是明晚谈话，具体时间、地点大概明天再通知吧，不知道会不会跟你一起谈。现在还聚在集团办公室的那帮人明天早上估计得倒霉了。”

“我起码放心一点儿，老蒙大概准备和你我一起谈，那就不会单独追究你临时召集人的罪过了。今天我好好玩，你好好睡，明天不管是好是坏，短时间内估计不会有好日子过。”

明玉吐出一口烟，笑道：“不够兄弟，这么大的事情都不主动联络我跟我商量，还要我巴巴儿地找上你，见色忘友。”石天冬在旁边隐隐听出有点儿不对，网上传说苏明玉的公司现在闹内乱，难道战火也烧到了她的头上？难怪她说了一半的话就想起心事来。

柳青笑道：“我不方便找上山，山下保安说饭店老板还在你那里。这么这么高，这么这么黑，哈哈，究竟是谁见色忘友，我是老蒙一跟我联系就飞车出市区上山找你的，你呢？这时才想起来给我打电话。”

明玉“扑哧”一笑，心中欢喜：“鬼祟。”

放下电话，明玉将烟头揿灭，微笑着对石天冬道：“吃完饭，我们回城。我明天开始有事。”有什么大不了的，反正最后的退路她都已经想好了，明天天塌下来也能应付。

石天冬奇道：“不是说明晚上才有事吗？那明天下午再回去也来得及。”

明玉心想，我不愿再继续没趣地面对你跟你聊天，话不投机，算我过河拆桥吧。但嘴上却是自嘲地道：“我来这儿什么都没带，我这人须臾离不开资料，否则不能活。”

石天冬想起明玉在食荤者汤煲店吃饭，最无聊的时候都能盯着菜牌看，不由得说出一句：“你这工作狂。”

“不错，不错。”明玉这回是真心实意地承认。她赶忙抓紧机会大吃石天冬的好手艺，过了这村就没这店了。

明玉大吃大喝的时候，刚回本市的蒙总也漏夜忙碌。蒙总棋错一着，原本想设计乱局，先刺激他最亲信的江南、江北造反，令孙副总等一帮有异心的失去戒心，纷纷上台亮相落实罪证，他同时凭极其真实的乱相掩护，骗过鎏金公司耳目，出其不意，通过代理人拿下鎏金公司志在必得的一家公司，悄悄对鎏金实施包抄。等他回来，再凭孙副总等人的表现合情合理祭出铡刀。这个设计，原本以为是一举两得，天衣无缝，没想到，事情竟然会牵出他的大奶二奶三奶四奶，甚至老娘儿子和蒙家众亲戚，整个集团大楼闹得如鸡鸭市场，他老蒙脸面丢尽。虽然鎏金公司因此放松警惕了，没深究他派出的代理人的身份，令他顺利得手，但他还是不得不为这场闹剧痛付账单。为了提早回来收拾残局，他忍痛签下比心理价位高不少的收购合同。回来，他这个狡兔无数窟的人居然无家可归，孤影对四壁，心头之沮丧，无以言表。

所以他叫来财务总监，叫来法务部经理，漏夜商议明天如何大开杀戒，合理合法又不留后遗症地清除这几天上台缤纷亮相的脑后反骨支棱的主儿。

朱爸朱妈是揣着一万个不放心被朱丽送走的，家里安静得令人发慌。公公已经又躲进客房，如同隐形人。朱丽对着空荡荡没有一点儿生气的客厅长叹了口气。可惜大老板罚她休息一个月，否则明成的事情了结了，她更愿意回去上班，起码上着班，做着事，人不会那么六神无主。又想到一个月没有收入，家中米仓见底，明成又是这样的状态，不知道得恢复几天才能正经工作，这个月后面的日子该怎么过啊。

趁明成熟睡，朱丽偷偷翻看明成身上的伤痕。明成本来皮肤就白，越发显得伤痕触目惊心。朱丽一边心疼，一边生气，可都气不到别人头上，只有气明成。唉，真是个长不大的人，都三十出头了，做事情还不动动脑子。

朱丽找来创可贴，那些破皮的地方都给消毒一遍贴上创可贴，天热了，伤口别发炎了才好。那些破口大的地方，朱丽不得不用酒精消毒，想着那灼痛，她自己头皮都会发麻，可明成居然只是哼哼两声，没有睁眼。都不知道他在里面是怎样的辛苦，现在才会睡得这么死。可是，表面的创口可以清理、可以愈合，而明成心里的伤呢？朱丽很无奈地想，苏家这一家人，以后可怎么碰面啊？以前文攻现在武卫，估计是不准备以后相见了。

朱丽无精打采了一天，晚饭后，疲倦如可乐里面的气泡，关不住地接二连三地往外冒。她也累了，这几天她也没好好睡个安生觉，整个人处于绷紧状态。现在？现在神经疲软如旧毛线，松松垮垮。明成依然睡得香甜，连翻身都不曾。朱丽站在床边犹豫了一会儿，终于也躺到床上。

醒来的时候也不知道是几点，看到床的另一边空空如也，朱丽心中一惊，禁不住跳起来，冲出卧室。人还没全醒，差点儿撞到卧室门框。却见客厅才透入清淡的晨曦，阳台落地大窗前明成席地而坐，蔫头耷脑，整一幅沮丧透顶的剪影。朱丽站门口有多久，明成静止就有多久，两个人各想心事，久久无语。

好久，朱丽才拿手指轻轻叩了三下门，打破两人之间凝滞的寂静。明成却是过了好久才抬起头来，看向走来坐到他对面的朱丽。往常，两人只要坐在一起，肯定也是腻在一起，旁人在场也不管。但今天，谁都没有拉近距离或者伸出一只手的打算，两个人只是静静地、面对面地坐着。

明成没勇气说话。他是在活生生的噩梦中惊醒的，醒了就翻来覆去再也睡不着，闭上眼睛，全是在里面不堪遭遇的回放，他很不愿再想起。辗转几下，又怕吵醒朱丽，干脆起床，坐到窗边，无聊地看着下面小区昏黄的路灯。为了不去回想，他强迫自己一遍一遍地数着路灯，一遍一遍地数着看得见的窗户，敏锐地捕捉着哪家窗口亮灯，亮了几分钟便熄灭，然后强迫自己去猜想亮灯的会是卧室还是卫生间，那一家为什么亮灯。但时间不容易打发，挥不去的噩梦还是会顽强地跳出来提醒他里面发生的一切，他心烦意乱至极。

如今，面对朱丽一双清澈微怨的大眼睛，他很心虚，他恨不得钻地洞遁去，到某个人迹不至的地方大口呼吸。但他不是土行孙，他不得不面对着朱丽，不得不挣扎着道："你再回去睡一会儿，等下还得上班呢。"

朱丽摇摇头："大老板放我一个月的假。你受苦了，今天还是别去上班了，我已经给你请出三天假来。"

明成很隐蔽地咬住嘴唇里面的一块肉，直到痛彻心扉了，才放开，淡淡地道："我没怎么受苦，只是里面伙食不好又很烦，地方小人又多，我吃睡都很不好。今天睡够了，我等下上班去。几个单子都堆在桌上呢，否则周经理会要我的命。”

朱丽看着明成，似信非信，如果没受苦，手上和脚上的伤痕从何而来？明成瞒她。但朱丽不敢揭露，小心翼翼地帮明成圆谎：“那就好，否则我真担心，爸妈也担心。前天一早，我托了一个做律师的高中同学帮你说话，前天晚上明玉给我发短信说她请人帮你说话了。今天就别去上班了吧，好好休息一天，明天去了再拼命做。”

明成见朱丽信了他的话，稍微放心。略一回想，还真是前天晚上停止对他的虐待的，后来只有偶尔的拳打脚踢，呼来喝去，没处睡觉。原来是明玉帮他说了话。真是成也萧何，败也萧何。最后放他出来的还是明玉。这个魔鬼一样的女人，谁都不知道她心中的想法。他又想了好久，才回道：“回头，你帮我谢谢你爸你妈，我让他们操心了。嗯，明玉为什么帮我？因为你们去求她吗？何必呢。”

朱丽不知道说什么好，既然明成不肯说，她当然无法说出她当时真正的担心，只得道：“明玉被你打得住院了。大家总归是一家人，我和妈过去看望她。其实我们去之前她已经让她的朋友为你说话了。明成，我们得找个时间去探望明玉，她这次够对得起你。”朱丽有意不说她和她妈是怎么在整个住院大楼找明玉的，免得更增明成负疚感。

“住院了？！”明成有点儿不信，“我没用太大力，她是装的。她想陷害我，关我几天。我已经被关了，大家互相扯平，我不欠她，不去看她。”明成已经记起放他出来的时候，明玉对他展示的字条，明玉对他在里面遭遇的一切清清楚楚，他哪能见她？而且，明玉岂是个安了好心的，否则她何必调查他在里面的遭遇。

朱丽闻言，只能看着明成怔怔地叹气，两个人，彼此伤害太深，靠她微薄之力怎可能拉拢？何况，他们本来就不和。叹息良久，朱丽才道：“不是装的，大嫂看见了，我和我妈也看见了。”

明成“噢”了一声，不置可否，也不问究竟伤得怎样。凭他在里面遭的罪，他怎么揍明玉都不为过。他现在就有再揍她的心思，但他不得不瞻前顾后，因为即使打死明玉，死刑前他也得被关里面几天啊。他宁可当即被一颗枪子儿穿了，也不愿再坐里面一天。而且，明玉手上还捏着他的证据，除非打死明玉，否则，不是给自己找没脸吗？明玉现在是他身边的不定时炸弹，他只有避得远远的，远远地诅咒她。“我等下去上班，得洗心革面好好做人了，否则对不起你和你爸妈。”

朱丽想到自己也恨不得能改变大老板的决定回去上班，估计明成也是与她一样的心思，想借上班忙碌的工作来逃避一切。她理解。“好吧，天也亮了，我去下面买些点心来，你刮刮胡子洗洗脸，等着吃早餐。”

明成点点头，没有应声。朱丽等了会儿，没见动静，便起身进去换衣服，准备出去买早餐。苏大强这时候起床出来，看到儿子儿媳居然都在客厅，大惊，两人从来没起这么早过。但他以不变应万变，微笑一下，进去客卫洗脸。明成与朱丽齐齐地注视着他，谁都没有说话，也没有表情。两人各怀心事。

二十四

恍若隔世

明成上班简直称得上是落荒而逃。朱丽对他太好了，好得客气，让他心生恐惧，疑神疑鬼。他不知道朱丽有没有从她的律师同学那里打听到什么，也不知道朱家三口是不是在他出狱时看出些什么端倪。朱丽或者不知，但她父母人老成精，哪是容易哄骗的。否则，为什么朱丽对他好得异常？明成都觉得自己快成《狂人日记》里的狂人了，连赵家的狗为何看他两眼的事儿也要在心中探究一番。他也不想的，但他不得不想啊，他怕。

可是朱丽又温柔地送他下楼梯，朱丽说是拎垃圾下去顺路。明成想，以前这都是钟点工的事，怎么朱丽现在反常地勤快了？走到楼下明成习惯性地想掏钥匙，才摸进裤袋，朱丽看见了道："你的车子不是放在朋友那儿寄售吗？不知道卖了没有。"

说到卖车子的事，虽然才相隔不到三天，可明成真觉得恍若隔世。他愣了一下，正想说什么，忽然身后传来叫他名字的声音。他回头，见是一个穿着白色T恤的高大黑脸男子冲他走来，脸色甚是不善。看到这副结实身板，明成先自一寒，心中冒出曾经打落到他身上那些拳头的主人，脑袋一片空白。但朱丽在侧，他只有硬着头皮问一句："你是哪位？"

"我叫石天冬，在这儿等了你一早上。"石天冬说话的时候，已经欺近明成身边，一把抓住明成的手腕，三两下，眼花缭乱间将明成背身压到就近的一辆车旁。

那辆车受惊，警报立即“哇哇”大叫。警报声中，石天冬俯身对明成道：“记着，你绝对不是我的对手。这回苏小姐不让我动手，我放过你。以后你再敢对苏小姐动手，我要你好看。”说完手一推，将明成推了个趔趄，掠一眼惊住的朱丽便走了。前后不到一分钟，朱丽都没反应过来。

昨晚石天冬送明玉回城后，住回自己的单身公寓，本来是想上门找明成的，但碍于上次送粥来时看到明玉的父亲住在这扇门里，他怕贸然上门寻事吓着老先生，只好早早张起了网等在楼下，等明成下楼。其实在楼下找明成生事他也不敢多耗时间，怕苏父发现了下楼，依然还是受惊吓。吓到苏父，那可就对不起明玉了。他只有速战速决，展示一下实力，小小消自己心头一口恶气，也警告明成别以为明玉身后没打手。

朱丽反应过来，忙跑到明成身边，两人依偎着默默看石天冬走远，消失。朱丽不认为石天冬是明玉派来的，说明玉既然放出明成就不会多此一举，可明成不信。苏明玉都能下黑手把他送进去坐牢，她还有什么事做不出来？她的黑暗心机朱丽怎么能懂？但明成不愿反驳眼下他唯一的亲人、唯一的支柱，他只是再次以此为奇耻大辱之一，暗中在伤痕累累的心上再结一道记事的绳结。他想，苏明玉能有什么能耐，不就是仗着有几个臭钱在他面前横行吗？那么走着瞧，他也会挣钱。他不会再莽撞地自投罗网，他会改变策略。他心中恨得咬牙切齿，但嘴上什么都没说，仿佛没事人一般。朱丽惊讶地看看明成，难得他如此诅咒发誓地说要好好工作，不像以前自诩天资过人，得过且过照样滋润潇洒。想到他是遭遇巨大创痛后才有的改变，朱丽反而心下不忍，不知道此时的明成心头如何地憋着一股子劲气。此时她反倒希望明成能够没心没肺地发作几天，把心头怨气愤懑全都发泄出来了，以后再吸取教训轻装上阵。现在这样压抑着自己，带着深度灰暗的记忆一百八十度转弯，明成往后的心路将何其艰难。

但让坐上出租车后的明成彷徨的是，如果朱丽知道了他在里面的遭遇，还会一如既往地对他好吗？万一哪天变态阴暗的苏明玉看不得他和朱丽好，将昨天在他眼前一晃而过的字条晃到朱丽面前呢？她会的，一定会的。她能提出将字条在母亲坟前焚烧，搅得母亲地下不安，她又怎会放过朱丽？明成流着冷汗悲观地想，难道他得为朱丽而向苏明玉低头？低头，男儿的头是那么容易低下的吗？男儿只有被打趴下，但绝不低头。可万一，如果，真有那么一天，苏明玉向朱丽胡说八道，朱丽会不会鄙夷地弃他而去？明成一路恍惚，一路咬牙切齿，一路彷徨，神情复杂地出现在熟悉的办公室。才离开两天，已恍若隔世。

办公室诸人一上班就围在一起七嘴八舌激动地讨论筹款事宜，资历高的稳笃笃地坐在自己办公桌边弹着手指得意自己手头有粮，年纪轻的纷纷讲述自己的借款经历。明成本来不想搭理，他刚才去周经理办公室，想把投资份额送给周经理，也算是自己的一个人情，但没想到周经理不在。他强笑着听同事议论，装出若无其事的样子，忙忙碌碌处理案头乱七八糟的文件，两天不来，就好像地球哪个地方会着火似的。

但听着听着，明成的心又痒了。多好的机会，看人家只要七成的红利都想挤进来，他为什么要放弃？朱丽这个注册会计师脸皮薄，尽想着快点儿还钱，才会说赚不到红利。若是真没什么花头，大家都这么急切干什么？尤其是周经理，她不知道多想占了他的那一份投资呢。如果没有好的产出，谁会这么积极？那么顺手的投资，放弃是不是太可惜？他放弃投资送人情给周经理，会不会还被周经理取笑没本事？但是如果……朱丽会不会跟他翻脸？

明成心中挺痒痒的，但是顾虑也很多，尤其是顾虑到今早出门时对朱丽的承诺。但唾手可得的红利和同事热火朝天的议论裹挟了他。明成怔怔地听着同事压低声音憋着兴奋的讨论，看他们终于讨论结束，各自心神不宁地回办公桌做事，心中举棋不定。他忽然想到一个好法子，忙走出办公室找僻静处打电话给帮他卖车的朋友。

拨打朋友电话的时候，明成在心中抛起一枚硬币。如果车子还没卖出，那他就依照早上对朱丽说的办，把车子取回来，不卖了，股份让给周经理，他继续用车子好好跑业务。但是如果人家已经付钱取车了，他总不能将卖出的车子强要回来吧，那太不符合商业原则了，既然卖了就得落子无悔，拿回来的钱放着也是放着，那个……正好投资。朱丽肯定能够理解。

明成心中一枚亮闪闪的硬币晃晃悠悠、晃晃悠悠地在空中翻了几个跟斗，慢吞吞地落到手心。明成紧张地一把抓住，提心吊胆地展开手心察看：朋友不仅帮他收足卖车款，而且手续都已经办了一半。OK，开弓没有回头箭，他别无选择。

明成回去办公桌的时候正好被周经理看见，被周经理叫进去。有了朋友那边已经收到的车款支撑，明成心中有了好不容易恢复的底气。坐到周经理面前，都不等周经理开口，他已经兴冲冲地笑着道：“周经理，我已经筹够十六万，你借我十万好不好？我写借条给你，利息你来定，或者，十万的股份归你，红利全部归你。”

周经理愣了一下，没想到这小子还真筹足了太部分。既然如此，周经理也只能履行承诺，大方地亲手起草借条，一边断断续续地道：“借给你十万，一年为期，从下个月起，你从每月工资中拿出一万元本金还我。钱就不交给你了，付款当天一起交给沈厂长，省得我今天跑银行。红利嘛，我也不收你，我只收利息，两成，够交情吧？”

周经理做事很利落，嘴上说话，手下早啪啪啪在电脑上打出借条，两眼没看明成，一会儿就将电脑屏幕一转，让明成自己看内容合适不合适。

明成真没想到周经理做事这么爽快大方，他原以为需要一番口舌才能打动周经理，没想到什么都不用，就像以前对妈提要求似的，只要把理由说清楚，什么问题都很方便解决。他一边看电脑，一边激动得喃喃地道：“周经理，真谢谢你。你放心，我一定好好做你交给我的两单生意，一定不辜负你对我的好。”明成被关了两夜差点儿冷下去的心，被周经理真金白银的大方温暖了一些。还是有好人的，他是真的不能辜负周经理对他一贯的关心。

在打印出来的一式两份的借条上签下名字，明成如释重负地想，大局初定，不，大局已定，相信我，朱丽。顺其自然地完成一桩心愿的明成开始好好工作，昨天以前的事，他收进心底，他发誓好好做人。他不想再因为自己的无力而被明玉玩弄于股掌之间，不敢也不愿再一次面对朱丽痛心的沉默和关怀，也不愿、不敢看到岳父岳母眼睛里流露的担心。他必须自强，不自强无以自救，他一个大男人怎能被人捏着欺负。

明成的劲头很足。但很快他就发现一个问题，这两只踩惯了油门的脚已经不适应在赤日炎炎之下奔波了。没有车子，做事平添不少麻烦，效率低下许多，行动直径大大缩小。尤其是从空调环境走入到大太阳底下，那简直是一种煎熬。有一笔业务，最好是立即去几家供货单位现场比较一下效果，讨论一下工艺。但是出门前明成看了一下气象网站，一看明天阴有雷阵雨，那就说明明天阴凉，他有机地将出门时间调整到了明天。

但不知是紧张的工作，还是紧张的神经，还是别的，这一天的上班，明成觉得很累，也很气闷，但他一直勉强地培养着情绪，勉强地想让自己笑得自然。他很想扔下所有的事情不干，找一个安静的地方吸一支烟，独自发一会儿呆，但是他竭力抑制自己偷懒的冲动。不行，他不能辜负朱丽，还有在天上看着他的妈妈，他必须自强。

虽然，明成的思维节奏还是很不适应自强的节拍，但是他在调整自己，咬牙切齿地对抗自己的懒劲儿，所以，一天的上班才会这么辛苦吧。

朱丽却待在家里胡思乱想，想刚才，想昨天，想前天，不知道那个自称石天冬的是明玉的什么人。说是男朋友吧，又不像，那么粗糙的人看上去不像是配得上明玉的成功人士。会是明玉的手下吗？可能性很大，明玉手下大将众多，万一个个儿都看着明成不顺眼，都想借机立功在明玉面前博取表现，如果大家纷纷找上门，明成以后的日子就难了。皮肉伤倒也罢了，只怕一而再，再而三地上门，打掉的是明成的信心。明成的信心已经见底，不能再受打击。

朱丽想，只有她帮明成了，无论如何得去见见明玉，还没好好道谢呢，更得请她手下留情，不能毁了明成。但是，朱丽摸摸皮夹里的钱，发了会儿愣。总不能空手上门。朱丽思前想后，还是准备去买一些好水果，自己包扎成果篮。去之前还得先了解一下明玉的住处，她手头只有大嫂从明玉家打到她家的那个电话号码和明玉的手机号码，她得预约。

朱丽的第一个电话打到明玉的手机，没开机。朱丽犹豫了一下，打向明玉家的座机。

此时明玉吃饱喝足正对着地图和笔记本电脑，坐书房里跷着脚想未来的计划。石天冬早上过来送来早餐，才说了几句话，就被一个电话喊出去，来电的好像是他的什么朋友。对于石天冬的殷勤，明玉采取来日方长的态度。她很快就要投入战斗，不会再有时间与石天冬周旋。而石天冬明天将回到香港，两人暂时不可能再有交集，现代人做事都是只看眼前，一年半载之后，谁知道会发生什么。老蒙已经跟她说了收购发生在哪里，正是她预想的武汉。蒙总的意图呼之欲出。毫无疑问，今晚蒙总与她谈话肯定三句不离武汉，她得早做准备，不打没准备的仗。

接到朱丽的电话，明玉只觉得心烦。这儿自从接纳大嫂一住，又发善心让父亲的旧家具安放到她的车库，被明成按图索骥找上门来揍了不说，家中座机也因此烦个不停，早上早有大哥大嫂相继打电话过来关心她的身体，如今又来一个朱丽。她的清净生活彻底被打乱，生活中原来还有不可承受之亲。

下意识地看看电话上面的号码显示，明玉几乎是想都没想，两眼还是看回电脑，就回了一句："噢，你们都在家？有什么事吗？"但话一出口，明玉立刻敏感地想到，明成在家情有可原，朱丽怎么可能在家？难道是因为重大过失，她被事务所开除了？明玉毫不含糊就紧跟一句，"朱丽你为什么不去上班？"

朱丽没想到明玉一句话就问到她头上，只得含糊地回答："我休息一个月。嗯，明玉，身体恢复没有？听声音比前天有力了许多。你在哪里？我来看看你好吗？嗯，我要不要请你爸一起来？"

休息一个月？不是产假，不是婚假，这种一个月的休息，什么原因？"不好意思，我在家处理工作，没时间招呼你，我有恢复，毕竟年轻。谢谢你的关心。朱丽，你一个月的休息是不是处罚？对不起，你是因我受过吗？"

抓住机会，朱丽道："我们面谈好吗？请让我当面谢谢你，让我心安。我有很多事要和你谈。明成上班去了，只有我过去你那边。"

明玉想了想，还是拒绝："对不起，朱丽，我无立场接受你感谢，我希望我对你造成的伤害在可控范围之内。见面就免了吧……"明玉善意地为朱丽找了个可以被接受的理由，因为她这次对不起朱丽，"我这张脸现在不想见人，所以才在家办公。有什么事，你请电话里说。"

朱丽很轻易就抓到明玉话语中细微的变化，那种变化，意味着她态度的软化，意味着可以交流。她没有犹豫，抓住机会就道："明成现在情绪很低落，但有关的心理调节，这是他作为一个成年人自己应该做的事。我有个不情之请，能不能请你约束你的同事，请不要让他们来我家耀武扬威。"

"咦？谁？"明玉心中飞快梳理了一遍同事。

原来不是明玉指使的，果然不是。朱丽松口气，道："一个高大有力的年轻男子，长得黑黑的，他好像说他姓shi。"

石天冬，只有他，他认识明成的家，早上来的时候他倒没提起来邀功。明玉不由暗笑，不知道黑高的石天冬面对白高的苏明成会是如何的火爆场面。但嘴里还是道：“我知道了，以后这种事不会再发生，也希望没有对你们造成太大伤害。放心。”

放心？对于没人上门寻衅的事，朱丽确实是可以放心了，但对于明成今早显而易见的心理变化，她能放心吗？她已经担心了一早上，她几乎是脱口而出：“可是我没法放心，明成变化太大，令人害怕。”说出后才想到，她怎么会与不相干的明玉说这事儿，但又一想，除了明玉，她又能与谁说？对朋友她向来是报喜不报忧，而对父母，明成的事已经够让父母操心，父母年纪大了，她不能再拿烦心事叨扰他们。似乎只有明玉可以说。

明玉不料朱丽会对她说这个，刚刚还在说苏明成是成年人，应该自己调整心态。朱丽似乎不是那种喜欢到处唠叨的女人。但她不想管明成的事，想到明成就心烦，她只是公事公办地道：“苏明成比较自我，一向不大会考虑别人死活，最近一阵，你得有心理准备。不过只是时间问题，如你所说，作为一个成年人，他应该有抵御风波的能力。我希望他能从中吸取教训。”

朱丽感觉明玉说到了点子上，这正是她的担心，但也看出明玉有所回避。她此刻真是无人可说，即使从没好言好语说话的明玉也是稀罕的稻草，她也得一把抓住：“我不担心明成不吸取教训，担心的是他钻在教训里拔不出来。你早说过，他不成熟，而且现在又处于心理断奶期。”

明玉没想到她有意贬低明成的话都被朱丽接受了，不由一笑：“朱丽，谁都没有担负别人一辈子的责任，包括父母。父母如果担负孩子一辈子，孩子又乐意伏在父母背上一辈子，那很畸形。苏明成不是我愿意交往的类型，所以我对他无法产生关心。你是个讲道理的人，但我不想与苏明成再有瓜葛，恕我不想与你讨论有关他的事。”

朱丽听了这话，知道对方下逐客令了。冰冻三尺，非一日之寒，她只能言尽于此。明玉这回能一反常态跟她客客气气说话，是看在她被停职一个月的分儿上。总是她和明成先对不起人家。朱丽放下电话，心里放不开的还是明成的变化。她刚才与明玉说话的时候，把她心底害怕却不敢想起的问题翻了出来，真说出来了，更知有些东西浑浑噩噩得过且过倒也罢了，想得太通透，又无法解决问题，只有自己害死。明成的心理变化岂是进去两天就能速成的，变化其实早在婆婆去世后就开始了，就是明玉说的心理断奶期。他的心理断奶期除了去世的婆婆，还有谁能帮他？她朱丽吗？以后她有那能耐又当娘子又当娘？

朱丽想，她能胜任吗？以后每天就像今天一样？那么，她找谁诉呢？似乎无人可诉，家丑不便外扬，也不能永远麻烦父母。

朱丽耸耸肩，不置可否。但她想，她应该不是个只可共富贵，不可共患难的人。而且，她相信，明成的异常应该如明玉的客气话所说，只是暂时的，希望明玉能说中。他们是兄妹，总归了解一些，明玉说中了明成的心理断奶期，应该也看得出明成的改变吧？希望是。而且明成如果一出来就开开心心，那才是太不正常。或者，是她求好心切了。

坐在书房里的明玉被朱丽一个电话打扰，一时没法聚集心神工作，对着电脑沉思。但她没想明成，她想到了石天冬。想到早上石天冬居然去威胁了明成，用他的两只拳头。如此直接，却如此有效，令她想着就想发笑。想到前天幸好有石天冬抱着她出院……不由一张缺少血色的脸都晕红了。但她孤身惯了，别人接近她，她反而不适，会让她多思多想。她可以在金箍棒画定的圈圈范围之内与人爽朗交流，但万一有人走进圈圈，比如石天冬，虽然她为石天冬对她的尽心感动，但她很难接受石天冬，她将自己缩在圈子里掂量来掂量去，顾虑太多，对石天冬也有失公平。

明玉几乎不用多考虑，当机立断便决定换了家中座机的电话号码。坐在家中总被不相干的人一逮一个准，她往后还怎么做人啊。想到做到，她出门去附近的电信局。走路过去，太阳很热，照得明玉的脸色白得像只鬼。

半路上，明玉接到一个电话，石天冬说让她在家等着，他会赶来烧饭。听着石天冬的关怀，想到石天冬今早为她去明成家讨公道，明玉在车来车往的马路上微笑。但她还是拒绝了石天冬的关怀，她对石天冬说，她开始上班，以后不在家吃饭了。石天冬显然非常失望，他悻悻地说，那他就找朋友一起吃。

明玉虽然成功拒绝了石天冬，但一路上并不开心，她这一辈子难得被人当作弱者似的呵护，她竟然有点儿回味。可是，她从来就知道得好处必得事后偿还，天上掉馅饼的事不能指望，石天冬要的是什么她怎么可能给予？所以她只有理智地不给予石天冬任何机会。做人，总不能沉溺于享受，总得有点儿后顾之忧。

吴非带上宝宝奔赴美国。明哲请假出来送行，心中很是忐忑，虽然联系了那边的好友接机，但是进关出关，都要吴非一个人抱着宝宝辛苦去做，明哲担心吴非吃不消。而且，与妻儿言别，这一别就将是半年，他现在已经不舍。可以预料，半年后相见，宝宝更加活蹦乱跳，但宝宝会排斥他的拥抱吗？明哲切切叮嘱吴非时常上传宝宝的视频，还有照片，拍什么都行。也要求吴非时常让宝宝看看他的照片，千万不能让宝宝忘了他这个爸爸。

吴非倒是不怕带着幼小的宝宝进关出关，以前或许会担心，但经历这回回国帮苏大强卖房搬家之事后，以往赤手空拳闯美国的冲劲儿和能力又回到身上，她以前不做，那是给明哲机会表现，万不得已，她这个家猫还是会亮出爪子，没什么大不了。男人，是靠不住的。以为结婚后可以靠着男人躲懒一辈子，那只会将自己赶进没有发言权的小媳妇地位。吴非对明哲有着隐隐的失望。

面对流泪的明哲和她的父母，她虽然跟着宝宝一起哭得很厉害，但是入关后，隔绝了外面的亲人，她反而冷静下来，娴熟地抚慰了啼哭的宝宝，自己也擦干眼泪。

与宝宝一起辨认着窗外将要搭乘的飞机，她心头竟然觉得轻松。好了，终于可以逃离苏家这个沉重的麻烦了，她已经极度厌倦苏家层出不穷的非理性人为事故，厌恶明哲摇摆不定的处理态度。她现在终于可以逃离，走得远远的，明哲爱怎么处理就怎么处理吧，她眼不见为净，尤其是不用看明哲左右为难的脸色。她觉得，一个人带宝宝再苦，也只是身体的累，她怕纠缠不休没完没了的心累。

苏家的所有人，她只喜欢明玉一个，但也有点儿忌惮明玉的狠，所谓喜欢也只停留在远远地欣赏。对于其他人，这趟回国的经历，让她对他们普遍失望，包括明哲。吴非旁观者清，知道明哲对他父亲那种盲目的孝敬源于对母亲早逝的歉疚，他想竭力弥补，但是他又不是腰缠万贯，他的盲目就只有害了她吴非娘儿俩。

吴非登上飞机的时候，心里带着解脱，带着遗憾，也带着怨怼。

二十五

可以载舟，亦可以覆舟

蒙总同时约的明玉和柳青，三个人一起谈话。

明玉和柳青自然得先到一步，早早地在约定好的酒店等着，这里桌与桌之间距离遥远，方便谈话，又没有包厢的局促闷气。柳青过来便一拉椅子坐到明玉身边，近距离仔细审视，看得明玉退避三舍。但这一幕正好落入也是早到的蒙总眼里。

蒙总几乎是本能地连连后退，原路折返，钻进地下车库的车子里，让司机开出去兜圈。刚刚看见的这两个人情状暧昧，与以往大为不同。这让他不得不相信刘律师的玩笑话，刘律师说柳青为明玉办事不遗余力，看来两人有戏。当时他听了还不以为然，现在是真相信了。柳青风流倜傥，苏明玉小姑独处，英俊的柳青拿下外强中干的苏明玉是轻而易举的事。如果哪天江南、江北不分南北，天下一统，有前两天两人联手在平乱中的中流砥柱作用为证，蒙总相信，两人联手，可以载舟，亦可以覆舟。

柳青心思活络，机敏过人，但这样的人从不会唯命是从，他永远会积极寻找更好的机会。柳青这人，用得好，是一员干将；用得不好，是可以步他后尘反出集团，另立山头的劲敌。柳青现在年轻，耽于享乐，野心还不是最大，等有了家累，如他自己，难说会有历史重演的一天。为了用好用足这个柳青，蒙总当年有意大力培养提携出一个对他忠心耿耿、与柳青关系良好的苏明玉分去销售的半壁江山，也将柳青可能挟全部业务量自重的可能性灭于无形。但现今看江南、江北两人的亲昵状，万一两人双剑合璧了呢？女人结婚后会心性大变，蒙总不得不顾虑未来苏明玉不仅不可能牵制柳青，反而可能使柳青如虎添翼，后顾无忧。这是蒙总的心腹大患。

同时，蒙总不得不忧心事情的另一面，这也是他以前就考虑到的。柳青这人万花丛中过，片叶不沾身。江南、江北虽然同样是他的得力干将，但蒙总更偏心江南，只因江南对他是全心全意。他担心柳青伤了明玉的心。所以他偶尔在闲时侧面、正面地向明玉提醒柳青的风流，提醒女孩不能找风流的男友。他也担心江南、江北反目，他的双剑齐下营销战略出现不和谐的裂痕。

但没想到，他千算万算，今天还是出现他最不愿看见的一幕。他必须分开这两个人。两人只要一月不见，柳青首先自觉断绝绮念。

蒙总一言不发如石佛一般面无表情地坐在车上十分钟，思虑妥当，便若无其事地取出手机打给柳青："江北，我是蒙总，你还没出发吧？那你就别出来了，随便吃些饭在办公室等我，我和江南吃完饭过去找你单独谈。"

柳青一听蒙总话中有话，立刻顺着蒙总的话机灵地道："蒙总先到了？好，那我就不出去，在办公室等着蒙总。我这儿有上好的咖啡豆。"

蒙总会意一笑，道："谁喝你那些又苦又焦的玩意儿，泡上好冻顶乌龙等着我。"说完，蒙总便指挥司机回去。他相信，等他回去，柳青已经离开。

柳青放下电话却有一丝怔忡，不知道蒙总约单独谈是什么意思。他只有飞快对明玉道："老蒙要我离开，要跟你我单独谈。如果是为清算我们前面造反的事，那他是想把我们分开，各个击破。我一边走一边给你电话。"边说边急忙起身离开。

明玉微眯双眼，凝神看着柳青急急离去，心里却想，不可能。她当即拨通柳青的电话，道："柳青，别胡思乱想，老蒙不可能对付你我。就白天他快刀斩了那么多人来看，如果再斩了我们两个，他还不如关门大吉。他还没发昏。"

柳青道："做最坏的打算，做最完美的准备。"

"老蒙如果有心斩你，他不会放虎归山，让你从容回办公室毁尸灭迹做最完美的准备去。安心，好好吃顿晚饭，或许他会升你顶替孙副总。"

柳青"嘿嘿"一笑，道："老蒙自己篡了老东家的江山，他最忌讳的是我哪一天也学着他端了他的老底。他肯给我孙副总的位置吗？你好好想想。我唯一担心的是老蒙杯弓蛇影，干脆一把扫除所有有嫌疑的人。但你可以绝对放心，你不会有事。无论如何，好消息坏消息，都放个风声给我，让我有思想准备。”

明玉揶揄道：“柳青，你即使被老蒙净身扫出门去，一样海阔天空，不会比现在混得差，得失心这么重干什么？”

柳青一听，“哈”的一声笑了出来。可不是，他担心什么，只有老蒙想死命拉住他才是，这年头，像他这样的快手熟手哪儿去找。他生性太过灵活，一按尾巴全身便动，反应太快，便少了点儿深思熟虑，不如冷眼旁观的明玉。这是柳青最忌惮明玉的一点，明玉太过旁观冷静，做女朋友总嫌稍欠热情。但人无十全十美，柳青发现他只要接近明玉到一尺距离左右，她的透明玻璃外壳即告崩裂。有点儿好玩。

明玉倒是一点儿都不担心，本来她还有点儿顾虑，怕蒙总见是她署名带头组成联盟架空集团公司管理层，犯了当主子者的大忌；现在看来无事，老毛既然是他的内线，应该会把来龙去脉告诉蒙总。她不担心老毛乱说。现在只有老蒙担心她嫌弃老蒙。虽然她也对老蒙单独与她和柳青谈话感到不解，但她还是一如既往。蒙总大步如滚石滚过来的时候，她起身迎候。等蒙总坐下，她斟上菊花茶。

蒙总的脸上透着一丝疲惫，等到坐下，看上去更是全身乏力的样子，面容憔悴，看似老了几岁。他看着明玉给他倒好菊花茶，一饮而尽，这倒是一如往常。所以明玉根本就没放下茶壶，等着他喝完。再看明玉给他倒茶时，蒙总感慨地道：“小苏，你看，你看，我今天才知道，我成了孤家寡人。据说‘我’躺在病床上生命垂危的时候，竟然没一个人为我难过，老娘、兄弟、老婆、儿子、部下，都一个儿比一个儿兴奋地图谋我的财产，只有你们几个是有良心的。幸好你们替我顶住，否则我这次还不如真死在外面的好。”

明玉微笑道：“说句实话，蒙总勿怪。将心比心，你给他们的关心不够，不能怪他们对你没亲情。血缘并不代表什么。”

这当下几乎人人都在为开脱自己而帮蒙总指责那些背信忘义的人，蒙总没想到明玉会对他说出这么冷静甚至冷漠的话。蒙总想了一下，觉得说有理也好，说没理也好，但他听说‘他’躺在病床上时亲人只顾着争遗产巴不得他死，着实令他寒心。他尤其寒心的是他最爱的大儿子也积极参与了闹剧。他只是冷静地道：“就算我是雇主，他们是雇员，他们不用工作，养尊处优，有房有车，每月工资一点儿不比别人差，为什么你们几个一样拿工资还做死做活的人维护我，他们反而造我的反？你说这不是没有良心是什么？这年头不兴杀人放火，像这样知恩不图报的已经足够没良心。你说我做人还有什么意思？”

服务生陆续上菜，蒙总不说了，等旁人一走，他才脸色碧绿地道：“又给我吃西芹菠菜，你专门饿我，不吃不喝做人还有什么意思。给我点四条椒盐排骨。”

明玉笑道：“蒙总今天气得血压升高，不能再吃油炸食品和红肉。等下有水煮鳕鱼，不妨多吃一点儿。”

蒙总也没坚持，他完全可以自己招手点菜，但算了，吃素就吃素吧，难得还有人关心他。烈火试真金，如今心头多少要比以前珍惜几分。他也没多余的话，开门见山，把刚刚在车上的最新考虑说给明玉。“我刚收购了一家武汉公司，规模不小，但体制老化，设备陈旧，需要下大力气整改。人选问题，我先与你通气，我想让柳青过去，以后江南、江北全部由你负责。这是包抄鎏金战略的一部分，我必须用得力人选，一步到位。”

明玉惊讶地看着蒙总，怪不得他要支开柳青，与她单独谈话。以后，她与柳青的工作没有相似之处，大概没太多机会一起与蒙总商量工作了。想到这点，明玉心中有点儿失落。但她还是就事论事：“那么，以后武汉公司的销售由柳青自己解决还是继续统一划归集团？另外，我一个人统领江南、江北，我怕我心有余而力不足，我这次已经是累极。”

蒙总定定地看着明玉，声音迟缓而带着疲倦，仿佛眼皮都抬不起来，老态毕露。“小苏，你替我想想，武汉新公司关系重大，我不把它交给我信任的柳青我还能交给谁？销售工作以后还是统归集团，销售工作的关系更加重大，决定我的生死。小苏，你说我能放心给别人？交给儿子都不行。这件工作，再苦再累，你也得替我扛着，我只放心你。我这次下来，已经心灰意冷，看起来，除了公司，除了这份事业，还有你们几个人，我是一无所有。我老啦，竟然会被人如此欺上门来。小苏，你不能推辞。”

以往，蒙总指派工作，一向是言语慷慨，热情煽动，闻者无不热血沸腾，恨不得即时冲出去，当即磨刀霍霍挽起袖子杀入战场。但今天，明玉听了蒙总的一番话却只有眼圈发热的感觉。是，她怎能不帮蒙总？如今这时势，接下江南、江北的，舍她其谁？她义无反顾地道："蒙总放心。"其他就不用多说了，尽在不言中。

明玉的回答不出蒙总所料，他也没太激动，只看着明玉轻轻点点头，好一阵子没有说话。虽是不出所料的事，而且是他有意设计的事，但明玉的态度还是让他欣慰，他没看错这个女孩子。过了会儿，他才道："今天看你气色还可以，不过如果吃不消的话，再休息几天，休息完了全力投入工作。"

"皮肉伤，明天可以上班了。本来就是这么跟柳青商议着，让我好好休息两天，等蒙总回来可以集中精力配合蒙总工作。"

"噢，也好。从明天开始，除了原来的市场营销之外，还得留意利用武汉新公司合围鎏金。这销售还真是非你不可。柳青这小孩子太聪明，但为人太骄傲，如果弄一个他的手下接手江北公司，以后与他接洽的时候肯定得受他调戏。整个集团能让他服帖的没几个人，只有你最适合与他合作。"

明玉听了不由得笑，蒙总还真是了解柳青，而柳青也了解蒙总，一对活宝。想到柳青曾警告她不能自作聪明告诉蒙总她已了解蒙总的意图，所以她不能说她已经开始设计合围鎏金的步骤，只是微笑道："刚才听了蒙总说派柳青前去武汉包围鎏金，我才想到了这一点。明天上班就开始布置。"

"好。其实你一向是最擅长宏观布局调控的，与客户交际应酬反而不是强项。很好，江南、江北公司以后统一归你掌管，更可以发挥你的优势与特长。你自己也得注意调节时间，不能除了工作就是睡觉。"

"我不注意都不行。如果还照着以前的工作方式，我连睡觉的工夫都得压缩了。这方面我不如柳青大气，他的业余生活丰富多彩。"

蒙总连忙顺势道："这小子太花了，只知道玩玩玩，不肯定下心来好好结婚生子。以后管生产经营肯定杂事多，也好，让他安分一点儿，省得闯了祸还得我替他擦屁股。"

明玉想起最近柳青故意勾引孙副总女友又弄假成真的事，笑着摇头："他这人，对朋友是最热心的。"

蒙总仔细琢磨着明玉的口气，那是一如既往的亲密，但这回听到他耳朵里却有了不一样的感觉。只是奇怪明玉为什么这么大方，或者与她见多识广有关。他不再多想，反正分开这两个人既对他的事业有利，也对明玉较好，至于柳青，料想去了武汉一个月后，自然会发展新的感情，柳青的感情问题不用他操心。

以往，说到工作的时候，明玉和蒙总说话都如扫机关枪，中间水泼不进。今天两人都不由自主地将语气和缓下来，语速减慢不少，明明谈的是工作，听上去却像把酒话桑麻。

不过两人都没喝酒，很快结束。出来到电梯的时候，蒙总见左右无人，对明玉道："我老娘、兄弟、儿子、老婆都不如你，我本来想认你做女儿，但社会上人舌头长的多，认了女儿反而对你的名声不好，主要因为我私生活名声不好。我很希望我的女儿长大后能跟你一样。以后小姑娘大了让她跟着你做事。"

明玉听了感动，本来就死心塌地，这下更是百上加斤。她一时有点儿答不上来。

蒙总也没要她答话，继续道："你管理江南、江北后，待遇会改变，但我还没考虑好，我这几天需要考虑的事情太多。不过你也不会跟我急，我跟你说一下，可能最后才能考虑到你。"

明玉点头："知道。"

"好。"电梯下到地库，两人各自去开自己车子。蒙总直接赶去柳青公司，与柳青面谈。

蒙总的车子绕到明玉前面闪着灯离去，明玉却还在调整坐姿。体力虽然恢复，但背上伤痛犹在，开车的时候实在不敢轻慢，只得调整到最佳姿势。但同时接通了柳青的电话。

"不用担心了，老蒙将重用你，派你去武汉新公司。你的江北公司我接手。"

柳青惊道："武汉？让我去武汉？不去。"

明玉奇道："为什么不去？武汉新公司的意义与一分厂、二分厂之类的完全不同，对你个人而言，是一大提高，起码是个诸侯了。"

柳青大声道："不是'为什么'的问题，而是'为谁'的问题。"

明玉心中"咯噔"一下，但随即心说别自作多情了，柳青为谁也轮不到为她。她轻咳一声，道："老蒙很可怜，整个人唉声叹气的，众叛亲离了，我们得帮他。"

"别装，我说的是你。我说到做到，说收留你就收留你。"

明玉不是个扭捏的，直接呛声："不是在医院已经谈崩了吗？我又没要你负担我。柳青，你是好人，但我不能让你收留。有别人收留我。”

“谁？石？”柳青再次吃惊，比听闻老蒙准备放他去武汉还吃惊。

“石天冬。”明玉只能就近搬出石天冬。

“废话，找谁也不要找石饭店当挡箭牌，你们不是一路人。”石天冬？他配吗？

明玉默默概括了一下，她需要好好考虑才能反驳柳青，又不让柳青看出她的作假：“石天冬为人爽朗实在，有什么不好？应该不会有二心。他对我很好，也能将我照顾得很好。这些都是我需要的。”

柳青对“二心”选择性忽略，大笑道：“就凭他这两天的表现吗？你如果不拒绝我上门，我也会。听你说这话的语气不像是找爱人，却像是丈母娘找女婿。你找爱人，应该问你的心里爱谁，丈母娘找女婿才看外部条件，讲究稳定压倒一切。而且，你与他有共同语言吗？他与你的社会地位差异极大，你不怕他哪天心理不平衡？”

明玉见招拆招：“共同生活两三年，共同语言不要太多。我们现在已经注意到社会地位差异，谁都没瞒着谁。再说我不过是个打工的，也不存在太高的社会地位。你多虑了。我相信物质基础决定上层建筑，人合适是第一，感情可以慢慢培养。”

“我不以为然。即使我不是竞争者，作为朋友，我也得奉劝你三思。你说，阴盛阳衰的家庭有几家是正常的？你可以不考虑我，但你得为你未来的家庭稳定着想。”柳青根本不相信明玉与石天冬合适，但考虑到她最近体弱，可能会心软地做出蠢事，所以他就多此一举地提醒一下吧。

柳青的话，歪打正着，却正正地打中明玉的痛处。她出生成长的家，正是阴盛阳衰的最佳写照。看看一家人的关系有多畸形，不错，确实是稳定了，爸妈到死都没离婚，但是，他们幸福吗？快乐吗？她本来就没考虑石天冬，只是为着不知道是什么原因找借口对抗着柳青，而现在被柳青提到阴盛阳衰，明玉整个脑子里“嗡嗡嗡”的像是塞进一群蜜蜂，不得不强自镇定了才能张嘴说话：“柳青，我会考虑。和老蒙结束谈话后，你给我发短信告知我结果。”

柳青本来想说我现在就可以告诉你，但听着明玉口气不对，不敢轻浮，倒是中规中矩应了声，放下电话，安心等候老蒙上门。去武汉确实是个机会，但是……因此放弃苏明玉？

柳青熟读女人的眼光，早在最初接触明玉的时候他就看出，明玉对他有好感，就像大多数老老少少的女子看见他两眼发光一样。但他嫌明玉这人太认真，不敢跟她玩，再说人家也没更多表示。后来相处得跟兄弟姐妹似的，甚至好于兄弟姐妹，柳青知道，有什么事、有什么话撂给明玉，从来不会错。他和明玉基本上是不分彼此。

直到那天在病房，看着难得病弱的明玉，他也是无意中说出收留之类的话，但说出后，却觉得可行，而且越来越觉得非常可行。既然早就跟亲人一样，为什么不将关系转正了？柳青考虑过老蒙对此可能有的态度，他想，实在不行，一个留一个走，他可以出去另辟天地，没什么大不了。他连将石天冬视为对手都不愿意。

明玉却坐在车里为柳青的阴盛阳衰说发了好一会儿的呆。父母的阴盛阳衰，那是太太太明显了，一说到阴盛阳衰，她就不得不想到父母。母亲太强，父亲太弱。而在她看来，母亲之强，如果换了一个父亲，可能照样也会被母亲压得死死的，变成柔弱之人。柳青将她与阴盛阳衰扯在一起，她无法不震动。都说女儿最是秉承母亲的遗传，她自信自己也是个性格手腕都强的人，会不会哪一天她成家了，不知不觉地将父母的历史重演？那就太可怕了，也太可悲了。明玉心想，她不要阴盛，可是她接触的年龄合适的人里面，除了柳青，别人似乎都可以让她阴盛。不，她不愿意，她宁可不结婚也不愿重复父母的生活，那等于自杀。

明玉胡思乱想的时候，蒙总很快到达江北公司所在的大楼，电梯开处，柳青已经在等候。柳青把时间把握得那么准，显见得明玉已经通知他，蒙总无可奈何。两人如此亲密，他早就应该警觉。男女之间能有单纯的友谊吗？早该意识到他们有猫腻。但他还是直直地问了一句：“小苏已经跟你说了？”

“蒙总真让我去武汉？”柳青没否认，陪着蒙总去办公室。

“你听说我收购了武汉新公司你就应该想到我会派你去。除了你还有谁合适？”这时候的蒙总精神状态一如既往，没有丝毫倦怠。他扯起柳青露在袖子外面的手臂，感慨地道，“你真是不要命，你又不是常锻炼的人，万一有个失手……我每次想起来就觉得对不起你们两个。”

“我也后怕。”柳青被蒙总说得感动，心中软了几分。两人前后进去办公室，在沙发上坐下。

蒙总坐下就道："我本来想给儿女留下江山的，但现在死心了。从现在起，谁打江山谁有份吃肉。柳青，武汉新公司你去管，我给你10%的干股。后面都看你自己。做得好，扭亏为盈了，市值当即翻倍。未来如果有发展有扩股，你占20%。你如果做足二十年，这些股份正式归你名下，也不用干啊湿啊的。你现在就给我决定。"

柳青极度震惊，死死盯住蒙总无法开口。都知道蒙总向来对手下大方，集团的工资、福利待遇一流，为此集团公司不得不掘地三尺建造双层地下车库才能满足众多富起来的员工开车上班有地方停车。但这一回蒙总出手之豪爽，即使让柳青自己提条件，他都未必好意思将身价定得如此之高。难道只因为他在医院舍命探望蒙总，又坚定不移地与孙副总等作对维护蒙总？柳青不置可否，良久才从发干的喉咙里蹦出几个字："太高，不敢受。"

蒙总一直紧紧盯着柳青的脸色，闻言一刻都不停顿，就接着道："确实高，这位置我本来是准备留给儿子的，这待遇是我准备开给他的。但儿子造我的反，我废了他。我把待遇原封不动给你，你不仅对我有良心，管得也肯定比我儿子强。你立刻决定，时间不等人，你必须在鎏金反应过来采取行动之前坐稳位置。"

柳青心中的天平一端是不确定的明玉和家中父母，一端是蒙总提供的巨大利益，他看到天平已经失衡。但理智让他无法开口。

蒙总则紧追不舍："你如果不答应，我立刻换人，别人拿下这位置的话，你以后再无机会。你如果说是，我让刘律师今晚草拟法律文件。如果说不，我转头就走，降价三分之二另外找人。我必须保证明天下午我的人坐在武汉公司大班椅上。"

"逼定！"柳青被蒙总快马加鞭追得无处可逃。

"哈哈哈，到底是我带出来的高徒，我的套路你一清二楚。爽快点儿，去，还是不去？我给你第一顺位选择。"蒙总将庞大的身躯微微倾向柳青，气势咄咄逼人。

"去！"柳青听见自己清清楚楚地给了肯定答复。但吐出这个字后，却觉得心里空了一个角，只一个决定，却让整个人疲累得慌。

"好！"蒙总一拍沙发站起来，"回去收拾行李，明天我的秘书会送文件给你签署。相关文件你拿在路上看。今晚好好休息，明天投入战斗。"说完伸出大掌重重拍了柳青两下，一刻不停地旋风一样出去，留下依然发愣的柳青。蒙总一点儿不担心柳青出尔反尔，这等待遇，打着灯笼都找不到。但同样，柳青这样的人才，哪儿找去。柳青只要做足二十年，只要没有天灾人祸，他的开价捞回来有余。这是一笔公平合理的买卖，虽然目前看来他似乎有点儿亏。但他必须快走，他还有其他事需要处理，而且他也不能给柳青腻歪的余地。

成功了，两只孙猴子哪里跳得出他如来佛的掌心？

只留下柳青坐在办公室良久。思来想去，这项任命，他简直没有不接的道理。既然答应了，其他多说无益。他忽然学着蒙总一拍沙发，猛地站了起来，起来后，恍惚了一阵，才走向电话机。这时候，他心里有强烈的兴奋，兴奋压倒一切。

“苏，到家了吗？”

明玉还在酒店地下停车场，被柳青的电话打断，才从方向盘抬起身子，没精打采回了一句：“没，还在外面。答应了？”

“答应了。”柳青回答的时候有点儿羞愧，但还是直说。不过再多说一个字显得艰难。

“下面时间怎么安排，出来喝三杯酒为你送行？”

“好，我去接你。你在哪个方位？”

“你说个地址，我还在酒店停车场。”

“你……你一直待在那儿等我的消息？”柳青惊住，内疚开始升上心头。

“没，我早料到你会接受，看到老蒙那样儿你没法拒绝。我想点儿自己的事。酒吧你熟悉，你说个方位。”

柳青说了地址，心中却疑问，老蒙什么模样？还不是平常气势逼人的模样，没什么值得特别对待的理由。难道老蒙在明玉面前是另一张脸？那就难怪了，怪不得老蒙要隔离他们两个，他想区别对待他们。但是，不得不说，老蒙够上路，让人不得不折服。他虽然好奇老蒙刚刚怎么对明玉，但看在老蒙那么赏识他又那么厚待他的分儿上，他决定不问。问不问，结果都已经确定。

明玉到酒吧的时候，看到柳青已经等候在门口，柳青脸上有抑制不住的欣喜，也有明显的尴尬。为了不让柳青难堪，她索性开玩笑地说出来：“还说收留我，人呢？改天我去投靠你？”

柳青不好意思地笑：“那我是求之不得。可是……诱惑实在太大，我无法抗拒。”他如实说了蒙总的开价。

明玉也是惊讶，站住看向柳青，几乎不加思索地道：“这么好的条件，换我也干，你如果没答应，以后我一辈子都叫你猪头三。”

柳青摊摊手，做了个鬼脸。可不是，蒙总给的条件，不是用来斟酌的，唯有服从。只是明玉这么理解他，他有点儿哭笑不得，终于发现，以前的顾虑还是正确的，两个大有前途的人很难走到一起。或者，还是石天冬这样的男人适合明玉，石天冬能为明玉牺牲。

两人坐下，柳青要了一瓶红酒。明玉此时心情复杂，柳青只给她倒了浅浅一杯，她干脆自己拿酒瓶倒满。柳青深深看着明玉，举杯道：“是我功利，我罚自己三满杯。对不起。”

明玉了解柳青的酒量，所以并没阻止。按理，柳青是该道歉，虽然她并不是太在意。等柳青三杯喝完，才道：“以后去武汉，多了个落脚地。不过你别内疚，我心情不好不是因为你，是因为想起过去我的家了。”

“那你也不阻止我罚酒。我吃亏了。”柳青佯笑，“什么事？一直很少听你说起你的家。”

明玉呷了一口酒，叹道：“你走后，我想找个喝酒的人都没了。”

柳青知道明玉又是照旧不肯说，可他今天内疚归内疚，心里还是着实兴奋，终于忍不住道：“苏明玉，你放不开自己。”

“你太放开自己，在你旁边没安全感，所以我即使喝醉了也会下意识地不吐真言。但今天我非讲不可了，否则你明天去了武汉，我还找谁说去？”

柳青心说，还有一个石天冬。但又想，他们真的有可能吗？如果苏明玉有了石天冬，还会找他说心事？所以说她与石天冬肯定不可能。他与明玉却已经有了好几年交情。但他没吱声，只是用眼睛鼓励明玉说下去。这是他的体贴与精明，怕万一说错，明玉又将头缩回去。

明玉叹了口气，喝了口酒，可话到了嘴边，字字句句已经吵吵闹闹准备挤出牙缝变为声音了，她又莫名其妙地选择闭嘴，盯着桌上的蜡烛发呆。柳青见此道：“别勉强，或者，哪天想说了，一个电话给我，有时候电话里反而比较容易说话。但我劝你还是要放开你自己，要么彻底脱离你的家庭，要么就尝试着放开心胸接受他们。”

明玉抬眼没好气地反问：“你又知道什么了？”

“猜都猜得出来，你从不提起你的家，你那二哥又是那样的混账。你跟你的家庭肯定冰冻三尺。”

明玉点头，柳青这样的人如果看不出她家有问题，那才怪了呢。“可是你看我应该不是不讲理的人吧？”

柳青实在是心情好到克制不住，脸上满溢的都是笑容，虽然话题有些沉重，可他禁不住地笑道：“你讲理，可是又太讲理，有时讲理得没人性。家不是讲理的地方，家是放松的地方，你如果想要家里人跟在公司一样讲理，那就糟了，成集中营了。”

“没有，我那时候还那么小，我哪有话语权让大家跟着我讲理？小时候家里根本就是我妈的一言堂。”

“家里不是东风压倒西风就是西风压倒东风，现在我家是我一言堂，关键是大家用爱心互相宽容。爸妈都不容易，一边工作一边一把屎一把尿带大我，那时又没什么保姆钟点工。大家都不容易，别对他们要求太高。”

“少给我假大空，你让我放过苏明成，我这辈子都记恨你。”明玉对柳青的话不以为然，“有生没养，或者有生却在有条件的情况下贱养，这样的父母值不值得孩子感恩？我也会反思，我常看着电视、报纸的正面教育反思，反思自己是不是心理太阴暗，但是让你去受受那滋味看？当然，你是用正常人的心态在为我好。”

柳青终于从明玉漏出的一丝口风中获得少许关键信息：有生没养，或者有生却在有条件的情况下贱养。难怪她二哥会如此作践她，那是她家的家风在她二哥身上的延续。恐怕在她二哥心中从没拿明玉当回事儿，难怪明玉不肯回家也不肯提起家庭，谁愿意迎着践踏上啊。但柳青自己处理矛盾的办法常是后退一步跳出矛盾，然后从某个心理高度审视矛盾，最后解决矛盾，从不让自己陷于矛盾。所以他对明玉陷于对家里的仇恨很不以为然，隐隐觉得明玉在其中也走了极端。但这话他可不能说，说了他真得被明玉记恨一辈子了，不像明玉刚说的话只是假惺惺的威胁。柳青笑道：“你即使记恨我，我还是得为你好，否则咱们白兄弟一场了。”

明玉吊起眉梢道：“这会儿成兄弟啦？不是领养人啦？”

柳青早被明玉嘲笑得皮糙肉厚了，笑道："我们说正经的。你妈不是年初去世了吗？你不是说你家是你妈的一言堂吗？这说明，你家在你妈去世后肯定得爆发生态地震，被管理压制得没了思想的人一下子找不到北了……"

明玉端起酒杯就塞住柳青后面即将冒出来的话，迫着柳青将杯中的酒喝了。"你今天乐飞飞了，我不跟你谈，否则你迟早得跟我要弗洛伊德，那玩意儿我大学就熟。我只听你一句话，大家都不容易，别对他们要求太多。我大哥正准备修家史，我看看，究竟不容易在哪里。"

"别拿你的办事能力去衡量别人，有些事你我只要一句话就能办，交给某些人可能得花上一两天还未必办得成。总之你心态放宽一点儿，别太讲理，别太执着，糊涂一点儿就过去了。"

"你自己就不执着？你一直跟我说你的道理呢，还让我躺病床上答应放过苏明成，你太残忍了，我恨你一辈子。你今天一说阴盛阳衰把我震蒙了，我怕走我爹妈的老路。好了，你慢慢玩吧，我回家列个清单去，明天方便你跟我移交。你别担心江北公司，我了解你的运作。"

柳青见明玉一口一个恨一辈子，反而拿着当笑话了。她如果真恨，就不会说出来了。"我也回家，向爸妈报告好消息，还得跟他们道别，还得收拾行李。朋友们都再说了，你看，关键时刻还是家人最重要。走吧。"

柳青顺手扶了明玉一把，却忽然警觉明玉的头发怎么短不盈寸了："你……你头发怎么回事？以前的还嫌不够短？"

"天热，剪了。"明玉摸摸自己的后脑勺，没说真话，也有意忽略柳青什么家里人最重要的话。原本比耳朵稍长的发型她留了近十年，从原来的三刀式到现在的被发型师揪着头皮一小缕一小缕地剪上一个小时，可她看着没啥区别。但这几天一看见这头发就想起这是被苏明成的臭手揪过的，气不打一处来，出来吃晚饭前先去剪了头发。被剪的头发仿佛是真正的烦恼丝，剪了才去掉这几天一直揣着的一块心病。"你怎么才看见，吃饭前没留意？你看，可见，你想收留我不是发自内心的。"

柳青没法回招，只得认了，他与明玉熟得都跟左手握右手了，左手才不会去关心右手指甲长了没有。但说他不是发自内心，那是冤他了。可这时候他还有叫冤的资格吗？没有。他只有讪笑。

虽然往后位高权重，一统大江南北，可明玉并不愉快，因为以后将少一个可以尽心托付的好友。她开车回家，转弯才看到车库，却见昏黄的灯光下，一个高大的人坐在路边对着车库的木椅子上。她本能地猛踩刹车，急速伸手锁上车门。却看到坐在木椅子上的人站起身向她走来，她几乎不能呼吸，束手无策地看着那人。直到稍微走近，她才看出原来是石天冬。她已经升到嗓子眼儿的一颗狂跳的心这才又降回胸口，想伸手降下车窗，却发现一只手抖得跟筛糠一样，原来她已是惊弓之鸟。

石天冬不知就里，走过来见明玉降下车窗，没走近就道："我明天回香港，今天想过来跟你道别……你怎么回事？脸色怎么这么差？喝酒了？"

明玉斜睨着石天冬，好半天才缓过气来："你等哪儿不好，你吓死我了，刚才差点儿报警。"

"怎么……哦，你大前天是在这里？"

"是。"明玉打开车门锁，发觉手还是在抖，可见她是怕得很了。她鼓足真气，打开车门出来，摇摇晃晃站稳了，才道，"帮我停一下车。"

石天冬没立即坐进车子，看着明玉疑惑地道："站得住吗？"见明玉轻微得如看不见似的点了一下头，他又道，"我看你经常加班，你以后晚上经常这么晚回来，怎么办？我还真不放心你。"

太接近了，太接近了。明玉心中的警报又鸣响。她下意识地退后一步，却差点儿一个趔趄，被石天冬一把抓住手臂。她忙抽手出来，虽然没有大力，石天冬还是放了。她气吞山河地道："很简单，换房子。你明天走？我很忙，不能送你，对不起。"

石天冬只觉一股霸道之气扑面而来，这是他最不熟悉的苏明玉，但不得不承认，这可能是最真实的苏明玉。他愣了一下，没答话，坐进车子，将车开走。明玉这才松口气，但心里觉得自己做事太不地道，怎么可以贬损刚刚帮了她的人。可她看到石天冬没像柳青他们那样与她针锋相对，又心烦气躁。她真希望石天冬冷嘲热讽地扳回局势，可是他没有，石天冬不知是心虚还是怎的，选择无言以对。她站在原地看石天冬倒好车，过来找她，见他脸上已经不是刚才的欢欣。她不知怎么又心软了，远远就道："请你上去喝杯茶，有时间吗？"可心里改过来了，嘴巴还是吐出强硬的语调。

石天冬看看明玉，虽然他等在这里挨了一晚上的蚊叮虫咬，无非是想在去香港前见明玉一面，当然如果能喝茶更好，但是面对口气如此居高临下的邀请，他心中生出一腔傲气，婉言谢绝："不早了，你身体不好，还是早点儿休息吧，我送你到楼下。"边说边从身上挂的一只大包里掏出一个文件袋，"给你拍的照片，我找了几张好的印出来，你看着玩儿。"

明玉伸手接了，不知道心里是高兴还是烦躁，说了句"谢谢"，就转身往家里去，可还是忍不住道："你既然不上去，稍微等等，我上去拿样东西下来。"

"好。"石天冬走在稍后，留意看了一下，见明玉走得稳当，这才走快两步赶上去，"你每天都那么晚归吗？即使不危险，你也得当心身体。我前天看了你的体检报告，血色素很低，你得多休息多吃。"

明玉笑笑："可是从今晚开始，我是真的没法休息了。谢谢这两天你帮我调理了一下，我恢复很快，他们看着都不信。"

石天冬只得道："可见你只要好好吃就能恢复，身体还算结实。每天别的可能做不到，喝两盒牛奶、吃一个鸡蛋，总行吧？嫌买牛奶麻烦，多买几包奶粉分别放家里和办公室，看见就冲一杯，这总做得到吧？"

"我会。"难得有人这么关心，明玉答应得很干脆，倒是把石天冬惊住了。石天冬还以为明玉什么都要推辞或者跟他唱几句反调。两人已到门口，明玉犹豫会儿，还是没问出"不上去坐坐吗"这样的话，请石天冬在下面稍候，她自己上去了。

她算了一下，石天冬一来一回，因为来得急，估计是从香港直飞，机票没有折扣，石天冬损失惨重，她不能眼见石天冬损失而不顾，她想送石天冬一件礼物。这件礼物她早已想好，上去就找到取出，下来交给石天冬。但她嘴里却是这么解释："这个Treo手机我买来就后悔，功能太烦琐，我都没时间消化说明书，看这部手机就跟看你摆弄你的发烧级相机一样让人眼花缭乱，看来你跟这个手机合脾气，你帮我消化了它吧。"

石天冬哪里肯收下这个手机盒子，以后更会被明玉瞧不起，不得不撒了个谎："我也不喜欢功能多余的手机，我的手机只要能打电话，能收发短信就行。你……呵呵，还是另外找个人消化它吧，我实在看见这种手机头疼。"

明玉早就知道石天冬不会收，也早有应对："我希望你经常给我发邮件。也希望你随时收到我的邮件，而不用等下班上网。"

石天冬闻言惊异，看了明玉好一会儿，却毫不犹豫地拒绝，他可真不愿被明玉看不起，那味道太难受："我会经常发邮件给你，手机就不收了，你有空慢慢琢磨。很晚了，你早点儿上去休息。"

明玉低头微笑，石天冬很有骨气的拒绝却让她心里喜欢，她厚着脸皮伸手将石天冬身上挂的大包扯过来，硬是把装着手机的盒子塞了进去，嘴里蛮不讲理地道："让你拿着就拿着，我东西送不出去，多没面子。好了，我上去了，你也早点儿回家休息，再见。"

石天冬被明玉搞得莫名其妙，一时不知道明玉究竟在想什么，不知道她究竟是打心眼儿里的居高临下，还是说话带着点儿职业病，又或者是她放什么刁蛮。他喃喃说了"再见"，看明玉进去关上楼道门。隔着门看过去，明玉很温柔地笑着，就像第一次见面，她莫名其妙地冲他那么一笑，笑得他就注意上了她。他也笑，看着明玉转身进去电梯，消失在电梯里，这时他真想不争气地叫一声，说他想上去喝茶聊天。

明玉想请石天冬上来喝茶，可她刚才已经被拒绝一次，觉得不便再次邀请，再说已是黑夜，免得被石天冬误以为她对他有好感，她只得进屋后冲石天冬扬扬手，要他回去。看石天冬挥挥手走了，她心里却又记挂上了。她也觉得自己很矛盾，心里一团乱。

下班后，明成没有急着回家，他一份报告还没做出，他正干劲十足，当然得今天事今天完。很快，公司大楼里面只余有限的几个业务员，中央空调已经关闭，办公室安静得能听见电脑风扇的转动声。

明成喜欢上了这种安静、这种孤独，他忍不住从抽屉里摸出一包香烟，点上一支慢悠悠地吸着，偶尔在电脑键盘上面敲几个字，异常惬意。保安上来一间一间地关闭办公室门，见明成还在，只是在门口探一探脑袋，就悄悄离开了。明成看了感觉挺好。这儿没有打扰他的人，这儿没有知道他底细的人，这儿有充分尊重他的人。

于是，明成又想到，有一份欧洲客户的传真晚上八九点钟会到，他最好及时处理。还有几个国外的询价报价估计也有电邮过来，他最好也等一下。虽然早上起得太早，现在累得两眼睁不开，可明成还是坚持着留下来处理工作。他打电话理直气壮地告诉朱丽他需要加班，他要做这些或那些的事。

打完电话，获得朱丽表扬的明成感觉像是放下满腹心事。吸完手头的香烟，他悠悠闲闲地出门吃饭。公司不远处有美食街，明成找到他最喜欢的牛扒馆，吃了一块腓力。回来公司，继续悠闲地做事。

其实，他可以在家接收电子邮件，也可以将传真呼叫转移到家里的传真机上，他的工作都可以拿回家做。但是他不想回家，他怕面对朱丽。他现在只想安静，无人打扰的安静，最好谁都不来搭理他。

而且，回头将怎么跟朱丽说他车子已卖，与周经理的借款合同已签？他预感到朱丽会发怒于他的先斩后奏。他既不愿看到朱丽发怒，可是也不肯失去投资的大好机会。他希望朱丽永远不会发现问题，永远不会过问，但是那不可能，朱丽迟早会发现他没车可开。明成唯一的希望是朱丽能迟发现一天是一天，最好能一直拖到投资款交款之后等到生米煮成熟饭。他即使被朱丽埋怨也无所谓，年底看到红利的时候，朱丽总会原谅他。他们是夫妻，朱丽会知道他这么做都是为了这个家。

明成也知道，这是他下意识地声称要加班不回家的原因，他必须不给自己在朱丽面前说话的时机。

没多少事情做的加班枯燥无比，可是明成今日非常享受空旷的静谧，一直到九点多，明成实在找不到过夜留宿的理由，这才有点儿恋恋不舍地回了家。

明成回到家里，朱丽见明成工作一天之后依然没精打采不想说话的样子，只有自己凑上去主动找话说：“明成，我妈今天打电话给我，说她从锻炼的老阿姨们那儿打听到一套一九九八年的两室一厅，房型不算差，是难得的亮厅，周围环境也还不错，有菜市场，有锻炼的地方，一共七十二平方米，得四十来万。问你有没有兴趣。这年头二手房都是抢着要，决定下来的话，我去看看，赶紧定下，免得夜长梦多。”

明成已进主卫，为了说话方便，只好将洗手间门开着一条缝。但他躲在门背后细细审视身上长袖衬衫掩盖了一天的伤口，神色漠然：“大嫂回美国了，周末让大哥过来看吧。”

朱丽道：“大哥肯定得来看一下，我的意思是要不要我们把准备工作做一下，我们先去看看做个初选，免得阿狗阿猫的都要你大哥一家家看过来。他没时间，我们也拖不起。”

明成淡淡地道：“你还是让大哥自己来初选吧。大哥现在听了大嫂的枕边风，大嫂又被苏明玉诳了，他们都在怀疑我会昧买房子的钱。”

朱丽闻言，不由竖起身子盯着洗手间方向，奇道：“明玉？”

明成皱皱眉头，强打精神道：“你忘了？大哥刚来的时候是准备把钱全交给我，让我全权替爸买房的，结果大嫂上周末躲到苏明玉家一晚，事情全变了。大哥说话的时候话里话外都是怀疑。你看，卖房子让我们沾手了没有？”

朱丽想了想，还真是这样，大哥才回国没几天，可前后的态度变化太大了，连明成入狱他都没来探望，只是打电话表示表示关心。但真是明玉撺掇的吗？似乎这与明玉一贯的个性不符啊。明玉有的是实力，要搞明成，一向是真刀真枪，恩怨分明，暗箭伤人倒是没听说过。但也难说，她与大嫂住一起，不知道什么话说着说着就顺嘴说出来了。“明成，你是因为我和明玉撺掇大嫂两个原因才去打明玉的吧？”

明成很不愿回顾这件事，但沉吟许久还是如实回答：“是的。我刷牙，别让我说话了。”

朱丽抱膝想了会儿，道：“不管是不是明玉说的，我们自己有错在先，谁让我们欠你爸妈的钱太多，否则我们大可身正不怕影子歪。这种话，即使明玉不说，以后爸也会说。而且谁知道大嫂帮爸搬家有没有看到你爸的那一大堆账本呢，或许是账本里得出的结论都难说。哎……”朱丽终于还是忍不住，也不怕打击明成现在的弱小心灵了，道，“欠你爸妈债务的事情还是快点儿跟大哥说了吧，我们拿个还钱的计划给大家，免得现在总是提心吊胆的，你若是不肯说我说吧，我被这种事压得没法理直气壮见人。”

明成一听前半段，含着满嘴牙膏泡泡愣住，想了好久才又接着刷牙，并没好好听进去朱丽后面的话，漱口完毕才道：“大嫂搬家在我打人之后。”不过不排除爸说出的可能。每次大哥来的时候看爸那得意样儿，好像身后有了靠山似的，谁知道他们说了什么呢？而且，那天他通过电话与大哥商量投资款的时候，看大哥与爸一唱一和的默契样儿，倒真是有很大可能冤枉了苏明玉。“嗯，很可能是爸跟大哥说的。”

“那就……更是我们活该了。这下，你更是打错人，该向明玉道歉了。”

明成没有答话，道什么歉，他打也打了，被明玉蹂躏也蹂躏了，他们之间再不会有什么温情脉脉的道歉致谢。他只是侧着脸，两只眼睛若有所思地看着洗手间的一堵墙。这堵墙的另一侧，便是父亲苏大强正睡着觉的客房。朱丽听明成在里面没声音，还以为他又是逢明玉必反，只得作罢。这几天……不去搪塞他。

朱丽终于等到明成从洗手间里出来了，却见他低头匆匆打开卧室门出去。朱丽一愣，不知他去做什么，却听隔壁客房门响动，略一思索，脑袋顿时“嗡”的一声炸了。明成该不是去揍他父亲吧？

朱丽忙跳起身，鞋子都不穿了，光脚跑出去。到客房门口，见门敞开着，里面涌出一股浓烈的人味。朱丽硬着头皮靠近，却没听见有什么动静，黑暗中只看见明成在推他爸。朱丽忙道：“明成，你干什么？你别乱来。”

“别担心，我把事情搞清楚。”

朱丽道：“明天吧，明天早上醒了再说。”

这时苏大强却悠悠醒了过来，一见明成，吓得短促地问：“干什么？”

明成道：“我欠妈钱的事，你都跟大哥说了？”

苏大强看着背光而立的明成，看不清他的脸色，忙揉揉眼睛，依然看不清，整个人早吓得完全清醒。想起前不久明玉挨明成的揍，他忙道：“没有，我没说。”

明成冷冷地道：“为什么大哥说是你说的？”

苏大强不知是计，以为明成已经全知道了，吓得抱住头，颤抖着缩到墙角去：“你别乱来，你……朱丽，救命啊，朱丽……”

朱丽早就冲进来抱住明成，推着明成往外走，真怕明成再次出手。明成忙道：“朱丽，我不会揍他，不过你看，事实搞清楚了。走吧，我们回去睡觉。这还是吃着我们的、住着我们的，衣服大多是你给他买的，这些他怎么不说了？妈一死，他得志猖狂了，就赶紧落井下石。”

朱丽心说公公把明成欠父母钱的事说给明哲，原也没错，但这个公公也不太是东西，儿子坐牢了他最关心的竟然是自己没地方住，女儿住院也没见他问候一声。但这些现在可不能说，说了，明成还不更跳起来。她只有咽下自己的憋屈为苏家父子做和事佬儿。她摸着明成的头发宽慰他，温和地说着大家都好的和气话。黑暗中，明成不用面对朱丽美丽精明的大眼睛，他可以放心舒适地躺在朱丽柔软的怀抱里，心里直说这是他唯一的亲人了。

这一天很长也很累，还很委屈，但很快他便在朱丽的安抚下静下心来，进入梦乡。朱丽听他呼吸均匀了，才轻轻脱身，到客房，果然见公公还像雕塑一般缩在墙角。她轻叹一声，道："爸，没事了，早点儿睡吧。明天晚点儿起来。不用怕。"说完轻轻关上客房门，自己却一个人坐在阳台上待了好半天，都没想起问问车子的事。

第二天，明成就找机会出差了，寻找两单生意的加工单位。

周六，明哲如约来到明成家。除了看朱丽父母给物色的两处二手房，他还得请爸一起去明玉的车库帮忙整理出一些文字图片资料来，方便他做家史。他想，既然是家史，总得从爸妈的相识开始，起码得找到一张喜气洋洋的结婚证，扫描了贴到网上才是。家史的文字，能提醒大家回忆起过去的种种，回忆能让人心底柔软。明哲希望弟弟妹妹看了家史，了解一个家庭的不容易，能握手言和。他也不敢奢望明成、明玉能亲如寻常兄妹，这一点连他都很难做到。他只希望两人能和大家坐到一起，起码能平安无事地吃顿饭，而不是现在的敌对仇视。

看房很顺利，朱丽的爸爸全程陪同，朱丽也跟着，苏大强虽然也跟着，但在与不在一个样儿。只有明成忙工作去了，朱丽说他最近都这么忙。但明哲看见朱丽有点儿尴尬，不自觉地想起明成入狱时朱丽的责备。朱丽也是，但两人表面都表现得若无其事。

明哲与明玉也联系了，明玉接了江北公司，忙都忙不过来呢，怎么有时间？况且，即使有时间她也不会来。苏家的事，她还敢沾手吗？

看房小分队四个人，虽然想法各自不同，但最终目的却是异乎寻常的一致，大家都希望尽快确定苏大强的房子，让他尽早搬迁。因此，大家看房时嘴上虽然要求严苛，但心里的标准都非常宽松，晚饭前，事情便顺利解决了。大家敲定明天下定，朱丽负责办理具体转手事务。卖旧一室一厅的钱不够付，还差十二万，明哲说他会想办法。朱爸爸本来冷眼旁观着苏家怎么处理房款的事，本来打定主意，为了女儿日子过得舒服，如果房款还差一点儿，五万六万的，他可以借钱帮助解决一部分。但见苏家老大将责任都揽了过去，朱爸爸看着倒也为女儿高兴。

明哲感谢朱爸朱妈帮忙，晚上请朱爸朱妈吃饭致谢；明成终于风风火火地回来了，他说他是直接从长途车站回来的。大家都很高兴，解脱似的高兴，终于解决了一个大问题。苏大强也高兴，终于不用在明成的眼皮子底下过活了，终于不用做梦都担心明成闯进来揍他了，终于可以开火烧饭了，终于独立自由了。整个晚上吃了一个半小时饭，他都在傻笑，眼睛在镜片后面闪闪发亮，映得镜片也闪闪发光。

最后，一桌除了苏大强，都喝高了。朱丽是平生第二次喝高，第一次是结婚做新娘子的时候。回到家里关进卧室，她和明成两人抱成一团却哭了。因为喝了酒，哭得异常放肆、异常痛快。从今天开始，是不是乱成一团的生活终于可以恢复正常了？

二十六

父亲的哀号

明玉不想见苏家人，可又不能不见。昨天下午大哥来电话说新家找好了，要带爸挑几件能用的旧家具和电器搬过去，而且还得翻找一下家里的文书图片等旧资料，带回上海做家史用。明玉没时间也不情愿，但又没办法，这种事她还真没脸让秘书出面。她最近麻烦事够多了，不想再给秘书他们添加茶余饭后的谈资。她索性好人做到底，约定时间，开车到明成家小区大门口，交了钥匙，顺便带他们两个去车库。算是对得起大哥了。

但这就压缩了她睡觉的时间。等在充满皮革味的新车里面的时候，她昏昏欲睡。不过最近营养确实好，老蒙专门派了一个他用熟的保姆来伺候她。她没时间回家，保姆就贴心地把好菜好汤送到公司，又把她换下的衣服收拾了拿回去熨洗，第二天拿来趁明玉吃饭的时候挂到她与办公室相连的休息室的衣橱里。才三天，明玉简直觉得已经离不开这个保姆，想认保姆为妈了。

明哲与明玉约七点，本来以为夏天早晨七点出门是轻而易举的事，没料到昨晚他会喝醉了酒，今早迷迷糊糊起来一问已经起床的父亲，竟然已经七点过了十分。他连忙跌跌撞撞起床，五分钟内穿衣洗漱，但没法彻底恢复清醒，只知道急急忙忙拖上父亲出门下楼找明玉。苏大强不明所以，但问了一声得不到答案，他也就不问了，跟着儿子一溜儿小跑。他顺从惯了，而今大儿子是他最大的依靠，他反正闭目塞耳靠着便是，多什么嘴。

明哲急急赶到大门口，却不见明玉的白色车子，心说麻烦了，别是明玉等不住走了。看手表，时间已经指向七点二十五分。他忙掏出手机准备给明玉打电话，但没想到一辆白色宝马车缓缓地开了过来，停到他面前。一看前面炯炯有神的车灯，喜欢车的明哲就认出，这是BMW 7系。抬眼，见车玻璃后面是一张临时牌和明玉的脸。明哲忙把爸送进后座，自己坐到前座。

明玉有些手忙脚乱地启动，客气地微笑道："这车子我还没使惯，看见你们费了老大劲才启动开过来。"

明哲忙道："你看上去气色还行。昨晚给爸定下房子，一高兴就和明成岳父母一起喝多了，早上竟然起不来，耽误你时间。你升职了？车子升级不少啊。"

明玉"呵呵"一笑，没有搭腔。老蒙说她现在身兼双职，所以待遇也得翻倍，赶着下面办事的给她提来这么辆新车。可是明玉都没时间用，她的时间都泡在办公楼里，几乎足不出户。她倒是无所谓车好车坏，柳青在武汉开BMW 7系的话是应该，而且远离集团诸人耳目。她在诸人眼皮底下开与老蒙平级的车，往后得树大招风了。她并不是太乐意换车，但老蒙向来是一言堂，老蒙想以此表达对她的宠幸，这是老蒙一向的做事方式。

后面的苏大强坐在宽敞的位置上气息稍缓，忍不住轻轻问道："我们去哪儿？"

明哲这才有时间回头对父亲说："我们去明玉的车库，看看有几件家具可以用的。还有些老文件资料需要爸指点着整理出来保存，留作纪念。"

"我不去！"苏大强坚决给出答案，"放我下车，我自己走回去。"

明玉不清楚他们搞什么明堂，怕老爹拉开车门在车流中跳下去闹出人命，只得摸索着锁上车门。明哲没把父亲的话当回事，也不明白父亲干吗要拒绝去，不理。"明玉，你家附近有没有早餐店，我们起床急了，都还没吃饭。"

"有，大门出去朝右，有一家比较干净。"明玉不想掺和太多，只就早餐就事论事。

苏大强果然开始拉门，一边喃喃不绝："我不去，我不去，我要回去。"

明哲忙道："爸，你别使那么大劲儿，这车子贵，拉坏门把手，修理费都得成千上万元。这是明玉公司的车子，你赔不起。"

听说弄坏门把手得赔那么多钱，苏大强果然罢手。他束手无策地坐在柔软结实的车椅上，全无反抗措施，可又非常不愿前去车库整理，憋了半天，一张脸憋得通红，终于又嘶声道：“我不去，你们不要逼我。”

明玉奇道：“我车库怎么你了？我还正打算卖掉车库呢。你不去整理出来，等我把车库一卖，里面东西随便买主处理，你想要也没了。”

“没了就没了，买新的，我不要那些旧的。一件也不要。”

明哲奇道：“为什么不要？那台25英寸电视机还是我上回来时给买的，用着不错啊。冰箱之类的电器我去看看，如果太旧了就换。最近我手头紧，能用先用着，过一阵我给你换，别浪费。”

明玉心说，有些老实人不是真老实，而是平时没办法没环境没能力使坏。真正到了有人宽容他可以使坏的时候，他什么“妙招”都想得出来，而且笨招数简直是匪夷所思。她笑而不言，随便明哲去应付。她反正把人送到车库门口就算大功告成。而她家小区已经远远在望，虽然还隔着两个红绿灯。

“我不要，我都不要，我宁可没电视看、没冰箱用，我不敢浪费你的钱。放我下车，我宁可回明成家。”苏大强拍着椅子像小孩子耍无赖似的叫唤，但是又不敢大力，真怕弄坏明玉公司的车子。赔钱还有明哲顶着，他更怕明玉的黑脸。

明哲薄怒，爸这是什么话，什么叫不敢浪费你的钱，怎么跟耍无赖似的。明玉听了，心说老爹干吗如此仇视她的车库，难道漠视她，连车库也一起漠视上了？难道可以为此放弃放在她车库里的旧家具？呸。爱玩玩，反正她给了期限，超过期限她二话不说就卖车库。明哲与明玉一时都不搭腔，两人一起沉默，任这苏大强继续在后面拍着椅子叫“不去”。他们都觉得不可理喻，也开始隐约觉得妈以前禁止爸说话可能有她的道理，虽然明哲觉得这么想很对不起爸。可有时候当民主遇到不可理喻，真令正常人无计可施，头大如斗。

苏大强的叫声越来越急促，越来越凄厉。明玉终于忍无可忍，在最后一个红绿灯前回头道：“叫什么叫！不去就说个理由嘛，又不是什么大事。”

明玉一声喝，苏大强立马儿没了声音。明哲喘了口气，又叹了口气，对这个父亲真是又无奈又可怜。可还没等明哲说话，车后传来了苏大强轻轻的啜泣声。明玉一听先翻了个白眼儿，恐怖，她反正到地方就把钥匙一交离开，闲事少管。她没法理解苏家所有的男人，只有大哥还正常些。

明哲却不忍看着父亲哭泣，只得道：“爸，等下你只要站在外面，我问一句你答一句，不用你动手也不用你费力。这样行不行？电器什么的你不要也行，等我发工资了给你买新的。但有些有价值的资料还是得要你过目指点一下的，比如结婚照、生活照啊之类的，我都不知道你们放哪儿。”

明玉气得心说，这算是怎么回事嘛，她在车库门口挨揍，她这车库就成洪水猛兽了？挨揍的是她，又不是老爹，他怕什么。

苏大强听明哲对他讲理了，才大着胆子吸着鼻涕道：“明哲，我不要见那些旧东西，求求你放我回去吧，我可以自己走回去，不麻烦你们啦，求求你们。”

明哲无语了。明玉则淡淡地道：“为什么到这会儿才不想见旧东西？以前不是每天都待在里面打转吗？妈去世后不也是你自己主动提出回家的吗？还是我载你回家你翻出银行存折之类的，那时候你见到这些旧家具不知道多开心。还有，我们上回与朱丽夫妇商量你归谁管，你不也出现在老屋吗？那时候能见旧东西，为什么现在就不能见了？爸，请你解释，不要回避。”

明哲听了，不得不轻咳一声，提醒明玉不要对爸这么理性，这是爸，而不是她部下，不可以用这种太过平等的语调说话。明玉却不搭理，将车正正停到她的车库前，打开门锁，自己先跳下车。这边明哲也早跳下，并快速打开父亲一侧的车门。但是，他才打开车门，苏大强立刻恐惧地挪着屁股钻到另一侧。明玉一见就把那侧车门也打开了，一道明晃晃的阳光瞬时打入，晃得双眼含泪的苏大强一声惊叫，再次抱头撕心裂肺地大喊：“你们不要逼我，求求你们，你们行行好啊。”

明哲与明玉两人的目光越过车顶对视，两人都是又惊又疑。几件破家具，何至于闹得父亲如此害怕，畏之如蛇蝎？明哲不知所措，头皮发麻，不忍看父亲的害怕，不忍听父亲的哭泣，只得一手关住车门，叹一声气，对明玉道：“明玉，麻烦你辛苦一点儿，送爸回明成那儿。”心说车库里的家具他就自己动手整理吧。

明玉却看着爸的恐慌疑窦顿生。即使说怕鬼，妈死后爸两次回家，都没见今天这样要死要活，最多只是低着头像认罪似的，哪儿都不敢看。为什么今天反抗得如此激烈，难道是吃死了明哲是个孝顺儿子，不会违逆他？那又何必一把鼻涕一把泪做得那么可怜？似乎背后有隐情吧。

明玉俯身盯着苏大强若有所思，苏大强在女儿凌厉的目光下无所遁形，不由自主地又挪着屁股避向明哲方向。

明玉疑心更甚，略略抬眼看一眼皱着眉头的明哲，当机立断，声音虽轻，可口气中带着不容置疑的压力。“爸，你的行为非常蹊跷，让我不得不怀疑妈的猝死与你有关。你抬头回答我的问题，否则我只好提请公安机关介入。这对我不是难事，你应该看到我对明成的处理，也应该看到明成到里面转一圈出来人不像人、鬼不像鬼。”

“啊？”明哲闻言，倒抽一口冷气。但想起爸妈夫妻多年，爸爸却在妈妈过世后多次提及怕妈妈的鬼之类的话，他当时就有过怀疑。而爸今天的举止更是可疑，明玉的问题虽然犀利无情，可是，他竟然也觉得明玉可能有理了。但明哲还是道：“明玉，公安……”

明玉抬头就是一句：“大哥闭嘴。”一下堵住明哲后面的话，她了解，大哥肯定是想在内部先解决了矛盾，但是，可能吗？若是可能，爸早在路上就开口了，何必等到现在。她怕大哥继续阻挠，打开车门坐回驾驶室。她一边启动，一边冷静地道：“爸，我们两个好好地慢慢地谈。”

苏大强吓蒙了，他怎么也不会忘记高大强壮的明成出狱时的模样，他瞪着眼睛都不知道怎么办才好。被明玉关车门的声音惊醒，他听明玉话才说不到一半，立刻惧怕得大力拉开车门狂冲出去，一头撞上外面正在着急的大儿子。腿一软，晃晃悠悠顺着明哲的裤管滑到地上。明哲吓得连忙弯腰想扶起父亲，但苏大强却忽然捶着地面爆裂似的大哭起来，哭声凄厉，边哭边诉，撕心裂肺的声音令人不忍卒听。

“我没害过人，我一辈子没害过人，你们都冤枉我，我被你们妈害了一辈子，你们都瞎眼了吗？你们都没看到吗？啊……啊……啊……”

一向胆小怕事、走路无声无息、脸上总是挂着谄媚笑容的苏大强此时疯了一样，老泪纵横对着苍天号叫，仿佛是想申诉过去三十多年所受的荼毒，仿佛是想痛泄过去三十多年被压制的抑郁，仿佛是想找回失去三十多年的公道。他双手无意识地一拳一拳地捶着粗糙的水泥地，任滚滚眼泪沿着皱纹飞溅，任苍苍白发映着晨光颤抖，任双拳在地上敲出乌青，敲出血痕，最终敲出热血。他号叫，三十多年来他第一次感受到热血又在体内奔腾，他感受不到痛楚，他只感觉到终于一诉胸臆的快意。他只是直着脖子号叫，叫得痛快，叫得酣畅，终于叫出来了。虽然是被类似年轻苏母的明玉逼出来的，但他终于叫出来了。

车外站着的明哲惊呆了，刚刚跟着走出车门的明玉也惊呆了，两人从小到大，还是第一次听到父亲发出如此大的响动，仿佛是西风旷野中一条受伤老狗的哀号。

明哲不由自主地跪下去，轻轻抱住正对天哀号的父亲，像是抱着宝宝似的，轻轻安抚着他。很久很久，父亲的号叫声才轻了下去，周围却围上三三两两的看客。明玉不得不违背“原则”，轻道：“去我家吧，大家坐下慢慢说。”

明哲忙抱起父亲，连抱带拖地带着他跟明玉走向旁边的一幢楼，父亲依然呜咽不绝。

到了明玉的房间，苏大强还是哭，被明哲抱着坐在沙发上面哭。哭得明玉想起柳青的话，“大家都不容易”，看来爸这些年也不容易，被强力的妈压着做人，忍声吞气了那么多年。他哭倒也罢了，刚才他的号叫，真是让人听着揪心。寻常谁能那样哀号？

明玉找了找，找出一盒饼干交给明哲。她又给各自倒了一杯水，坐到父子对面。这个时候，父亲的哭泣已经不是哀号，而是委屈的呜咽，他委屈地缩在明哲的怀里，倒像是明哲是爹、苏大强是儿。但明哲此时哪有心思吃饼干，他忙着劝慰安抚老爸还来不及呢。

这样的哭，明玉又给哭得不耐烦了。偏巧时间差不多快八点，她的手机开始有电话进来。无论是客户还是同事，都知道她没有什么周末的概念。明玉不得不将自己关进书房接听电话，免得哭声通过手机传到对方耳朵里。

苏大强对明玉家不熟悉，听见关门声，还以为明玉走了，才抬起脸哽咽着对儿子道：“明哲，明哲，你不会再逼我了吧？明哲。”

明哲好不容易见父亲开腔，连忙点头：“爸，你不愿意我们就别管了。只要你高兴就好。”

“只有你从来不欺负我。”苏大强依然一把鼻涕一把泪，明哲忙递上明玉早放在茶几上的毛巾，“他们都欺负我，我胆小怕事，我越退他们越欺负……”说到这儿的时候，苏大强忽然听见身后门响，回头看见明玉出来，忙又闭嘴垂头。

明玉听见他们说话，见此放下两把钥匙，对明哲道：“十字形的是房门钥匙，扁的是车库钥匙。大哥离开的时候请都扔到保安室旁边的信箱里。我有些事得去公司，你们慢慢聊。”

明哲也看出父亲怕明玉，看到明玉就什么都不肯说了。他很想明玉一起听听父亲说什么，但见此也只能点头放明玉走。明玉二话没说，拎起包走了。

一个人受了委屈，被压抑得狠了，常会抑制不住地号叫，叫出来，胸口的郁闷才得稍微纾解，否则犹如大石压心。她以前常被母亲逼得号叫，曾经下雪天一个人站在学校大操场的中心号叫。但后来她沉稳了，成熟了，别说没有寻常女孩子受惊发出的尖叫，连话都越来越少，而妈已经不可能再逼得她号叫，反而是她挤对得妈脸色充血恨不得号叫。只有爸这种永远长不大的才会至今依然用号叫解决问题。不过叫出来也好，起码，叫出来，等于打开一扇门，对着他最放心的儿子，他会将多年委屈讲出来。她不耐烦听这些，妈还能有几招？大约也就对没用的爸一辈子有效了。

电梯“哐啷”一声到底的时候，明玉心说，可是，爸的号叫还真凄厉，歇斯底里的，可见心中是真的苦。否则，谁不愿扬眉吐气地过一辈子？妈作为一个强者，也不能总压着弱小的人欺负，就像以前妈那么欺凌她。不知道她当初一个人站在操场上号叫的时候是怎样的不平与悲凉，她没记忆了，可能那时候她一心沉浸在痛苦里，无法顾及自己的声音，这又不是晨练的老太太吊嗓子。

得了，她也别大哥笑二哥的，她当初号与老爸现在号不过是五十步与百步的区别，她没必要好了伤疤忘了疼。

明玉走出昏暗的电梯，甩甩头将自己从过去的回忆中拔出来，走进阳光里。她之所以不愿接触苏家的人，是因为苏家的人总是将她拖入过去的回忆中，回忆令人很不愉快。

或许是明成真的想发愤图强了，他在这个周日，而且还是在酒后，居然比朱丽起得早。而朱丽起床跑进主卫后就传出一声尖叫，明成冲进去一看，原来只是因为朱丽宿醉加睡前感慨而哭，今早眼皮肿得像核桃。明成连忙很尽职地安慰她，没事没事，大哥与爸爸都已经出门。朱丽终于又恢复小女儿态，这让明成感觉好了不少。他真有点儿怕朱丽变成他的妈。

朱丽走出卧室时，见明成已经安排下阳光早餐，虽然很简单，只有烤吐司、酸奶和香蕉青瓜沙拉，但朱丽感觉很温暖。等朱丽从冰箱取出两只冻茶包扣在红肿的眼皮上面，她的活动能力大受限制，于是，刮植物黄油之类的琐事当然交给明成。明成安之若素，而且还帮朱丽矫正茶包的位置。

饭后，明成洗碗，朱丽仰脸顶着茶包依然坐在餐桌边："你大哥和你爸去整理老屋那些旧家具了，现在快十点了吧，趁午饭前，我们去取了放你同事那儿的车子，家里需要去超市大采购了。前两天你出差，我去超市搬了两回酸奶，手都累断了。呀，这回方便面不用大采购了。"

说到车子，明成手中的盘子一滑，差点儿掉落在地上。他迟疑了一下，鼓起勇气道："朱丽，我关进去那几天，朋友已经帮我将车卖了。昨天，我们部门不是投资吗？他们帮我把钱交了。"但他说话时对着水槽，不敢回身看向朱丽。

朱丽一听全身一震，两只茶包双双落地，但她顾不得了，盯着明成的后背愤怒地思索一小会儿，怒道："苏明成，合着你出差、你加班、你不说话、你装傻，都是为瞒着我卖车搞投资啊。你凭什么自作主张？我重申，我反对投资，你立即把投资款撤回来，给你爸买房。"

明成早料想到朱丽会大发雷霆，也知道她会说哪几句话，他早有思想准备，也早有应答措施。"朱丽，你别动怒，我们部门大家都是踊跃投资，不信你明天跟我一起上班听听他们说的话。为了争投资，他们丈人还通过女儿向我们同事施压呢。这绝对是个我们能控制而且收益良好的投资……"

"不对，你们投资款是二十六万，你卖车只有十几万吧？其他十几万你怎么解决？你别是背着我向人写借条。"朱丽已经坐不住了，站起身来大声质问。

明成不得不回答："我……我向舅舅借了三万，又向周经理借了十万。"

"你……你……"朱丽气得眼前发黑，胸中虽然有无数理由，嘴上却说不出话来。她的段位毕竟差于明玉，遇到极端事件，她的娇生惯养本质显露无遗。她刚刚被冻茶包抚慰的眼睛流下眼泪。

明成预料到朱丽会反抗会哭，但真看到朱丽哭了，他还是要上前安慰，可是被朱丽甩了开去。朱丽将自己关进卧室哭了会儿，等冷静下来，才卷土重来，问在阳台上吸烟的明成："你能不能把投资款拿回来？"

“拿不回来，老沈昨天已经拿着钱去订货工厂了，而且我们都签了协议。再说了，拿回来多没面子。”

“你别管面子不面子，你说不出口我去说，就说家里要买房子。你不是说有人踊跃得很吗？把股份让给他。”

“朱丽，多好的机会，我要是给了别人，那不成傻子了吗？你就等着年底的收益吧，真的不会低，你相信我。”

“说了半天，是你不愿拿回来才是，对不对？你连这么大笔的钱都要蒙我，我凭什么相信你？而且你究竟把钱扔哪儿去了，我能相信你说的用途吗？以前你昧了你家那么多钱，你也是心中清清楚楚只瞒着我一个人吧？你把车子给我拿回来，把投资款拿回来，我有一半权利，我不同意就是不同意。你走，立刻去做，不然周一我去你们公司找周经理要去。”

明成看看手表，有点儿焦急地道：“朱丽，你别闹得跟泼妇一样，讲点儿理，我跟你说了，我是为这个家好，不是拿钱在外面花天酒地乱来，你别只看到眼前。投资是签字画押确定下来的事，怎么拿得回来？你不会这点儿法律常识都没有吧？快别闹了，大哥他们很快就回来了。”

“苏明成你别倒打一耙，你做出来好事要我替你求爷爷告奶奶放你出来的时候你怎么不说我是泼妇？你家买房子我爸妈出力我死命挑剔压价你假装出差逃避你怎么不说我是泼妇？你怎么不说你只会挖家里的钱欺负自己的妹妹只会骗自己的老婆是无赖啊？你说啊，你说啊……”

朱丽的话正好无意中戳到明成现今最敏感的痛处，他一听就膝跳反射一样做出强烈反应，大吼道：“你说什么？你说什么？你再说一遍？”

朱丽眼看着满面通红、怒睁着铜铃般的双眼的明成挥舞着双臂逼向自己，立刻想到躺在病床上满脸青肿的明玉，她吓得后退几步，却被墙挡住，她只能壮着胆子大叫：“苏明成，你想干什么？！你住手，你妈看着你呢。”

朱丽一句“你妈看着你呢”给明成带来一丝清醒，清醒之下立刻条件反射似的想到前不久打人后吃足的苦头，就跟做了坏事的小孩似的，两手硬生生收回，放下，背到身后，瞪着眼睛晃了几下，一转身冲进书房，但关门前，不忘扔下一句：“投资收不回，求求你别闹了。”

朱丽愣愣地看明成扔下这句不知是服软还是求饶，抑或是嫌烦的话后轰然关上书房门，不由双腿一软坐到地上。明成想冲她动粗，妈妈的猜测难道是正确的？朱丽吓得不轻，连哭泣都忘了，只能愣愣地坐在地上瞪着眼睛生气。

还没缓过气来，电话响了。响了半天书房那边都不接，朱丽只得摇摇晃晃起身挪到卧室接了。没想到，接起电话，传来吴非的声音："哎呀，朱丽啊，宝宝要跟你说话。来，宝宝……"吴非的话还没结束，那边宝宝就乱哄哄地喊上了："婶婶好，叔叔好，姑姑好，宝宝最好。"

小小的宝宝奶声奶气的话让朱丽绷紧的神经不由略微松软，被恐惧愤怒压制住的眼泪也滚滚而出。吴非不知有他，等宝宝说了一大串的开场白，她才又夺回电话，客气地道："朱丽，宝宝回来后一直念叨好看婶婶呢，你们好吗？"吴非想这下该轮到朱丽说了，但稍作停顿，却发觉电话那头没有声音，只得又道，"我们真成美国人了，回到美国适应时差比到中国还快，尤其是宝宝。哎，朱丽，你在听吗？"

朱丽不得不捂住话筒，深呼吸两下，才道："我在，大嫂。大哥现在出去了。"

吴非虽然听出朱丽声音低哑沉闷，但此时她正在气头上，是忍了又忍才笑脸打电话的，所以不想放弃说话的机会，就当充耳不闻，道："我不找明哲，刚跟他通了电话。听说你们已经确定下来明哲他爸的房子，都是你爸爸妈妈帮忙的，真谢谢他们了。"

朱丽不知道吴非跟她说这些干吗，只得道："应该的。"说完她就用手闷住话筒，免得啜泣声传到吴非那里去。

吴非又思想斗争了一下，因为她听出朱丽好像不是感冒而是在哭导致的变音，这样，她还可以说她的事吗？她为难地看看宝宝，想到明哲刚刚的电话，她还是决定说下去："是这样的。眼下明哲爸手中的钱是卖掉旧房子的二十七万，还需要十三万做余下的房款和手续费用。明哲这回卖掉他的车子得来一些钱，他带回国的有其中一部分，大约五六万，上海安家什么的用去不少，他说没差几块钱就不办按揭了，让我把家里存的钱和卖车的其他一部分钱都汇给他，他再将这个月发的工资贴上。我想这样不行，这样一来我在美国一分钱都不剩了，我们大人没什么，咬紧牙关就过去了。但我有一个宝宝在，宝宝的开销很大，靠我一个月的工资没法维持。明哲这人没法说道理，他只会说让我们母女委屈一个月、委屈两个月。我只有找你们了。按说，你们在国内孝敬着父母，帮我们解了很多后顾之忧，公公买房子不够的钱，由我们来出是应该的。但是鉴于我们也是工薪阶层，才刚在美国立足，生活不宽裕，没法打肿脸充胖子，能不能请你们伸一把援手，没别的，请你们将当年公婆支援你们结婚买房装修房子的钱拿出来稍微垫上一些，其他不够的再由我们支付，好吗？我需要那笔钱维持基本生活。”

吴非说着说着，越说越激动，想到刚才与明哲在电话里的争执。她不是拿不出这笔钱，但是她一问之下，明成夫妇居然对房款没一点儿贡献，也没一点儿口头表示，她很不平，要求明哲与明成商量由明成他们负担一部分房款。明哲一直说算啦算啦，要吴非不要那么小气。吴非已有经验，知道明哲这头牛无法用常理说服，干脆扔下一句“为什么我总不能指望我先生给我好日子过”，便扔下电话，直接找上明成夫妇。

朱丽一张脸腾地红如猪肝。最不愿面对的事总是猝不及防地不期而至。她一时手足无措，连声道：“对不起大嫂，对不起。这事我们也正在商量，我们也把车卖了，我准备拿来给公公买房子，可是……可是……那猪头昨天借口出差把卖车的钱投资去了，还问人借了十三万。我正追着他把投资要回来，大嫂，给我几天时间，我会解决。”

吴非一听，将事情前后一联系，也就明白了，不忍再说朱丽，叹息道：“朱丽你在哭？哭吧，这俩兄弟都不能讲理。算了，这事儿你看能不能挽回，如果不行，我这儿再想办法。”

朱丽见明成这么不讲理，吴非却是那么通情达理，心中更是痛恨明成，她忙道：“大嫂，我会想办法，你一个人带着宝宝在美国，手头需要钱。我会想办法，我会的。”

吴非听着，早就心软了，反过来劝说朱丽别钻牛角尖，朱丽感动，泣不成声。两妯娌从这一个电话开始才感觉像是一家人。

但是，吴非放下电话，为朱丽也为自己叹息几声后，还是决定坚决不寄钱给明哲。朱丽说得对，她一个人带着宝宝，需要钱傍身。明哲能耐，即使这么几千美元也不留给她，想着真是心凉。

吴非越想越气，心说你会用钱，我难道就不会用了吗？她憋着一肚子气将宝宝哄睡了，立刻一个转身给她爸妈打个电话：“妈，我们老板希望我带两个人开发查询新系统，这是给我的机会，年薪会加一半，但是工作会比较忙一点儿。我本来有点儿犹豫，不想答应，但回家算了算，还是想答应。你和爸赶紧去办签证吧，好吗？过来帮我带着宝宝，我也正好省了给宝宝入托的钱。而且我现在一个人住着这么大的房子，待楼上担心楼下进贼，待楼下害怕楼上闹鬼，你们来陪陪我吧。”

吴非爸妈一听就知道女儿那儿遇到难题了，便毫不犹豫地答应了。吴非放下电话后冷笑着想，明天她会去银行取钱，但是，这笔钱她拿来给爸妈买机票。爸妈过来管着宝宝，省下入托费用正好大家过好日子。难道她的父母就不用过好日子吗？打量谁不是孝顺孩儿啊，别把人逼急了。

而吴非也知道，她得有点儿事业了。靠男人靠不住，还是得靠自己。

朱丽又坐在卧室里流了会儿眼泪，中间接到明哲的电话，说他们收拾东西，中午不回来吃饭，等约定付定金时再回来约明成。

朱丽想，也好，不来最好，省得操心。她擦干眼泪，洗了把脸，打开书房的门，想把明哲的话传给明成。却见明成戴着耳机闭着眼睛躺在沙发上，真正的闭目塞听，天塌下来也不管的样子。朱丽俯视着他，心里悲哀地想，如果真是他母亲一死他心理断奶也就罢了，小孩子还容易糊弄。而明成这哪是小孩子的行为啊，整一个无赖了。一直占用着家中有限的资源，将妹妹赶出家门；借了父母那么多钱，从来不知道归还；为了借钱跟周经理不知道怎么亲热，带着口红印子回家；明明事情都是他惹起，他还好意思拔拳揍他妹妹；做错那么多事，不知道歉更不知悔改。而这回的投资，更不能再用决策失误无心之过来掩盖了，他是有计划、有步骤地瞒着她，他无视她的权利，不知道他心里拿她当什么。

有那样的爹，生出来的儿子也一样无比自私。明知道她在哭，他竟然还能小睡，何其凉薄。朱丽的心彻底凉了。

她好好一个人，做人一向光明磊落，不欠谁不求谁，今天，却被他拖累得都不敢见人，在吴非面前无地自容。一周之前，她还幻想着她能说服明成改变，希望明成终有一天能担起责任。可是，经历入狱风波，并不见明成吸取教训，反而变本加厉。他竟然学会了欺瞒。而且，都不知道他究竟是不是真的出差，周经理的十万元钱是那么容易借出来的吗？他会说出他出差究竟去做什么了吗？朱丽想到以前明成衬衫领子上的玫瑰色口红印，胃里就如吞下了一只苍蝇一样。这个人，是没救了。

朱丽冷冷俯视着明成，异常冷静地分析前后，将明成鄙视至死。

她不想推醒明成，她不管了。但她还是尽责地留下字条，告知明哲的来电，放在MP3上面。然后，她静静退出，收拾出两大箱衣物用品、文件资料，大包小包回了父母家。

明成居然不知，也不知是真不知还是假不知。

但令朱丽没想到的是，一向并不怎么看得上明成的爸妈竟然一致劝她不要意气用事，得给明成时间、机会改正，不能一棍子打死。朱丽不认同爸妈的劝说，她痛恨明成，这回也恨上了自己。她怎么这么傻，竟然一直傻呵呵地活在婆婆和明成联合编织给她的圈套里。

明成其实一直在骗她。这让朱丽无比恼火。

二十七

房款

明哲在回上海的高速大巴上，已经忍不住取出笔记本电脑，架在膝盖上整理头绪。父亲咬牙切齿的哭诉令他震惊，在父亲嘴里，母亲竟是如此卑鄙下作。明哲都怀疑，父亲嘴里那个害了父亲一辈子的女人真是他母亲吗？如此慈爱的母亲，怎么可能做出父亲说的那些卑鄙事情？明哲都不知道该不该相信父亲。但是，父亲的号叫是如此真切，他的悲哀也是如此真切，他眼睛里深刻的痛苦更是不容忽视，那是无法假装的，父亲不是演员，而且就算是最好的演员，眼睛里也不会流露如此深刻的伤痛。那是经年累月的麻木后稍稍流露出的丝丝缕缕的悲。那一缕悲如二胡的高音，月夜下颤巍巍的如泣如诉，告诉你何谓悲的尽头。

明哲按照父亲的叙述程序，东一榔头西一棒子地理了半天，屏幕上除了一堆不知所云的英文字母，没一句像样的话。有些是他一辈子都不会想到的话，他真写不出来，总觉得这一写出来，是对母亲的亵渎。仿佛他在写，母亲在看，他若写出来，母亲将肝肠寸断。母亲已经不能开口，他作为一个握有话语权的人，怎可亵渎母亲？

但是，如果不写出来，不去发掘过去隐藏在最深处的黑暗，又怎能理解父亲的凄凉、明玉的绝情、明成的幼稚？而万一，如果这些都是绝对的事实呢？如果他知而不言，采取回避态度，对已经被欺压一辈子的父亲而言，这是不是最后的一记闷棍？他难道要看着父亲无声无息地委屈到老？

明哲心中极其矛盾，脑袋里叽叽喳喳的几种声音吵得不可开交，公说公有理，婆说婆有理，站谁的角度上，谁都有理。顺得哥情失嫂意，他委决不下。他是那么敬爱他的母亲，他怎能忍心在妈过世后，往妈的坟堆上抹黑？但是，同样，他又怎能罔顾依然委屈地、卑微地活着的父亲？

整整三个小时的车程，明哲凭记忆记下一大堆杂乱无章的对话，换作旁人来看，定是毫无头绪。这也正是明哲当时听父亲回忆时的心情，他时时被父亲透露的过往震惊着，除了开动所有的脑细胞来记忆，他竟然无法思想，更别提判断，到现在，他脑袋里的细胞依然无法有效调动。若说出这些话的是别人，他定会斥为荒谬，斥为造谣。但是，说这些的是与母亲一起生活了三十多年的父亲啊。原以为他们相濡以沫三十多年，没想到，明哲怎么都没有想到，他出生长大的这个家，竟然隐藏着如此多不为人知的秘辛。

明哲不由想到明玉。前一阵他总觉得明玉走了极端。今天，从父亲嘴里听到的却是一个无理甚至极其恶劣的母亲。明哲不得不怀疑，难道是月亮有正面、有背面，母亲将正面给了他和明成，将无比阴暗的背面给了父亲和明玉？如果真的如此，他与明成也是罪人了，他们无耻地享受着家里的好处，却忽视父亲和明玉的遭遇，甚至可以说是侵占了父亲与明玉应得的温暖。父亲因此而爆发如此歇斯底里的号叫，那么明玉呢？坚强的明玉自然是选择对抗了。长时间的对抗，让明玉与苏家走得越来越远。

这个家啊。明哲回到宿舍，对着空空如也的屋子，无心吃饭。究竟该如何评价母亲这个人？或者是干脆不评价，如孔夫子的为圣人掩过？

明哲看看时间，美国那边的吴非应该已经起床，他很想打个电话过去与吴非说说。但说什么呢？这样的家事说出来，会不会被吴非看不起？吴非已经很反感他爸了，之前，他的妈妈还是他嘴里的骄傲，现在呢？如果真的将爸妈的过去写出来，挂在上网，任谁一看，都会给出两个字的评价——“不堪”。

明哲面对着电脑上面杂乱无章的记录，无从下手，也不敢下手。他在网上建立的一个Blog，一晚上下来还是空白。他等吴非来电话，但是吴非没有来电。他急着往家里打一个，随便啦，不说父母的事，即使听听宝宝的声音醒醒脑子也好，可是没人接听，明哲怀疑吴非带着宝宝去采购了。他只能在吴非的邮箱里留下一封信，请吴非回来看到后就给他一个电话，多晚都没关系。但吴非的电话始终没来，电邮也没回。明哲如困兽般在卧室里辗转不能入睡。混沌中，他心中有一丝灵光闪现：吴非是不是以不回电作为对他在为爸买房问题上的态度的惩罚？

可是，中国与美国，他现在鞭长莫及。明哲不由想到他曾经很不以为然的明玉的警告，就在吴非离家出走那次，明玉警告他不要一意孤行，不知抚慰在美国辛苦的吴非，以致后院失火。明哲那时的不以为然是因为他觉得自己没错，他们怎能不孝敬老人？吴非怎么可能不支持他孝敬长辈？吴非不是不讲理的人。而且，他已经习惯，婚后家中大事吴非一直都听他的。

但，现在吴非的杳无音信，令明哲彻底恐慌了，比上回吴非晚上出走他找尽各大宾馆却无下落时的恐慌更甚。因为这一次，他手中并无吴非返美的机票，吴非彻底地不可控。当然，明天吴非会去上班，但是，吴非会接他的电话吗？吴非的愤怒情绪究竟走到了哪一步？吴非最后扔给他的话：“为什么我总不能指望我先生给我好日子过？”是不是代表着她对他的失望？

吴非失望后，消失音信后，她会做出什么举动呢？

明哲被迫反思吴非前前后后的态度，一夜无眠，彻夜担忧。

明成陪大哥去付了定金，与房主约定给一周时间迁出，他们苏家下周末迁入，届时款项全部结清。明成还在与卖方交涉的时候，周经理一个电话进来，说沈厂长昨天已经将投资款全部付给设备生产厂家，终于拿出已经订了半年多却一直无钱取货的设备。现在沈厂长携妻儿过来市里，很有诚意地请所有投资人吃庆功饭，庆祝大家的合作走出成功的第一步。

明成答应肯定出席，心里也是一阵轻松，瞧，钱都已经换成设备，还怎么拿得回来？总不能敲一块铁去变卖了吧？这下明成更有理由向朱丽解释投资款没法拿回这个事实。所以，等明哲拿起行李告别离开，明成便迫不及待地给朱丽打电话，幸好，朱丽生气归生气，手机还是开着的。

“朱丽，我听你的话，问了周经理，结果人家沈厂长已经把钱换成了设备，已经叫车拉回安装场地。不信你等下和我一起参加庆功宴，看看我们部门其他同事怎么反应。你在哪里？等下我去接你，我们一起过去吃饭。”

朱丽耐着性子将明成的话听完，心中更是气愤：“你是不是很得意你的所谓投资终于得逞？很得意七骗八拐地绕过我支配家里的钱得逞？你说了半天还不是为愚弄我成功在得意嘛。既然你那么有本事，上哪儿借一笔钱来，把你爸买房子的钱解决个五万七万的，有本事别房款全让你大哥付。苏明成，我看不起你，你只会算计你的家人，欺负你的家人。我们暂时分居，我需要好好考虑考虑你这个人，你别来找我。”

“朱丽……”但是，朱丽已经挂了电话。明成冲进卧室，果然见衣橱里朱丽的夏秋衣服已经全无。明成呆住，朱丽啊朱丽，你怎么能做得这么绝？他坐在床沿想了半天，不相信朱丽真的不理解他的良苦用心，他重点记住了朱丽说的“我看不起你”，对了，朱丽是个那么争胜好强、那么要面子的人，她岂能容忍她的丈夫只因小小的家庭纠纷就被关进监狱，而且在里面被折磨得人不人鬼不鬼。他自以为掩饰得很好，可是，朱丽怎么可能看不见他身上的伤疤？还有，在为他出狱走门路的时候，朱丽怎么可能没听说里面的罪过，否则她怎么可能急成那样？朱丽应该知道他在里面可能受了多大罪吧？

朱丽究竟因为什么原因看不起他，几乎不言而喻。她不说，那是她的修养，她不想揭穿他。但是，他怎么能够掩耳盗铃？朱丽看不起他，那是真的看不起他，是有原因、有理由的，正当合理。就连他也看不起自己——那个在看守所经历一遭的自己。

明成一点儿没有了笑嘻嘻上门负荆请罪的打算，因为知道朱丽是玩真的，知道他身上的那些污点是不可能消除的，他请罪没用。就投资事件的请罪无法治到点上，朱丽厌弃的是他的其他，那些，他无法请罪。而且，如果朱丽真是因为那些其他而厌弃他、看不起他，他如何请罪？他也不能再往自己已经被损伤的自尊上面踏上一脚。他不会去，他得维护自己仅有的尊严。

但是，不上门，会导致什么结果？

明成不敢想，甚至也不敢想过去的美好时光。

庆功宴，明成还是去了，喝得大醉。朱丽一直等着明成前来道歉，可是等了一晚上都没消息，她非常失望，更加愤怒，对未来更加失去信心。

江南、江北公司并为一家，基本格局几乎没变，连经营地址也还是各自蹲在原址，唯有人事方面稍微变动了一下，集团这回肃清孙副总等一批反骨支棱的人马，空出不少位置需要补充。集团人事部不断下文调人，明玉留意到，老蒙把原来派下来搞她和柳青的那些监理人员都调了回去。明玉一一签名批准放出，与老蒙心照不宣。

她当然没有周末，周日下午就飞去参加一家原属江北客户的年度订货会议，借此与江北不少同行见面，实地了解江北那些业务单位的布局，收获颇丰。如果有什么不清楚的，那就当场一个电话打给柳青，随问随答。而可怜的柳青过去武汉之后，工作量大增，内部关系、外部协调的琐碎事情搅得他每天睡不足八个小时，自然没了绯闻，在武汉成了生活严肃、年轻有为的老总。电话里，嗓子都是哑的，柳青自诩，这叫性感。

石天冬去香港后果然经常来邮件，不过言语规矩，都可放到阳光底下暴晒，跟石天冬个性差不多。有时是他做的点心，有时是他吃的美食，还有很多风景照片，甚至有他的自拍照，看来他把Treo玩得挺好。明玉也回邮件，不过没回得太勤。她有意识地在邮件中简单说说她在忙些什么，有时就像写日记一样写上今天做了什么什么。明玉的工作量令石天冬叹服，他刚开始回邮件时只能说些保重身体、别太操劳之类的废话，后来就能稍稍问几个问题。石天冬又不怕死地对明玉燃起希望。

而明哲回去上海后，没收到吴非的消息，当然也没收到吴非的汇款。他估计钱被吴非扣住了，只得另想办法。可他想了很多办法，却都没用，不得不打电话给明玉。但明玉接起电话的声音就挺不良善，令明哲生出不妙联想。

“明玉，你那么忙，我长话短说。爸给我打电话，说朱丽从上星期天起一直没回来。我问明成是怎么回事，明成说他也不知道，要我别管。你有没有时间找朱丽谈谈？”

这个消息倒是让明玉的眼睛瞪大了几秒钟。朱丽与明成吵架了？难得啊，那么亲密的一对小夫妻。但明玉想都没想，就道：“我与朱丽不熟，帮不上忙。还有什么事？”

明哲差点儿被明玉的话噎死，就这么直截了当地拒绝了？他很不能适应，过了好久，才道：“爸的房子已经付了定金，我手头有点儿钱，但是还不够，差一点儿，吴非那边一直没给汇钱，卖家估计等不及了。本来我想问明成借一下，可他们那样我说不出口。你那里有没有办法拿出七万，我发了工资分两个月还给你。”

明玉这回好好想了想，大嫂大概火大了吧，见大哥总是虎口夺食，索性到了美国就不理他了，还什么汇钱，大哥倒是想呢。至于问她借钱，那是不可能的：“大哥，你如果需要钱，我可以借给你，但是如果这笔钱专款专用拿去给爸买房子，我不借。我怎么给一步步赶出家门的你应该清楚吧？还有什么事？”

明哲气绝，好久说不出话来。

明玉自言自语地道：“你每个月还三万五，你税后收入那么高？你还了钱大嫂和宝宝这两个月还怎么过？你怎么过？你还得给爸买新家具，那宝宝得苦上三个月。咦，大嫂要你这种丈夫还有什么用？大哥我看你也别管苏明成了，你还是管好自己吧。房子可以叫中介办按揭，不够的钱你叫苏明成每个月打钱进去。好了，这件事解决了，还有旧家具的事，不管爸要还是不要，你都清空吧，那个车库我下周准备卖了。”

明哲还是没有说话，黑着脸说声“再见”将电话挂了，他早该知道，打这个电话是自取其辱，结果，真的什么问题都没有解决，他反而听了一顿教训。而且，明玉也说吴非要他这种丈夫有什么用，丈夫难道只是用来管饭管穿管好日子的吗？夫妻难道不能同甘共苦一下，一起克服一下生活中的不顺？难道妻子只能供着养着？

吴非一直没接他的电话，电邮回了一个，说的是她请她的父母去美国帮忙，她一个人应付不了。为此她准备接手一个项目以提高工资，但这样会比较耗时间占精力。明哲当时气愤地想，女人，怎么都这么现实。回电邮说吴非做这个决定也没跟他商量一下，但他会跟她父母联系，帮忙办签证。吴非回他一个电邮，说她不是七仙女，没法吸风饮露一文钱不花上敬老下育小自己还能魅力四射吸引老公，臭书生才有那么理所当然的幻想。吴非还说，签证不需要他帮忙。明哲看了这电邮，眼前仿佛看到老婆孩子都如神仙一样飞远了，扔下他一个臭男人。

而明玉，比吴非说话更直接、更狠。这世道，女人是怎么了？怎么都没妈那样……明哲忽然想到，根据爸的口述，在爸的眼里，妈只有更不堪。在妈主持的家庭里，哪有男主人说话的份儿啊。那么，难道他错了？

但是，无论他对他错，周六房款的问题该怎么解决？他也是狗急跳墙了才找上明玉的，其实早知道明玉会拒绝，也知道不应该找明玉。唉，怎么解决。

明哲想问舅舅借一笔，可是没有舅舅的电话，问爸要来号码，舅舅却说，明成刚问他借了三万。明哲彻底没辙，更拿明成没辙。

明成的两单生意中，其中一单的订货最好联系那个曾经被他一拖再拖，最后在妈妈去世时被愤而断交的路厂长。周经理给的两个鸡肋单子利润太薄，如果不找路厂长压低运输成本，他会没有赚头，以前他虽然懒，可是会精打细算，这是他懒而不败的原因。今天他不得不硬着头皮转乘中巴到乡下去找路厂长。

明成抱着被爆脾气的路厂长冷落的打算上门拜访，没想到冷落超过预期。路厂长看见他就没好脸色，哼哼哈哈几声后便找个借口抽身下车间去了。明成等了会儿，人没等来，却等到路厂长养在厂里的小狮子一样的狗进办公室徘徊。大狗垂涎三尺地围着明成打转，双眼充血，狰狞凶狠。明成想到据说藏獒之类的狗眼睛充血是发起进攻的信号，但又据说面对猛犬时以不变应万变是最好的办法，他一时走也不是，坐也不是，呆在原地全身冰凉。天下没有最糟的折磨，只有花样翻新的更糟的折磨。路厂长是恨上他了。

明成想，他可以逃，但这一逃，以后更别想见路厂长，毕竟相对于其他类似的工厂而言，从路厂长这儿进货有小小的地理和价格优势，这么小小的优势汇聚到批量产品上，优势就很明显了，他一向心算灵敏，早就明白这个理儿。所以他只能挺着，等路厂长回心转意。可是，他可以战战兢兢地将眼睛闭上，狗却不肯放开他，温热的口水潺潺渗透到明成的裤子里，湿答答的，令人作呕。

明成还是死忍，他想，朱丽为什么看不起他？他要是不做出一点儿名堂来，别说朱丽看不起他，妈妈在天之灵也会伤心。

一人一狗僵持许久，狗终于没扑上来将犬牙抵住他的脖子。当门外走廊传来盆碗撞击声的时候，有一个老年男子过来叫走了狗出去吃饭。明成却没人招呼，愣了会儿，不得不灰溜溜走出工业区好远才找到一家苍蝇飞舞的小饭店草草吃了一顿。明成还不敢吃点肉，怕回去路厂长的办公室被去而复还的大狗嗅出来。

吃完饭，又灰溜溜回到路厂长办公室，但办公室的门已经关了。狗倒是没再出现，可他也没处去，只好厚着脸皮去各个部门找认识的人闲话。狗涎已干，裤子上面一块斑。俗话说脸皮厚厚，肚子饱饱，明成豁出去面皮了，今天一定得等到路厂长，即使说不上话，起码他得把诚心传达出去。这儿是路厂长的地盘，他的一举一动路厂长能不了如指掌？他在这儿的一言一行，路厂长都跟追踪录像似的监视着呢。这是他誓言发愤图强后的一场硬仗，也是他图谋收复业务失地扩大业务影响力的第一战，他必须啃下这块硬骨头，打一个开门红。料想，妈妈在天之灵看见，一定会满心欢喜。

如果妈妈在该多好，这种最尴尬的时候他如果打电话回家，如果妈妈能接电话，妈妈肯定能给他最大的安慰和鼓励。可是，没办法了，现在他得独立支撑，咬紧牙关也要独立支撑，他得有很大出息让妈妈高兴。不能让苏明玉在妈坟前烧纸伤了妈的心。

明成想到小学时常喊的口号：坚持到底，就是胜利。

等到日影开始西斜，路厂长终于不知从哪儿冒了出来，路厂长也辛苦，为了让明成知趣地离开，他都没法休息，最后忍无可忍，只好回来，提着两只沾满油污的绝缘手套，满身疲惫，见明成如见牛皮糖，但心底也生出一丝惊讶。但路厂长没搭理明成的讨好，到各个办公室大声吩咐好事情，理都不理明成，跳上他的车子走了。惊讶归惊讶，路厂长早对明成失望。

明成无奈，怏怏空手而归。

明玉忙碌之后稍歇，泡一杯石天冬叮嘱的奶粉，又为了好喝加上一匙可可，美美地一饮而尽，身心俱是甜美。再想到明哲的电话，心态自是略微有异。她没想到，母亲去世还不到半年，苏家会乱成一团，如今局势，似乎只有她一个姓苏的还能偏安，而明哲与苏明成都是焦头烂额。再想到明哲说的父亲买房子的事，她说不出钱也不过是一时气话，是对明哲理所当然地找上她的一种反击，也是以此提醒明哲别以为早出生几年就是大哥，别人认不认你是大哥还得看你有没有这资格。她也想到在三兄妹中她毕竟是钱多的那一个，虽然拿出这笔钱很是不甘，可是，总不能眼睁睁看着人品还不错的大哥大嫂被这些钱逼死，苏明成那一家倒也罢了。她先与吴非约谈一下，竟然问出朱丽出走的事，想到朱丽知错则改，明玉隐隐同情起朱丽来，觉得这个单纯美丽的傻姑娘可能是拨开婆婆设置的雾障，看到苏明成的无耻了。她决定约谈朱丽，如果朱丽家真出状况，她该援手还是援手，只出钱，不出力。

明玉几乎是与约定时间一分不差地来到饭店，这是她的风格。见到朱丽已经坐在位置上，看着她过去，两人都是微笑，但没什么热情。大热天的，朱丽依然披着一头微曲长发，一点儿不怕热的样子，而她看上去清凉无汗，整个人安静润泽。难怪连柳青都一直赞不绝口。

但中午时分，对于一个白领而言应该是工作间隙的时间，朱丽穿得很是休闲。她还在停工？

对于朱丽，明玉就没像对吴非那么客气，当然不可能称之为二嫂，而是照旧直呼大名。说一声“朱丽你好”，坐下，各自点菜。西餐，这是有点儿洁癖的明玉唯一的洋气。

朱丽看见明玉，除了没话可说，还是没话可说，两人的对立太根深蒂固，即使知道明玉讲理，可也知道此人不好惹，心中亲近不起来。朱丽挤啊挤的才挤出一句话：“你好，你看上去气色好了许多。”说出这句话，朱丽就想到上回她一次找遍住院部才见到明玉的面，一次想探访明玉被拒，而今天明玉见她只要一个电话，她是一点儿拒绝的意思都没有。不由心生感慨，她的骄傲都被一地鸡毛埋没了。

“老板借给我一个很好的保姆，所以我现在有饭吃了，我很容易养。”明玉与朱丽说话也提不起精神，“你还在因为我们集团审计那件事停职吗？已经快两个星期了吧。”

“是啊，真快。这两星期真乱。”

“跟坐过山车似的，真是乱。你真准备老老实实停职一个月？”

“大老板喊出一个月，我总得被罚停半个月才能消他的气吧。下周一回去忏悔一下，应该不会再有问题了。”

“那是我的错误，对不起，我当时利用了你。”明玉再次道歉，“这两周时间，事情全乱了套。大哥与大嫂也出问题了，大哥找不到在美国的大嫂。”

朱丽听了前面两句，刚想稍微客气一下，没想到后面几句立刻跟上，将她打蒙了。想到大嫂周日时打给她的电话，大哥大嫂出问题还能为了什么？这才知道明玉邀她见面的真正原因。她答应了大嫂，可是她最终只是逃出家门，却没有解决问题。她的脸一下渗血似的红，羞愧难当，低下头去，手中餐刀漫无目的地切割着盘中蔬菜。

明玉看得出，朱丽心有余而力不足，心里为朱丽惋惜，可惜了这样的人才。她也不忍再在朱丽面前非要先搞个水落石出，令老二家承认了过失，她才将钱拿出来，看着朱丽这样子，她不忍。也不等朱丽表态，她先说话："我今天已经找到大嫂，她是为了宝宝才生那么大气的。大哥也是，他只是一个工薪阶层，为了我爸，把自己家搅得鸡飞狗跳。大嫂让我别找你，大哥也让我别找你们，这样吧，其余七万房款我来……"

"不，不用，我来，我们来，这不是我们出房款，而是我们还欠债。其他的钱，也不用大哥来出。我们来，都我们来。"朱丽讲得很艰难，断断续续。

"可以吗？只有两天了。我不建议你向你爸妈借钱，虽然你爸妈是很爱你的，肯定会全力支援你。你也可以向我出借条，一年内归还给我。"

"不，不用，我自己会解决，不会问我爸妈借钱。"朱丽闭上眼睛，强忍欲流的眼泪，低头好久，才道，"明玉，谢谢你，谢谢你替我着想，你让我无地自容。"

明玉一口一口快节奏、有规律地吃着她的饭，两只眼睛则有一大半时间看着一直低着头的朱丽，她没出言相劝或者抚慰，两人之间的过去不能提起。但她替朱丽惋惜，她想不出朱丽将用什么办法解决七万元，甚至全部拿出爸的二十七万房款，她实在忍不住，才道："其实，这不全是你的责任，你别都揽在自己身上。"

"有什么区别？"朱丽不愿推卸责任，她自己追着明成承担过失，遇到责任的时候当然不能自己先躲。她美丽，从小到大一直是骄傲的公主；她聪明，但她更勤奋，证书傍身工作骄人令她傲然于世，她追求的是体面的生活，可是，这一阵子，她抬不起头来做人。

明玉无话可说，朱丽确实有小小的责任。但她愿意原谅朱丽，因为朱丽只是因为年轻，而不是因为无知无耻。

自己的一份饭很快吃完，明玉看看手表，她还有工作等着，不得不招手叫服务员结账签单，才道："朱丽，我走了。你尽力而为吧，不行就给我打电话。但这事儿你别跟苏明成说，也别和我大哥说，我出钱也只以你的名义，通过你的渠道，我不想与苏家搭界。"

朱丽惊讶地抬头看向明玉，硬是把冲到嘴边的"我也不想与苏家搭界了"压回肚子里。等明玉起身说再见，她还是不知道该怎么开口。她心中打定了主意，她不能再错下去，她也不能再指望明成改过，否则她将永远被动，永远无颜见人。

朱丽咬着嘴唇又呆坐了很久才离开，也没兴趣逛街了。她回去与明成的家，苏大强看见她惊住了，但连忙点头哈腰地赔笑，很快钻进自己的房间。朱丽没搭理他，又收拾了两塑料袋东西回娘家。

该是痛下决心的时候了。

苏大强待在自己的卧室里，却不敢坐下，更别说出去问出心中的疑问。等朱丽忙碌一会儿过来，站门口客气地向他道别，他站在床边双臂贴身一直微笑着应“好，好”。朱丽发了会儿呆，叹一声气，无话可说，开门离开。

苏大强听着关门声响，忙灵巧地迈着碎步小跑到门边，从猫眼里往外看，果然见朱丽下楼离开，整个人这才活泛了起来。忙又小跑到电话边，他记性好，都不用翻阅电话号码本，就拨出明哲手机的一串数字，报告明哲朱丽回家又走的消息。明哲在上海一听，感觉问题更严重，朱丽回来取了东西再走，显然是打持久战的意思了。

但明哲自己好歹是见到了一丝曙光，吴非给他发邮件过来，但不是发给他的，是发给明玉，CC他的。附件是宝宝睡觉的照片，话只有一句：“跟你说会儿话心里好了许多。”明哲猜测，吴非与明玉通了电话，明玉对他凶巴巴的一脸不耐烦，可是该做的事情还是在做。但是，她们说了什么？明哲回邮都不敢多问吴非，也不想打电话问明玉，再听明玉的教训，很是憋闷。

二十八

舍钱为父

明成多年开车，早上去路厂长工厂的时候还早，天气不算太热，自己精神也挺好，坐中巴就坐中巴吧，虽然不方便，还得转车，但这不也说明自己正在努力，能上能下吗？但回来的时候就不一样了——回来时正是下午，太阳晒着中巴车的铁皮顶，车只要停一下，里面就热得像烤炉，开起来的时候有风进来稍好一点儿。可是中巴车三步一磕头，时时停下来等客，明成无奈地坐在里面受尽煎熬。他想，回头几个月工资奖金发下来，凑足了钱，先买一辆车再说，这车子是生产工具，不可或缺。

但美好的愿望还在前头飞，新的车子还在梦想中，这会儿现实的炎热烤得明成昏昏沉沉，他高大的身躯坐在狭小的位置上，苦不堪言，可也只能静心等着到站。朦朦胧胧间似乎听到耳边七嘴八舌讨论得热闹。

“这帮人是小偷？看不出，比我穿得还好。”

“怎么不是？我每天在这车上卖票，早认识他们。所以他们上来前我提醒你们小心。”

“那你还放他们上来？”

“怎么敢不放，我们不想做生意了吗？”

明成越听越不对，刚刚他好像打了个盹儿……而小偷刚刚上来下去一个折腾……他忙又翻看自己的包，顿时一声惊叫："我的包给划了。小偷哪儿下的车？我的钱全给掏了……"

中巴立刻停下，前面司机急切地道："你赶紧报警，三个小偷就在前面一个站下的，你走回去没多远。"

明成毫不犹豫地冲下车，才刚站稳，那辆大站小站都要等几分钟的中巴车立刻呼啦一下飞速跑了，明成想记下车牌都来不及。明成站在热辣辣的太阳下，这才明白，中了中巴车司机的计，人家巴不得他下车免受牵连。明成想找手机报警，可是，还哪里来的手机？而且，回去刚才小偷下车的站，他还能找得到小偷吗？

这时候朱丽收集了买房政策出来，打电话给明成想与他商量一下，但手机一接通，那边阴阳怪气地冒出一个陌生的声音说了几句下流话就挂机了。朱丽气愤地再打，手机已经不在服务区。朱丽很生气，不知道明成这是做什么，气愤地回父母家说说自己的打算。

明成站在路边束手无策，掏了半天才从包底摸出几枚硬币，凑起来是一元多点儿的钱，都不够他坐回城的中巴车。他想了会儿，发了会儿呆，心说真是倒霉，要是开车，什么事儿都不会有。工资攒起来得买车。

但当务之急是回城。明成不得不往回走，大太阳底下，走得汗流浃背，怨声载道。小站倒是不远，好在还有一家小店，明成忙打电话给一个有车的朋友，请他帮忙来接他一下。朋友听说他遭偷，立马儿答应。付了电话费，明成就没钱买矿泉水了。他实在忍不住，趴在小店水龙头下喝了几口自来水解渴。真是霉运当头。

回到家里，中暑了，上吐下泻。明成想去医院，可想到手头没有现金，没力气去自动取款机上取钱，而且也没力气下楼叫车去医院，就躺床上吞着冰块死忍。苏大强看见吓坏了，不知道怎么办才好，不得不打电话给明哲求救。明哲犯难，叫明玉去帮忙还是叫离家出走的朱丽？靠爸爸是肯定靠不上的。

但时间不等人，明哲心急慌忙地拨了明玉的手机。明玉听了，无法抑制自己不冒出一声国骂。

"大哥，我总算知道妈是怎么死的了，冲苏明成一点儿上吐下泻爸都没措施，妈还不给爸耽误了？苏明成的事我不管，吐死他拉死他活该。"说完不等明哲反应，她先挂了电话。她也会挂电话。大哥这是发疯了，以为她就那么崇高吗？连苏明成这渣滓也能原谅？

明哲实在是不好意思找朱丽，上回明成被明玉关进去的时候，朱丽对他多有指责，上星期遇见时大家淡淡的。但是找明玉不顺，他也只有找朱丽了。没想到朱丽的手机正忙。明哲只得另找时机。

占了朱丽手机的是明玉，她不肯管苏明成，可人道还是有点儿的，一脚踢给朱丽，朱丽不管的话，再说。她做事手快，决断快速，这就抢了明哲的先机。没想到朱丽因为对明玉一直抱有戒心，一看显示是明玉的电话，以为她来为中午吃饭的议题追问结果，接起电话就自觉地道："明玉，我已经去了中介，他们答应帮忙办按揭，也说可以办出按揭。我已经与他们谈好，后天大哥来的时候，我们拿钱过去一起去办一下，后续手续周一后我会办完。房子依然用爸的名字，按揭由我们每月打钱进去。这笔钱不会多。"

明玉没想到朱丽跟她说这些，按揭倒也是办法。明玉不急于说苏明成的事，老大个儿的人，吐几下没事，又不是吐血。"只是为了七万块钱的按揭，额外的保险啊、手续费啊可能要多花好多。有点儿不合算。"

"我爸妈也这么说，不过我想既然条件符合可以动用社会资源，还是通过社会资源解决吧。谢谢你中午的提议。"向银行按揭起码不用欠人情，不用在人面前抬不起头，宁可多花一点儿钱。朱丽心里这么想。她上班后节约一点儿，每个月按揭不是问题。

明玉大致了解朱丽的心情，既然朱丽不怕麻烦，那就让她去做吧，只要她自己安心就好。"朱丽，谢谢你为房子的事奔波。我找你说的是另一件事，刚刚我大哥转达我爸的电话，说苏明成回到家里上吐下泻，要我去看看。我说实话，非到无人接手苏明成时我才会帮忙，我厌恶他。你呢？"

朱丽愣住，明成怎么了？他一个人住着出问题了吗？

明玉见朱丽久久没声音，以为她为难，又不便拒绝，只得道："如果你不想去，我找个人过去吧。朱丽，别为难自己，再见。"

"哎，我去，我这就过去。"朱丽忙阻止明玉，一边已经走向卧室，准备换衣服出门。手忙脚乱的，穿衣服都颠三倒四。

明玉看看手机，放到桌上，心说朱丽与吴非差不多，心里恨丈夫恨得牙痒痒的，措施也会拿出来，但是丈夫遇到问题了，她们都着急。换她呢？明玉都怀疑自己心狠手辣，第一个出刀子杀丈夫的就是她。她忍不住随手打开邮箱给石天冬发去一个邮件，说女人怎么都那么傻，那么重感情。搞得石天冬莫名其妙，回邮问她怎么回事，她又觉得一言难尽，只说是家务事。虽然没说出来，却还是觉得顺气了好多。

朱丽只跟爸妈说了与明成谈判，没说明成有事，怕爸妈着急跟上。朱爸朱妈见女儿去与女婿谈判，大力支持，也不再要求明成出马来接，只要女儿家没事就好。

朱丽急急打车回到家里，见到处黑灯瞎火，只有书房的灯光从门缝里透出来，朱丽打开门一看，充足的冷气扑面而来，公公正埋头于电脑面前忙活，都没看到她来，太平无事的样子。朱丽不由得起疑，瞧公公一副没事人的样子，难道这是明成设的一个圈套？她拧起弯弯的眉毛，冷下了脸。

走到卧室门口，果然见隐隐光线中有一个人躺在床上，卧室没开空调，里面一股酸臭味儿。朱丽打开灯，见明成缓缓回过头来，嘴唇失色，果然是身体虚弱。见到朱丽来，明成心里好过许多，忙撑着想起身，朱丽上前按住他。一个叫“朱丽”，一个叫“明成”，场景凄惨，好像两人分开了好多年。朱丽心中再有气，看到这样的明成，她也气不起来，只有叹一声气带明成去医院看病。明成也是，两人都把最近心里的疙瘩抛到了脑后。

可朱丽心中无法克制对公公的厌恶。她下午回来的时候也是，公公一见她回来，立刻将客厅柜式空调关了。要用就用，光明正大地用，鬼鬼祟祟干什么。既然知道耗电，那就换个小房间用，打量着儿子的钱不是钱，杀大户一样。

只是，朱丽的这趟出走，让明成心中危机感愈重，心里感受到很大的压力。而这压力，他无处诉说。

他是那么爱朱丽，他又是那么怕失去朱丽，他最爱的妈妈已经去世，他只有朱丽，他必须使出浑身解数拉住朱丽。朱丽对他还是好的，否则不会在听说他生病时急急赶来，前面什么过节都不提起。他不能失去她，他必须不断给自己加压，他必须上进，再上进，不能让朱丽看不起。他要做很多事，他必须努力活得光鲜，再不能如过去那样懒散。

明成虽然留恋过去的好日子，可是也知道人无远虑，必有近忧，他不得不放弃过去的悠闲生活。

第二天朱丽送明成去上班，跟明成说了她准备按揭给他爸买房的打算，说到由他们五年内付清银行按揭贷款，明成忙信誓旦旦地向朱丽表示，他会好好工作，争取提前还贷。他得给朱丽信心，他必须告诉朱丽，他会站起来，他是个男人。

苏大强一见两夫妻出去，立刻又打电话报告明哲，万事大吉。明哲很为两人高兴，朱丽回家就好，可见两人之间不是原则性的矛盾。只是现在明成手机没开，他不能去电问候明成。

周末，苏大强在两个儿子一个儿媳的簇拥下，交出卖掉一室一厅的二十七万，以及明哲带来的五万，又在中介办了一些手续，签了不少字，他终于可以搬家了，而且是搬到两室一厅，周一之后做出来的房产证、土地证只有他的名字。苏大强满脸兴奋。

一行四人叫了一辆车，搬上苏大强有限的所有细软，明成家的、被苏大强用了半年的床褥等也都卷上，杀奔新屋。走进屋里，中午的阳光正是灿烂，苏大强开心得不知怎么才好，眼睛亮亮地笑着从这扇门到那扇门地晃悠着，没完没了地走着，绕得儿子们头晕。

明哲与明成索性不管他，两人拿出卷尺丈量可以放冰箱、洗衣机和电视机的空间。苏大强不要旧家具，正好这套二手房有几件壁橱等原房主搬不走的家具可用，只要添上几件电器，勉强可以方便地生活。

朱丽走到阳台上张望。这几天她的心每天围着这房子转，都已经审美疲劳了。终于可以恢复无拘无束的生活了，朱丽想，不知道明成在他爸搬出来之后，会不会恢复以前的活泼热情。她总觉得明成现在勤快了、用功了，但冷漠了、虚伪了。朱丽知道，她出走后回来，明成对她依然很好，而且比以前更迁就她了，仿佛有点儿唯唯诺诺的，这样的明成让她觉得陌生。朱丽希望他那变化只是暂时的。

这一处的小区因为年代稍久，从窗户看下去绿树成荫，房屋间距不是很大。时常有老年人进进出出，可见这儿住着的老年人比较多。不像她住的小区，见车子多过见人。明玉住的小区白天可能更是只见屋子不见人。

过了会儿，四个人浩浩荡荡打车杀奔电器商店。在车上，苏大强已经兴奋地对着明哲道："我现在眼睛很不好了，看什么都模糊，这回电视机再换大一点儿的吧。”

明哲耐心道：“去商场看看，主要是得看看电视机底座能不能放到现有的电视柜上面。”

苏大强想到儿子赚的是美元，美元啊，拿点儿来给他花花，随便他怎么花都够了。“不行就把电视柜换了吧，报纸上还说有液晶电视，薄薄一片，肯定能放得上。还是眼睛要紧，眼睛要紧。”

明成阴阳怪气地道：“干脆给你买台背投，小电影似的，不用电视柜。不过缺陷是你客厅不够大，会看得头晕，要不把房子再换大一些，专门弄个放映厅？”

“还要搬房子吗？”苏大强还真认真上了，看着明成，满眼都是憧憬。

“跟你女儿套套近乎，人家一幢海边别墅正空着，你想住随时去住。”明成说得一本正经。

苏大强立刻沉默了。老婆都惹不起的人，他哪里敢惹？明哲与朱丽在旁边听着，都没搭话，任明成揶揄。自苏大强提出电视机要再大一点儿的，他们已经在心里嘀咕了。三米六宽的客厅，放上一台二十九英寸的电视，走路都得收腹挺胸，老爷子真是敲竹杠。只要明成说得不过分，大家都心照不宣不去阻止。但明成略感郁闷，估计老头子没法完全确切地领会他嘲弄的精髓。

那户人家原来用的是二十一英寸电视机，因此商场所有二十五英寸的电视机底盘尺寸都比那电视柜大。明哲想着爸妈以前看二十五的，现在换二十一的有点儿亏待，准备去弄块厚板垫到电视柜上之后，再放二十五的上去。明哲现在手头紧，又刚经历了一次失业风波，花钱不得不理性。想到明玉车库里那台依然很不错的旧二十五英寸电视机就心疼钱，但想到父亲的号叫又心疼父亲。两者相权，他还是舍钱为父。

二十五英寸电视机放苏大强那两室一厅里算得上是庞然大物，但放在商场那么多大电视机中间简直可算小巧玲珑。苏大强越看越不满意，扯着明哲袖子小声要求买再大一点儿的。明哲给他解释的时候，明成却催着服务员径直去开了票。苏大强没办法，只得作罢。

到了冰箱区，苏大强只认准西门子零度冰箱，因为他常在电视上看到广告。但明哲告诉他，他那厨房放冰箱的位置只有五十二厘米，西门子零度冰箱放进去，他的厨房门就别想关了。苏大强又扯住明哲的袖子，小声告诉明哲，他以后一个人过了，现在人也老了，腿脚不方便，不可能天天上菜市场，家里冰箱里得多储备一些吃的。明哲告诉他，165升的冰箱宽度差不多五十厘米，里面塞足食物，够他吃一周的，他公寓里用的才135升。苏大强又告诉明哲，那台165的冰箱非抽屉式冷冻室里放食物容易串味儿，等一周放下来，他成天只能吃猪肉味的鸡肉、鸡肉味的鱼了，饭都吃不香，做人还有什么味道。明哲跟父亲讲数据，苏大强跟儿子结结巴巴、心惊胆战地讲他的要求。明哲终于被烦不过，给父亲买下那台西门子零度冰箱，但他心里挺火，决定眼不见为净，将送货时间定为周一，让父亲自己去安排位置。

旁边的明成与朱丽无话可说，只能拿这当活剧看。朱丽听了明哲气愤地说出周一送货的意图，她也决定周一坚决找别的事做，对，她回去事务所向大老板忏悔要求上班。

买空调的时候倒是没有太多异议。苏大强想两间卧室、一间客厅都装空调，被明成一句“你付得起电费吗”打了回去。明哲这回也是旗帜鲜明地说他没钱了，苏大强只得买了一间卧室空调作罢。但事前与明哲讲明白，以后他周末回来看老爹的时候，住那间没空调的房间别嫌热。明哲只能翻白眼儿，心里开始怀疑上周父亲向他哭诉的那些话的真实性。不，他不怀疑父亲撒谎。但是，他怀疑，这样的父亲眼睛里看出去的人物有几个是正常的。

正当众人以为这下买得差不多了的时候，苏大强却眼睛一亮，发现了电脑区。他欢快地跑过去，站到一台液晶显示屏电脑面前。明成本来袖手旁观，他现在拿不出钱，仅有的现金还被小偷偷了，这会儿还靠着透支信用卡过日子，但到这时也终于忍不住问一句：“大哥，你还有钱吗？”

明哲摇摇头：“差不多了。我总得留出生活费，还没发工资呢。”

明成拿下巴指指已经被热情的服务员邀请着坐下捏起鼠标的父亲，明哲又不好说什么，他还指着自己能在弟弟妹妹们面前带头孝敬父母做榜样呢。他只能道：“下个月吧。等我下个月发工资。”

明成歪嘴笑了声，道：“爸还缺微波炉和烤箱各一、助动车一辆、数码相机或摄像机一台、专门可以冬天窝被窝里看的电子书一台，音响也没有，不过幸好那么大年纪了，驾照没法考出来，否则还缺汽车一辆。嗯，还得请个保姆。”

明哲听了哭笑不得，心说，爸可能还真提得出来。他看看父亲在电脑面前小心地忙碌着，见明成有朋友过来打招呼，他便过去父亲那边。苏大强见他过来如见救星，抓住他的袖子道：“明哲，你看这个电脑怎么与明成家的不一样，我看着都不会用了。”

明哲最怕爸扯他袖子，夏天袖子短，扯袖子就跟搔他胳肢窝似的。但对这个父亲，他真是没办法了，他要扯就扯吧。只好看看电脑道：“界面都差不多的，没什么两样。”明哲没进过明成家书房，不知道他家电脑什么样子。但想想也应该八九不离十，都是一种操作系统，最多窗口图案不一样。

苏大强坚持道：“不一样，不一样的。这种我不会用，我要明成那种的。”

明哲心说，还真被明成说中了。他耐心道：“我们这回暂时不买电脑，我带的钱不够。以后再说吧。”

苏大强倒也听话，恋恋不舍地起身，却又拉住明哲的袖子，可怜巴巴地道：“可是……可是……我现在每天都得上网找小说打下来看。明哲，我现在眼睛不好，看不来书上印的小字，我得看自己打印出来的大字文章。我现在都离不开电脑了，我一个人没事可干挺寂寞的。”

明哲心想，好嘛，又添一台打印机，不知道后面还有什么。明哲没有回答，他已经懒得回答了，又不好说没电脑又不会死，拖着拉着他袖子的老爹过去明成那儿。

明成见明哲过来，笑道：“刚刚那朋友过来问我有没有个妹妹叫苏明玉，我说没有。他才放开了胆子说，说苏明玉手段特别好，搞七搞八不知道怎么攀上他们老板，搞得销售公司另一个大头被她踢走，老板的老婆、二奶也被她下黑手处理了，现在整个集团，就她和他们总裁的车子档次一样，进进出出风光得不得了。”

朱丽道：“乱七八糟，我不相信，大哥别听明成的。”刚刚朱丽听明成的朋友八卦两句就走开不听了，回来竟然听明成带着一丝嘚瑟向大哥转达，心里别扭，明成这样子与长舌妇有什么不同？朱丽与明玉几次接触下来，虽然不愿意亲近明玉，可是也知道此人不寻常，不是胡作非为的人，更不是以色事人的料。

明哲听了皱眉，严肃地道：“明成，以后再听见有人这么说你妹妹，你照着他的脸就给一拳。女人的名声能被折腾吗？明成你别笑，明玉是你妹妹。”

明成被明哲说得讪讪的，虽然嘴上应着“好”，脸早扭开去了，果然看到朱丽的一张俏脸也是不满，心里知道自己这回是犯众怒了。明哲那儿他还可以抗辩，但是既然朱丽也不满，他还是不说了吧，他觉得朱丽现在有点儿被明玉收买了的样子。正好父亲又是絮絮叨叨：“明哲，你是学电脑的，你给找找这儿哪有跟明成家一样的电脑。”

明哲像看陌生人似的看着父亲，不语。朱丽也是摇头，想起明成被抓第二天，公公也是啥都不管，只想到自己会不会没地方住。只有明成终于抓住机会，道：“我家的是iMac，操作系统与微软的不一样。得去专卖店买。”

苏大强只想着自己的电脑，想到如果今天不要求的话，明天明哲一走，就啥都没指望了，忙紧紧拉着明哲的袖子，轻轻道：“明哲，让明成把他那台给我吧，你另外给他们买台新的。我现在每天都要用电脑呢。”

明哲道：“下个月我给你买，回头我教你怎么操作。很简单。”说着给明成夫妇递了个眼色，他得赶紧拉父亲离开，否则还不知道他再想出买什么东西呢。他不是不想提高父亲的生活质量，但父亲也得考虑考虑他呀。他如果有万贯家财，不用等父亲说，他自己主动上门帮父亲将家电配备齐全了。

朱丽灵活，见此忙道：“没想到下午出来才做几件事，这都快五点了，我们先去吃饭，吃了饭再说。”

苏大强忙跟上明哲，他是断断不敢跟明成的，现在只有明哲是靠得上的。他跟着明哲，趁热打铁：“明哲，都已经上街了，等下我们拐去专卖店看看好不好？先看看是不是跟明成家的一样。”

明成后面跟着，道：“早不一样了。现在的都是液晶屏，我们的还是老式的。”

“那我要最新式的。”苏大强毫不犹豫地说。

“敲竹杠啊。”明成终于忍不住，说出明哲的心声。

苏大强吓得一激灵，忙靠到明哲身边，紧紧贴着明哲。明哲终于也忍无可忍，但终究没说父亲什么，只回头对明成道：“明成，你看……以前妈担负的生活压力超过其他女人。”明哲想，有这么一个老公，这三十多年，妈真不知怎么熬过来的。他才忍了半天，都已经快受不了了。爸即使再冤，妈能忍他三十多年，含辛茹苦把三个孩子拉扯大，已是功德无量。

明成一听立刻一声“对”。这话他爱听，妈在这个家里劳苦功高，但很多人不理解，只看到妈的泼辣。比如明玉就不理解妈，事事与妈作对。

明哲又对朱丽道：“我叫上明玉一起来吃饭，行吗？”从这一周种种来看，他觉得明玉和朱丽现在可能沟通交流联系得挺好。

没等朱丽回答，苏大强一声“不要”立即出口，明成则道：“大哥，只要你请得来，一起吃也行。”还是朱丽厚道，微笑道：“大哥，明天你单独跟明玉吃吧，叫上我也行。”

明哲刚才听了明成转达的他八卦朋友说明玉的话，很替明玉难过，想找明玉说说，但见此只能作罢。他准备饭后再与明玉联系。明玉虽然对他没好气，可她该做的事一件不落，明哲被明玉呛后回头想想，明玉其实还是帮着家里的，所以明哲想趁爸搬家的机会叫明玉过来一起吃饭热闹热闹。

没想到，还没走下楼梯，明成接到一个电话，嗯嗯啊啊几声之后，放下电话，满脸变色，汗珠密密地从额头沁出，他简短地冲朱丽道：“周经理来电话，让我过去一趟。说大家都在等我。”

“不许去。”想到以前明成衬衫领子上的口红印，还有明成不知道怎么借出来的十万块钱，朱丽心中对周经理充满敌意。

明成不敢将电话内容告诉朱丽，故作镇定地道：“有事，是要紧工作。你陪着大哥，我完事就回来。”

朱丽不情愿地看着明成匆匆离开，与明哲和苏大强随便吃了晚餐，去苏大强新家稍微收拾一下才走。可朱丽不大会做家务，说是收拾，其实还是明哲在做事。

明成离开朱丽、明哲他们，这才慌乱地夺路出去，找车子与周经理他们会合。

原来，明成的部门中一位付了投资款的同事不满足于平时只与沈厂长电话联系获得安装消息，因为周末有空，一腔热情地带着老婆孩子驾车前去沈厂长的工厂，带着DV，准备拍点儿筹建花絮回来自家看着高兴。没想到过去一看，工厂铁将军把门，看进去里面没一点儿生气。明成的同事急了，翻门而入，遍地搜寻，可哪里找得到他们花钱购买的设备？即便是沈厂长原来车间里的那些还在生产的旧设备也被搬运一空，只余空空如也的车间。

打手机给沈厂长，沈厂长刚开始还一如既往地热情地汇报“安装进度”，但一听明成同事说正在搬空的工厂里面，沈厂长立刻关掉手机。再打，已经是手机不在服务区。

明成同事急得冷汗直往外冒，立即打电话通知周经理，周经理蒙了。等到大家聚集到空无一人的沈厂长工厂门口的时候，见此情景，毫无疑问，讨论都不用讨论，一致推定，大家中计了。明成更是蒙了。屋漏偏逢连夜雨，这二十六万里，有他卖车的钱，这也罢了，其他十三万却是他分别向舅舅和周经理借的，天啊！再加父亲按揭的七万，他什么时候能还出？而且……而且这投资还是他发愤图强计划的重要一步啊，他瞒着朱丽，气得朱丽离家出走才做成的投资，他还指望着年底的红利让他在朱丽面前扬眉吐气呢，可是，现在这样子，别说是红利，本金都没了。他可怎么向朱丽交代？明成蒙了，感觉头顶有乌云压城，他回家后果可期。

最先到的同事的妻子已经在哭泣，而110警车也随后赶来。警察开口问情况，大家目标一致地对准了拉来这笔投资生意的周经理。于是，周经理被警察带到一边简单问话，几句之后，大约因为看到案情涉及金额巨大，情况严重，大家饥肠辘辘地被带到沈厂长工厂所在地的县公安局。

明成虽然对公安局的环境有些心理障碍，但此时他只有狂热地将破案拿回钱的希望寄托到警察身上，恨不得不回家在警局住下来盯着他们破案。他比谁都急。

在场的人个个儿都急，周经理一个人掏了一百三十万呢，可是沈厂长以前是她的生意伙伴，这个投资项目是她考察后引进给部门同事的，这会儿面对警察的提问，她有苦说不出。警察问她为什么为什么为什么的时候，她背对着这些同事，回答得异常艰难，平日里她因为业务出色，一向凌驾于众人之上的嚣张气焰此时荡然无存，她感觉得到同事怒火中烧的眼光烧灼着她的背部。她巴不得永远面对警察，而不用回头面对这些同事。虽然，最后是大家决策、大家共同与沈厂长谈判，可她是引进人，她心里想推卸责任，可大家能放过她吗？此时找不到沈厂长，她还不成了众矢之的？她又不是笨人，她心里清楚。相比公司同事，她受双重煎熬。

警察问来问去，不过就是这些破事儿，又是周末又是夜晚，也无法做得太多，大家签字画押出来。

都没法回家交代，全用自家钱的回去得挨老婆骂，借用丈人钱的前一刻还是丈人赔笑脸，这一刻成了众矢之的。而明成更复杂，向舅舅借的钱，还有向周经理借的、他自己房子和父亲房子按揭的钱。他身上压着的这三座大山，还让他怎么做人？

所以大家都拖延着回家，避得一时是一时，再说都没吃晚饭，眼下饥肠辘辘，有人提议去吃饭，竟然获得全体响应。大家这回都自觉蹭进一家小饭店，不敢再乱花钱。而且，进门前就说好，AA。

该怎么办，回家怎么与老婆说，以及沈厂长会逃去哪儿，这是饭桌上大家唯一的议题。至于沈厂长为什么会卷款逃走，那只有等明天警方搜查工厂后才能见分晓。而毫无疑问，上周沈厂长的什么庆功宴，那是他为稳定人心放的一颗烟幕弹。

周经理特别郁闷，一上来就猛喝啤酒，不肯说话。她的目的也很明确，喝酒了，可以装酒醉，别人说什么都可以不应，当没听见。但大家在事情水落石出之前，虽然有怨言，有对周经理的怒气，可还都不敢当场冲周经理发火，大家都还得在这圈儿里混呢，还得靠圈子里混着赚钱将二十六万损失平了呢。所以，周经理更可以将有些针对的牢骚忽略不计。渐渐地，她有些喝多了。

但再喝多，周经理心里还是清楚的，知道场上唯一可以抓的只有苏明成一个，因为她手里握着苏明成的十万元借条。所以吃菜喝酒到一半，周经理感觉酒劲儿上头的时候，就一如既往地指挥明成：“小苏，你送我回家。”

没想到，明成这时采取的是和周经理一样的战术，他怕回家遭朱丽提问，不，审问，他想把自己灌高了回家立刻装睡回避。他原本只想着稍微灌高一点儿，只要脚步有点儿踉跄给朱丽喝醉的感觉就行。但没想到喝着喝着就开闸了，最近几天的不顺事情件件走马灯似的在脑子里盘旋，包括他最不愿想起的在看守所的两夜一天。他心中越发气闷，借酒浇愁原本就是人类的普遍行为，明成也不例外。

明成喝得比周经理还醉，本来心中就埋怨周经理引来这种投资给大家，也埋怨周经理知道他没钱还欲擒故纵害他卖车签借条投资，最终欠下一屁股的债。他心中对周经理一腔儿的怨，只可惜大家都没骂出来，他也只有拿酒杯堵自己的嘴，偏周经理还理所当然地抓他的差，他心中的火气一下找到了宣泄口，他不愿做老实的杨白劳，当下阴阳怪气地道：“周经理，在你鼓励下，我早把车子卖了把钱送给了沈厂长，你这是要我背着你回家？”

周经理脸一沉，仗着酒劲儿杀一儆百：“小苏，你说话要负责任。大家在一个部门，有好处我引荐给你们，大家利益均享。好，现在投资出现问题你把责任推给我，那我也无话可说，幸好其他人是理性的，否则我只有剁碎了自己向你小苏谢罪，是不是？那好，我以后再也不敢把好处推荐给你，刚我给你的两单生意，明天你给我吐出来，免得害你。大家——你们都是见证，我姓周的以后再做这种出力不讨好的事，周字写脚底下。”

说完，周经理拂袖而去，留下桌上其他人面面相觑，但都保持了周经理嘴里的理性，没一个人说话留住周经理，也没一个人再出声埋怨周经理，怕第二天被谁传到周经理耳朵里惹祸。因为大家做的是同样的生意，有的手里还有周经理交给的单子，别像明成一样被没收了，而有的人知道，周经理可以成事不足，败事有余。她有那能力。但也没人劝明成立刻冲出去向周经理道歉，自己的事情还烦不过来呢，谁有心思管别人。再说，他们还得靠着稳定工作挣钱还债，谁也不想节外生枝。

只有明成醉眼冷看周经理走，心里得意，弹着桌子还吆喝了几声，正好可以让走出去的周经理听见。他终于把想说的大声说出口，心里总算有一丝痛快，不知不觉又多喝了两杯。回到家里，又吐了个痛快。

既然父亲已经有了新家，明哲当然宿在父亲家里。第二天去超市，明哲不敢叫上父亲，他给父亲搞怕了。真怕父亲走进超市里面狮子大开口，酱油要日本的，面条要意大利的，料酒要法国的，水果要以色列的……不满足父亲，父亲又叽叽歪歪扯着他袖子轻声细语，他真受不了。他又不能学着以前的母亲对父亲来一声狮子吼，他只有能躲即躲，想出一个主意，请父亲去探索附近一家菜市场，让父亲买些菜蔬回来做中午饭。

明哲买了大包小包直到打出租车到家了才打电话请父亲下来看着东西，他一次一次地上楼下楼搬运，但忙碌完毕看到父亲买来的菜，明哲差点儿晕过去。一根青瓜、两个鸡蛋、一把一手可以抓起的鸡毛菜。明哲就这么吃得半饥半饱地回了上海。

走之前，明哲怕父亲一个人待在家里胡乱吃，也是这么一根青瓜一把菜地过日子，便顺着父亲有点儿贪小便宜的德行，与父亲约定，让他天天记账，记录买了些什么菜，花了多少钱。以后，父亲花在买菜上的钱是一元，他报销五角，以此类推。给父亲一些吃好点儿的积极性。明哲走的时候有些哭笑不得，但更多的还是对父亲独自生活的担心。万一有个头疼脑热，没人在他身边，谁照顾他呢？妈妈已经因一次危险而长逝，他必须为独居的父亲考虑。

可是，他只能一步一步地来，他充分体会到心有余而力不足的无奈，那边，他还没有把吴非讨好过来呢。这回，吴非并没有因为危机解除，买房加入朱丽按揭提议并付诸实施而回心转意，吴非在电邮里说，要明哲自己挖掘挖掘如此独断的思想根源，搞清楚家是夫妻共有，他父母家的河东狮吼是不对的，现在他想男人当家也是不行的，夫妻必须公平合理地分配家庭资源，谁都有说话的权利，钱得花在刀刃上，而不是感情用事，他们还没那么富有，吴非要他想明白了再回话。

但明哲想不明白，他又不是不想照顾吴非的父母，只是因为现在他父亲的事情比较急，他才先办了他父亲的事。对于吴非的一再不理解，明哲心里也是很反感。到上海工作后，几个非上海籍的中国同事说上海人爱斤斤计较，他觉得有点儿道理。吴非这个上海人太会计较了。所以，明哲也有点儿打不起劲儿道歉，干吗呢，他在父亲买房这事上已经多次后退，吴非现在是得寸进尺。他这回不想再轻易地退。

二十九

撕破脸

明成第二天醒来后，见朱丽不在身边，时间已近中午，虽然肚子有点儿饿，可还是赖在床上不敢起来。怎么办，说还是不说？他还有何颜面面对朱丽？这一回，朱丽又会作何反应？

他想起刚交朱丽这个女朋友的时候妈妈给他的警告，妈妈说，朱丽是个娇生惯养的女孩子，这种女孩吃不得苦，做妻子麻烦，得一辈子供着她。当时他坚持要朱丽，妈妈也没话说。但在这个他欠了一屁股债的时候，他的脑袋里不知不觉就冒出好几年前妈妈说的这些话。妈妈一向料事如神，如果真如妈妈所说，朱丽难道会离开他？

但能不说吗？朱丽现在记账，以后每个月要还钱给周经理，她能不知道？他的努力工作还无法换得太快的回报，一个月工资里被扣一万，以他目前的收入，他将没法交钱给家里，朱丽迟早得知道。可是，他能不还钱吗？那可是白纸黑字的借条。

想着想着，明成的头皮嗞嗞地疼。怎么办才好？是和朱丽说清楚，长痛不如短痛，还是一直瞒到底，抵死不承认，以后拆东墙补西墙？可是，他瞒得住吗？

想到朱丽肯定会有的反应，明成心情非常低落，非常怕起床面对朱丽，他赖在床上更不想起来。想到即便是他没事的时候，周围已经有那么多人对美丽的朱丽虎视眈眈，朱丽不屑才没出事，如今，朱丽看不起他，朱丽还会坚持吗？明成非常担心。

只是，他已经记不起昨晚是怎么回来的，有没有与朱丽说胡话将这事说起。如果已经跟朱丽说了，那倒真是好事了，起码，朱丽现在在外面，有声音传入，说明她没离开。

一会儿，有电话声音响起，但才响一下，就被外面的朱丽接了，然后是低不可闻的说话声。明成很是担心这个电话的内容，很想抓起床头的电话听听电话里在说什么，是不是与投资被骗相关的事。但他没有行动，他浑身无力，懒得动弹，整个人好像是泄了气的皮球，前几天刚充填起来的气全给泄了。

但很快听见有几不可闻的脚步声接近卧室，他忙转身闭眼继续装睡。只听门轻轻打开，朱丽在身后轻呼："明成，你已经睡了十二个小时，该起来了。你大哥打电话来问你要不要去你爸新家吃午饭。"

明成没有吱声，不敢吱声，他怕面对朱丽。但只听耳边"嘀"的一声，空调被朱丽关了。而且朱丽还进来将窗帘拉开，漏进一室阳光，晃得明成眼睛难受，朱丽将窗户打开了，室内立刻热了起来，没法再躺下去。

明成只能嘀嘀咕咕起床，但没看朱丽，揉着眼睛当作还迷糊着，走进主卫，一进去，就被一股臭气顶出来。"怎么这么臭？楼上漏水？"

"你自己昨晚嘴巴没关住，漏了，你全忘了？你用客卫吧。昨天把你这个臭人收拾干净又扔掉一块毛巾。"

又？明成一转念就想到前面什么时候扔过毛巾，那是他放出来的那天，洗澡的毛巾和衣服全给扔了。岳母大人说晦气。明成非常敏感地想，原来朱丽一直记着这事儿。明成脸上强笑，心里不悦，更加垂头丧气。

朱丽看着有异，但也说不出哪儿有问题，见明成进去客卫后将门关得紧紧的，她站在外面忍不住问："明成，怎么了？昨天周经理叫你去究竟出了什么大事？你从来没喝那么醉过。"

待在卫生间里，不用面对着朱丽说话，明成觉得安全。他迟疑片刻，勉强打起精神问："我昨晚回来是不是胡话连篇？呵呵，你昨天被我臭死了吧。"

朱丽在外面道："你要是胡话连篇倒好了，我起码还能听到几句酒后真言。可只见你嘴里吐垃圾，不见你嘴里吐真言。"

明成不知道该不该庆幸，他更希望昨晚吐了真言，现在能面对已经发飙完了却没离开的朱丽，但他想到自己现在关在客卫里，没有面对着朱丽，这不也正是吐真言的好时机？这事儿瞒不住朱丽，以后还得指着朱丽帮他一起还周经理的钱呢。他在里面闷了好一会儿，闷得外面的朱丽快不耐烦的时候，才干咳一声，道："朱丽，昨天……沈厂长卷了我们的投资款跑了。"仅此，再多，明成已经无力说。

然后，明成竖着耳朵也没听到外面有任何声响。他很想推门出去看，可是不敢。他怕看到最愤怒时候的朱丽，这个时候，能避一时是一时。

但明成没等多久，就听外面朱丽用压抑着愤怒的声音道："二十六万，一辆汽车加十三万借款，我早跟你说不行，你偏偏不信。"明成不答，外面朱丽顿了一顿，见明成没声音，又道，"你不是急于拿这投资证明什么吗？好，这答案来得真快。苏明成你怎么说？"

明成听了这话，脑子里嗡嗡一片，更是无地自容。原来朱丽早就知道他急于投资的目的，她一直在边上冷眼等着看结果呢，而他就是不争气，这么快就给朱丽一个"完美彻底"的结果。他还有什么可说的？他无能。明成简直灰心到了极点，仿佛朱丽就站在他面前，将他这个人看了个透，满脸都是蔑视。是，他点儿背，朱丽有理由看不起他。

后面，明成好像听到朱丽在问什么，好像是在问周经理他们怎么样，报警了没有，等等，但是明成已经懒得回答，朱丽这么聪明的人，还能想象不出来昨天的情况？他也烦着呢，他难道不心疼这笔钱？可朱丽也不用为这点儿钱就看扁了他吧，又没多少，最多两年也就赚回来了，急什么急。可是，这话他也懒得说，他只是机械地洗脸刷牙，完了抱头坐在马桶上，不出去，也不出声。

明成等着朱丽最暴烈的发作，只是隔着一道门，希望这道门帮他抵挡一些朱丽的怒火。

明成等，可等了很久也不见预料中的疾风暴雨出现。直到，也不知等了多久，又有电话进来，电话响了很久没有人接，明成想，难道朱丽气得跑回娘家去了？那倒也是应该。他又候了会儿，终于忍不住卫生间的狭小闷气，走出来，没见朱丽。他心中慌乱，也有点儿庆幸不用直接面对朱丽，小心地到卧室看看，也没人。这才喘一口气坐在沙发上发呆。

他看到，茶几上放了一份他的早餐，分别是酸奶、已经涂了果酱的面包，还有果汁。可是他没有胃口，他连动一动的兴趣都没有。前不久他中暑挽回了朱丽，而这回呢？朱丽走了还会回来吗？他凭什么去请朱丽回来？他现在一点儿底气都没有。

他心中唯一存着的一丝侥幸是，沈厂长能被抓住，他的钱多少能要点儿回来，起码，能要回十三万的债。

明成这时候非常想念妈妈。如果妈妈在，妈妈肯定会给他最好的指点。可是，妈妈走得那么突然，妈妈的去世，带走了他所有的运气，他觉得自己现在像个无助的孤儿——那个有名的雾都孤儿——他需要妈妈。妈妈即使什么都不说，只要看着他就好。妈妈……

明成打起最后一点儿力气，抽了花瓶里一朵颜色最红的康乃馨，即使现在最心烦意乱、最意气消沉，他还是知道，康乃馨是送给母亲的花。但出门时，又忽然想到，以前朱丽除非是搭搭颜色才买一两枝康乃馨，她一向对没有灵气的康乃馨多有腹诽，怎么现在花瓶里插康乃馨了？明成稍微脑筋一转，便明白，还不是因为万恶的金钱。夏天的康乃馨又大又便宜，而且开的时间长。

虽然又要搭又热又危险的中巴车，但明成默默承受。他必须去看看妈妈。

进墓园的这段路径，明成闭着眼睛都能走。今天不是什么大日子，墓区几乎无人，明成走过去，时时惊起几只斑斓飞鸟。明成有一肚子的话，但是真看到母亲的墓碑，反而什么话都没了。将那朵花斜斜放在碑前，鞠躬再鞠躬，然后便是沉默。明成坐在那块未来给爸用的石碑前，看着碑上的空白，淡淡地想到，爸现在巴不得不看到一丝一毫与妈有关的旧物，以后还怎么躺到一口墓穴里？但这想法只是一闪而过，明成便不再想它。

明成又燃起一支烟，但这回是吸的时间少，发呆的时间多，发呆的时候也不知道在想些什么，他甚至不敢在妈妈墓前想投资款被卷走的事，怕妈妈感知到，在地下为他伤心。烟头烧到手指，才恍然惊醒，走开去将烟头扔进垃圾桶。回来，再对墓碑鞠躬。

“妈妈，我们都挺好，过得很不错，您别挂念。”明成这一躬拖了好久，两手支在腿上，支得手指发白。好容易，才抬起头来，长嘘一口气，“妈，我很想你。”说完，明成便抿住了唇，不再开口，怕开口，会发出一声长叹，甚至管不住嘴说出什么，扰了妈妈清净。

但胸中的一口浊气却翻来滚去，迫着他不得不张口。他只有转身走了，走出老远，才张开嘴，吊起脖子，唱京戏似的长呼出一声“啊……”空旷的墓地只有回声应和，远远近近的鸟儿都惊得四散飞了开去。正午的阳光落在孤独行走的明成脸上，这张脸，已经没了过去的婴儿肥。

朱丽并没有让投资款被卷走的消息震昏，但她很需要明成出来表态。可是，任凭她怎么问，即使她一退再退，只问昨天事情的处理，问别人是怎么对付的，而明成就是把自己关在卫生间里面不出来，也不回答。朱丽这才明白，明成昨晚为什么喝醉了回家，今天又为什么赖着不起床。他不敢面对她。人说好汉做事好汉当，可明成没有担当。

明成的躲避、明成的沉默，犹如两桶汽油浇上朱丽刚刚萌发的怒火，朱丽燃烧了。但朱丽从附近的超市晃荡了一圈出来，在超市门口的一间运动服装店的镜子里看到，自己竟然没有如常的因遇见烦难大事而流泪，可是，眼睛是反常的凉，脸是反常的冷。

朱丽在心中大吼一声：我不要做淑女了！她很想冲进洗手间将明成抓出来，看三棍子能不能打出一个屁来。虽然已经在超市里面疾走一圈，可现在抡棍子揍明成的愿望还在冒泡，朱丽心想，我为什么要出走？明明犯错的是明成。朱丽愤愤回家。

可回到家里，明成却已经不在客卫，已经出门，钟点工正在满嘴嘀咕地打扫被明成搞臭的客卫。

朱丽心虚，站门口向钟点工阿姨说了些好话。忽然想起该是付工资给钟点工的日子，她忙取出钱先交给钟点工塞住钟点工的嘴，可发现这样一来，自己包里的现金见底了。她上网加电话咨询地将自己和明成的银行账户都清了一遍，她的账户里面还有两千多元，而明成的工资卡上已经是负数。再细查明成的明细账目，原来，月中扣除两个月的电费一千多元，而明成周四被偷包后，周五从银行取款三千元，又有一笔两千多元透支，明成的卡里面总共出现五千多元的负数，成了小小的“负翁”。两人的账户加起来，负资产。

想到领工资的日期还在十天后，她将因为审计事件缺席这个月的工资收入，而明成这个月的工资估计不会高，而且那不高的工资还得还周经理的钱，他们在没有实际现金进账的情况下还得挺一个月，挺到她下个月的收入进账。但是，自家住的房子与明成爸房子的按揭每月得付，还有开门七件事需要对付，这下一个月活命的钱从哪儿来？就算是过了下一个月吧，下下个月，明成那儿依然有雷打不动的还周经理的钱要给、两笔按揭要付，合计一万多，明成下下个月的工资奖金收入不知道能不能对付，也不知明成舅舅那儿的钱什么时候要还，可能得完全靠她一个人的收入维持家用了。这样的日子，起码得维持一年，得把最大笔的周经理的借款还了之后才能松口气。

朱丽看着钟点工收拾完了屋子告别出门，心说，别连下个月钟点工的钱都没法出了。她这才大致体会明成当年经常在月底问他妈要钱时的心情，她现在也在谋划着如果下个月过不下去的话，得问爸妈借钱了。总不能老是从银行透支，惩罚性利息太割肉了。但是朱丽想，她借钱后是会还的。

看来，周一她是无论如何都得求着大老板给她工作了，不像原来的计划里，她想的是，她被停足一半时间够给大老板台阶下，她上去努力一下，或许会有收获，即使没收获，起码在大老板心里留下好印象，留待来日方长。可现在家庭财务状况如此紧张，她是非要回去工作不可了，而且还得主动要求加量工作，谁知道明成生意提成能拿多少呢。她还得督促明成努力工作。没办法了，否则没法对付每月雷打不动的一万多元的支出。

朱丽算计未来的收入支出，满脑子都是数字翻滚，倒是把先前烧红了眼的愤怒压了下去。虽然冲出门去的时候，心里可怕地冲出“离婚”两个字，但是，一阵子分心算计数字下来，人理智不少，愤怒变为唉声叹气，“离婚”那是草率，前几天她冲回娘家，就算是离家出走吧，爸妈还当作天大的事了呢，怎么能想离婚？她叹息这阵子流年不利，明成又是坐班房又是遭偷又是投资款被卷，晦气的事都冲着他去了。他心里也不是滋味。难怪他昨晚上喝闷酒，今早不愿与她说，他心里一定极度郁闷。朱丽想原谅明成，心里也挺可怜他的，自己也很想做个成熟理智的好太太，罢了，等下明成回来时，与他好好谈谈，尽量别再刺激他。

但是她的情绪谁来安抚呢？朱丽一声叹息。

明成回来时，门一响，两个人的眼睛对上，朱丽从明成的眼睛里看出极度的疲惫。她一看见明成傻大块儿似的，火气又蹿起了，可是看到明成的可怜相，她又心软，命令自己不能生气。她想到，她还肩负着拉明成走出失落情绪的职责。

如同前不久明成失魂落魄地被放出来的时候，朱丽力持耐心温柔地对待他，这一回也是，她起身迎上明成，面对眼睛里闪着紧张的明成，尽量温和地道："哪儿去了？一身的汗。卫生间已经打扫出来，去冲一下吧。"

明成简直不敢相信自己竟然没挨一向有些任性的朱丽的扁。他愣了会儿，才低声道："朱丽，你不怪我？我错了，我本来……"

"别说了，你先去洗个澡吧。衣服我会替你拿进去。"看着明成的低落，朱丽更没了火气。

明成又一次惊讶地看着朱丽，走几步，到主卧门口，才忽然回头道："我去我妈墓地了。"

看着明成进去卫生间，朱丽无法挪步。她怎么都想不到明成去的是婆婆的墓地。再一想，心说明玉与明成虽然八字不合，可毕竟还是兄妹，明玉看得真准。明成这是断奶的孩子找奶去了。想到这些，朱丽心中真不是滋味。

但她还是准备等明成出来后好好与明成谈谈，只希望明成不要被打倒，别沮丧到要去他妈妈墓前寻求支持。

而明成希望去妈妈墓前倾诉，但真到了妈妈墓前，却什么都不敢说，他怕妈妈伤心。他心中压抑得发慌。他看到朱丽收敛了怒气竟然不对他生气，更是惭愧，更觉得对不起朱丽，无颜出去见朱丽，在浴室磨蹭好久才出去，朱丽却递上一杯加了一片柠檬的冰茶。明成终于明白项羽为什么宁可兵败自杀，也不肯渡江了，因为愧对江东父老的感觉非常沉重，沉重至生不如死，无法面对。

朱丽要他以后不要好高骛远，他答应了，他答应以后不要小聪明，一定脚踏实地做事。他感觉小巧的朱丽这会儿有点儿陌生，这会儿的朱丽有点儿像他严厉的长辈。

朱丽问出明成卡上在商场的一笔透支是买新手机后，心中又是一声叹息，都没钱了，还用那么好的手机干什么。可想到自己前不久手机坏了，也是刚换手机，买的也是功能一个不落的最时髦货，有点儿哭笑不得。

但是，明成没有想到，他想脚踏实地从头做起的愿望会那么快被轻易粉碎。

周一的部门办公室愁云惨淡，这是意料之中的事。而周经理一个内线电话打给明成，让他结束她交给的两单生意，她要自己亲手做。她说她这次损失惨重，她需要拼命挣钱弥补。明成愤怒中想到前天醉话出问题了。前天他图了个痛快，今天周经理问他讨还那痛快。可是，他已经为那两单生意做了那么多努力，而且，现如今他手头只有这两个周经理给的单子，还指着它们还债、指着它们收拾江山从头再起呢。怎么能得罪周经理？

明成倒吸一口冷气，一向知道周经理的泼辣性子，早就与他妈分析过周经理这个人，他妈说女领导大多心眼儿小，要他避免着冲撞周经理，她会翻脸不认人。没想到他竟然会酒后胡言，得罪心情最低谷时的周经理。他需要去道歉吗？

明成思想斗争再三，想到朱丽饱含期待的眼神，他狠下决心，不就是道个歉吗？忍忍就过去了。周经理好像一直吃他嬉皮笑脸那一套。

但是明成没想到，今天的周经理根本不吃他这一套。周经理如今需要杀一儆百，以弹压手下怨言，如果对明成的反弹说到而做不到，毫无疑问，以后那些手下会时刻寻找机会提醒她有那么那么一件事，她以后还怎么做人。这个苏明成是最没用的、最没背景的，不抓他当典型，抓谁？最起码，也得让苏明成不好受个几天，给诸位蠢蠢欲动的看看。

周经理说完话，就出手将明成推出办公室，态度异常粗暴。这一场景正好被经过走廊的一群办公室的女孩子惊讶地看到，女孩子们走开后窃窃私语。明成火了！咦，这个投资不是周经理引入的吗？不是周经理引诱他借钱投资的吗？他酒后没管住嘴，可他已经道歉了，难道周经理还不够吗？主要责任人是周经理啊。可她还要落井下石，夺去他已经做了一半的两个单子。

明成一怒之下，直接上楼，冲进总经理的办公室。谁不会撕破脸皮啊，以为他不敢？背后跟客户集资的事不是上得了台面的，周经理不仁，就别怪他不义。

但是，出乎明成的意料，总经理没有太多表态。但明成将事情始末向总经理倒出来，自己心里痛快了。回来他的楼层，冲周经理的办公室斜上一眼，哼了一声。

可是回到办公室坐下，再一细想，明成心中开始泛起恐惧。如果说他与周经理的矛盾原来还是普通恩怨的话，如今被捅到总经理那里，那就成为势不两立、不共戴天了。再说，集资毕竟不是挖公司墙脚的原则性问题，总经理岂会轻易对业务主力周经理下手。

明成傻了，刚才还想着道歉呢，他怎么就没能控制住自己的情绪。以后怎么办？欠周经理的钱还还不还？怎么还？对啊，他冲进总经理办公室的时候怎么就没想到，凭周经理在本行做那么多年的影响，她盛怒之下可以在本省本市范围内造谣封杀他，让他找不到生意做。即使他辞职换公司，周经理依然可以给他不小的打击。而且周经理手中还揣着他的借据，随时可以依法逼他还钱。

他再一次意识到自己极其渺小、极其无力——第一次是在看守所。他只希望总经理能守口如瓶，当作没听见过他告状。

而朱丽的周一是幸运的。

她忐忑不安地回到事务所，走进静悄悄的办公室，正好遇见大老板亲自送客出来，客人正是明玉所在集团公司的财务总监老毛。老毛倒送上门，送来一单税务咨询业务，明里暗里指明要朱丽接手，而这单业务，也是事务所往后通向明玉所在集团公司的桥梁。因此大老板一见朱丽主动回来，大喜，当即把任务交给了朱丽。

回到离别不到半个月的办公室，朱丽摸着以前经常厌憎的办公桌感慨，这张桌子，失去了才知道珍贵。眼下正值她急需用钱的时候，没想到明玉帮忙推了她一把，让她轻易恢复工作。坐下来，第一件事是给明玉发一条短消息，她有点儿不敢直接跟明玉通话。“谢谢你，明玉，谢谢你帮我恢复工作。这回我会把事情做好。另，老板想请你吃饭。”

没想到明玉的电话却立刻打了进来：“朱丽，这是我问老板讨得的机会，后面怎么做靠你们自己。下午三点我来接你，最好请你们老板一起过来，我引见，你们与我们财务总监谈一下，顺便请他吃饭。他有个很阳光的十几岁男孩，你们考虑送一件价值不要太大的小礼物。我不参与晚饭，对不起，我已经有约。”

朱丽忙道：“我记下了，真谢谢你。明玉，我私下请你喝杯咖啡，可好？”

“不用谢我，扯平。”

“扯不平，我不能欠你。”朱丽不得不厚着脸皮赖上去，但说的似是很计较的话。

明玉不由“嘿”了一声，面对朱丽有点儿要赖的娇声软语，她一时竟没有了过去的厌恶，而是有些硬不下心来拒绝，只得干咳一声，想了半天，才道：“我最近很忙，有时间约你。”这话，都知道是拒绝。

朱丽也无可奈何。但对于明玉的大方，她心领了。

午休后，明成几乎是踩着上班的时间点进的办公室，因为想避免见到喜欢早到的周经理。但他在办公桌前还没坐稳，周经理立刻一个电话打来，让他过去一趟。明成无奈，不去也得去。

周经理看到明成，便起身过去关上办公室的门，站在明成后面直截了当地问：“准备怎么还钱给我？”

明成也不客气，道：“按借条上说的还。”

周经理抱着手，围着明成绕着圈子，两眼则直勾勾地盯着明成，道：“我不担心，你有家产。”

“请便吧。我奉陪。没什么事的话，我出去工作。”

周经理冷笑着缓缓点头，打牙缝里蹦出声音：“好，很好。走着瞧。都知道向总经理告状了，很好，翅膀硬了。”

明成浑身一凛，心说果然不出所料，总经理不愿得罪业务骨干周经理，转身就将他过去说的话转告周经理了，真让人寒心。大概，在他们眼里，他根本算不了什么。有一根凉凉的冰线急速从明成心口蹿至脑袋，化作一腔寒气冒出明成的嘴唇。“那么，周经理，您也请走好。”明成冷笑一声，打开门从周经理办公室出来，大力将门摔上。

倒是把里面的周经理震得愣了会儿。怎么，这个小白脸会发狠了？周经理青着一张脸冷笑一声，小东西，竟敢向总经理告状，也不掂掂自己的分量。她回到自己座位坐下，手写几份通知，分别交给财务储运等部门，明确她部门的工作，如没有她的亲笔签字，请各有关部门全数不得配合。做完这些手脚，周经理心说，好啊，竟然敢背后捅她刀子，无法无天了。她要是轻易放过苏明成，以后还怎么在业内混？搞不定这个小白脸，她不姓周。

明成回到自己座位上，心中的寒气开始慢慢弥漫全身。周经理跟他翻脸，总经理支持周经理，那么，他还怎么可能做得下去？他得留下后手。明成咬着嘴唇，强迫自己冷静下来，坐在座位上，将手头的所有工作一一列在纸上。

他后悔得要死，怎么会如此冲动，竟然脑子发热告到总经理那里去。当时……当时要是有谁阻止一下就好了。

如果被周经理推出时他气愤地给朱丽打电话，那就没事了。可是，他也知道那不可能。当时正是他被周经理抢回两单生意而沮丧生气的时候，他怎么有脸打电话给朱丽。他只有在向总经理告状而意气风发之后才会跟朱丽说的。他不敢再在朱丽面前失分，可是却越失越多。

明成垂头丧气地下班回家，朱丽没回，朱丽电话里急匆匆说有个应酬，得晚点儿才能回家。明成真是又想朱丽，又不敢看见朱丽，怕朱丽敏锐的分析照出他的冲动无知，她不回来，明成反而有解脱的感觉。一个人在沙发上也不开灯坐了很久，才下去吃晚饭，想想口袋里的钱，昨天朱丽已经叮嘱了得省着点儿花，所以难得地坐到小快餐店里。天热，快餐店直接将桌子放到人行道上。明成占一小桌，点了两个菜，看别人要么呼朋唤友，要么一家三口，他心中怏怏的，一个人坐着吃饭越发觉得凄凉，不由跟着吆五喝六的人叫了一瓶啤酒。

小店简陋，没想到啤酒倒是冰的。闷热的夏夜喝一口冰镇啤酒分外爽快。明成喜欢，难得还有这么廉价的美好享受，他又叫了一瓶。吃饱喝足，他慢慢走回家，闷闷地坐在床上看电视，心里很多事情，他继续强迫着给自己打气，鼓励自己好好干活，可是，周经理得罪了，路厂长不肯理他了，手头没业务了，他从何做起？明成越想越郁闷，觉得做人了无生趣。

朱丽很疲倦地回家，已是十点多。看到主卧还开着灯，略为宽慰，可是，打开主卧的门，一室酒臭味。明成电视没关，电灯没关，衣服没换，估计澡也没洗，一脸油光地睡着在床上。朱丽无奈，只得打点精神帮明成把衣服脱了。受不了酒臭味，她又睡到了客卧。

疲累的朱丽心里也累。本来，重新上岗，获得明玉帮助而受大老板器重，因此挑起大梁，那是多么令人愉快的事。可是那些愉快都不够被明成搅和的。

早上起来，当然是立即追着问明成，明成虽然实在没脸说，可又不愿骗朱丽，见瞒不下去，只好吞吞吐吐把昨天的遭遇都说了。说话时他没好意思抬头看朱丽，支吾着伸手拿过果酱瓶，给面包涂刷。

朱丽看着明成不自在的举动，再听着明成明显不自在的话，她与明成多年夫妻了，还能不知道他心中的不快？朱丽终于明白，他暂时无力对抗外界，只有将怨气和着酒喝进肚子里。他在妈妈去世后一直走霉运，他需要发泄。可怜的人。朱丽告诉自己，明成在改了，最近也尽力了，只是祸不单行，他运气暂时不好而已。他的怨气……可以理解。朱丽再次体谅了明成。可是，面对明成一味只知道指责周经理，而没好好反省自己，只连连说他最冤，朱丽只能一再叹息，不愿再与之辩论。明成怎么就没想想，最冤的是她这个被欺瞒却又要连坐承担损失的太太。可她现在还得安抚瞒她的人。

朱丽忽然又想到，周经理敢如此明目张胆地欺负明成，是不是平时工作中日积月累的，已经看死了明成？否则，再不理智的女人，也得在与男人作对的时候考虑考虑吃眼前亏的后果。周经理又不是一个蛮人，她何以敢如此吃定了明成？看着明成依然絮叨周经理的泼辣不讲理，朱丽有些不认识似的看着明成，他的朝气呢？他的男人气呢？他的激动呢？他怎么退得比她还快？换她，士可杀不可辱。

她还得安慰明成，要他不要着急，还有她在赚钱呢。只是，朱丽觉得心里有劲儿使不上来，憋得浑身难受。

三十

表妹来了

对于明成而言，这是一个漫长得犹如臭脚布的夏天。周经理与他耗上了，只要是他的业务，周经理处处设卡，却又不是一刀切，而是千难万难才给签出一个字。令明成想告状到总经理那儿也无法找出周经理迫害他的事件，人家还是给签的啊。而且，明成对总经理也不抱希望。

明成想到过辞职，但是他无法找到合伙的人，而他个人经济实力一点儿没有，无法自立。他在周经理打压下做出来的少许业务，每月结算发工资时即使全被周经理凭借条从财务部直接拿走，也还不够，他只好赖账，又不好意思与朱丽说。这个夏天他一点儿收入都没有往家里拿，家用都靠朱丽的收入支撑。第一个月工资被周经理拿走的时候，朱丽的收入还很少，为了应付银行按揭款，他们不得不向朱丽的父母借了些，于是明成被岳父母质疑的眼光罩上了。

所以，朱丽越发忙了，她几乎没有晚上十点之前回来的时候，周末也都是加班。在家时，她都是累得连说话的力气都没有，明成看着自惭形秽。忙，说明人家有用。两人之间的交流大多是在匆匆忙忙的早餐桌上，一天说不了几句话。明成觉得孤独，朱丽倒是没觉得，她每天看着明成精神焕发地出门上班，而且明成一直说他在努力，所以她放心。毕竟明成不是小孩子，既然吃了亏，应该会吸取教训，不用她三令五申地督促。

这个夏天，对于苏大强而言，却是有生以来最自由、最富足的日子。新置的房子写的是他一个人的名字，他得意；这么大的两室一厅都属于他所有，没有别人来哪儿搭一张床，一寸一厘的地盘都属于他，他满足；他的地盘他做主，他想吃什么都行，炒菜用旺火炒出一蓬油烟都没人骂，早上还可以打开窗户长啸三声舒张胸臆，再没人干涉，他开心。美中不足，是家里少了一台可以上网的电脑。

所以，住下之后的第二个周末，明哲工作忙不能过来看他，他也不在意，但他提出了买电脑的要求。这时明哲工资已发，却不是全月的，一半还得给吴非，但明哲还是答应了父亲的要求。父亲又告诉他，一个一表三千里的妹妹准备过来看望表哥，明哲放心，只要父亲不寂寞就好。

但苏大强被明哲的话提醒，顾影自怜，却开始觉得寂寞，自由带来的畅美暂时抛到脑后。他的生活习惯，已经被几十年的工作刻下深刻的烙印。他无聊的时候，不像寻常人似的喜欢打开电视，他从来不被允许发出声音，久而久之他也不爱发出声音了，他安静，他喜欢看书。就像以前他在中学图书馆，没事的时候，他就摊一本书在桌上，静静地看，一本书，他可以翻来覆去看上好几遍。他可以一天不发出声音，但不可以一天不看书。

可搬新家后不同了，他原来的那些藏书都扔在明玉的车库里，他不敢去要，虽然挂念，但他还是坚决地不去要。新书暂时没买，他舍不得买。既然网络上可以找到绝大多数的书籍，那他何必要花几十元钱买一本一两天就可以看完的书？不值得，而且字又那么小。

问题是，家里电话线拉了，据说上网方便得很，可电脑没有。这周他逛了一次街，专门为了看电脑，但看来看去，都是他不熟悉的操作系统，不是他认准的明成家的电脑，他沮丧得很。所以他迫切要求明哲给他买电脑，而且得是明成家的那种，他说老年人也需要精神生活。

前一阵子，没书可看，他的脑子就胡思乱想，拿着电话到处给远的近的亲戚打，当然不敢打长途，长途太贵。他在电话里自豪地诉说他儿子孝顺，给他换大房子住，又矫情地说房子大了没人气，进进出出都是自己脚步的回声。听亲戚们由衷不由衷地夸他有福气，他心里就自豪。原来，他还是有不少值得骄傲的地方。

这种感觉非常美妙，自从老婆死了之后，他的神经系统开始慢慢恢复感知，感受到周围的属于他的一切。生活原来跟这夏日的天空一般，充满着温暖的阳光。在阳光下待久了，他再也不敢回想以前那阴暗的过去。想到过去，看到旧日穿过的衣服、用过的东西，他仿佛就如看到老婆发狠时绿油油的眼珠子，在阴暗中闪着动物一般的冷毒。温暖的地方待得越久，越不敢回到寒冷，他已无抵抗力。到后来，他恨不得早日搬离明成家的房子，因为，在他住的那间客房，他也可以发现绿油油眼珠子曾经待过的位置。

终于搬到新家，他解放了。

苏大强按部就班地忙碌完了早上的锻炼、早餐、买菜、洗菜之后，正想着怎么打发一天的空虚时间，没想到一表三千里的表妹那么早就从乡下赶来了。表妹来了也罢，身后居然还跟着一个个子小得像芝麻的女子，人也黑得像芝麻，可惜没有芝麻油光饱满，一张脸皱得像大核桃壳。表妹说，小女人叫蔡根花，丈夫早死，一个人拉扯大的儿子刚就业了，她总算放下心事，可以出来打工。表妹问苏大强："阿哥，你一个人住着，你的小孩子们怎么放心得了？不如让蔡根花住这儿料理你的生活，她什么都会做。你儿女都挣那么多钱，他们自家都雇着保姆，怎么能不给老爹配个保姆？阿哥，这事你得跟孩子们说说。"

苏大强傻了，雇保姆这事儿他想都没想过呢，他自己不给老婆呼来喝去地做保姆已经高兴得阳光灿烂了，哪里还敢再要别人伺候他？而且，他也担心，明成家那个钟点工摆明看不起他，他要是找来这么个钟点工给自己做保姆，到头来究竟谁伺候谁都不知道呢。

表妹见表哥不答应，以为他嫌这个人不好，忙道："阿哥，蔡根花这人你别看她老，其实才四十九岁，我们农村太劳碌，搞得看上去还不如你嫩面。本来儿子挣钱了她可以享清福，但她想挣点儿钱给儿子结婚用，做人勤快就别说了。再说她人好，以前她那死鬼丈夫把她往死里打，被打了她还做好晚饭端给死鬼丈夫吃，一点儿脾气都没有。阿哥，我们一家人，好说话。你老了，需要人照顾，我给你找个老邻居，知根知底的，不像大街上随便拉一个，家里给搬空了你都没处找去，哭都来不及。阿哥，你说说吧。"

表妹说了那么多话，苏大强只听出一句重点，那就是蔡根花没脾气。没脾气好啊，他最怕有脾气的，他死去的老婆脾气大，他家只有老婆打老公。他这才敢抬眼打量蔡根花，见蔡根花看上去胆子比他还小，主要是蔡根花人还那么小的个儿，一点儿没有威胁性。苏大强心动了。招呼客人坐下，他打电话给明哲。

苏大强打通明哲手机，背着表妹她们轻声道："明哲，你大姑带来她的一个邻居给我做保姆，说人是最没脾气的，叫蔡根花。你说好不好？要不你过来看看。"

明哲听了，心想也好，找个天南海北来打工的，还不如找个知根知底的老家邻居可靠。"爸，我这两天都没法出来，我叫明成过去给你拿主意。"

苏大强一听立刻汗毛倒竖："别，明哲，你让朱丽来吧，朱丽讲道理，朱丽也会办事。"

"行。"明哲心说，看来老爸怕明成。但这事怎么跟朱丽说呢？

打电话去明成家，却是朱丽周末加班，只有明成在家无所事事。明成虽然不愿管父亲这些鸡毛蒜皮的事，但既然大哥打电话来，他总得去一趟。明哲当然不方便把父亲希望朱丽去的话告诉明成。

但明成心中没底，钟点工是家政公司明码标价找的，这种家乡带上来的保姆该怎么计算工资？他打电话问朱丽，朱丽心中也没底，说打电话去家里问爹娘。等到明成上出租车的时候，朱妈妈已经把她和朱爸爸飞速出门了解来的保姆收入详细汇报给朱丽，细节到包吃住的如何，不包吃住的如何，高效快捷。明成在车上听着朱丽的电话胸有成竹。其实他也想过直接去问岳母，但是，他有点儿不敢，总感觉岳父母现在有点儿看扁他。

胸有成竹的明成看到这么一个不到一米五的蔡根花时，很怀疑她的动手能力，可明成自己也不会干家务，不知道出什么难题来考考这个蔡根花，眼看父亲的厨房才两周下来已经污垢密布，便找了块抹布让她打扫厨房试试。结果，蔡根花在里面双手如飞、动作敏捷，招招式式虽然与训练有素的钟点工很有差别，但显然做事能力是不错的，厨房的小白瓷砖被她用洗衣粉刷得光可鉴人。于是，人就这么定下来了。明成大方惯了，随手封了两百元谢礼给表姑，喜得介绍人跟什么似的——虽然他自己还是负翁。再加上明成说保姆费由大哥出，旁边的表妹直叹阿哥有福气，苏大强觉得自己好有面子。

谈妥以后，蔡根花立即上岗。拿着同一块抹布，开始打扫厨房外的其他房间。

而有了面子的苏大强忍不住在亲戚面前得寸进尺，跟在看着蔡根花打扫的明成后面非常殷勤客气地递上一杯凉茶，眼睛亮闪闪地道：“明成啊，我这几天无聊得每天吃了睡，睡了吃。去商场看电脑，又没有我会用的。你把你们家那台旧的给我好不好？你们再买新的用。我好想上网找小说看。”

明成看看爸长满灰指甲的手，没接茶杯，他想自己有公司给的笔记本电脑，朱丽也有自己的笔记本电脑，家中台式的给父亲也好，再说那台台式的已经老旧，内存不够，玩游戏颇为费劲。

但鉴于前不久刚瞒着朱丽自作主张投资失败，自己目前又看似没有收入，明成心里总是觉得比朱丽矮上一截，再说电脑算是大宗固定资产，他也没多想，就自觉避开众人到还空着的那一间卧室打电话向朱丽说了他的打算，同时汇报了一下保姆的情况。朱丽爽快，一台旧电脑，公公想要就给吧。

明成闻言冲苏大强简单地一句：“给你。”

苏大强听了高兴得拍手，没想到朱丽这么容易就答应了，电脑可不便宜，果然朱丽比明成讲理。苏大强忙凑过去，将臭臭的头皮凑到明成鼻子底下，冲手机大声道：“朱丽啊，你那台打印机很慢，店里说用激光打印机就快了，而且打印出来的效果跟印出来的一样好。你们单位有没有激光打印机？搬一台给我用好不好？”明成被他爹熏得连忙避开脸，手机交给他爹专用。

朱丽被公公说呆了，单位又不是姓朱的，她怎么可能往家里搬打印机啊。她只得道：“要么把我们家那台喷墨的先搬过来你用着，再说也是用惯了的。别急，反正时间多，多花点儿时间打字没事。那么大东西，我可不敢从单位里拿。”

“那从单位里拿些纸没事吧？我还需要纸。”苏大强急切地说。

朱丽微微皱了皱眉头，怎么又是从单位里拿，拿单位当家了？但她还是好声好气地道：“我跟明成说一声，让他拿纸给你。”

苏大强拍手叫好，忙挪开身子，将电话还给明成，小碎步出去紧着说给远房表妹听，显得自己很有面子。明成厌恶地看着他出去，拿回手机，却忍不住拿出纸巾将表面擦了擦，才跟朱丽说话：“朱丽，打印机我们留着自己用，给他买台国产的。怎么跟敲竹杠一样。”

“给他，给他，他用熟的。”摊上这样的公公，她尊敬热爱不起来，只有保持冷静，以礼相待，心说就拿他当客户对待吧，还有什么大不了的呢。

明成答应，但出来的时候对他爸很没好脸色，那个什么一表三千里的表姑在也不管。苏大强看见明成脸色不好，不敢多说，一直低头哈腰的，但看着明成走了他又眉开眼笑，成功，电脑、打印机都有了，做人，这才叫惬意。他心中很自然地冒出一个大胆的念头：老婆要是早死几年……不过也不晚，他还有大把力气、大把时间过他自由自在有人伺候的神仙日子。

吴非的父母紧着办签证，有些表格需填，要用英语，他们毫不犹豫就找上明哲。他们可不知道女儿正与女婿冷战。

为这事明哲电邮找吴非，吴非当然得回电。一来一去，话就自然而然地说上了。说上之后，就恢复正常，就像什么事都没发生过一样。夫妻之间只要不是离婚，一向就是这样敌进我退，敌退我进地消化矛盾，继续不温不火或者热热闹闹地过日子。明哲觉得自己这回又退了一步，吴非则觉得自己又没坚持到明哲明确表态。

但明哲到底还是记住了教训。就算是吴非有上海人特有的精明吧，以后他得留意着别碰那底线了。否则山高水远，他哪儿管得着。这不，吴非专心起了事业，工资大大提高，明哲心想，即使不要他的那份收入都够了。想到吴非父母即将拿出签证赴美，他们一家带着宝宝和和美美过吴家的日子，他这个宝宝的爸爸倒是像个不相干的人。

明哲不得不再次翻出明玉教训他的话回味。他在美国的后院真会失火吗？即使他不愿意面对，可也不得不承认：会。如今吴非努力工作，后院失火的物质条件将越来越成熟。明哲叹息，做人真累，方方面面都要照顾到，还按下东头翘起西头，麻烦。

但麻烦归麻烦，明哲不敢怠慢，每天都发邮件给吴非。周六又把父亲家里请了保姆、明成将自家电脑和打印机一起搬给父亲用的事儿都写给吴非。吴非因为之前自己径直找上朱丽要他们老二家出公公房子的钱，心中还是有点儿歉疚的，看了明哲的邮件后，便打电话给朱丽道谢。既然坏事要直接找上朱丽，好事当然也得直接找朱丽道谢。

朱丽正好在吃早餐，便把昨天与公公的对话原原本本地说给吴非听，与吴非一起取笑几句。吴非暗呼侥幸，幸好这个公公没住到美国来，也算是明哲当初失业的因祸得福。否则，有明哲这么个没原则的孝顺儿子撑腰，这个贪得无厌的公公来了还不知会膨胀到哪儿去。当初婆婆一起来的时候一点儿没觉得，只觉得这个公公安静得像影子。

明哲公司组建新部门的工作稍微闲下来，他便开始系统性地整理父亲的谈话和从明玉车库搬来的资料。他实在是觉得父亲的叙述太见不得人，没法在比较公开的Blog上面亮相，于是花钱买了一个空间，自己做了一个封闭性论坛，将地址和密码发给大家，通知大家以后在论坛上集会。他硬着头皮扔上去第一篇整理稿。这篇短短的文字，却是明哲几夜考虑的心血，既不能罔顾父亲的怨恨，又不能诋毁他尊重了那么多年的母亲，更不能放弃事实，所以他只能笔削春秋，好生为难。

但为难归为难，他还是挤牙膏似的写出一些，可他只敢扔上去一段，他得看看弟弟、妹妹、吴非、朱丽他们的反应。

“爸爸妈妈虽然同一籍贯，但从不相识。爸爸从小随爷爷进了城里，是城里的居民户口。爷爷早逝，奶奶含辛茹苦将爸爸拉扯成人。爸爸高中毕业后留校做图书馆管理员，一做就是十几年。妈妈是小镇的居民户口，外公身体不佳，全家靠外婆替人浆洗缝补抱小孩挣点儿口粮。妈妈初中毕业，自己找关系成为镇卫生所临时工，开始挣钱养家，不久转正。妈妈下面还有两个妹妹、一个弟弟。奶奶担心苏家绝后，一直张罗爸爸相亲，但是直至爸爸三十依然无果。奶奶只有将目光投向爷爷乡下老家，委托亲戚物色儿媳。因此，爸爸妈妈得以见面。”

明哲是半夜将这段家史扔上网的，早上一醒，第一件事就是蒙眬着双眼打开电脑看有没有访问。结果，里面只有一个访问、一条留言，是吴非的。吴非的留言很简单，带有调侃：“于是爸妈结婚，然后有了明哲、明成、明玉。年初，妈去世。而苏家的生活还在继续……完。”

明哲看了一笑，知道吴非调侃他写得过于简单，既然如此简单了，那还不如精简到底，就像她写的那几个字。明哲心说，其实他所写的捏巴捏巴还真与吴非写的差不多，最多多了一些当时的环境人物。把那些不相干的枝枝丫丫裁了，差不多只剩吴非所写的这几个字。可是，让他怎么写那些相干的枝枝丫丫啊。

问题是，不写那些曾令父亲号叫的枝枝丫丫，又怎能达到他写家史的初衷？他写家史，不就是为了发掘家庭发展到如今这种不健康状态的原因，以使大家体谅过去，和睦相处吗？尤其是明玉。但如果凭第一段被削得差不多的写法，还如何发现矛盾，解决问题？

明哲不知道该怎么处理揭露与掩盖之间的矛盾，很是犯难。但他很想听听明成和明玉这两个当事人的意见，忍不住又给两人发了短信："我把家史第一段放上论坛了。"

明成接到短信的时候，正在上班路上。他一朝被蛇咬，十年怕井绳，上了大巴，挤在沙丁鱼似的人群中间，一只手拉吊环，一只手紧紧护住他的包，根本没法看手机短信。这算不算是经历中获得经验？明成苦笑。他没与朱丽说的是，他最近苦闷，被周经理挤对得惨了。虽然已经不属周经理管辖，但那么长时间的业务做下来，很多业务与周经理重叠，改线，哪有那么容易，他有多少套路周经理全知道。而他新换的部门，经理不愿意得罪一个周经理这样的人，对明成口头鼓励几句，但实际效用有限。所以明成一肚子的烦心事，可是回家没人说，即使朱丽在他也张不开口，他一堂堂男子汉，总向老婆诉说受别的女人欺负，说多了，连祥林嫂都不如了。晚餐每到小餐店坐下，不由自主就向往啤酒带来的爽快，每顿饭小菜可以简单，可是酒非喝不可。不，他这几天没有应酬，无酬可应，圈内的朋友最先还招呼他几句，现在都淡出他的视线，客户也不多，很少——有也被周经理破坏了，他没应酬，他只是自饮自酌，他没好意思告诉朱丽。

到了公司，明成才看是大哥发来的短信，觉得大哥真是没事找事有些迂。但他还是立刻打开电脑进入论坛。一看明哲扔上去的那么小小一段，觉得大哥没把妈妈所受的委屈说出来，这事儿他倒是听妈妈说起过。他十指飞快，趁别人还没上班，录下一段文字：

"据我所知，爸爸妈妈的会面是小姑婆安排的。为此，妈妈特意向同事借了一件九成新的印花罩衫、一条灰色毛涤裤子。但是见面之后，妈妈很是失望。回到家里与外婆一说，外婆却非常赞成，竭力动员妈妈嫁给爸爸。因为城里的工资基数高，每月副食品供应比乡镇多，外婆希望大女儿的出嫁能拉家里弟妹们一把，把他们都带到城里去。尤其是弟弟——我们的舅舅，待在小镇是没出息的，男孩子必须往外走，带路人就靠妈了。但妈妈不喜欢爸爸。外婆动员不成，就来了武的，更拉了外公给妈妈跪下，逼妈妈就范。妈妈没有办法，最后只好嫁给爸爸。"

逼婚？可怜的婆婆。朱丽正因为近来发生的一些事检讨婆婆对待公公和对待明玉的态度，看了这一段，不由寄予无限同情，某些怀疑之类的心思都不好意思再想。都知道强拗的瓜不甜，公公与婆婆的相处为什么如此不融洽，在婚姻的最初已经注定。

可怜一个如花似玉的女子。记得以前看的书上说，当时由于户口关卡极严，农业户口与城市户口之间的差异简直是天上人间，迁入一个上海市的户口，在人们月工资才不到一百元的时候，就需要交一万多城市建设费。所以很多农村最美的女孩嫁了城市最丑的郎，那个年代的畸形产物啊。或许有的人是心甘情愿地以为高攀，但是婆婆是一开始就不愿意。朱丽摇头，天下竟有这么狠心的父母，肯如此狠心推女儿入不幸婚姻的火坑，只为换取独养儿子的进城。明成家的外公外婆极端重男轻女。

朱丽在明成的帖子后面跟了一帖："妈被重男轻女的观念害了。"赶紧上班忙碌去也。

明成一见，也跟了一句："可是妈如此牺牲带进城的舅舅也不见得多待见妈。"

吴非一个人在美国七骗八拐哄了宝宝上床睡觉，几乎是等宝宝一安静下来，她第一时间打开案头的电脑，好奇地查询苏家其他人的反应。一看明成的那段，她心里立刻好笑地冒出一句老话：公说公有理，婆说婆有理。看了明成那非常细节的，甚至写出当年衣饰的补充，她终于能够将思维调整到那个荒唐年代，她对那时候已是稍有了解。于是，她想到一个问题，当年找工作是如此艰难，即使只是医院做脏活儿的临时工，否则哪来什么上山下乡支援边疆。而户口壁垒更是难以逾越，婆婆一个护士，最多也就是个能言善道的护士，她凭什么本事冲破常人难以逾越的壁垒，将弟弟的户口迁入城市？她不敢把这疑问扔上论坛，知道婆婆在明哲心里有多神圣，这个问题问出来，明哲会发飙。而且她也不是很坚定自己的疑问，她对那个年代的了解毕竟道听途说多于亲身体会，准备等她自己的父母来美后，问问两个过来人。

明玉也收到明哲的两条短信，但都没打动她。她不清楚，明哲挖这等剽悍母亲和胆小父亲的过去有什么意思，明眼人都知道，任何一对不合常理的搭配背后，肯定有不可告人的缘由。瞧瞧父亲死活不肯要那些旧家具就知道了。明哲能挖吗？敢深挖吗？明玉不以为然。

而且，她对参与苏家的事已经够厌倦，没兴趣去了解什么内幕。只要不是问她要钱要她赡养老爹，她一概不愿搭理。欠朱丽的账已还，对明哲家没有欠赊，没事洗洗睡，少招惹苏家的老老少少。

早起她才不会去看明哲建的什么论坛，她打开电脑是接收邮件，当然有石天冬的一封信。打开，又是美食，还有他的一些流水账。两人通邮几星期来，彼此好像了解不少。明玉写了几个字回复，她自己虽然不要看什么家史，却把明哲给她的BBS地址和ID、密码都交给石天冬，让石天冬有空上去看看。几天通邮下来，她心里头感觉石天冬是个可以信赖的人，再说，石天冬也一直在把他家的事告诉她。

然后才点开柳青的邮件。打开附件，却是姿态各异的光裸上身在厨房操作的肌肉男。明玉立刻知道柳青意指石天冬，忍不住哈哈大笑。自从她拿石天冬做挡箭牌拒绝了柳青后，柳青经常找各色图像、笑话之类的东西发来取笑她找石天冬的“罪恶”用心。柳青好像还挺耿耿于怀的。

中午的时候，明哲终于有时间打开论坛看大家的反应。看了明成的话，再联想父亲当时一把鼻涕一把眼泪对他的痛诉，他不由叹息，这是场孽缘，从开始就是错误。从目前情况来看，除了明玉没有上站，其他三位都反应良好，没有质疑或者否认。那么，要不要把他写了却存着没发出来的下半段发上来呢？

明哲犹豫再三，终于想，弟弟妹妹都是成年人，而且都是有主见的人，即使爸的叙述有偏颇，就比如他写的第一段，大家还是能理智地对待，明成还给出他的所知所闻。那么，看起来他有必要将下面的内容也发上论坛。但是，他考虑半天，还是决定与吴非商量一下。旁观者清，吴非一向会对他直说。

三十一

家史

吴非睡前接收邮件，看到明哲来邮。

“好消息，你爸妈的签证已经拿出，我已经替他们订票，你等着签收。你爸妈问我需要带什么给你，我想还是不给他们增加负担。你需要什么写给我，我收集起来等年底回家的时候打包扛去。你也跟他们这么说一下，别让他们扛太多东西。我爸妈的过去，我又写了一些，但我没敢发上论坛，你帮我看看，适不适合往上发。”

吴非见此邮件异常高兴，终于，爸妈可以来了，天大的好消息。虽然每天看见宝宝是件多么愉快的事，可是，宝宝一个小人精不知道多耗精力，而她已经三十有余，吃不消了。爸妈过来，不亚于救命。

高兴过后，吴非想到，明哲是用他卡上很有限的一点点钱订下她爸妈的两套机票，而不是她原先设定的由她在美国这边出钱。这笔钱出去，再加他这个月又陆续给他爸添置家具，他在上海还怎么过？同时，他还周全地考虑到她爸妈行李的重量。他原来不仅是在他爸面前大方，对她的爸妈也关心周全。她爸妈说明哲传统，明玉和事佬儿似的说明哲教条，看来，都有那么点儿意思。可他苦自己，把妻子女儿也一起坑了。怎么说他这个人呢？也真如爸妈所说，他不是个坏人。

吴非摇摇头，对明哲的反感却减少许多。她打开附件，看明哲究竟写了什么见不得人的家史，还要她帮忙判断能不能发上论坛。

“爸爸说，相亲的时候，妈妈看上去很温柔、很文静，奶奶看着很喜欢，爸爸自己看着也喜欢，再说又是镇上卫生所的正式工，一个学校的、一个医院的，多么般配。主要的是奶奶看上了妈妈那双粗糙的手。小姑娘的手粗成这样，说明在家中干活儿不少，以后肯定是个会过日子的。就这么，大家很快决定了婚事。奶奶答应女方，结婚后，一定千方百计将儿媳妇的户口弄到城里。

“奶奶要面子，给了很多彩礼，可是妈妈家没出多少陪嫁，只有一床花布被面的五斤重棉被和两只绣花枕头，棉絮都是旧的，拉出来一蓬灰。彩礼都被妈妈家昧下了。奶奶因此心里很不高兴，办喜酒的时候半路就回屋睡觉。爸爸说，更可气的是，妈妈竟然不是处女。洞房花烛那夜，他很难受，但被妈妈劈面一个耳光打回来。爸爸说，妈妈的样子很狰狞，这事儿他都不敢跟奶奶提起。后来爸爸听到从亲戚那里传来的传闻，说妈妈进卫生所做临时工后转正，都是因为妈妈被县卫生局一个人睡了。爸爸想，怪不得妈妈这么漂亮又吃皇粮的人肯嫁给他，原来是没人要的破鞋。爸爸告诉了奶奶，奶奶气疯了，等到妈妈休息天进城团聚的时候与妈妈吵了一架。但是妈妈比奶奶狠，看见奶奶跌地上水摊里哭她都不拉一把，还把大门一关把劝架的都关在门外，大冷天的，奶奶冻病了，然后不治身亡。

“我在爸爸叙述过程中有提问过，显然，爸爸以出血见红作为验收处女标准是不科学的。爸爸以此责难妈妈，是对妈妈的侮辱。有关妈妈卫生所转正的问题，早在很久以前大姨就跟我说起过，大姨说，妈妈很会做人，待业期间先是去街道叫着阿姨叔叔，眼泪汪汪地拿家中生病父亲要照顾、那么多幼小的弟弟妹妹要养活为理由，来逃避上山下乡。又在街道听到小道消息，听说卫生所要招临时工，她就每天走一个多小时去县里，主动给县卫生局一个负责人事的副局长阿姨家干活儿，换季的时候被褥都洗不过来，要大姨一起去帮忙。得到临时工的工作后，妈妈还是每周都去那个副局长家帮忙，妈妈嘴巴又很甜，在医院打扫卫生时跟着医生、护士学业务知识，有时护士人手不够就要她帮忙，她虽然做的是分外事，可还是做得很好，大家都喜欢她这个勤快人。两年多后，副局长帮忙，替妈转了正。当时我把这些跟爸说了，爸不信，说这是大姨粉饰太平，说我听信一面之词。可见，父母的婚姻基础并不良好，妈妈家想靠着爸爸家得到好处，爸爸则是因为不自信而不信任妈妈。当中又有奶奶的死被爸爸怪到妈妈头上，这些，决定了爸妈未来的相处不会太理想。”

难怪明哲不敢把内容发到论坛上去，这些内容确实火爆。吴非看看时间，这个时间，明哲应该已经到公司，他工作忙，上班时间不便接听太长时间的电话，而她的意见，却不便三言两语说完。想到明哲这人本质里的实诚不会拐弯，吴非觉得她有必要提醒明哲。

“明哲，附件里面的内容很让人震撼。作为他们的儿子，或许你不会想到什么。但是你有没有想过，在看到这段荒诞的记录后，我和朱丽会找自家父母求证些什么。然后，你的父母不免被议论，虽然会是实事求是的议论，但是，你父母的那些经历太经不起推敲，便是你自己也在最后一段竭力为你母亲辩护，那辩护在我眼里已经是千疮百孔，何况是看在经历过那些年代的、我和朱丽的父母眼里。我的想法是，那些旧事，即便是经历过的人，回忆的时候也已经带上自己的主观烙印，何况到你手里更是二手货，孰是孰非谁能说得清？既然说不清，何不继续糊涂下去？你还不如写得简单一些，留大幅空间给弟弟妹妹们自己去想象。比如某年某月，父母相亲结识；某年某月，父母结婚，附结婚证扫描；某年某月，你奶奶因什么病去世；某年某月，你出生，等等。你不如单纯地只做最忠实、最无趣的记录，至于其他的，让我们看的人自己去想象。否则，你既对不起你爸，也对不起你妈。他们两个，一个已经有意彻底抛弃过去，重新做人，一个死者长已矣，你又还纠缠于旧事做什么？”

虽然吴非希望明哲做家史被捆住手脚不出去娱乐，可眼看明哲这个学术型的认真人真一头扎进去探寻他父母婚姻的真相，就像他平时学习功课一定要把原理搞懂似的，她有点儿担心了。她已经隐隐看出婆婆这个人的经历绝不简单，灰色地带极多，写到后来如果明哲看清他极其尊敬的母亲大人是什么样的人，他心理会不会出现什么异常？权衡之下，吴非更愿意看到明哲正常做人。

吴非没有犹豫，写完就把邮件发了出去。但发了以后又想，她这几句话会不会把明哲欲盖弥彰的遮掩彻底揭了，令明哲知道她怀疑到了什么？然后明哲会不会气恼于她将他妈的过去想得那么灰色？然后，将他自己心中的郁闷嫁祸于她？但吴非心说，她这是为明哲好，明哲不愿意听也罢，如果真因此嫁祸于人，那就无耻了。应该不大可能。可吴非总是有点儿担心，因为对于明哲而言，他爸妈实在是禁区，尤其是他妈。

同时，吴非看了明哲发来的附件之后，觉得这个公公极其猥琐。有种当年就一个耳光扇回去，然后休妻。等到接二连三养了三个儿女，老婆去世后才对儿子哭哭啼啼说出原委，实在是……吴非也很想借着婆婆给公公一个耳光。处女？他懂什么？他配？而且，吴非总觉得老子对儿子说老婆如此隐私的事，实在是恶心。但这些话就不与明哲说了，说了明哲得跳脚。总之，公婆两个在吴非心目中的形象一降再降，降无可降。

明哲晚上回家才看到吴非的邮件，看到吴非和朱丽可能回家与他们父母讨论，他的心一下揪了起来，对，他怎么没想到这一爸妈成为别人茶余饭后谈资的后果？多亏吴非提醒，他只想到上论坛看的其他四个人的反应了。吴非说他爸妈的经历太经不起推敲，是，这就是他不敢将所写发到论坛上的原因。即便是第一段，他也是犹豫再三才发的，发了之后一直留意弟弟妹妹们的反应，一直到看到明成为妈的申辩他才高兴。

其实，在听了爸的哭诉后，他自己心中对妈也没底，他将文章发上论坛，与其说是让弟弟妹妹们知道家中还发生过那么多的事，知道爸妈的日子曾经是如此艰难，因此后辈更需体谅，还不如说是他希望看到明成和明玉的反驳，他需要那些反驳来阻止他对妈的动摇，比如明成对相亲那一段的补述，他看了后心中欢喜，好像妈被证实清白了一般。

这会儿被吴非提醒，他意识到，对，家中有些事情不便让吴非和朱丽知道。对于他们的爸妈，他和明成、明玉是从小看惯的，爸妈再如何，依然是他们的父母，而吴非与朱丽则不同。但是对于吴非提议的写法，他又有点儿不以为然，如此简单，还怎么可能让明成、明玉了解爸妈经历的苦难，了解一个家庭的不易，以致握手言和呢？但明哲又想，万一明成看了全文后，也陷入对妈的怀疑了呢？那不是弄巧成拙了吗？而与妈本来就对立的明玉，会不会因全文而觉得获得理论支持，爸妈还会依然是她的父母吗？

明哲越想越担心，鉴于可能出现的后果，他不敢将发给吴非看的段落发上论坛。如果他还想写家史的话，似乎最佳体裁，还真是如吴非说的那种年代后面加冷冰冰、干巴巴的简单文字说明了。他的思考绕来绕去，还是回到被他差点儿否决的吴非的提议。果然是旁观者清。

想到用吴非提议的方式写家史，明哲顿觉肩头重担卸下，最近几天的忧虑全部消失。睡前，他飞快打出一段文字，心中愉快地将之称为编年史。他想，瞒着吴非和朱丽是不现实的，他不想瞒吴非，吴非是自己的亲人，而朱丽又何尝不是明成的亲人？既然如此，那有些东西还是别从他记忆中整理出来形成文字吧。明成和明玉如果有心，他们自会从字里行间看出好歹，他们如果愿意讨论，他欢迎，他巴不得以此为契机调和明成与明玉的关系。但是他们如果回避，他就不强迫他们看了，他自己也不敢写。那就如吴非所说，大家一起糊涂到底吧。

明哲上论坛瞄了一眼，竟然看到明玉到访的痕迹，他心里满意，总算明玉还是想着苏家的。他可不知道，这是石天冬接收明玉邮件后，迫不及待上来张望留下的痕迹。

对于明玉父母的过去，石天冬倒是没觉得有什么不对劲，以前好多人不都是相亲结婚的？他所感兴趣的是明玉为什么给他这个地址，看到论坛里ID都是明玉家至亲后，他心中乐得开了花，恨不得立即飞回去见明玉表达他的兴奋，可他走得开。他当然是兴致十足地关心明玉的家史，但他第二次上去看的时候，发现家史变了体裁。

第二段开始，才是“编年史”的体裁，明哲早将发给吴非的那段文字全部作废。

“1971年×月×日，爸妈结婚。同日开始埋下矛盾。（附结婚证扫描，结婚证上照片高精度扫描）

1971年×月×日，奶奶着凉不治去世。矛盾激化的结果。

1972年×月×日，苏明哲出生，养在妈妈娘家。爸爸每周去妈妈家一次。（附出生证明）

1973年×月×日，生病多年的外公去世。

1975年×月×日，妈妈户口转移终于完成，工作关系也转到城里医院。为户口欠下很多债。（附我们家终于初步完整的第一本户口簿，里面是一家三口）

1975年×月×日，苏明成出生。（附出生证明，附明成的小手印，附明成满月照两张，附全家福、明成周岁照）”

石天冬看了，他虽然是个海阔天空的人，却也看出一些不对劲，仿佛明玉父母结婚之初很不愉快。他正不知道该怎么表达自己可以上那么秘密论坛的兴奋心情，怕说得太肉麻呕死明玉，看了新的家史更新，他当然是立即将自己的感想和问题写进邮件，以表明他正以积极态度参与苏家的事情，而苏家的事情不正是明玉的事情？

明玉本来对家史抱抗拒态度，可看了石天冬带着疑问的邮件，又看到石天冬态度端正，没有小眉小眼，心里喜欢。明玉心痒，终于忍不住爬上网去看了。心说这个书呆子大哥怎么整出个年代如此清晰却图茂文不茂的家史来，是不是因为是理工科男生的缘故？

但，真的没内容吗？明玉不看便罢，看了，就没法抑制自己的脑袋不去想文字和图像背后的原因。

结婚同日埋下矛盾。什么矛盾？大哥肯定是知道的，但语焉不详。新婚日能埋下什么矛盾？明玉凭社会经验一想就想到好几条。看已经有些泛黄的结婚照上，几乎是明眸皓齿的母亲与小老头儿一样的年轻的父亲，条件差距如此之大，即使没有其他原因，两人的矛盾也早已存在，不必等新婚之日再产生一二。女太强男太弱，这个家注定畸形。明玉不由想到同样强悍的自己，苦笑。

但看到奶奶是因为父母矛盾激化去世，明玉非常好奇，是不是可以说，奶奶的去世是被母亲的进门给害了的？不过以母亲之毒，并非没有可能。自己女儿都可以残害，何况奶奶？明玉不由心惊肉跳地想，父亲还真是小强，居然没病没灾活到今天，非常不易。又想，如果父亲不是那么无知，不是那么软弱，不是那么逆来顺受，是不是也会遭到同奶奶一样的命运？至此，明玉开始可怜起了父亲。母亲的强势恶毒，她受得太多，可以想象父亲也受了不少。即使父亲以前还是个正常人，三十多年下来，也差不多被母亲压制得残废了。不错，可怜，确实是可怜。看来有些事也怨不得父亲。

后面两条一起看。大哥降生在母亲娘家，正是久病的外公去世前最乱哄哄的一年。外婆家全部的时间精力、财力大概都得花到伺候外公那儿去，相比于后面又有满月照、又有出生小手印、又有全家福的苏明成，大哥出生时的遭遇也不咋地，满月照、周岁照都没有。

苏明成真是如乱世出英雄般地诞生了。按说，家中的第二个萝卜头不会太受重视，一般人喜欢的是儿女双全。但苏明成不同，苏明成硬是好命，会赶着好时机出生。他窝在母亲户口进城又落实工作后才出生。难怪满月照上如此白胖，而且母亲还有闲心思花钱拍两张苏明成的满月照，可见母亲对苏明成的喜欢。这人啊，都是命。明玉就记得自己好像没有小时候的照片。也不知道大哥从那堆旧家具中有没有翻出她的照片，她本来对依然堆积在她车库中的那堆旧货心烦，现在也不反对再放几天了。“大哥的家史虽然简单，可字字真实，可以让看的人见微知著。”她把这句话发给大哥，算是读后感。而她回答石天冬的邮件，却是很简单的“请看字面，不许胡思乱想”。石天冬立刻明白，明玉心中可能早就明白家史中有些什么了，毕竟她是当事人。石天冬与明玉交往虽然不多，可对她家的矛盾也了解一二，明玉越不让他胡思乱想，他越要胡思乱想，他已经看出这个家庭的混乱，想到最小的明玉所受的遭遇，对比起来，他的遭遇还真是不值一提。他心中好可怜在那么个混乱家庭中出生的明玉，心说难怪她如此冷淡别扭。

明玉原以为这种什么家史她看过好奇过便罢，她又不想掺和苏家的啰唆事。可她的脑袋由不得自己，工作之余，竟然一再凭经验挖掘文字背后隐藏的真实可能。她觉得自己真是疯了。

她想，妈的户口转移、档案关系转移，都是谁在奔波？谁能为妈奔波这些？当然是妈自己挺着大肚子在跑，能指望那个声响儿都没有的爸吗？想到这个，明玉感觉妈非常不容易，挺着大肚子啊，明玉记忆中小时候回乡的车子颠得都能让人脑袋撞车顶。那时候的马路，有一段还是沙石的，车子开过，飞沙走石。难为小明成钻在娘肚子里牢牢攀着没给颠出来。明玉还记得她自己当初户粮档案从原公司转到新公司，其间国家干部身份被抹，原公司、人事局、劳动局，一路盖了不知多少个章，吃了多少冷眼，总算办完的时候，她对着劳动局的大门骂了声“Fuck”。可以推测，妈那时的工作量应该更巨大，而妈的脾气更火暴，面对如此无用又矛盾丛生的丈夫，她恐怕不只是骂Fuck了。明玉想起以前依稀仿佛看到过妈扯爸的耳朵，扯得爸的一只脚差点儿离地。明玉不由得心里哼哼着想，同是天涯沦落人，相逢何必相欺负，可见妈再辛苦，也不是个善人。

但明玉不明白，既然已经将户口转进城里了，而且夫妻关系又不可能好，妈为什么还守着爸不离婚？难道是因为妈从一而终的封建思想在作怪？明玉觉得不是，这其中定有下文。而那下文，正好出现在她出生前的那段时间。不知道中间发生了些什么故事，让她如此被家中嫌弃。

明玉虽然没再追一个邮件过去说明，但开始对后面的家史有了兴趣。

明玉还想到了更远的，妈谋得镇里卫生所的临时工位置，又千辛万苦地转正，单凭妈一个小姑娘既没有后台又没有家底，怎能不让闲人怀疑上她一张明眸皓齿的脸？那个年代又不是现在，她可以凭业务晋升，朱丽可以通过国家考试，吴非可以通过出国。爸妈结婚当天的矛盾会不会与此有关？如果是，恐怕，妈完成更艰难的户口大迁移后，爸更加会觉得自己头顶那顶帽子发出的光芒是碧油油的春意盎然的绿。这样的一家子，怎么还过得下去？怎么居然还在不离婚的情况下制造出一个叫作明玉的女儿？简直不可思议。明玉深觉自己身世可疑。

疑来疑去，明玉走到镜子前端详自己的脸。越是心疑，越是发现自己与那个影子似的爸一点儿相似之处都没有。而且，她这么高，爸连一米六五都不到，这基因……太悬。明玉想得心惊肉跳的，疑神疑鬼地走出办公室附带的休息室，脑袋里慢慢滋生出情绪，情绪导致一脸的恍惚。他妈的，别她是个野种吧，怪不得爹不疼、娘不亲。人都说最后一个小女儿最招父母爱，但她的成长环境如此脱离常规，这其中，需要解释的太多。

她隐约知道，户口哪是那么容易移出来的。而且，显然，至今依然没什么用的舅舅的户口后来也给妈凭一己之力移到了城里。这对于一个普通家庭而言，简直太过奇迹。妈并不是什么别的长，她至死也不过是个护士长，一个护士长能有多大能力？

明玉管不住自己的想法，越想越心寒，越想越坐不住，她已经钻进自己的身世谜团里拔不出来了，发现天下事一团黑，没有最糟、只有更糟。她怎么都得找人求证。

她急于了解，在明成出生后到她出生前的那段时间里，究竟还有什么事情发生。此后，她有闲就去刷一下论坛，可除了苏明成跟帖赞叹自己小时候长得正，都没别的新帖出现。

明玉无处诉说，又不愿跟石天冬说去她那些不堪的猜测，憋闷得慌。她很想去催大哥一下，可是，她不是说不理苏家的事吗？最后还是只能给石天冬发去一条短信，只说自己心烦。石天冬大约能了解明玉心烦什么，回说别瞎想。明玉心说，她还真瞎想了，被石天冬说中。

好在明哲没让她久等。明哲筋疲力尽地回家看到明玉居然有了电邮，电邮里还有明哲最想看到的“见微知著”这样的词儿，明哲受到极大鼓舞。他连忙整理后面的资料。可是，令他尴尬的是，明玉没有出生证明，更别说满月照之类的东西了。明哲想到，原来明玉在家一直不受重视，原因，爸也没说，只是爸隐隐约约透露出点儿意思。他没有隐瞒，将此写在论坛上。

“1975年年底，爸妈分居。爸住到学校宿舍。

1976年9月1日，苏明哲上幼儿园。

1977年×月×日，苏明玉出生。爸搬回家。

1978年，舅舅的户口移入城市，也落实工作。（附合照）”

明玉看着这短短没几十个字的记录，而且没有她的出生证明，只有一张照片，照片中周岁的她简直看不见脸。她不知道那时候有没有开始计划生育，她这个老三被生出来有没有违反政策，爸妈为什么要生下她又不关心她，连个出生证明都没有。大哥没有满月照还可以理解为当时外公病重，兵荒马乱。她连出生证明都没有，那就无法用兵荒马乱来解释了。

但是，明玉明确看清了两点：第一，苏家孩子的出生总是伴随着一个人的户口迁移，苏明成的出生伴随着妈的进城，她的出生伴随着舅舅的进城；第二，爸在学校宿舍搭铺不回家，她苏明玉没吃过猪肉，总见过猪跑，两夫妻没住在一起，怎么生出她个苏明玉？大哥写这一段时不知道有没有想过这一点？大哥大约是想笔削春秋，不让她尴尬吧。可是，大哥削的水平也太差一点儿咯。

明玉双腿搁桌子上，半躺在椅子里倒抽冷气，心里“嘿嘿”冷笑不已。看到这儿，反而白天的担忧全没了，这不明摆着了吗？她的出生还需说明吗？这样倒好，正可以名正言顺与爸断绝父女关系，从而进一步与苏家脱钩，她可真成了光棍儿，不算是坏事。想了会儿，明玉又改正了刚才的想法，不，简直是好事，谁要做苏家的女儿。那么，不姓苏，她又姓什么？她不知道。

但她总算是给自己从小遭的罪找到了理由，原来她是个孽种。明玉再次“嘿嘿”而笑，不知道自己该不该自卑。幸好她现在位高权重，否则可能还真得自卑一下下。她倒是从没想过自己居然是个私生子，这让她惊讶，让她失落，却又让她感到解脱。她心里强硬地说着也好，也好，谁稀罕。可是，又多少有点儿自伤身世。难怪连一张出生证明都没有。

大哥以及其他看了这一段的他们都应该心知肚明了吧？不，她不认为这会是大哥的笔误或者过错，一向严谨的理工科大哥从来逻辑分明。这应该就是她的确切出身。

明玉睡着之前心里还在“嘿嘿”，睡着的时候已经有了“死猪不怕开水烫”的惫懒心理。但是，同样也是严谨的喜欢用事实说话的她，在心里默默地想，她会求证。

可石天冬十万火急般打来的电话把她从“嘿嘿”连声的浅睡中挖出。石天冬在电话那头很是费劲地问一句：“你看论坛了没？”

“看了。没什么，就跟看别人家事情一样。”

“真话？”石天冬很不相信，这样的家史看了后还能冷静，除非明玉早知道，也对，当初他送粥给她爸的时候，苏家两个男人都没想到会是明玉，可见他们一早就不认为明玉是一家人。他犹豫了下，道，“别在意，英雄不论出处。你真没事？有什么话尽管说，我听着。”

明玉被石天冬的关怀感动，忙道：“没事，今天这段虽然有些意外，可想了想，也还是意料之中。你说得对，英雄不论出处，我靠自己走过来，更加英雄不是？”

“是啊。以前我还以为我多不容易，现在看起来跟你根本没法比。真没影响心情？你周六、周日有没有空？我回家一趟。”

明玉忍不住微笑道：“我没空，刚接手江北公司，还没熟悉，最近非常忙。而且……你来，不跟你深入说我家的事，有点儿辜负你那么远的一来一回，可我还不适应跟你说那么多，你还是别来了。今天你打来电话，宽慰我不少，否则有些话总是闷在心里不舒服。”

石天冬听了笑道：“你这理由挺好玩，不过是实话，那我不过来了。其实……呵呵，我也不过是想找个借口去看看你。刚说电话时你声音有些假，装坚强是吧？现在好多了。那你继续睡吧，我还真服你，这样你也能躺下睡。很不早了，其实我不应该这时候打电话给你。”

明玉听着一个劲儿地乐，觉得石天冬这人真是自来熟。“你怎么那么晚才收工？”

“饭店嘛，尤其是香港。不过我明天起得也晚，就跟人家特殊行业似的。我在看你的照片……”

明玉听着石天冬跟她闲话，整个人轻松下来，握着电话舒服地靠着床背微笑。其实石天冬并没替她解决任何问题，可他轻松关切的态度，却让她很是受用。结束电话后，她想，还那么在意苏家干什么？

明哲写了有关明玉的内容后，等待一天，等来吴非询问的电话，却没等到明玉的丝毫回音。他打明玉手机，但总是她的秘书接听，而明玉没有回电。明玉忽然从苏家人范围内彻底失踪了，比以前的基本不通音信更彻底。吴非说，明摆的现实，明玉还怎么回来？但是吴非没说婆婆怎么是这样一个人，料想明哲也会想到，不用她多嘴。

第二天一早，明成就打电话来问了，但明成只说了三个字：“真的吗？”得到明哲肯定的答复，说这完全是从父亲嘴里得到答案，明成便无声地挂了电话。

家史，修得苏家等同于地震。明哲只好以“这是窒息疗法”来宽解自己。

但就在这个节骨眼儿上，明哲不得不去美国出差半月，总算又见到吴非和宝宝，亲得跟什么似的。又飞到新加坡和台湾待了几天才飞回上海，却忙得没时间回家。没面对着面，电话里总是不方便向父亲询问详情，明哲也有点儿被父亲狼嚎般的叫声吓怕了。

朱丽回去上班后，做得风生水起。众诚集团上下都知道她是苏总的二嫂，多少都给她一点儿面子。而朱丽人漂亮，做事也得体，工作很勤快努力，大家合作两个月过去，彼此都有好感。老毛有心隔山打牛，卖明玉一个好儿，不免在蒙总面前多说了几句好话。蒙总自是不肯在自己公司多安插牵丝扳手的亲戚关系的，但为了照顾得意亲信，有意与朋友吃饭的时候推荐一把朱丽，让朱丽接到两笔大单子，朱丽顿时在大老板面前有了地位，办公室从小小的玻璃隔间换入胡桃木门的大间。

只有朱丽自己知道全不是那么回事，她这个二嫂只是挂牌的，而且从上回大哥抛出明玉的可能性身世后，明玉又恢复原先的不接她电话也不接苏家其他人电话的状态，不过论坛她倒是经常登录，就是不发言。为此朱丽与明成私下议论，可是一说到这事，明成一脸的臭屁，也是闭口不言，朱丽理解明成的苦衷。一个月前朱丽几次上明玉公司找人，想向明玉当面道谢，但明玉经常出差。最后一次找到，明玉没有出来见她，只让朱丽接了个电话。电话里明玉跟朱丽说，朱丽的成就是她自己的努力，别人最多只是牵线，不必道谢。语气非常冷淡，冷得朱丽都不好意思说下去。眼下出了身世问题之后，估计明玉更加不愿与苏家人接触。

明成这回与明玉的表现一样，他心中捍卫自己的妈，坚决否认大哥的言论。但明成无心多思索这些，他为工作的事焦头烂额，他虽然想过找父亲问出事情究竟，但是终没成行，他也不再上论坛，不愿意看那一段刺目的记录。他想眼不见心不烦，他更不愿意厘清事实真相，让他做鸵鸟吧。

明成还是做他原来的那块生意。但生意犹如蛋糕，你切了便没我的份。而所谓竞争，争来争去，大多争的是伸手可及的那一块，因其就近下手的便利，因其看得见的诱惑，所以多的是窝里斗。过去的同事不约而同将眼睛盯上了明成碟子里的那块蛋糕。而明成以前是惫懒的，那么多年来，在上家下家那儿并未敲下太多桩脚，培养太多感情，而且他手头生意虽然细水长流，却并不太多，上下家的客户看见他可有可无，并无太多忠诚度。在周经理的有意引导下，明成手中的一大摊子岌岌可危。有时是他们已经谈下生意，客户看在多年交往的分儿上，电话告知一声，明成常常如家中怨妇，总是最后一个知道丈夫在外面偷腥的消息。

明成想着不如转行避开周经理，但是三十多岁之后的转行有点儿难。人已经有了一点儿身份、一点儿地位，再不可能像初入道时那样摔跤不怕，吃亏不怕，愣头青一个向前冲。三十岁以后的人阅历多了不少，凭经验知道什么可做、什么会有麻烦，未出手前先周详考虑——顾虑面子、担心收益、畏首畏尾——不知不觉就犯下成年人转行时的大忌。明成雄心壮志地迈出去的一步异常艰难，挫折不断，开始有点儿灰心丧气。

明成最丧气的还不是别的，而是他的一地鸡毛无处可说。以往有事，回家一趟，跟妈随便说几句便可得到回复，与朱丽说也行。但是现在情况有点儿不同，与朱丽说吧，朱丽工作太多，应酬也多，回家与他相对的时间几乎没有，他也数不清究竟有几个夜晚他一个人在快餐店独饮了。朱丽不是应酬，便是加班。等朱丽很晚回来，她“呜哇”一声怪叫，收拾干净一张脸，有时都会泡在浴缸里睡着。明成知道她累，不好意思叫醒她诉说自己的心事。而且明成知道朱丽珍惜新的起点，工作格外卖力。朱丽的努力换得的是经济上的回报。这个家需要朱丽赚钱来养，他的钱还周经理都还不够。虽然朱丽没有说什么，但作为一个一米八多的男人，明成自惭形秽。而更让明成泄气的是，他看不到近期能赶上朱丽的可能，只看到朱丽一日千里，越发拍马难追。明成心中压力越来越大。如今，再加大哥抛出这么一段明玉的身世疑云，他连心中的支柱也差点儿倒塌，以前还会想到有心事找妈说，上妈墓前坐一会儿，现在呢？

时间已经是9月，夜间温度开始有所降低，但蚊子更多更大，几乎一开窗户，外面便“呼”的一声挤进黑压压的一蓬，明成在快餐店门口吃饭常被蚊子轰走。前一天朱丽睡觉忘记关窗，半夜被蚊子咬醒，痒得后面时间睡了也等于白睡，手上咬起的红包跟过敏了似的。中午时朱丽便撑不住，想到晚上还有个应酬，她紧着赶出一些工作，下午回家先睡一觉再说。

没想到开门进屋，却听见里面机声隆隆。朱丽惊吓，这可不是钟点工过来打扫的时间，谁在家里？她不敢关门，蹑手蹑脚转入玄关，一看，却见明成眼睛发直地站在厨房抽油烟机下面，一个人吞云吐雾，他吐出的和烟头冒出的烟雾，一丝不剩地全被抽油烟机吸走了。

因为抽油烟机的声响，明成都没注意到家里进人，吸完一支烟，又在原地呆呆站了好久，才无精打采地伸手关掉抽油烟机。转身，却见朱丽站在厨房门口，两只大眼睛若有所思。明成一时手足无措。

朱丽没睡好，心不免急了点儿，再说是在家里，说话便没太讲究：“你怎么会在家？”

明成只得保护性地反问一句：“你这个时候怎么会回家来？”

“我回来睡觉，昨晚上没睡好，你昨晚没怎么挨蚊子咬啊。”朱丽看出明成不想回答，他好像另有心事，“怎么了？有心事？”

明成忙笑一声，道：“没有的事，你睡吧，我回家找些电脑里的资料，立刻就回去公司。要不要我留下给你做闹钟？”只有意气风发的朱丽才能理直气壮地说出回家睡觉的话，他虽然心里很累，很想关在家里不去接触外面险恶的人，可是他不能说，尤其他现在没钱赚回家的时候更不能说，那会更被朱丽看不起。他只有朱丽了，不能冷了朱丽的心。即使装，他也得装出一脸的自强不息。虽然很累。

朱丽昏昏沉沉地应了声“哦”，过了会儿才又道：“那我睡觉，我自己会在手机上定时。”

但等朱丽躺上床，却隐隐约约想到，不对啊，家里哪里还有电脑，不是给明成爸搬去了吗？这一想，朱丽就睡不着了，明成为什么要跟她撒这么低级的谎？朱丽想起身去问个清楚，却听见明成开门出去的声音。朱丽再次疑问，不是说要找资料吗？怎么又像是给谁踩到尾巴似的逃得那么快？朱丽拿起电话，却最终没有拨打，她隐隐猜到明成的工作现状了。这是明摆的事，明成其实可以明说。朱丽心想，要不要找时机与明成好好谈谈？或者暂且别赶着他情绪低落的时候说？

这么一想，朱丽辗转着都没睡好，刚睡着就被手机叫醒，很是疲倦。

明成慌不择路地逃出家门才想起，家中已经没了电脑，他从哪儿取资料啊。他提心吊胆地想，不知道昏昏欲睡的朱丽听清楚了没有，但愿她一觉睡醒就忘记。否则，朱丽肯定会问，会安慰他，可他觉得朱丽的安慰会让他羞愧，他最希望的还是朱丽没听清，什么都别问，等他扭转局面后他会坦白。

但明成不知道的是，周经理短暂的火气过后，正思考着不再正面冲突，改歼灭战为持久战。她记恨明成不知好歹冲她开炮，记恨明成这小子竟然敢向总经理告状，再加警方一直找不到卷款失踪的沈厂长，她自觉不自觉地将仇恨全都转嫁到就近的、抓得到的明成头上，没道理地恨他。清醒后的周经理选择了温水煮青蛙。苏明成是她一手带出来的，他的几斤几两她最清楚，怎么慢慢地捏死她，她有周详的计划，明成逃不出她的手掌心，也不会发觉她的计划。

明成还真是一点儿都没察觉到周经理的计划。明成只是想，看来朱丽现在的职位让她活络许多，上班时间都可以回家了，那他以后没趣时还是别回家，免得被朱丽看见又问。他现在一颗心还跳得超快，跟做贼撞上主人回家似的，非常累。而且，明成越来越不愿意正面面对清醒的朱丽。

三十二

恩怨分明，得失计较

蒙总到明玉的公司来商量一些事情，等下班铃响过好久，他看看时间，起身道："走，我带你去一家新开的饭店，你以后可以拿它当食堂。虽然贵一点儿，但几个老吃饭店的都说好。离你这里又近，走过去没几分钟。"

明玉没收拾东西，起身就跟蒙总走："我不吃鱼翅，不吃燕窝，不吃甲鱼裙边。"

蒙总笑道："谁让你吃。怎么，吃了还回公司？听说你最近一直住公司？"

"哎呀，保姆告密？"

"用得着保姆向我告密吗？整个集团上下都知道你每天睡公司。你也老大不小了，虽说别学柳青这小子花天酒地，可好歹也给我找个男朋友回来。"见明玉将电梯按到地下层，忙道，"走路过去，不远，正好散步。"

明玉讪笑，哪有时间啊。不过这话在老蒙面前说，就有表功的嫌疑了。她只得笑着道："行，行，我回头住回家里去。"

老蒙听了居然盯着明玉半路出电梯，盯着她回办公室收拾了手提电脑包拎出来，才带她一起下楼吃饭。他还说："对，就是得这样，下班住公司，人会住出毛病，等于没有休息，一整天都紧张着。"搞得明玉哭笑不得，老蒙怎么如此婆婆妈妈了。而且电脑带回家了，回不回家还有什么区别？只有不用电脑的老蒙才以为回家就是休息。

去的那家饭店叫作“食不厌精”，门面并不大，只能说是舒适型，看上去才开张不久，装饰还很新。也不知道这样的饭店是怎么被蒙总看上眼的，应该有独特之处吧，蒙总此人几乎天天在外吃饭，嘴巴最刁。明玉好几天没上本地美食论坛，还真没听说又有一家新饭店开业。

进门，居然是西饼店才有的奶香味，非常舒服，与大多数饭店挥之不去的油腻烟酒味儿大大不同。明玉心里生出几分好感，笑对老蒙道：“这儿的味道像西餐厅。蒙总怎么找来这里的？”两人一前一后上楼，二楼也没包厢，只有六七十平方米的实用面积，摆着十来张大小桌子，环境比较宽松。

“朋友告诉我的。”老蒙居然遇到两个熟人，明玉也认识，都是大老板。他叫明玉自己点菜，他与朋友打个招呼。

明玉很奇怪，这家小饭店究竟好在哪里，竟然让老蒙等见多识广的人趋之若鹜。一个男孩竟然持笔记本电脑过来，不等明玉出声，男孩已经微笑道：“小姐，本店今天主菜是东北杀猪菜，是活杀家养猪肉做成的。东北杀猪菜的……”

明玉道：“我知道杀猪菜。”看向男孩转给她看的屏幕，她看到上面竟然是菜单，菜单上表明只适用于今天。手指滚动鼠标进入菜单，没有几项可选项目，除了与猪肉相关的，就只有一些时鲜素菜和中西点心了。左右看看别桌容器大小，明玉点了酸菜肉、白切肉、血肠。她虽然不是石天冬这样的美食家，对美食也不是孜孜以求，可也好歹知道，猪肉好不好，看原汁原味的白切肉，而这家饭店究竟是不是高档卫生，那就看血肠有没有猪下水的臭气。酸菜肉只是因为特色才点。如果真好，那就以后拿这儿当食堂，老蒙家的保姆可以退还，省得保姆多嘴总是告密到老蒙那里去。

不一会儿，蒙总从其他桌回来，他也没问明玉点了什么，道：“我们刚说到哪儿？噢，对了，我想让柳青下周过来，他去武汉有段时间了，得回来向我们述职。”蒙总说到这儿，又有意无意加上一句，“不知道会不会带个新女朋友回来，这臭小子。”

明玉微笑道：“柳青跟我讲，他近期的工作重心虽然在挖潜改造上，不过得开始考虑调整设备结构了，否则产品跟不上总部的设计。我前不久过去转了半天，发现他们废品率偏高，最关键的还是效率低，我要货得等，衙门作风严重，几乎还是大锅饭时期。”

蒙总偏着头想了下，道：“否则要柳青过去干什么？我把一个大筐子给他，他自己往里面装东西，别想伸手问我来要。他该收紧筋骨，你该放松筋骨，你们都得换个工作思路，不能原地踏步，我让你们改变工作量和工作环境就是想强迫你们改变原有思路。成了的话，你们会上新台阶，我看好你们，我还等着你们挑大梁。”说话时候蒙总手机响，他看了看显示，硬是把话全说完了，才接起电话。

明玉心领，多少年来，蒙总都不只是出言指点，还一直创造环境让她和柳青，以及其他可塑的年轻人进步，比如目前集团公司的研发总监，也是才三十出头的年纪，可是已经坐上行业国际交流会议的主要席位。老蒙就是这样，给你政策，给你环境，给你宏观指导，做得好不好，看各自修为。但好强上进的年轻人，谁不是豁出小命一条呢?

这时，白切肉先上桌，光是第一眼，明玉已经为之倾倒。这肉，六分肥四分瘦，脂油润泽，令肉片三分透明七分肥白，透着十足诱惑。明玉很想伸出筷子立时颤巍巍挑出一片，什么都不蘸，就那么原汁原味滑入嘴中，以唇齿缠绵，可以想象，在轻微的“吱”一声中，醇厚芳香充盈口腔的角角落落，然后，白切肉会顺着自己油脂的滋润，顺畅地滑入食道，润泽五脏六腑。这是哪个天才厨师想出来的高招，简直是出奇制胜，于燕翅鲍中杀出一条通向味蕾的捷径。

但是，蒙总电话那头不知是哪个不识相的人，竟然喋喋不休。换作以前刚出道时，明玉早不管不顾地下筷了，这是他们家人多食物少、物竞天择培养出来的吃饭习惯，但现在不会了。多年以前老蒙曾外聘一个礼仪专家专门给手下的销售员们上课，其中一项就是餐桌礼仪。从那时起，明玉才开始明白餐桌上的荣辱。第二课她就带上摄像机，索性录了老师的讲课，回家细细琢磨。她现在知道，与长辈同桌的时候，率先动筷不礼貌。

终于，老蒙也受不了诱惑，强行终止电话，下手开吃。明玉立刻跟上，果然味道不同一般。此刻，一条半尺来长的血肠也上桌，暗红色，表面油光饱满。穿黑背心的小厮用银刀子小心切段，入口竟然清香。什么猪下水味，没有，即便是蘸蒜蓉、酱油都怕夺了它的原味。老蒙从据案大嚼中抽空问一句：“不错吧？”明玉立刻简短地答：“很不错。”

如果说白切肉吃得多了，多少会觉得油腻，那么酸菜白肉里面的肉有家养猪肉独有的芳香甘甜，却无油腻之患，只要愿意，只要胃部容积许可，尽可以一块一块地接连着吃。明玉一边吃一边心想，哪天叫石天冬过来尝尝，看这儿究竟正不正宗。饭店开到如此出神入化的地步，算是极致了。

差不多的时候，明玉招呼小厮过来，好奇打听："明天菜单是什么？给我看看。"

老蒙笑道："怎么样？有兴趣了吧。昨天的是海味，都是青蟹当家。"

小厮微笑着等老蒙讲完，才道："明天的是时令菜瓜，老板说该吃一天清淡的。后天、大后天退潮时间是中午、下午，正好晚上过来吃鲜活海鲜。不过随时会有新奇食材到货，具体菜单还得看当天的。"

"送外卖吗？我每天中午订一份。"

"对不起，我们这儿的饭菜都讲究食料最新鲜，食用时间最适宜。比如说两位今天点的白切肉，如果晚上餐桌几分钟，吃起来就没这么嫩滑了。"

虽然被拒绝，明玉却又高兴于发现白切肉的一个妙处，原来这么讲究。可真不愧为店家招牌之"食不厌精"。她笑对老蒙道："以后来这儿蹲点儿，蒙总，你的保姆可以还你了。"

蒙总笑道："我早就想讨还我的保姆，老婆可以不要，儿子可以不要，只有保姆不能不要，你明天就还。你等下跟他们老板谈谈签个合同，我们以后吃饭签单，省得带钱。好了，我先走一步，你今天一定要回家好好休息。"

"等等，蒙总，我有件事想要请教。"明玉叫住蒙总，"蒙总，'文革'前后周边乡镇的城镇居民户口想移到市区来，是不是很难？"

老蒙想了会儿，才道："那时候不叫乡镇，叫人民公社。那时候一个市区户口不得了，你想啊，市区户口国家给包工作，每个月粮油配额比乡下的城镇户口高，我记得刚粉碎'四人帮'那阵子，我们乡下的城镇户口每人每月只能分到一两糖票，市里人有二两，上海人有半斤呢，谁不想做城里人？"

"是，是，那还不打破头地往市里挤？"

"是啊，那是千军万马过独木桥，桥那头还架着机关枪扫射，你说能进几个人？我记得那时候好像有个人控办，专门负责进城人数。人控办把进城人选先凭条件筛选出来，再上报市里，好像还得市委常委开会批准。一关一关地都通过了还得交一笔城市增容费，才让你办户粮关系。那时候和现在不同，那时候没有户粮，进了城也活不长，买什么都要凭票啊。我年轻时出差，第一件事就是到粮管所凭单位介绍信换全国粮票，不出省的话换全省粮票，否则到了外面没饭吃。你怎么想起来问这个？”

明玉嗫嚅：“我刚知道，我爸以前是市区户口，我妈是乡镇户口，我妈结婚两年后才千辛万苦把户口移到城里。”

老蒙也是有意抬举一下明玉的母亲，笑道：“动用什么关系了？两年就办成，本事太大了。你看我，1989年我已经出道，当时把我和老婆的户口迁进城里，都不知走了多少关系，公安局要敲章，粮食局要敲章，商业局要敲章，人事局要敲章，房管所要敲章，当年要不是为了我儿子上好学校，必须在市区买房子有户口，我说什么都懒得花那工夫。”

连老蒙这样的人都说难！明玉都不知道说什么好。妈才是一个护士，她跑遍上上下下敲出章来，凭什么？他们家从来不富，凭钱这一条可以废。他们家从来没有后台，凭权这一条也可以废。难道是以诚感人？妈妈这种人有诚可以感人吗？明玉心中不知什么滋味，却也是无法幸灾乐祸。

回家的路上，她想起老蒙的回答就郁闷，她若是妈在外面偷情的产物倒也罢了，起码还是爱情结晶，可偏偏看来她应该是个权色交易的产物，她的产生，是为了拉那个至今不成器的舅舅进城。她是工具，而不是结晶。想起来，真正是情何以堪。

她一路叽里咕噜、骂骂咧咧，骂父母不是东西，骂自己赌咒发誓不管苏家的事可最后又没忍住，险象环生地回到车库，看到车库更是来气，火一大，转过方向盘就又开出去，直奔父亲的家。她已经快被心中的猜疑折磨死了，今天被老蒙这么一说，索性上门问个清楚，最差，也不过是个权色交易的结果。

但她就是好奇，妈又不是农村妇女，她既然是孽种，妈找个同事帮忙打掉就是，干吗把她生出来又不把她当人对待？妈自己作孽，罪过怎可让女儿承受？太不讲理。应该是还有其他理由。她今天需要询问的就是这个理由。

明玉不知道父亲有保姆，敲开门，看到一个矮小的农村妇女来开门，愣了一下，看看门牌没错，才问：“苏家吗？”

蔡根花不认识明玉，见到高高瘦瘦的明玉更是与苏大强对不上号，忙说了声“等等”，进去叫主人。苏大强不信还有除了朱丽以外的苏家女人会上门，疑惑地出来一看，见是明玉，大惊。明玉既然确认是父亲家，也不客气，推开门，交给蔡根花十元钱，吩咐：“请你下去买点儿冷饮坐下面乘会儿凉。我有事情与父亲谈。”她此时没法叫出“爸”，觉得书面语“父亲”叫起来更容易。

蔡根花一看见明玉的眼睛就已经怕了，等她吩咐完，拔腿就走。而苏大强更怕，所谓“无事不登三宝殿”，这个女儿究竟来做什么？他本能地缩起脖子低下头，等候宣判。

明玉走进客厅，四处看看，看完了见父亲还站在原地，她满眼充满矛盾地看了会儿，才道：“刚才那个是新找的保姆？”

“是，是，明成来决定的，你大哥也答应。”苏大强连忙将责任全推到别人身上，免得受责。

“住着还好吗？还缺什么东西？车库的东西要不要搬来？”

“不缺，什么都不缺。”苏大强回答得非常快，如果这话换作明哲、明成、朱丽来问，他定是可以将打了一个月的缺货腹稿一五一十背给他们听，但对明玉，他不敢。

明玉看看也觉得东西够齐全，似乎没什么需要添的。她本来生活就简单，没什么太多要求，所以也看不出父亲其实想把刚搬来的喷墨打印机换成激光的，想给客厅装柜式空调，想把原有的素色窗帘换花哨一些，想买个电话子母机省得接电话的时候还得跑到客厅。她只是上下左右看看，也没坐下，便直接问：“听说生下明成后，你和妈闹离婚？还闹得住到学校不回家？”

“是……是明哲跟你说的？”苏大强心里惴惴的，不知道明玉这么问是什么意思，但压根儿不敢抬头看明玉的脸色。

“我问你，你就如实回答，不要对我撒谎。”明玉背着手看父亲一副挨批斗的样子，面无表情。她小时候还会挨父亲耳光，但自从高中以后，父亲对她的态度一年一个样，随着她长高，父亲在她面前的气焰逐渐消退，两人没有交手，但想必有心的暗战。此消彼涨，直到今天。明玉已经习惯。

苏大强知道明玉管的人比他过去的校长管的还多，他看着明玉害怕。这一段过去跟明哲说的时候，他都没脸说出口，可明玉这个煞神过来问他，他岂敢不说。他老老实实回答："你妈把户口转为城市户口后就一直要跟我离婚。我想离了也好。但你妈说两个儿子都要归她，我一半产权属于学校的房子也归她，我工资一半也要归她，我不依，学校也不肯把房子给她，不肯给我们开离婚证明。她就每天跟我吵架。"

明玉"噢"了一声，心说这和她想的一样，妈凭借父亲这块跳板跳进城了，是该在这个时候过河拆桥。但没想到还有学校掺和在里面。她将当时的情形假设了一遍，才问："然后呢？然后你怎么闹得搬到学校宿舍去住后，又不争气地不离婚了？"

苏大强慢慢感觉出明玉不是来寻衅的，这才稍微放松肌肉，微微调整了一下站姿，继续结结巴巴地说："不是我不想离婚，我本来已经打算她提什么条件我都答应，只要能离婚就好，但你妈又不肯离婚了。因为离婚后，学校要收回一大半房子的产权，留下的一小半房子里面已经住下你妈和明哲、明成三个，每人均摊面积太小，不可能再分国家要求的符合迁移户口政策的最低面积出来给你舅舅。你妈本来不想管你舅舅，我们也已经说好离婚就这么分房子，以后我凭工资条拿一半工资给她，我搬去学生宿舍住，学校收回房子给别的老师，我不要跟你妈住。但你大姨偷偷回家跟你外婆一说，你外婆不答应了，连夜搭进城卖菜的拖拉机赶来，哭着喊着不许你妈离婚，邻居说你外婆跪在你妈面前磕头出血求你妈一定要把你舅舅弄进城后再离婚。你妈起先不答应，你外婆就天天到医院门口去哭，你妈没办法，只好答应暂时不离婚。"

明玉听了只能翻着眼睛倒吸冷气，连"嘿嘿嘿"都说不出来了。这个结果与她想的不同，难道她还是爸的女儿？"那你就顺着梯子往下爬，凑合凑合不离婚了？"不过这还真是不争气的父亲能做出来的事。

苏大强被问到这儿，却将一张脸皱了起来，犹豫很久，才不得不说："我还是要离婚，我躲在学校不回家，一定要离婚，结果你妈带着两个孩子找到居委会去哭闹，说我是陈世美，我抛弃他们，居委会被她烦死，通过学校来找我做思想工作，但我铁了心一定要离。"

"你这铁是废铁，最后没离成。"明玉说着都想走了，原来事实是这样，是她自己多想。

"不是我不想离，是你妈施诡计。她一次次闹着居委会干部把我强拖回家过夜，硬是怀上你了才作罢。按照法律规定，她怀孕哺乳期间我不能提离婚，她就到学校吵着把房子又要了回来，硬是又通过不知道什么关系把你舅舅的户口弄进城。弄进城后她又想把才出生不久的你扔给我，然后离婚，但我怎么养得了你，拖着耗着，反而后来也都不提了。"

明玉彻底失声，只有出的气，没有进的气，刚吃的白切肉差点儿呕出来。她已经无法定义她的出生，但总而言之，她未来在家庭中的待遇，在她出生前已经被注定。她的脑子被这个出乎意料的答案震得乱哄哄的，都没说一声什么，也不要再问什么，直着眼睛沿来路回去。

苏大强见明玉离开如见瘟神出门，"走好"都不敢说一声，看着明玉出门消失，他连忙小跑过去将门锁上。

明玉原以为自己跌进山谷，已经做好心理建设，承认这最坏的现实，没想到，天上还会滚下一块巨石，正正砸中她的头顶。世事，没有最坏，只有更坏。打死她都没想到过，她的孕育竟是如此无耻丑陋。

她直着眼睛下楼，没看见等在楼道边的蔡根花，顺手摸出一包烟，一声不吭坐进车子，以颤抖的手指抽出一支香烟，可是手指乱抖，硬是没法将烟凑到点火器上，她气得不行，一个人闷在车里一口一声"他妈的，他妈的"，都不知道说了多少"他妈的"。

如果说，最初以为自己是私生女的时候，明玉还能坚强地报以"嘿嘿"冷笑，现在，她连呼吸都困难。太丑陋了，而她却是丑陋的果子。太丑陋了，太丑陋了，太丑陋了……她宁愿自己是个权色交易的孽种。这样，起码，她还能彻底脱离苏家。

现在，她算什么呢？她是个生来就被诅咒的。她不知道自己需要多少自信自强，才能正视自己的出生。

灾难！

她终于点燃一支烟，而一支烟很快抽完，她眯起的眼睛里只有熊熊怒火。如此丑陋，她却不能选择自己的出身。如果可以，她恨不得学哪吒剔骨剥皮换取新的出身。她又抽出一支烟，她无法开车，就坐在车上接二连三地抽。

她又想到一个更可能的可能。天晓得，她是不是妈在外面不小心怀的野种，为掩人耳目，又死活将丈夫拖回家制造既成事实。这样的妈，什么事做不出来？这事儿，只能靠把爹拖去测DNA才能最终确定了。但是，明玉知道自己不会去测DNA，这事关她的名誉，她眼下也算是有头有脸的人。

她唯一能做的，就是将愤怒埋在心底，然后，换上一副面具，风轻云淡地展示给别人：天下本无事。有人不要脸，她还要活。

她有点儿委决不下，是上论坛将此事抛出，然后表态，从此自绝于苏家，苏家人也别来找她，还是做人厚道一点儿，过去的事让它过去，她自己心里有个节制，以后与苏家人划清界限，不再主动接触。她心中偏向前者，明人不做暗事，父母做得出来，她就写得出来，自绝于苏家前，怎么也要走得明明白白，给大家一个说法，告诉大家，苏家彻底对不起她苏明玉，她本来就不属于苏家。

她很能猜测到妈妈忠实的儿子们可能有的强烈反弹。但是，与她何干，事实就是事实。她一个受伤者被压迫了这么长时间，难道还得去照顾既得利益者的小心灵？公平不是天下掉下来的，她有能力，她自己会创造，她也会面对反弹。

明哲倒也罢了，她最想告诉的是苏明成，这个妈妈的好宝宝。他被拘留时的表现她保留了证据，会寻找机会烧给妈知道，而他最爱的妈的底细，她也会一五一十地告诉他，让这母子俩偿还她以前所受的所有不公。她不是苏大强，她不会逆来顺受，她受的，她必还，无论是好的还是孬的。

对，就这么解决：恩怨分明，得失计较。她不是圣人，她只要公平。

趁热打铁，她准备这就回家将今天新鲜热辣的对话记录下来，发上论坛。可她眼下四肢激动得一直颤抖，根本没法动手稳当开车。她深吸一口气，下车到后备厢取出一瓶白酒，大大喝了一口。很快，酒劲儿便弥漫四肢、脑袋，可她的四肢依然颤抖，她不得不又喝一口，才将酒瓶扔在一边等待平静。终于，她能稳稳地将车开出去，可她也不得不用最大的毅力控制自己的双手双脚，别使劲儿过度，车速过快。

好不容易回到家，她打开电脑便将对话如实记录，可心里实在憋闷不过，打几个字，就忍不住一拳砸书桌上放气，嘴里喃喃骂声不绝，砸得拳头火烧火辣，差点儿打不成字。好不容易，才把一篇打出来，她快速排版打印，去找传真机。

接电话的是苏明成，朱丽还没回家。明玉简单道："你打开传真，有一份今晚的对话记录传给你，我和你们爸，有关我身世的追究。"

明成有些许酒意，一听是明玉的电话，他本来不想给信号，但是，对话记录的内容吸引了他，正是他想知道又不敢找爸去问的。他明晰地听出“我和你们爸”这五个字似乎指向真实内幕的细节，他没回答，他不愿与苏明玉对话，但利落地给了明玉信号。一会儿，传真机“突突突”地吐出密密麻麻的打印黑字。

明玉抿紧嘴唇，咬紧牙关，看着传真纸进去又出来。收回对话记录，她犹豫了一下，终究是没有撕了记录，折叠整齐，收到书桌抽屉里。

将对话发给无知无耻的苏明成，明玉感觉自己心头出了一口气。情绪是垃圾，是垃圾就得找地方扔了但得扔对地方。这张最原始的打印文本，她会找时间拿到妈的坟头烧了，同时烧的将是苏明成可怜相的忠实记录。非此，何以解恨。难道，也让她像苏明成他爹那样号叫吗？她不是懦夫，她不会顺从，她会自己着力解决困局。

至于苏明成将受的震撼，那是她需要考虑的吗？谁又来帮她考虑？

可这一夜，她已无法入睡，虽然她的四肢不再发抖，可脑袋兴奋得满是乱麻，乱麻中一半是骂人的话。她想砸东西，想抓起电话骂人，想冲出去满世界乱跑，可她最终抓起电话，只拨了一个心中很熟悉的号码，拨通之后才想起这是柳青的，料想柳青这个花花公子肯定还没睡，不打搅他简直天理不容，她有很多闷气要向柳青倒，只有柳青最能理解她，她即使不说出实情，他也能有感应。她今天心里烦得很，需要说出来、骂出来。

电话倒是很顺利地打通了，可是柳青也喝了酒，在电话那头搞不清，一会儿玛丽、一会儿莎丽的，明玉起码在他嘴里听清楚三个女孩的名字。明玉今晚本来就暴躁，闻此不肯再说，对着手机憋了会儿气，又听柳青大着舌头胡说几句，挂了电话。

她不得不冲下楼去，找来扔在车子上的那大半瓶白酒，一个人坐在厨房，擂着桌子就着巧克力，将剩下的大半瓶酒全喝了下去，然后，往地下一倒，人事不省。

三十三

怒火

明成从来就知道，明玉自己找上门来，肯定是黄鼠狼给鸡拜年——不安好心。他有踩到一坨屎的准备，看到是落后的传真而不是电邮，他还嘲笑了一下。但是，看完的瞬间，他被点燃了。他晚餐喝下去的两瓶啤酒在燃烧，他全身的血液在燃烧，他两只眼睛也在燃烧。

捏造！绝对是最恶毒的捏造！这个毒水母一般的人，她时时刻刻窥伺着合适的时机，抛出致命的毒液。

他旋风般冲出门去，拦下一辆出租车，司机问他去哪里，他愣了一下，才说出父亲的住址。

苏大强已经睡下，蔡根花也已经睡下，但听到惊天动地的敲门声，蔡根花还是胆战心惊地起床，而苏大强说什么都不敢起床。他在被明玉逼问后，就一直在担心，明玉会不会告诉明哲和明成，明哲和明成会不会找上他。尤其是明成，明成对他从来没好气。敲门，不，打门的会不会是明成？苏大强赤脚下床，悄悄合上卧室门的插销，迅速钻进毛毯里捂住耳朵。

蔡根花从猫儿眼里看到眼珠突出的明成，她虽然见过明成一次，但早已忘记，再说见明成这么凶，哪里敢开门。她又是胆子最小的，都不敢问门外人是谁，怕门外人跟她吵架。忙跑进来敲苏大强卧室的门。可是，怎么敲，里面的苏大强也不吱声。蔡根花没主意了，想了半天，在轰天般的敲门声中，也“哧溜”钻进自己的卧室，关门睡觉。

明成不见有人开门，更是头顶怒火腾腾蹿起，对着防盗门拳打脚踢，仿佛这样才能出气。

可是，同一楼道的人睡觉被吵醒，受不了，有人悄悄钻出来一瞧，见是一个高大男青年行凶，一个电话拨到110，警察很守信地在五分钟后到达现场，把明成逮个正着。

明成看到警察，立刻条件反射似的变乖了，什么怒火都瞬间消失，有问必答。他吃警察的苦头是吃怕了。

警察一问是家庭纠纷，便少了处理的欲望。警察敲门想稍微调解一下，可是里面两个胆小的一听是警察，就更不敢开门了，个个儿钻在毛毯里面做鸵鸟。警察就教训一样地劝导明成有事明天白天再好好说，一家人不要闹成这样子。然后记录明成的身份证，盯着明成先走，明成窝着一肚子气，却不得不先走了。

明成这一趟泼风似的来回，真相没问到，却是生了一肚子闷气。回到家里，照着自家的防盗门就是一脚。打开门，却见朱丽站在里面一脸惊恐。两个人面对面对视三秒，明成依然怒气冲冲，但是有话说不出，传真上的那些内容怎么跟朱丽说？朱丽一看明成满脸通红，又一身酒气，忍了一个来月明成的酒气，总是没时间没精力吵架、早餐桌上和风细雨相劝没用、已经厌烦到极点的朱丽被明成的临门一脚踢爆，再加自己一天上班下来又累又烦，终于火大。

“苏明成你又喝酒，跟你说了多少次不要喝酒，你怎么屡教不改。你踢什么门，门碍着你啦？成天喝酒，你到底喝出些什么来？”

“应酬，应酬你知不知道？废话那么多。”明成虽然自知理亏，可胸口窝着熊熊烈火，哪里刹得住车，横眉竖目地就回了过去。

“你起劲儿个啥，你倒是踢啊，再踢啊。争气争到家里，越来越好样儿了。”

朱丽自己没意识到，这话听在明成耳朵里不亚于霹雳，戳到他最敏感最痛的伤处。他想都没想，转身就冲着门好一顿拳打脚踢，嘴里咬牙切齿地念念有词：“我踢，我踢给你看，你要我踢，我踢……”

朱丽看着明成疯狂地拿两只肉拳头捶铁门，吓住了。两只拳头握紧蒙在嘴前，不敢吱声。她不由得想起明玉的遭遇。等明成眼神疯狂，捏着拳头转身时，她吓得连连后退，尖叫道："苏明成，你不许乱来。你别冲我发酒疯，你离我远点儿。"边叫边退，钻进主卧"砰"地关上门死死顶住。

明成酒劲儿加气劲儿，那么多日子从明玉那儿、从周经理那儿、从明哲那儿、从父亲那儿、从客户那儿还有从母亲去世那儿积累起来的怨气关也关不住，跟着朱丽冲到客厅，对着主卧怒吼："我没喝酒，我没发酒疯，我们说明白，不许暗箭伤人。我惹你们什么了？你们有种冲我下手，关妈什么屁事，你们连死人都不放过，你们这帮恶狼、毒蛇，你们这些小人……"

朱丽在里面瑟瑟发抖，连灯都不敢开，越想越不对，又钻进主卫严严关上了门。一身酒气，又不知所云，这还不是发酒疯？忽然，听到卧室门也是"砰"的一声，她吓得一声惊叫，明成会不会冲进来？发酒疯的他会不会将拳头砸到她身上？想到探望明玉时看到明玉被明成打肿半边的脸，朱丽不寒而栗。她第一反应就是给爸妈打电话，可是，这么晚了。她握着卫生间的电话，听着外门再一声"砰"，她不敢犹豫了，双手颤抖着也拨了110。然后，一边念菩萨保佑，一边念警察快来。

明成团团转着，在客厅里越骂越痛快，他谁都骂，他不怕，越骂越兴奋："你这毒蛇，妈早就知道你，现在妈死了，你伺机反扑了？告诉你，还有我，以后我见你一次揍一次。我不怕坐牢，打死你我赔命。不就是十万块吗？以后再惹我，我揍死你，你给我当心着，别当我是病猫。妈死了也轮不到你坐大，你只配做老鼠，被人踩着才能活。明天我还会找你，你等着，别以为报警我就会放过你……"

夜深人静，朱丽听着这些没有头绪的话，一会儿好像是骂明玉，一会儿好像是骂周经理，最后是骂她？他知道她报警了？他会不会趁警察没来的空当冲进来？朱丽双臂紧紧抱住自己，牙关咬得嘎嘎响。天哪，这个疯子，她是老鼠？她什么时候坐大了？她在他们苏家母子心里就这么不堪，得被踩着过活？朱丽吓得浑身发抖，也气得浑身发抖。

明成只在外面酣畅淋漓地骂着，转身遇到障碍，就一脚踢开，他只觉得胸口有一团气在膨胀，那是从妈去世那天积累起来的怒气，这团气胀得他难受。他边走边骂，气胀得难受了，就一拳打门上。都不知道手会痛。

听到有人拍门，他就像找到目标似的，三步并作两步冲到门口，"呼啦"拉开门，居然又是警察，他冲口一声吼“干什么”，可忽然意识到不对，不再说话，两眼阴沉沉盯着门外的警察。

警察一看，就归类到家庭暴力。一个年纪稍大的警察进门喝道：“有话好好说，坐下。身份证拿出来。”

里面竖着耳朵听着的朱丽一听警察说话声，顿时整个人软了，一屁股坐在地上。明成不敢胡来，乖乖掏出身份证。警察记录了，又用对讲机与不知哪儿联络。几句下来，放下对讲机，惊讶地道：“你不是刚在××小区找你爸闹过事吗？怎么回家又闹？”

朱丽在里面听见，大惊，他打上他父亲家？这人丧心病狂了。幸好自己报警，否则不知会遭什么罪。

外面，明成理直气壮地道：“我爸不是东西，造谣侮蔑我妈。”

“喝酒了还是老老实实在家待着睡觉，什么都别说。报警的人呢？”

朱丽用尽吃奶的力气才打开两道门，只敢探出一个脑袋。警察看见道：“没事了……”

朱丽喃喃地道：“他……他……他发酒疯。”

警察看着一个漂亮女孩子吓得花容失色，十分同情，有商有量地道：“他现在不敢动，你看怎么处理？”

朱丽这才眼泪“哗”地流出来，刚才眼泪都给吓住了。“警察同志，请你们等我一下，我收拾好东西跟你们出去。我不敢待在家里。”朱丽的一句话，说了好半天。

任谁看到朱丽这样子都会怜香惜玉，警察很和蔼地道：“这么晚，你一个女的去哪里？”

朱丽愣住，逃难去妈家吗？可是这么晚了，吓到爸妈总不好。警察见她犹豫，以为她没地方去，便道：“你先生还醉着，而且今天已经两处惹事，我们把他带走，等他酒醒再让他回来。你好好在家待着，不要害怕。”

朱丽不知道说什么好，虽然又气又怕，可下意识地排斥明成跟警察走。她愣了好久，才道：“还是我走吧，我找宾馆住。”

警察有点儿同情地看着朱丽，由衷地道：“夫妻再怎么吵架还是一家人，回头等他酒醒了两人好好说说。”

朱丽没有回答，硬撑着收拾了几件衣服，跟警察出去。经过明成，却见他双臂撑着大腿低头坐着，不住叹气，不住摇头，活脱脱的垂头丧气。朱丽又恨又可怜他，可不敢耽误警察的时间，急急跟着警察出去了。

明成一个人摇头叹气地又坐了好久，他不知道这世界为什么变成这样，连朱丽也烦他。本来，朱丽是他唯一的亲人了。可是，烈火试真金，朱丽并不能真正理解他的难处，她知道他现在有多苦吗？她都没留意到他最近的消沉吗？她眼里只有她的事业，事业，事业。而他没事业，他被周经理害得死死的，苏明玉还要来插上一刀。这两个都不是人。尤其是苏明玉，她气得妈还不够吗？妈去世了她还不放过妈，净往妈头上扣屎盆子。这人真是毒到家了。

这世界真他妈全变了，整个儿的小人得志。

明成满肚子的气被警察压回去，出不来，咽不下，闷得难受。又摇头晃脑地坐了好久，才洗也不洗就睡了。干吗要洗？他怕谁啊。

睡地板上不舒服，翻来覆去直睡得四肢酸痛，极不踏实，天蒙蒙亮时明玉就醒了，直着眼睛躺到床上去，脑子里空荡荡的，却睡不着。初秋的晨风有点儿凉爽，明玉下去在小区里走了一遭，她入住后，几乎还没好好看过这个小区。清晨的小区里面几乎没有人，绿化稍茂盛的地方鸟声嘈杂。偶尔有人出现，大多是穿着难看校服的学生，大孩子自己走，小孩子有大人带着。

明玉前面是一老一小，一只花花绿绿的大书包背在老的身上。安静的环境下，一老一小的对话很清晰地传到明玉耳朵里。

“外婆，为什么我那么早起床，妈妈却可以不起床？”

“妈妈上班晚啊。”

“真不公平。我以后也要做大人。”

“可是妈妈下班也晚啊，妈妈一天要做好多事，挣钱给囡囡买钢琴。妈妈很累的。”

“嗯，我知道了，以后我洗脸的时候放水放很小，像粉丝一样细，不吵到妈妈。”

“好囡囡，外婆告诉妈妈去，妈妈听了挣钱更有劲儿了。”

“爸爸也辛苦，外婆也辛苦，外婆每天最早起床，比我睡得还晚。外公最没事做，外公洗筷子声音真难听。”

“胡说，外公钓鱼给囡囡做汤喝呢。”

“可是外公说钓鱼是大人们玩的游戏。”

“呵呵。”

……

听一老一小对话，明玉醒来后一直昏沉的脑瓜子清楚了不少，她竟不知不觉跟到大门口，听到烦人的车声才折返。多可爱的一老一小，都是那么懂得体恤家人。即使是那么小的孩子，都已经会想到不打扰妈妈。这都是长辈教育得好，长辈带了个好头。瞧那外婆，虽然为了孩子早起，可依然那么平和地跟孩子讲理，而且一点儿都没忘记在孩子面前为睡觉的妈妈挣分。这肯定是个和睦美满的家庭。

家教，是一脉相承的啊，上面带了好头，小辈自会潜移默化。

明玉往回走，看到车库门口趴着的车子，忽然没来由地心惊。不，不，绝不是因为看到熟悉的场景。她只是想到了一脉相承。即使苏大强不是她的父亲，可她的母亲不会变，她从哪儿蹦出来，这路径绝不可能错误。她的外婆、她的妈，还有她，是不是也一脉相承？

想到外婆为了舅舅的出息不惜断送女儿的幸福，不惜下跪来逼迫女儿，妈竟然不以为非，为了目的不择手段，以致生出她这样的孽种，事后为了儿子理所当然地挤压女儿的生存空间，还有她，因为她的仇恨，苏明成被她一刀刀地凌迟。这算不算是三个女人的恶毒秉性一脉相承？三个女人都咬牙切齿地为别人活着。想到这儿，明玉不寒而栗。

如今外婆死了，妈也死了，如果她们都没死，而她如果没出息不得不挤住在家里，会不会一窝子人挤在小小的空间，瞪着碧油油的眼睛自相残杀？

她害怕。她以为自己无所畏惧，见佛杀佛，见鬼杀鬼，但现在她是真的怕，怕得浑身冰凉。她怕重蹈覆辙，走外婆和妈的老路。而那可能性真大，她有她们的血统，她还秉承了她们的家教。或许，她早早被妈扔进初中住宿还是件好事，那使她不用承受家中如此畸形的家教。可是，她真逃得过那一脉相承吗？

明玉回到屋里心烦意乱地想着，手中香烟又袅袅升起。

其实，她说她要脱离苏家，可她的心一直拴在苏家。她以前虽然少回家，可回家之前，心中早有整套对付妈的方案，她从来都重视苏家，不遗余力地与妈作对。她看似功成名就一脸超然，可她从来没有忘记从小吃的苦头，只要被激发，她爆炸得很快、很猛烈。

今天审视自己，才发现自己早已变态，她逃不过一脉相承的自然规律。外婆对妈无所不用其极，妈对爸和她无所不用其极，她呢？对苏明成无所不用其极。即便是在妈的葬礼上，苏明成夫妇表现得稍微像人样儿点儿，她都要冷嘲热讽。

可怕！这也是灾难。必须终止。

她必须停止如此变态的代代相传。不为别人，只为她自己能正常地、不阴暗地生活。外婆和妈都已经去世，明哲和苏明成都不是那料，由她来结束这一切的疯狂吧。够了，外婆折腾妈，妈折腾她，女人一代一代沿袭着前辈的“教诲”，死不改悔地不拿女人、不拿自己当人。她得活自己的，对自己好，找对自己好的男友，然后一起对下一代好，就像今天偷听的那一老一小。所有的阴暗必须停止，即使她还有很多仇恨没有清算，但还是得停止，否则，她的一辈子得搭进去。

生活的空间很大，到处都有海水蓝天阳光绿树，而非小小一屋子阴暗的仇恨，一家子的人在狭小的空间里互噬。结束过去，最好的办法不是以前常说的一句“从此以后我没有父亲母亲”，而是淡出，虽然这很难，一肚子的话没处说，憋得难受。

彻底走出苏家，苏家的好事她不去参与——本来就没资格参与。至于坏事和痛快淋漓的报复，她也得左手扼右手地阻止自己。她没那么强大的自制力，可以今天说完不参与，从此看见苏家人就处之泰然。她以后还是离得远远的，眼不见为净，以后慢慢忘记苏家，包括她的过去。忘记过去的最佳办法，不是将过去的每件事做个了结，那将没完没了。而是，潇洒或不潇洒地硬说一声再见，一刀切。

她不能再心思歹毒地纠缠于过去，她得高高兴兴地为自己活。对，她得为自己活，而不是憋一肚子气给别人看：瞧，我就是比你们争气，不靠你们我活得更好。

明玉想，这腔调怎么有点儿像石天冬的。

她回到家里，从电脑包找出昨天手写的对话记录，又打开保险箱取出里面苏明成的窘态记录，猫卫生间里，一把火烧了，干净。

就坐在刚烧了“罪证”的浴缸边沿，她给石天冬打电话，她这时很想石天冬这个正常人能在身边陪着她，她好像个阴气极重的女鬼急需阳气拉扯一把，否则无以回到人间。可电话打过去，石天冬却睡得迷迷糊糊的，接起来口齿都不清楚。明玉这才想到石天冬由于职业关系，晚睡晚起，可她还是扔下一句话才挂机。“我是苏明玉。你香港还没待够吗？还要多长时间？”

石天冬稀里糊涂的什么都没说，听对方放下电话他也放，可放下稍睡会儿却忽然意识到有什么不对，抬起头来，明玉的声音似乎还清清楚楚响在耳边。他回想一下，品出其中的意思，一时大喜。揉揉眼睛就给明玉打电话，却听到忙音，他等不及，翻出电邮功能，将自己回去的时间详细告诉明玉，写完，又添上几个字：“很快，很快，很快。”这下，他是怎么也睡不着了。

这一晚，明成难得地没有睡好。他感觉到危机犹如乌云压城，向他铺天盖地而来。有来自生活的，有来自工作的，它们都非看着他妻离子散、工作无着才会罢休。他被酒精和愤怒双重控制的脑袋无比混沌，好不容易挨到天明，直到打开窗户呼吸了一口清晨凉爽的风，他的脑袋才稍稍降温。

他这才反省昨晚被报警两次的行止。他错了，错就错在中了苏明玉的毒计。他不该过于情绪化，被一张传真轻易点燃怒火。他最大的错误是，他在朱丽面前扯破面皮，吓走了朱丽。

昨夜之后，他与朱丽之间还剩什么？经济基础决定上层建筑，他本来已经在朱丽面前抬不起头，朱丽这样一个美丽的女人，她接触的男人哪个不比他强？他唯有靠着亲情爱情维系住朱丽，只有这一条线了，可是，昨晚他却发狂亲手毁了亲情，逼得朱丽报警，他把朱丽硬生生地往外推。

他希望朱丽回来，可是，他又怕朱丽回来。每当卡上接到朱丽体贴地划过来的零用钱，他常生无地自容的感觉。朱丽还能忍他多久？他还能在朱丽面前瞒多久？或者说，是硬撑多久？

他已经撑得很累。

明成强打精神去冰箱里取食。这一整个冰箱的食物，眼下朱丽哪有时间来管啊，都是他从超市搬来。里面的脱脂乳酪、酸奶、果酱、全麦面包、葡萄汁，那都是朱丽的爱好，他从来都不是太有所谓。可是，一个男人混到做家庭主夫的地步，还怎么能让人看得起？这种事儿谁不会做，朱丽能领情吗？

他没精打采地吃早餐，简直是一口三叹。这时候，电话又响。明成简直是条件反射似的蹦起来，一脸莫测地盯着客厅里电话机的方向。他已经竭力不想昨天苏明玉给他的那份传真，可是……犹如昨晚那么晚的，苏明玉来了个午夜凶铃，今天这么早又是谁来电话？

三声铃响过，明成才迟疑地走去看显示。是个不熟悉的号码，昨天苏明玉用的也是一个陌生号码。他不接，回头继续吃饭。可是，没多久，座机声歇，他的手机叫响——还是这个陌生号码。明成只觉得自己心头一窝子的火又蹿起来了。他冷笑一声，接起电话，没想到对方是他很讨厌的舅舅。三万，会不会是问他讨那三万？他本来是答应舅舅三个月就还的，借钱的时候，他的手头还是那么宽裕。

果然，舅舅开门见山："明成啊，我那三万块钱你快点儿连本带利还我，我总算给众邦找到一家肯接收的中学，可人家张口就是五万赞助。这事儿你们说什么都得帮我，除了你那里的三万，你再帮我想办法解决一万，我跟你借，行不？我等下就去你公司门口等着。"

众邦是舅舅的儿子，当初舅舅一举得子，大家贡献出很多名字给他选择，偏他自己给儿子起了个"众邦"。他当时对他大姐说，他是家里唯一的儿子，而他的儿子是家里唯一的男孙，他就是要家里姐姐妹妹外甥外甥女全都帮着他儿子的意思。当时明成嘲笑，但他记得妈当时就给了刚出生的小众邦五千元，十几年前的五千元啊。所以明成一直不怎么看得起这个舅舅。

明成不知道妈妈后来又帮了众邦多少钱，他只知道，现在就是剥了他的皮，他也拿不出三万。他没好气地道："我现在手头没钱。你另外想办法。"

"哎，明成，那不行，你借条上写的就是今天还我呢。人家别的小孩都已经开学快一个月了，你总不能看着众邦待家里吧。你就是砸锅卖铁也得还我。另外一万块我找你大哥想办法。"

明成不得不施以缓兵之计："我现在确实拿不出三万，下礼拜还你。这样吧，我告诉你苏明玉的电话和公司地址，你找她，你那么多外甥外甥女里面就她最富，富得流油。你一早就去她公司门口堵她。你五万都着落到她头上去。"

舅舅迟疑道："你妹……你妈说她不讲情面。"

明成冷笑道："所以我才让你一早去她公司门口堵，你一定要当着那么多人的面跟她要钱。她堂堂大经理，回家里可以作威作福，当那么多手下的面，没不借你钱的道理，她要面子呢。你五万都着落到她头上去。你等着，我给你找地址……"

舅舅觉得有理，明玉财大气粗，拔根毛都比他腰粗，不找她，难道一家一家一千两千地借着凑足五万？他暂时也不紧盯明成了，明玉油水更大。再说，时间容不得他多作考虑。

等舅舅自觉挂断电话，明成不觉松了口气，暗赞自己一举两得，轻易解决两个问题。本来，他的脑筋就是好，还不是给周经理她们这些鸟人迫害着才无法施展。

9月的清晨终于露出一丝阳光。

可是，阳光没有明媚多久，舅舅的电话提醒明成想起一件事，照传真上说，妈这辈子的幸福，全数毁在这个妈娘家独子的舅舅手里。如果不是为了这个没用弟弟的前途，妈怎么可能被迫嫁给那么没用的男人？不说别的，妈这么漂亮有能力的人，一辈子的苦就是因舅舅的前途而起。

明成不肯相信明玉传真里的什么对话记录，但是他却记住了妈所有受的苦难都是因为这个舅舅。舅舅还有脸理所当然地伸着手问他要钱呢，欠了妈这么多，舅舅可曾报答过一次？

让舅舅找苏明玉去吧，缠死她，两个都是不得好死的人。

虽然上班也没事做，可明成还是准点儿上班去了。他已经丢了那么多生意，他不能再丢工作。

而朱丽，他哪里还敢找上她去。他不配。

明玉早知脱离苏家不是这么容易的事，会有一个漫长的过程，但等电梯门打开迎面看到舅舅的时候，她心里直想吐血。这是她唯一的舅舅，母系赵家三代单传的第二根独苗，从小养尊处优只差饭来张口的骄子。明玉也不知有几年没见过这个舅舅，眼前这个衬衫雪白、形容富态、人模人样儿就是少点儿灵气的中年男子，她却一眼就认出了。她看出舅舅也看到她了，干脆主动问一句："你来干什么？"

"哎哟，明玉，你还真在这儿上班……"

"谁跟你说的？"明玉听出有异，打断舅舅的话直截了当地问。

舅舅不知道大姐家兄妹阋墙，笑道："早上问明成要债，他跟我说你在这里。我……"

"你问他要债怎么要到我这儿来了？你回去找他要吧，再不行找他老婆，正诚事务所，这条街笔直往西走五百米，很大的一块牌子。"明玉已经气不出来了，这是苏明成能做得出来的事。

舅舅哪里肯走，早早来时已经看好了地形，明成说的明玉的公司竟然占了整个楼层，难道细细瘦瘦的明玉真的是这儿的总经理？楼道开阔，他又拦不住明玉，而且他看着一脸冷淡的明玉也不敢拦，只好大步跟进去，按照明成的策略，一路唯恐别人听不见似的大声道："明成欠了我三万，说好三个月，三分利。今天他说拿不出钱，要我来找你。我也没办法啊，众邦初中考高中分数线不到，都开学那么多天了，我才给他找到一个学校肯收他，可是赞助费要五万。五万就五万吧，你说赵家就他一根独苗，我怎么能不让他读书呢？这年头大学生都找不到工作，众邦要是连高中文凭都没有，以后只能吃你们哥哥姐姐的了……"话说到这儿，舅舅看到明玉拿钥匙打开总经理室厚重的实木门，大步进去，他顿时眼睛发亮，明成说得没错，明玉肯定有钱。

明玉以极大耐心听到这儿，哭笑不得，舅舅与苏明成两个，一个啃了妈的青年时代，一个啃了妈的中老年时代，等妈一死，两人就互啃了，苏明成能耐，借钱居然借到舅舅头上去。这两人，不知最后谁啃得过谁。若把舅舅作为苏家亲戚，明玉不想认；若把舅舅作为年长者，这种人不值得尊重；若仅仅把舅舅当作一个不相干的人，明玉现在要工作，没空应付他。她坐下，从包里抽出笔记本电脑，抽出资料，打开抽屉钥匙，忙忙碌碌，但对舅舅的大声诉说不予理睬。

舅舅终于忍不住，大喊一声："明玉，你听着没有，众邦要读书，你一定要帮他。赵家只有这一根独苗。"

明玉终于手头不再收拾东西，舒舒服服坐在椅子上看陌生人做戏似的看她舅舅。要饭一样地到处问亲戚要钱，他却说得那么理所当然，可见舅舅脑子里某根筋搭错了。如果今天借钱给他，以后他认准大户，哪还有个完。她当然不给，即使取出一千元打发他走都不肯。何况，她今天已经打定主意一刀切了与苏家的任何关系。

舅舅见明玉只是不理他，再次大声道："明玉，我知道借钱受气，可你怎么也得说句话，给还是不给。你妈要是在，我只跟你妈说……”

不说“你妈”还好，一说“你妈”，明玉昨天的愤怒又在心底打旋。不能犹豫了，也不能顾及什么面子，当断则断，学老蒙，老婆老娘都一刀切，第一刀就得切皮切肉切到狠的，让他后怕，断绝他以后骚扰的念头。舅舅后面的话她不要再听，拿起电话就打给办公室主任：“我苏明玉。你带保安过来请我办公室里的人走，这人是我舅舅，这人今天来与以后来都不会与公务相关，以后不得放他进门。他如果不愿走，架出去。如果骂人或者吵闹诋毁，影响公司运作和影响我的名誉，你让小冯立刻起草律师信，我保留向法院起诉追讨精神损失和公司运作受影响产生的任何损失的权利。”

这种惫懒汉子还能做出什么举动来？比无赖流氓差得远。明玉除了不可能自己出老拳打发，其他应付自如。放下电话，看着一脸怒容的舅舅，她冷淡地道：“不给你钱的原因，我不说了，给你留点儿面子。以后不许来我公司打扰我的工作，不然我没情面，不妨告诉你，苏明成前不久就因此被我关进牢里坐了两天两夜，出来没一点儿人样儿。你少受他挑拨。走吧，以后少来我这儿找没趣。”

舅舅简直想不到，就是打发讨饭的，人们也会给仨瓜俩枣，明玉简直不拿他当人，他虽然听到明玉话里都是威胁，可是，他怕谁？他是苏明玉总经理的嫡亲娘舅！家务事，苏明玉怎么敢玩硬的，她不怕社会上人戳脊梁骨吗？他当下怒道：“明玉，就是你妈在也不会这样跟我讲话，你一小辈太放肆了，看见舅舅连让座也没有，你还懂做人的道理吗？别以为做个老总鼻子可以朝天，你妈怎么教你的，怪不得你妈说你没良心，你整一个良心给狗吃了。众邦要读书，赵家人都得出力，你敢不出？哪天我找你大姨……”

明玉眯着眼睛任舅舅控诉，见办公室主任带两名保安进来，后面还跟来公司法务助理小冯，她才若无其事地起身出门：“交给你们处理，一点儿不用客气。小冯，你跟着听着，我舅舅只要吵闹影响大家工作，只要有一句侮辱诋毁我的言语，你立刻准备打官司，你告诉他我会要他赔多少。我去开早会。”

别说舅舅不相信明玉做得出来，办公室主任、保安以及小冯也都不信，一家人啊，而且还是嫡亲娘舅，苏总怎么做得出来，不怕遭人闲话吗？起码，一顶没规没矩的帽子是免不了的。又不是全国劳模，没人会说苏总铁面无私。若照苏总的话去做，万一苏总以后感念亲情又翻脸了，会不会责怪到他们这几个执行人头上来？

办公室主任稍微狡猾，决定应该智取，不可力敌，忙对小冯道：“你把法律法规跟这位苏总舅舅说一下，苏总舅舅，我建议你还是自己走，否则大家都不好看，苏总做事一向说一不二。”

小冯不管舅舅的唠叨控诉，大声把影响工作将导致公司多少损失以及骂人可能导致的精神损失赔偿等的上限下限清清楚楚告诉舅舅。这个舅舅是个家养得迟钝的，又见明玉是真的一点儿不讲情面地叫来保安，还有说着天书一样话儿的律师，他开始担心，不敢大声，也不敢再骂明玉，连道理都不敢讲了，只一迭声的“我是明玉舅舅，我是明玉亲舅舅……”老老实实跟保安出去下楼。办公室主任这才明白明玉文武一起上的原因，感情这个舅舅是个没用的。

明玉早料想到这个没用的舅舅会如何反应，出了办公室就不太再关心身后的事，而是一个电话挂给朱丽，苏明成欠收拾，她就将苏明成的面目暴露给朱丽。什么苏家人、赵家人，一个个儿都是要钱在前，出钱在后的，她读大学没钱的时候，赵家人、苏家人死哪儿去了？

虽然，明玉听出朱丽的声音不是很柔美，但她不管，苏明成这么做，朱丽在场没阻止，朱丽也得担当。“朱丽，刚刚我舅舅上我公司大吵大闹，说是苏明成给他地址、给他电话，唆使他过来问我讨要苏明成欠舅舅的三万块钱。我问你，苏明成这么陷害我是什么意思？他还是不是男人？你为什么不阻止他？”

朱丽本来就被明成闹得出走宾馆住了一晚，担惊受怕了一晚上，胸口一腔子的怨毒。听到明玉这么说，她当机立断：“明玉，对不起，这事儿得请你另找途径解决，我已经正式与苏明成分居，没法帮你，对不起。”一边说，一边干咳，哭了一晚上的嗓子发干发痒。

明玉听了倒是愣住了。苏明成家又闹翻天了？什么时候开始的？什么原因？她硬是没法很快反应过来，稍候一会儿，才道：“对不起，我不应该打扰你，这事我自己会解决。”

朱丽按说是可以客气一句就挂掉电话的，可这会儿她既客气不出来，心中又好像有千言万语要与明玉这个不是很相干却又知道情由的人说，加上一夜没睡好心头犯浑，竟捏着电话久久不语。明玉这时候有点儿后悔不该在他们两夫妻闹翻天时找朱丽煽风点火，倒不是怕两夫妻之间闹得更僵，而是觉得这一来朱丽这个无辜的人被她影响太多，有点儿对不起朱丽。等了会儿见朱丽一直没说话，她温和地道："别担心你的业务，这与你是不是苏家媳妇是两码事。你也别自责，你与苏明成的事不是你的错，怪只怪我妈太强势，被她亲近关照的人，比如苏明成、我舅舅，都被关照得不明事理，心理上缺一根自强自立的筋。好了，你忙，不打扰你。对不起。"

朱丽一直熬到现在，才听到一句居然是来自过去对头的明玉的宽慰话，一时百感交集，叹道："你说，苏明成的心理断奶需要几年？"

"不好说。再见，我得开会了。"明玉在秘书室里放下电话，冷眼看着舅舅蔫头耷脑地被两个保安押出去，心说，俗话说，"三代不离舅家门"，苏明成倒是与舅舅活脱脱一个模子里印出来的，朱丽与舅妈不一样，朱丽自身条件太好人也太聪明，久而久之怎么可能忍受得了苏明成。今天她说出分居，是意料之外，也是意料之中。相信今天她的告状又添了朱丽分居天平上的一块砝码。朱丽这样的人配苏明成，还真冤了。

朱丽放下电话后，一直在想明玉的"不好说"背后是什么。她若是什么都没说倒也罢了，可她偏偏在前面很中肯地分析了苏明成和他舅舅性格的成因，她为什么后面又说"不好说"了呢？如果苏明成能比较快地心理断奶，明玉有什么可"不好说"的？那是不是只能说明，明玉不看好苏明成能很快断奶？明玉眼睛太毒，以前她即使生气时对明成性格的概括也没有错，她今天的这个"不好说"太意味深长。

朱丽几乎一晚上没睡，整个人心浮气躁，工作时一直出状况，心中更恨，怒气当然都烧向苏明成。再想到苏明成自己决策错误投资款打水漂，他舅舅讨债上门时他居然嫁祸于明玉，这行为太卑鄙。这个人，怎么变得如此陌生？昨晚，他还像个有文化的人吗？整一街头无赖。朱丽很想知道，为什么婆婆去世之后，整个世界好像颠倒过来，原本不讲理的变得讲理了，原本衣冠楚楚的都是禽兽。

朱丽还在想不明白，外面接待小姐却给她打电话，说一个自称舅舅的人来找她。朱丽不知道舅舅找来乃是明玉告知的地址，以为也是与明玉那边一样，都是苏明成唆使，胸口一腔子的怨毒喷涌而出，将心中对苏明成最后的一点儿留恋冲刷干净。心说，这个小人，拿钱不能直接问她要吗？有什么必要使出如此卑鄙的手段？她当然不会见什么舅舅，她学明玉。

但是她没法像明玉一样调动保安，只有强忍怒火，对接待小姐道：“我家从来没有舅舅啊。那人是不是有什么破坏企图啊，你千万别放他进来。你就说这儿没有一个叫朱丽的，谢谢你，非常麻烦你。”

舅舅倒是相信接待小姐微笑的谎言，因为既然明玉不是好货，想来她说的话也不能相信，他本来就是抱着死马当活马医的心态来事务所的，既然没有朱丽这个人，正好说明他的推断正确，也正好说明明玉这小娘皮的良心不好，大姐是她妈，果然看得准。

可是，他请了一天的假，却什么问题都没解决，钱一块都没筹到，那怎么行。他必须再找明成要债。

他依稀记得明成在什么进出口公司工作，就是记不起来具体在哪儿，现在似乎是个门面就是进出口公司。可再打明成电话，明成却不接了。舅舅也火大了。奶奶的，大姐一去世，她儿女们怎么都翻脸不认人？别人不管，这明成跑得了和尚跑不了庙，他说什么都得把明成逮着了，看他怎么给这小子做规矩。

舅舅索性进超市买了一包饼干、一瓶矿泉水，到明成家楼下守株待兔。明成中午不回，晚上总得回家吧。

朱丽这儿知道苏明成舅舅被骗走后，长舒一口气，感觉像赶走了瘟神一样。她无法想象，如果那个舅舅没被骗走，也大闹一场，她今天已经绷紧到极点的神经会不会崩溃。苏明成太无耻。

朱丽想，她已经够仁至义尽，苏明成坐牢，她没怪罪，一直鼓励他走出阴影，可是，苏明成拿她当东郭先生，回头就是一口，瞒着她搞投资。他投资失败，她又说过什么？她够大方了，可是，苏明成却怂恿他舅舅上单位里来找她闹事。这个人，在家跟妹妹打架，在公司跟领导翻脸，他一直说他有理，可是，他要真是好好的，怎么会哪儿都混不下去？他要是好好的，人家为什么都来针对他？何况，别的不说，起码朱丽越来越看出明玉不是个不讲理的。

再想到苏明成上班时间赖家里被她撞见时那闪烁不定的眼光，还有每天屡教不改的浑身酒气，苏明成那张胖胖的脸在朱丽眼里已成了臃肿的猪头。

现在已经将近上午十点。至此，对于昨晚的事苏明成还没有一个明确的说法。如果说她清早还对苏明成的电话有所期待，那么现在，朱丽认为已经不需要了。苏明成怂恿他舅舅到她这儿闹，还不够说明问题？

这个人，已经变得面目全非，而且，也不再值得期待。

朽木不可雕也，她没苏明成妈的能耐。

中午请假回家，在被爸妈几乎拿着放大镜验明正身，确认没有挨打之后，一家三口才坐在饭桌边说边吃。

朱丽详细说了昨晚与今早的事，朱爸朱妈此起彼伏地骂明成，两老都恨不得立刻冲出去找明成算账。说完这些，朱丽冷静地道："爸、妈，我准备跟苏明成离婚。我想清楚了，这人人格不健全，才会导致永远不知悔改，也不思进取。除非他妈复活，否则我对他没信心。"

离婚？两夫妻面面相觑，都不大敢相信自己的耳朵。离婚，对于寻常人家来说，那真是天大的事。

两老闷了好久，朱爸爸才小心地道："要不，我先找明成谈谈？"

朱妈妈立即气愤地道："谈什么，不许他打丽丽吗？我们早就说过，他听了吗？而且这种话需要别人教他吗？他已经三十出头。他现在态度一百个好答应以后不打，万一转身等丽丽落单了又出拳呢？我们丽丽哪里受得了他的拳头。你没见他以前打他妹妹，跟打仇人似的，打得人住院，我们丽丽怎么吃得消。谁知道他有没有喝醉啊，他打他妹妹时可没喝醉。"

"他昨晚没大醉，说话有条理得很。爸，我忍耐到头了，我现在提也不要提起这个人。爸，你就跟他说离婚，没别的。"朱丽鼻孔呼呼喷火。

但朱妈妈这回却也小心地道："丽丽，你在家住几天，离婚这事，等你气头过了我们再提？"

"妈，我理智得很，你们放心。我忍无可忍了，他如果光是没出息倒也罢了，只要人好就行。他现在是良心很坏，他是在脑袋清楚的情况下使诡计害我害他妹妹，这样的人怎么还能原谅，他已经没人格了。我气头过后脑子稍微清楚一点儿，我要做的是清楚分账。"说着放下饭碗，泪汪汪起身道，"跟你们说了我不想再听见这人，你们还护着他。不吃了，没胃口。"

朱爸朱妈立刻噤声，不敢再提。两人又哄又劝的，看着宝贝女儿总算吃下大半碗饭才放心。饭后，朱丽累得睡觉去了，朱爸朱妈窝自己房间里轻声说话，又担忧女儿的遭遇，又担忧万一离婚对已经三十岁的女儿不好，还怀疑女儿只是怒极冲动。他们也是真恨明成这小子，可想到离婚……他们总是难以接受。

朱爸爸午觉也不睡了，偷偷下楼找僻静角落给明成打电话。

明成一接到丈人的电话，就知道肯定得挨骂。昨晚的事，朱丽不会知道他的心情，朱丽肯定把她昨天对警察说的话一五一十告诉她爸妈了。可想而知，她爸给他打电话会是什么内容。可问题是，他怎么解释？怎么能让朱丽爸理解他当时的愤怒？他将传真给朱丽爸看吗？这传真能让别人看到吗？朱丽爸妈看到后，会怎么看妈妈？可是，非此，又怎能说明他昨晚的愤怒？

不，他绝不能令侮辱妈妈的谣言从他手里散布出去。所以，面对朱丽爸的质问，他无言以对，他只能说，他喝醉了，情绪太激动。朱爸爸是个老机关，听得出明成回答中言不由衷的成分，朱爸爸简直比自己挨打更愤怒，在电话里追着问明成的态度。明成最先还是道歉，可朱爸爸追着要具体的，追得明成急了，而且他是真被来自各方面的压力压崩溃了，在朱爸爸一再紧逼之下，明成的嘴里终于爆出“离婚”两个字。

朱爸爸气坏了，也是两个字，“等着”，就关了手机。至此，朱爸爸已经不再反对朱丽离婚。明成的态度他已经知道，此人不可救药。

朱丽起床，见父母已经掉转风向支持她离婚，她很是疑惑了一下，等爸爸说出原因，她黯然，但随即便血气上扬，取出纸笔，咬牙切齿地计算她与苏明成的共有财产。很快，一份分家草案传真上明成的案头。

“房子，按市面价格，扣除尚需按揭部分，一分为二，由朱丽付给苏明成现金，房子归朱丽个人所有。

付给苏明成的现金中，扣除十三万车款的一半。

虽然是婚姻中发生的欠债，但是由于朱丽不知情，所以，欠苏明成舅舅的三万、欠周经理的十万，由苏明成个人承担。

购买苏大强房子的按揭款余额，由苏明成自己承担。

各人自己的衣物用品，归各人自己所有。”

明成粗粗看了一下，基本公平，他又心灰意懒地想到，房价已经比买的时候翻倍，他拿到的现金，够归还欠舅舅欠周经理欠父亲的债，此后无债一身轻，倒也好。他拿出手机，发短信给朱丽，只有两个字：“同意。”朱丽一看，就狠狠将短信删了，立刻冲出门找她律师同学办理正式离婚协议。

同时，朱丽跟父母商量妥当，问父母借钱，一分利，以后每月还一万。父母不肯，说家里人收什么利息，放银行里那些利息也是有等于无。但是朱丽一定要给，她说什么都不要做苏明成第二，逼着父母签下借款协议。朱爸朱妈看朱丽情绪激动，知道再推也没用，心说只有一个女儿，收了女儿那么多利息，最后还不是给女儿，也别推了，反正以后通过什么渠道慢慢花到女儿身上就是。

三十四

焦头烂额

明成冲朱爸爸说出“离婚”的时候，已经心如刀绞，神不守舍。心底有个小声音在呼唤，呼唤朱丽千万不要答应，他只有朱丽一个亲人了。可是，也有一个小声音出来打架，那个小声音提醒明成，非得等到最后的亲人朱丽彻底看不起他的时候抛弃他才罢休吗？所以，他又认为自己做得对，应该对朱爸爸说“离婚”。可是，心里真希望朱丽来电骂他没良心，骂他昏了头。

朱丽没让他久等，朱丽直接传真给他离婚财产分割草案，朱丽当真了。看着传真机吐出的短短一篇草案，那熟悉娟秀的字迹，明成眼前的世界天昏地暗。他用仅有的理智发出同意短信，也用仅有的理智告诉自己，他彻底完了。

明成一下午在办公室里都异常冷静，眼睛里是万载玄饼。同事们都敬而远之。

明成一直冷静地在办公室坐到下班，虽然最后的一个多小时里他什么都没做，他没有心思做任何事情。下班时间，他才收拾回家。他在办公楼下杀开重围抢了一辆出租车，直接回家。他需要安静与孤独。还有，他需要好好检视家中的一草一木，他将失去它们，但他的记忆将永远保存着它们。

令明成没想到的是，他才下出租车没走出几步，斜刺里飞奔出一个人来，劈胸抓住他的T恤。明成一看，又是舅舅。知道舅舅再来，他是躲不过了。但他才稳住脚，又有两人飞奔跟来，一看，原来是舅妈和虽然才初中毕业却已高大结实的众邦。

舅舅扯着明成吆喝："走，上你家去，你不还钱，我们众邦没法读书，我们就住你家吃你家。"

舅妈是个好性子的，当初还是明成妈一手促进相亲结婚，众邦也是好性子，两人都站在一边眼睁睁看着舅甥俩没说什么。可他们即使不说，也已经在形势上对明成形成包抄。正好是下班的时候，大楼前人进人出，人们认识明成，却不认识舅舅一家，明成异常尴尬。他只得收起自己的火气，压低声音道："行，我们上去说话。"

舅舅见明成弱了气势，心理上立刻强势起来，依然以夸张姿势紧紧抓住比他略高的明成T恤胸口，继续大声嚷嚷："你现在别说软话，我问你，你早上撺掇我找明玉，你安的什么坏心眼儿？你这做亲哥哥的都会被明玉送进去坐牢，你也想害我被明玉送去坐牢？你……重阳节我找你妈说话去，怎么养出来的儿子。"

明成见几个邻居进出听见，臊得脸色泛红，一把拍开舅舅抓住他的手，扭头就往自己楼道走。舅舅忙率妻儿跟上，怕走了明成讨不回三万元钱。明成才用钥匙打开门锁，后面的舅舅大力一顶，将明成顶进去屋里，踉跄了好几步。明成不得不叹，人倒霉，喝凉水也塞牙。

舅舅冲进客厅，大咧咧坐在沙发上，又大声指挥妻儿坐下，才道："明成，还钱。你今天不还钱我们不走。"

明成正满心烦闷，哪有好声气拿来说话，硬邦邦地道："我今天就是没钱，你们爱住就住着吧，我管饭。"

"你这是什么话，你妈都不会这么跟我说话。我问你，我的钱，你还，还是不还。"

"不就是三万块钱吗？谁赖你三万块？才三万块，多大的芝麻。会还你，现在调不出头寸。"

"我问你，早上你为什么推我找明玉？你妈知不知道你这么坏良心？以前只听你妈说你好，原来你最奸。你以为害我坐牢就可以不还钱了吗？幸好你妈只生你一个没良心的，明玉还跟我讲道理。"

舅舅左一个你妈右一个你妈，惹得明成心头火气又是隐隐成形。"谁害你啦？你不也说苏明玉讲道理了吗？你别臆想症。你爱待我家就好好待着，钱我一个月内还你。才三万块钱也想到我面前充黄世仁，妈以前带你进城也没见你带点儿良心道过谢，这几年你哪次来我家不是伸手要钱？你肯不肯把妈给你的钱吐出来还我？”

这时连舅妈都忍不住开腔：“明成你这是什么话？有你这么跟舅舅说话的？”

“你妈是赵家人，你妈的钱都用在众邦头上。你小子连众邦读书的钱都要赖，以后众邦没文化找不到工作你赔？你这哥哥怎么当的？众邦这么多年敬你喊你二哥都白喊了吗？众邦喊你的你给我吐出来。”

舅舅说得生气，拿起明成家的电话就给大姐夫打，虽然大姐在世时他从来不怎么搭理那个唯唯诺诺的大姐夫，而且他当然不会用他宝贵的手机。明成在舅舅身后阴阳怪气地跟上几句：“我记得我姓苏，不姓赵。赵家人关我什么事。”

苏大强正吃饭，接到电话，一听是小舅气愤的声音，连忙说他家小孩们从来不拿他当一回事，有事还不如找明哲好用，立刻就把明哲的号码给了小舅。

舅舅听着也有理，知道大姐家从来没有大姐夫说话的份儿。他是气急了病急乱投医才会打电话乱抓人。他连忙记下明哲的电话，反正再长途花的也不是他的钱。当然，他拨号的时候不会忘记盯住明成，不让他逃跑。

等明哲那边电话一通，他立刻叫一声“明哲”，便原原本本将今天所有的事都跟明哲说了一遍。

明哲在加班，本来亲戚来电想敷衍几句过去，没想到听到耳朵里的还真是有事，不得不走出办公室，全心应付。他知道明玉不好惹，明玉与明成之间有矛盾，明成自己欠债推给明玉很不地道。但是，明成真做出这么不地道的事情来了吗？他只知道明成家最近紧张，父亲买房子的时候，几万元还得按揭，但都困难到要借钱过日子的地步了吗？朱丽应该还是赚钱的啊。他又是气明成陷害明玉，又是担心明成的日子，忙对舅舅道：“舅舅，你叫明成听电话，我问他。”

舅舅总算找到一个肯承担的，再说明哲是海归，肯定有钱，舅舅对明哲有信心，即使从明成那儿拿不到钱，明哲这个做大哥的也总得掏自己腰包。是他们兄弟理亏，他正好提出问明哲借不足的两万块钱。他招手就叫明成接电话。

明成接起电话就皱眉道：“大哥，我一个月内会还他们。”

明哲也在电话那端皱眉，说实话，经过妈妈去世后那么多的事，他现在不是很信明成的话，这话若是朱丽说出来，他还能信。“众邦真的因此没法读书？”

“你信他？”明成说得异常干脆。

明哲也不知道该信谁，舅舅的信誉似乎也不佳。“明成，最近是不是手头困难？而且，你怎么能把自己的债务转嫁给明玉。”

“我转嫁给她？她是那么好欺负的？你问问她昨天对妈妈做了什么？她还有脸姓苏吗？大哥，这事儿你别管，再见。”明成说完，二话没说，就把电话搁了。扭头对身边的舅舅道：“你不用到处搬救兵，搬了也没用。除非你搬出我妈。我跟你说定了，一个月内还你。你信也好，不信也好。我家你爱待待着，我不会报警把你抓进去。”

舅舅看着明成一脸无赖相，也是无计可施，总不能打架吧。他忽然一拍脑袋，冲上去一把拎起明成搁桌上的电脑包，挥手招呼妻儿：“走，咱们回家。这包我扣着，等你拿钱来换。”

明成冷冷地道：“我包里有钱有卡，你尽管拿去，要是少上一张，我报警抓你。”

“你唬谁？我立刻找你大姨，让她开包做见证。众邦，你挡我面前，别让苏明成冲过来。”舅舅刚被明玉强制性培训了法律，知道犯法的事有很大后果，所以打开电脑包找出明成的皮夹，抽出大票子掖了，将皮夹扔还给明成。听说扣身份证违法，这他知道。但是，明成果然没钱，红颜色的大票子只有三张。

明成终究是个读书人，被舅舅没有章法地一闹，他又不屑放下强硬身段求情，要舅舅放下关系到他工作业务的电脑，只好眼睁睁看着舅舅背起电脑扬长而去。电脑里，有他目前唯一一单生意的资料。他犹豫了下，还是没追出去，只在房间里顿足大骂：“白眼儿狼，妈搭进自己幸福养出来的是个白眼儿狼。白眼儿狼的儿子再拿三十万也读不进书，木头脑袋就是木头脑袋……”

这回不大吭声的舅妈不肯了，这不是诅咒她的宝贝儿子吗，已经出门了的人顿时母狼一般转身扑向明成，一头撞向明成的肚子，大喊道：“你说什么？你说什么？我们众邦怎么你了？我们众邦怎么你了？你做哥哥的怎么能红口白舌诅咒众邦？你还是爹生娘养的吗？你还是人吗？你存心要害我们众邦是不是？你个乌鸦嘴，我撞死你，要死一起死。”

明成被舅妈撞个趔趄，还没站稳，舅妈又是一头撞过来，撞到他下巴，明成牙齿一合，正好咬上舌头，痛得他眼泪打转，火气再也无法抑制地爆了出来。他一边躲舅妈的疯撞，一边也是疯牛似的蹿向舅舅，一头撞向舅舅，趁乱抢过拎包紧紧抓在手上，后面舅妈又撞了上来。明成这回扭身让开，舅妈收不住脚，一头撞到被明成撞趔趄的丈夫身上，两人在地上摔成一堆。众邦在旁边看着爸妈吃亏，再老实的人也血性了，大脚蹬向明成，明成没提防身后遭袭，更没想到才初中毕业的众邦有的是力气，一头撞到开着的防盗门沿上，顿时，脑袋开花，鲜血顺额头缓缓淌下。

跌地上的舅舅、舅妈一见怕了，谁都知道见血三分亏，众邦更是傻了，明成自己也愣住了。好不容易，舅舅大喊一声："还愣着干吗？快去医院。"忙推着明成往楼下走。

明成本来还想大吼一声威胁说死就死了，去什么医院，但是眼看着头顶滴下的血越来越多，怕了，不得不被舅舅推着走。血淋淋的人拦不住出租车，明成平生第二次遭到拒载。

到了医院，挂急诊包扎，舅舅先付了手术费，一看三百元钱可能不够用，趁着明成包扎的时候叫慌乱的妻儿赶紧回家，他掏出手机给苏大强打电话："大哥，明成撞门受伤了，在第二医院，你快带钱来看他。"

苏大强一听，要钱？又怎么了？而且他怕见明成。他老实地应一句："我知道了，我告诉明哲。"就挂断电话，立刻给明哲打："明哲，你舅舅刚刚给我打电话，说明成撞门受伤，住医院了，第二医院。怎么办？"

明哲心说，难道是为刚才借钱还钱的事起争执了？想到明成现在连三万元钱都赖得这么艰难，一定是经济紧张无法应付高昂的医疗费用，他忙道："爸，你带钱去，用多少我给你报销多少。"

苏大强期期艾艾地道："明哲，我怕明成见了我会打我。昨晚明成上门来打我，还是邻居报警，警察把他赶走的。"

"什么？"明哲一时说不出话来，但也知再叫爸爸去医院看明成有点儿强人所难，"好吧，爸你好好在家待着，门关紧一点儿，有什么事我周末回来处理。我找朱丽。"

苏大强一只包袱卸掉，大松一口气。而明哲揽包袱上身，大气都不敢喘，连忙打电话给朱丽。朱丽正请帮她起草离婚协议和告诉她离婚应知的律师同学吃饭，一见明哲的电话，一听明哲在电话里急不可耐地说明成受伤住进二院，她就想起上回她逃回娘家，也是明哲通过明玉打电话来说明成在家上吐下泄。太巧合，可见其中很有苦肉计的成分。她冷淡地对着电话道："大哥，对不起，我正与苏明成办离婚。请你另外找人。"

"什么？"明哲再次惊得说不出话来，这么亲昵的一对小夫妻，他们居然会离婚？明成这几天是怎么了？打父亲，离婚，明成究竟还做了什么？他慌不择言，急急道，"朱丽，是不是因为三万块钱的债务？不行我来替明成还。"

"不是。大哥，谢谢关心，再见。"

朱丽出于礼貌，一时没有放下电话，听见明哲在电话那头急着说"怎么会这样，怎么会这样"。明哲好容易才回过神，忙对朱丽道："朱丽，能不能押后几天办手续，我周末才能回来。我们坐一起谈谈，好吗？"

朱丽深吸一口气，淡淡地道："不，不用。我对苏明成整个人失望，而不是因为一件两件事，不用再谈，没有挽回的余地。谢谢大哥。再见。"

明哲只能也说了再见，一时捏着电话发呆。明成那边究竟是怎么了？他不在的日子里，究竟发生了什么？他不得不打电话给拒绝接听他电话的明玉，果然，明玉一看是他的号码，不接。他无奈，用紧张惊诧而轻微颤抖的手指给明玉发短信："明成打架受伤住进第二医院，舅舅看着，联系电话×××××××××××，爸昨晚被明成惊吓而报警，不敢去医院，朱丽与明成办离婚也不肯去医院，只有你了，求你，明玉。"

电话明玉可以不接，但是短信进来，明玉还是看了。联系到前因后果，她大致明白苏明成怎么会被打破头，心里很小人地直呼痛快。她没想去医院，苏家的事她怎么可能管。但是，心中又有隐隐的担心，硬是扭着性子不理，做了会儿事，可还是扭不过自己，一个电话打到舅舅手机。她也没唤"舅舅"，这个舅舅和苏明成狗咬狗，心里只有比任何人更急。看来姜还是老的辣，同样是啃妈的人，老啃比新啃更胜一筹啊，新啃居然在老啃手底下吃亏。她等舅舅一声"喂"，立刻直截了当地问："苏明成有没有生命危险？骨头碎了没有？会不会住院？"

舅舅今早一役下来，早对明玉敬畏有加，忙道："只流了很多血，医生正给缝头皮。这会儿应该缝好了。明玉你来看看？"

"不会住院？自己能走？"

“应该不会住院。是自己走着来医院的。”

“那就好，你照看好他，抵消罪过。再见。”明玉放下电话，这才将这事儿抛到脑后，短信当然也不会回给明哲。电话不接，却回短信，这不是跟赌气差不多吗？

明哲等待明玉回音的当儿，一个人站在楼梯间发愣。这是怎么了？他不在的一个月里，家里究竟发生了什么？怎么全乱套了呢？是不是他写的家史导致明成回家和爸冲突？但是朱丽又为什么与明成闹离婚？明哲越想越不明白，这才想到，他自以为在为这个失去妈之后的家操心，其实他什么都没操心到点子上，否则，怎么那么多事他都不知道呢？甚至他连想都没想到过。明玉的态度他反而比较能理解，她看了家史不能不起疑。明哲只觉得焦头烂额。

对了，明玉。明哲忙检视手机，果然，上面没有明玉的来电和短信。明哲不能再等，一个电话挂给舅舅。舅舅正为明玉的电话费解，不知道明玉这么说是来还是不来，好像是不肯来的意思。那难道他都没法将明成扔给大姐家的任何人了吗？正想着，明哲电话又进来，舅舅接起。明哲急问：“舅舅，明成的伤诊治了没有？要不要紧？请让我跟他说话。”

舅舅不敢说太多跟伤有关的事，怕明哲问出原委，只得找其他事情东拉西扯：“明玉刚刚也打电话来问我伤得怎么样，我说不用住院，自己能走，她好像就不准备过来了。”

明哲一听，心里总算暖了一下，忙道：“舅舅，我暂时不能过来，明成你先帮我照看着……”

“可是医药费不够了，明成手头只有三百块多点儿。”

明哲只得道：“你先花着，我找时间回家时给你。”

“明哲，众邦的赞助费还差两万块，你怎么也得帮我解决一下吧，你看你都到国外读书了，我们众邦连高中都读不上，你说……”

明哲知道，这个舅舅挟明成敲他竹杠了，但是他能不答应吗？他现在在上海，即使打车回家，也得几个小时，这期间，应该是明哲最危险的时候吧。他暗叹，对舅舅道：“你先把电话给明成，我确认一下没事再跟你说赞助费的事。”为了稳住这个舅舅的心，明哲不得不又补充一句，“你也别跟明成提三万块债务的事，都找我吧。”

舅舅欣喜，飞快进去将手机交给已经缝好线、满脸血污、狰狞可怕的明成。看到明成不想听电话的样子，他忙将手机举到明成耳边强迫他听。明成想扭开脸，可对头上新缝的伤口有忌惮，不得不被舅舅强迫。静下来，却听见电话里面传来大哥充满焦虑的声音：“明成，明成，你听着吗？明成，你还好吗？明成，明成……”

这一天来，明哲的声音是明成听到的唯一含有关切的声音，听着这声音，明成的喉咙不由得微微发痛。他愣怔一会儿，听大哥在电话那头不断呼喊他，大哥好像已经焦急得失态。他才伸手夺过舅舅手中的手机，身体背向舅舅，低低声道：“我没事，流了点儿血，缝了三针，骨头没碎，也没脑震荡。等下可以自己回家。”

明哲听到明成的声音，这才长舒一口气，道：“行，行，明成你起身走三步看看，头会不会晕？”

明成依言，起身走三步，才道：“走了，没事。放心，来医院路上走了不止三百步。”

明哲又放心一点儿，主要是这回明成说话口气里面不再有戾气。“好，那你现在可以回家了吗？”

“等下配一些药就回家。回家睡一觉就好，我人胖，血多，不碍事。”

明哲听了明成不知道是真乐观还是假乐观的话，叹息道：“明成，你现在什么都别想，安心回家养伤。我立刻打车过去看你，你回家留意着敲门声。”

明成没想到这回大哥竟然准备打车过来看他，他又感动了一下，但又不知道大哥是不是已经了解了他现在的处境和作为，如果全了解了，大哥还会这么关心他？“大哥，你别来了，不是大事，再说我回家就睡觉，不会留意你的敲门声。你还是周末过来吧。我没事。”

明哲又犹豫了下，道：“明成，你回家给我一个账号，我往你银行卡里面打一些钱。你别推辞，我不会多给你。只是借给你，你以后身体好了还我。”

明成一听，再次愣住了，这话、这语气，他何其熟悉，这是以前妈塞钱给他用的时候常说的话，久违了的亲切。他的泪开始在眼眶里打转，好久，才憋出一声：“好，谢谢大哥。借我两千，账号我等会儿到家发短信给你。”

明成收线，侧着脸想了会儿，才起身接过医生开的处方出来。走到外面，看看跟上来的舅舅，冷冷一笑，将手机死命摔地上，俯视着舅舅痛呼一声抢救手机，他掸灰尘似的拍拍手，道："不用你家众邦赔我的血了，扯平。"他也不去配药，知道自己今天配不起药，打算明天等大哥寄钱来再回医院。

明成回家，反正死猪不怕开水烫，洗洗干净睡了。9月的天已凉，晚上不用太依仗空调。

反而是明哲为明成的事又是操心又是生气，上班也没心思，看时间差不多时，就走路回公寓，路上给估摸着刚起床的吴非打电话。没想到接电话的是个男的，一声生硬的"Hello"，明哲正烦恼的脑袋要转一个弯才能想到原来是岳父，不由得心里一乐，与岳父聊上几句，回答了岳父有关这个季节上海的几个气候变化，才等来吴非接电话。

吴非一听是明哲，就挂了电话，由她拨过来。"什么事？长话短说，你女儿正闹呢。"

明哲唉声叹气道："给你三个'惊喜'，第一件事，明成竟然与朱丽在办离婚……"

"什么？他们两个？为什么？"

"不知道，朱丽拒绝我劝说，明成要等我周末回家才说。第二件事，昨晚明成不知为什么事闹到我爸家，不知怎么闹的，一直闹到人家邻居报警。我爸又不肯在电话里跟我说为什么，我估计是与家史的事有关。第三件事，明成欠我舅舅三万块还不出，跟舅舅闹得打起来，明成吃亏，头给打破，刚刚的事。我舅舅在电话里说明成没钱，我借给明成两千，明天去银行划一下，你不反对吧？"

吴非当下就想起过去明成一千两千蚂蚁搬家似的从他们妈那儿搬去好几万的事，可是，今天的事，明哲能不帮吗？她只有叹道："救急是应该的。但你得把握好度，否则明成从你们妈那儿得来的依赖心理永远也不会消除。不知道朱丽为什么会与明成离婚，朱丽挺讲理一个人。会不会……明成既然会打明玉，又会打上你爸的家门，他会不会也打朱丽？明成做事，越来越不像个成熟男人了。"

"我也在想，如果第一次明成打明玉还能找到一点儿理由的话，当然也是没理由的，可这回这三件事都说明明成行事真的很有问题。说起舅舅，我还想到一件事，以前我每年年底寄一千美元回家，我看爸的记账本上没有记录，那次陪爸去银行开保险箱，也没看到有美元存折，说明这些美元都被妈支配了。你说，我工作后这几年寄的加起来也有不少了吧，都进明成口袋了，还是进舅舅口袋了？冲舅舅昨天在电话里跟我说话的腔调，还有妈以前为了把舅舅户口弄进城做的事，我觉得舅舅那儿也是眼深不见底的黑洞，与明成差不多。我很担心，明成未来会不会也演变得跟舅舅差不多，你不知道，舅舅今天在电话里问我要钱要得有多无赖。今天一下子出那么多事，我真对苏家失望。唉，不知道妈以前是怎么搞的，我心里总是隐隐觉得，现在发生的很多事，都是妈当年种下的毒瘤时机到了总爆发。”

吴非倒是没有想到，明哲这个最崇敬他妈的孝顺儿子，竟然怀疑起了他妈。以往，如果是明哲执迷不悟的时候，她是非有理有据要让明哲闹个明白的，但今天明哲既然已经怀疑，她就不火上浇油了。“明哲，这事儿吧，从我看到你发给我的邮件时就已经想到了，你外婆家重男轻女特别严重，让我惊讶的是，你妈虽有反抗，但后来也默认她作为弟弟进城工具的事实了，还如愿地将你舅舅的户口挪进城里，以后还不知怎么补贴你舅舅呢。这说明你妈重男轻女的思想也很严重，而且重到不拿正眼看自己女儿明玉。到目前为止，你家明成是被惯坏了，你家明玉是被气走了，但若说是你妈种下的毒瘤，恐怕她也是身不由己吧。老一辈人的很多思维我们会觉得不可思议。不过，你也有传承你妈的某些思维，恨不得把苏家的所有事都大包大揽，你可别培养出像你舅舅一样从依赖走向无赖的明成哦，还有你爸。”这些事，吴非早就与近在身边的父母研究过，吴家父母与女儿一个鼻孔出气，又有与苏家母亲差不多的时代阅历，所以研究结果很让吴非受教，也平了吴非心中的怨气，这才能比较超脱地在明哲面前一边做好人，一边不忘敲打明哲一下。

因为吴非前面的话入情入理，又为他妈找到理由，明哲听着很能接受，心里也好受一些。对于后面她的指责，他也觉得能够接受了。“你看我不是来跟你商量要不要借钱给明成了吗？还有一件烦心事，明玉一直不肯接电话，也不回电邮。我这回周末回去怎么也得逮住她见个面。你帮我想想对策？她与你倒是投机。”

“别问我，我仗的是宝宝。你要是抱着宝宝上门，她肯定不会推你出门，你要是领着你爸上门，看她开不开门。随缘吧，明哲，你太努力了，效果适得其反。来，宝宝哭几声给你听听，起床就没停止‘哼哼’。”

与吴非的电话当然不可能解决家里的那些问题，但是与吴非说话之后，明哲心里好过许多。他想到，很迫切地想到，该如何快点儿结束与吴非的两地分居，他太需要家庭。眼前的办法，似乎只有加油工作一途。

但是当务之急，还是给朱丽发了一条短信，说：“我估计明成最近很不理智，让你受委屈了。我和吴非向你道歉。也向你父母说声对不起，很不该令他们操心。希望回头你还会当我们是朋友。如果明成有在经济上欠你，你尽管直接与我或者吴非说。具体的，我周末才能回家与明成谈，也希望你能与我见一面。”

朱丽看到明哲的短信发愣，读给在一边陪着她的父母听，朱爸朱妈都说苏家哥哥妹妹看来都是讲理的，唯独明成不讲理。朱丽想了半天，还是不想与明哲对话。她是因为否定苏明成这个人才离婚，她是因为看到苏明成无可救药才离婚，她又不是没有给过苏明成机会，但是，够了，她已经竭尽所能，离婚已是无法挽回。与苏家哥哥又何必见面？谈苏明成？不，她现在厌恶这个人，不想谈起。

明玉也是在办公室发愣，但她是累得发愣，昨晚爸透露的过去让她没好好睡。她很想钻进办公室附属休息室睡觉，但既然已经答应老蒙回家睡，那还是回家吧。临走检查私人邮箱，看到石天冬的邮件。她看着那一串的“很快”，笑笑，心说自己早上那个电话太冲动，暗示效果太好。她略微思考，便回了一个邮件，告诉石天冬，昨天去一家叫“食不厌精”的饭店吃饭，吃了啥啥啥，有多好吃，然而那家饭店菜单一天一变，很遗憾美食家还在香港，错过这么好的一家饭店。她建议石天冬很应该“很快”回来品尝这么一家特色饭店。她拿这家“食不厌精”，修改掉原本灌输给石天冬的某些微妙情绪，她又不是很了解石天冬，怎么能放出跳跃性的信号误导石天冬？她的父母家已经成为一个黑色幽默，她可不愿自己的小家庭未来也成黑色幽默，她必须稳扎稳打，绝不允许出现差错。

明成头上缠着绷带准时上班，不出所料，受到众人瞩目。大伙儿都在想，此人现阶段算是倒霉得彻底。好巧不巧，电梯里还有总经理同乘。明成一路就耷拉着眼皮，带着一脸什么兴趣都没有、你们别理我的霉气。总经理拿眼睛看看明成，不语。

点完卯，喝几口水，看到大哥来短信提示已经将钱打入银行，他急不可待地起身出门，去最近的银行将钱取了。他难得如此迫切地需要钱，即使舅舅来要债时他也没这么迫切。完了立刻赶去医院门诊开药，回到公司第一件事，就是吃药。昨天晚上他别的都不担心了，即使天塌下来他也不关心，只想到一件事，那就是这么热的天，他没钱在医院配抗生素，头皮受伤缝起来处会不会发炎。现在药吃下去，他安心了。

但没等明成坐稳，人事部经理笑眯眯地出现在他身边，将他拖到小会议室说话。有些人可能因为一辈子笑得太多，脸上皱纹强化成菊花一般的灿烂。

人事部经理坐下就问："哎哟，小苏，头上不要紧吧？虽然已经是初秋，可天还热，你得小心伤口发炎，这几天洗头得有人帮忙。"

明成很不愿意有人提起他的头，更不愿意听人事部经理哪壶不开提哪壶，他现在还有谁来帮他洗头？他没客气，也没力气客气，闷闷地问："什么事？"

人事部经理挺没趣的，只得干咳一声转入正题："小苏啊，你们那一批分来的大学生，今年合同都到期了。我过来征求一下你的意见，是不是有意愿续签。"

明成一听心里就有数了，淡淡地道："我连续三个月业务量没有达标，公司是不是不打算跟我续签了？"

这种事情人事部经理应付得多，有现成套路："公司有这打算，不过我们还要看看你的意见，如果你愿意在合同里附加几条约定，我们还是喜欢做熟的老员工的。"

明成略一思考，便明白，所谓附加约定肯定是公司看你或许还有价值可资利用，才故作大方与你约定若干日子内业务量必须达到多少多少，否则，到期请走。明成很想在公司稳定地工作，可是，他没把握在约定的三个月或半年内能达到某个业务量，周经理盯着他呢。恐怕，到时候还是得因为业务量不足而被终止合同。明成非常为难地斟酌，现在如果与公司结束合同，对外还可称合同到期不想续签，这在国营外贸公司普遍得很，是挺有志气的行为。而如果几个月后被辞掉，那就等于告诉别人他做不出业务被公司抛弃，虽然又可以拿几个月的小收入，可是造成的后果可太丢脸。再说了，他现在即使有收入，也到不了他手上，都直接打入了周经理的账户。

不如不续签，起码拥有主动权，起码说出去好听，起码可以恶心一下稳笃笃等着扣他工资的周经理。

明成问人事经理："我记得合同不再续签的话，公司得按年头提供补偿，我这样的得给我多少？”

人事经理早胸有成竹，取出口袋里的一张纸给明成看，说明成去年月平均工资收入是多少，明成在公司工作了几年，两下里乘一下最后数字是多少。

明成一看，怒道：“我去年平均收入怎么会只有三千多点儿？别因为我不续签合同晃点我。”

人事经理不紧不慢地道：“没算进去的那些是提成，那些在财务上都是划在业务费用里面，那些还包括你的差旅费和通信费，怎么能算是工资收入。小苏，我们同事一场，再说花的又是公司的钱，我怎么可能为难你。”人事经理话里话外都像是认定这个小苏已经笃定离开公司。

明成根本就不相信人事经理的解释，他是生意人，他知道谈价时多的是似是而非的理由。他努力用隐隐作痛的脑袋想了会儿，将人事经理的字条收进口袋，有点儿鱼死网破地道：“这样吧，我考虑一下，回头向劳动局咨询什么是工资收入，再向税务局咨询我原来的提成该怎么计税，如果公司平常给大家的收入计税办法有误，业务提成算是收入的话，我算是投案自首吧，会去补税，你们也怎么算就怎么算，我一点儿意见都没有，依法办事。”

人事经理脸上的菊花顿时凋零，他本来想用对付寻常办公室文员的办法对付作为业务员的明成，因为现在上上下下都传说这个苏明成是个中看不中用的，没想到，即使最没用的业务员也不能小看。一般业务员离职，公司补偿或者个人赔偿，都是最后与总经理协商解决，没有按照工资单计算赔偿的旧例。如果苏明成真的去劳动局、税务局查询，劳动局也便罢了，税务局那边，他若是真豁出去闹了，得连累公司上下多少人补缴欠税和挨罚。人事经理看看明成头部的包扎，迟疑地道：“我呢，是照规矩办事。但你作为一个业务员，又是在公司里做了那么久的……我帮你跟总经理说说。你先别急。”

明成冷冷地盯着人事经理道：“我不急，目前我们还是同事，你好我好。等解约了，大家就是陌生人，公司不会拿我当元老，我也不会拿大家当同事，到时候再急也来得及。”

人事经理心知，这叫威胁，但是他不得不接受威胁。周经理可以威胁苏明成，因为即使苏明成离开公司短期内也离不开行业。而苏明成则可以威胁人事经理，因为他离开公司就是陌路人，惹毛了他，他怎么可能顾得上多年情面。谁都不会为公司得罪人。人事经理又展开笑容，连说他与总经理讨论，先一步离开办公室。

至此，明成也知道自己不用朝九晚五坐座位上表现了，他在同意离婚后，再同意离职，倒霉倒大发了。他现在可谓赤条条来去无牵挂。

明成收拾了东西回家睡觉去。

可没走上几步，人事经理一个电话跟明成说，公司答应多给一倍补偿。凑个整数，给他五万。明成二话没说，回去就到人事部办了手续，回部门做交接。然后去财务部领钱。财务部有周经理的内线，早在人事部通知要他们准备补偿款的时候，已经有人悄悄告诉周经理，在外洽谈业务的周经理千里奔袭回来公司财务部坐等，明成进去刚好落网。财务经理见此，头皮嗞嗞地痛。

周经理虽然知道今天拿下苏明成的补偿款或许是最佳的还钱时机，可是她也知道苏明成完全可以拒绝在今天还钱，因为按照她起草的借款合同，苏明成的还款是从每个月的工资里面扣，期限一年。而今天苏明成的这笔钱，既不是工资，也不到一年，他除非是脑子出毛病，否则，依两人目前的交恶现状，苏明成绝无顺顺当当答应还钱的可能。她只有等在现场，使出浑身解数逼苏明成交出这五万元。否则，以后苏明成天高皇帝远，她还上哪儿讨要十万元钱？

明成进财务室一见周经理就明白她来干什么。若是换作一个月前，不，一周前也行，他或许会考虑到利害关系和美好未来而将钱还了周经理，可是今天，他已经一无所有。全世界最可怕的人是谁？流氓无产者。

明成将敲了所有印章、签了所有相关部门经理名字的离职条子交给财务经理审批，财务经理看看他，再看看周经理，在条子上签了字直接交给出纳。财务部安静得针掉地上也听得见。

明成不语，周经理也不语，两人盯着出纳到保险箱取钱。周经理是女人，出纳也是女人，两个人贴得比较紧。出纳才将五捆钱取出来，周经理一把就抢了。

明成看着冷冷地道："我还没签字，只要钱没到我手上，我不给财务签字，我随时都可以问财务要这五万块钱。"财务经理与出纳听了都一脸为难。

周经理强打笑脸："小苏，欠债还钱，你今天既然有钱，还是还了，免得夜长梦多。"

明成冷冷地道：“照借条办。”

“可是前提条件已经不成立，你不如做个好事，大家都轻松。往后大家见面多关照。”

明成翻着白眼儿道：“我跟谁做好事都不跟你做好事，我们之间没人情。什么都严格按照借条上约定的办。”

财务室没一个人说话，也都不看对峙着的两个人，怕惹祸上身。周经理不是个好惹的，这种被迫去职的人更加难惹，弄不好狗急跳墙。

周经理抓着钱，开始尴尬，但她不是个会妥协的，抓住财务经理诉说现在的黄世仁有多可怜，钱借出去等于打水漂。明成只是不吱声，堵门口站着，看周经理忙碌。她要说什么让她说痛快，钱，他是绝对不会给的。

明成越是不搭腔，周经理越是没法发挥。可是她又不可能强拿了钱走，明成不承认不在财务室签字，这笔钱等于她从财务部强抢。周经理第一次后悔以前不该把明成逼上绝路，搞得今天的事一点儿回旋余地都没有。可是后悔归后悔，她今天怎么能把钱给明成？那往后她还拿得到钱吗？周经理甚至在以后可能收不回钱与今天守住手头的五万元钱之间摇摆，她有必要退一步，告诉明成只要他答应为这笔钱签字，他们之间的借条作废吗？

但是，周经理想到明成是个有家产的，一年后如果他真的不还，可以上诉至法院。好几万块钱，周经理不能不心疼。于是，两人依旧对峙。这时，午饭时间到，财务经理不得不出面斡旋，说让两人都把钱存在财务室保险箱，等吃了饭后再来解决。

周经理眼看今天强取不行，这个苏明成不知怎么今天很有悍气。而巧取，她放不下一贯的身段。看来她今天拿不到这笔钱。她只得以财务经理的话为台阶，放下焐得热乎乎的钱给出纳，出门吃饭去了。她前脚走，后脚财务经理一个眼色给出纳，出纳心领神会，一手交钱给明成，一手要明成签字。飞速解决问题，明成终于又有了钱。

告诉朱丽吗？不。还钱给舅舅吗？不。明成抱着可称作是出卖工作的钱到银行，先将大哥的钱还了，其他另做一张银行卡，存上。他其他的卡朱丽都知道，以后……得分家啦。

做完这些，他回家睡觉，这个家，很快就会失去。

三十五

离婚

明成与朱丽的离婚协议，是由朱爸朱妈出面与明成谈。明成想，好嘛，今天一并解决离婚与辞职。

他仔细看离婚协议书，朱丽算是公平，基本没让他吃亏，也没让她自己吃亏。明成都懒得讨论，摸出笔就把字签了。朱爸朱妈见此倒是惊讶，原本以为怎么都会有点儿扯皮，两人还模拟演练了一早上，可没想到，全无用武之地。

跟朱丽一说，朱丽立马儿找时机出来，带上所有文件证件，由朱爸朱妈陪同，与明成一起去民政局申请离婚。两人没有财产纠纷、没有子女，又是自愿离婚，工作人员问了几句又调解几句，准予他们登记离婚。

明成一直不时看向朱丽，可是他看到朱丽的目光一次都没投到他头上，朱丽是真的被他推开了，朱丽不会再关心他，即使他头上有伤。对此，明成比离婚这个程序更介意。可是，他还能有什么办法？

其实，朱丽一来就看到了明成头上的伤，心里很是内疚了一下，觉得此时提出离婚很打击明成，可是又一想，他为什么要打架？为什么别人遇到逆境会逆流而上，寻找机会，而他则是步步沉陷，自暴自弃？作为一个五大三粗的男人，居然打女人、打老人，他还有什么人格？终于他也有被别人打的时候。想到这里，朱丽的心又硬下来，不再看明成一眼，一脸冰霜地走完全部程序，拿到离婚证明。若干年前，他们曾在这儿兴奋地宣誓结婚。

三前一后地从民政局出来，朱妈妈先迫不及待地转身对明成道：“小苏，等你身体允许了，赶紧把房子腾出来。”

明成很敏感地听出朱妈妈已经以前岳母的身份与他说话，原本的“明成”变为“小苏”。他很是没精打采地回答：“我回去就搬。”就这么结束了？这么容易？

朱丽依然不看明成，直着眼睛看着远处，跟商谈公事似的道：“明天周五，我们尽快将房贷、房产证、土地证改名等手续办完，需要你帮忙的地方，请一定配合。手续齐全后，我们会在手续完结当天把钱交给你。再见。”最后“再见”两个字，是从牙齿缝里艰难挤出来的，可说出来后，朱丽又有解脱的感觉。自明成妈去世至今，那么多天，她何尝不累？养一个幼齿孩子，还可以看到未来的希望，但是养一个幼稚成年人，只有绝望。

明成点头，没有应声，长长叹息。而朱丽看着却是反感。四个人在民政局大门口分道扬镳，明成看着朱丽独自上出租车开往她事务所方向，心中又是叹息，怎么能让朱丽不离？幸好离了，否则，怎么跟朱丽交代今天他失业的事。

朱爸朱妈的离开他都没注意到，他两只眼睛只是看着载着朱丽离开的那辆车子远去，一颗心，今天一天在经历了离职离婚之后，终于麻木了。全世界都负他，连朱丽也离开他，他做人失败到可以被开除地球球籍。

他正神思恍惚着，前岳母又折返，拿手中的包推推他跟他大声道：“你今天就搬家吗？我明天大概什么时候可以换了房门钥匙？”

朱爸爸忙跑过来拉住老伴儿，耳语：“别逼人太甚。”

朱妈妈嚷出来：“我花朵一样的女儿被他害了，我为什么不能恨他？今晚搬家是他自己说的，我没逼他，人不能说了不做出尔反尔。”

明成依然沉默，他已经没兴趣说话了，反正都是他的错。

朱妈妈见他不回答，更怒：“你不说就等于今晚搬完，我明天一早叫人去换锁。”

明成心头烦躁，但看在朱丽的分儿上，他什么都不说，怕说出来就不可收拾，转身就走。朱妈妈气极，但被朱爸爸拖住，没法追上去讨伐。朱爸爸劝朱妈妈，这个时候要给人余地，后面办证时还要苏明成配合呢，把人惹毛了，明天还怎么见面。朱妈妈这才止住手脚。

走远了，明成才又长叹一口气。他一无所有了，他是光棍儿，他是失业者。这些，都是他以前想都不会想到的身份。可这就是现实。他目前头上的伤口在流血，心里的伤口更在流血，可是他没时间疗伤，他得立刻搬家。他甚至都没地方疗伤，他做人失败至此。

他一路无精打采地走回家，请了一个有车的朋友帮他搬家。他都没怎么整理，也无心整理，衣服连衣架一起乱糟糟堆进朋友车后座，超市里的大塑料袋盛放杂物，胡乱扔进车后备厢。他现在头破血流，面目无光，而刚刚见的朱丽衣着得体，举止骄矜，这正好是失意与得意的绝佳对比。一个失意的男人，怎配拥有得意的女人呢？

可是搬出去又住哪儿呢？明成联系到一个做房产的老同学，老同学又找朋友，一圈电话打下来，找到一个炒房炒成房东的，明成搬进比较市中心的单身公寓。帮他搬家的朋友陪他一顿大醉，明成叫喊着酒精解毒，在新窝里度过第一夜。

朱丽则回到事务所就埋头工作，好像什么事都没发生过一般，只有一颗心时不时一阵猛跳，好像预感到什么可怕的事即将发生似的。她强迫自己工作，可是，她又止不住地抬起头来，两眼茫然。眼前总是闪现出明成头顶包着纱布戴着网兜的可怜又可恨的模样，朱丽不知自己是什么心情，但是清楚知道，这婚，离得正确。

直到下班，她才打电话给明玉。这回明玉赏脸，居然破例接了她的电话。因为明玉在得知朱丽在与明成离婚后，将她划出了苏家的范畴。

面对明玉，朱丽没什么可隐瞒的，开门见山：“明玉，我刚离婚。”

“呃。”这么快？

朱丽没让明玉多想，又道：“跟苏家的事，我也想尽快有个了断。我不愿做逃离现场还留下一条尾巴的壁虎，你是苏家在本市唯一能担责任的，我想请你出面帮我做个见证。如果你有空，我们见个面。”

明玉发现，她怎么就那么难脱离苏家，可是，朱丽在这个时候的要求她怎么能拒绝，因为她现在是比朱丽更苏家的人。她翻看一下今天的行事历，不得不抱歉地道：“对不起，朱丽，我今天走不开，电话里说行吗？”

朱丽也知道临时约明玉这种大忙人不是很现实：“明玉，我想跟你说说我和苏明成分家产的情况和其中涉及的欠你父母钱的处理。”

明玉客气而疏远地道：“如果你今天只想说这些，我建议你别说了。只要不扯上我，不要我出钱出力，苏家的事我不愿管。你就说你想要我做什么证吧。”

朱丽不知道明玉说的这是真话还是假话，因为她明知明玉是很记着苏家的钱被老二一家侵吞的。但既然明玉明确表明不要听，她再接着说就傻了，她还是换一种说法。“我请你来，是想做事有始有终。我准备请你见证我归还苏明成欠他舅舅的钱，和长久以来欠你们爸的钱。”

明玉听了吃惊，由朱丽归还？“半数还是全数？”

“全数，你听我解释。简单地说，根据离婚协议，房子归我，我把房子按现价折合房款的一半交给苏明成。但是因为苏明成一意孤行投资被骗，他私自借了他们公司经理十万，向他舅舅借了三万，还卖了家中的车子。我得把一半车款从房款中扣除。他们公司经理那边的借款我管不着，但是苏家的事我得有个交代。我担心苏明成拿了我给他的房款后不尽快解决你们父亲和你们舅舅那边的借款，因此我想请你见证着把钱先还了，余款再交给苏明成。你们舅舅那儿是三万加利息，你们父亲那里，你看要还多少？我想先结清买房按揭的那笔款子吧。”

明玉再次惊愕，很直接地问：“你要不要用三天时间好好想想？你有没有觉得你在意气用事？既然离婚又何必管苏明成死活，或者，你还是在乎苏明成，想留个完美印象给苏家？”

“没有。”朱丽矢口否认，声音尖厉，连自己都吓了一跳。深吸一口气，平静下来，才道：“没有，这可能是我的职业习惯，不喜欢看到烂账不被处理。”

明玉心想，这个理由不充分，就比如说她，她只有更怕烂账，怕应收款收不回来，那可都是真金白银，不像朱丽接触的都是些账面数字。但是她绝不会因职业病而想出朱丽这样的烂主意。明玉总觉得朱丽在赌气。她对苏明成的诋毁好像在朱丽心里烙下了很深的印象，而苏明成自己也不争气，什么坐牢投资失败打上父亲家门之类的蠢事不胜枚举，料想前天苏明成被她的传真撩拨得发疯，在家不知怎样的失控，朱丽因此对苏明成心生极大反感了。只是，分居，她还能理解，离婚，她简直不能相信。好像太突然。

当然，明玉是不会插手调解的，要她帮助老二？除非太阳从西边出。看着苏明成如此落魄，她甚至有点儿幸灾乐祸。

朱丽见电话那头好久没声音，焦急地道："明玉，你难道不担心你父亲和你舅舅又拿不回借款？"

明玉笑道："这三个人，我父亲、我舅舅，还有苏明成，一辈子靠着一个女人窝窝囊囊地活过来。难道你想做第二个被他们依靠的女人？前阵子我差点儿拿你当作那个伟大女人二世了。"

朱丽张口结舌，一颗原本准备做好善后工作完美离开苏家的心一下被明玉的话扭了方向。她有点儿沮丧地想，可不是嘛，她今天担了责任，将钱还了，可谁知道他们那帮小男人会不会看着她好说话，以后找各种理由缠上她？就像她前一阵，老大家和老三家有问题的时候都找上她，因为她好说话会担责任。可是，她能做那个伟大女人二世吗？结合自己的遭遇，朱丽有点儿感慨："你们的妈，当年也是身不由己地陷进去的吧。"

"可怜可恨，才造就可悲。"在朱丽面前可以客观说话，因为朱丽知道她和妈的关系如何之僵。

"我经历过后才知道，什么叫身不由己。可是你妈妈当年身后只有把她往火坑里推的，没有你这样把我往外拉的。"因为原本赌气似的打算被明玉挡回，朱丽反而温和了一点儿。

"你对我妈倒是一往情深。"

"她对我很好。"

"你不觉得很怪吗？她这么重男轻女的人，连自己女儿都不喜欢，怎么可能喜欢别人的女儿。她不过是帮没用的苏明成拉拢你而已，你还真信。"

朱丽一想，有那可能，可不管怎么说，婆婆对她是真好，人不能没良心，即使婆婆有那目的，她都享受那么多年了，不能这会儿否认婆婆。她也不是嘴弱的，讥诮道："所以你以前看见我也是刻骨仇恨。"

明玉倒是没想到朱丽反击得这么快，不由得笑道："原以为你跟他们一丘之貉。后来看了你对账本的反应，才知道你讲道理。"

"所以你和大嫂合着伙儿专门找我下手。你们怎么不去找别人？"

"你做了那么多年的既得利益者，要有点儿心胸吧。不找你，找他们？我不是老寿星吃砒霜吗？”

“所以说，人不能讲理，人得赖，赖到彻底，才百毒不侵，神鬼不侵。”朱丽想到也是三个人一员的苏明成，此人就是赖到了底，她怎么劝说都不行。想起来就咬牙切齿。

明玉一笑，时代到底不一样了，现在离婚容易，否则朱丽得被苏明成吃得死死的，直到大好美女变成鱼眼珠为止。

朱丽听明玉笑得古怪，回想一下，知道自己做不到赖得彻底，才被明玉讥笑吧。她讪讪地道：“真忙吗？我晚上请你吃饭。”

“不好意思，还真是没时间。朱丽，对于苏家的事，到今天我是连旁观都不愿的，更别说插手。我既然不愿意做苏家人，那就什么都不管，电话不接，人不见，钱更不借，一刀切，没什么客气，不讲一点儿情面，别人看了爱骂骂呗，我就是这么做。这是我深思熟虑后的决定。”

朱丽当然听得出明玉嘴上说的是自己，可其实是说给她听，想到她来时除了要明玉见证还钱之外，还有的一系列宏大的、告别苏家的计划，那种离了婚还攀着苏家不放，非要轰轰烈烈清算个彻底走得背影完美的不屈不挠劲头，现在被明玉点醒，想起来，真有点儿可笑，难怪会被明玉说意气用事。离婚就是离开，还要什么美丽的背影，多余。此时，她从前天夜晚报警时吹涨起来的一股毒气，不知不觉地消了。她彻底正视了离婚。

明玉倒是挺惊讶朱丽那么快就能接受她的意见，换作是她，别说离婚了绝不会那么公平分家产给苏明成，该下手的她也早下手了，别人是休想劝她回头的。否则，她怎么可能与母亲对抗了那么多年，硬是挤在苏家找不快乐？可见还是朱丽比较心平气和。三言两语朱丽就可以明理地被说服，而她一直到两天前才想明白。

明哲好不容易熬到周五，晚上连夜乘高速大巴回家，归心似箭，到站的时候已经是晚上十一点。

根据明成给的地址，他直接找到明成现居的单身公寓。跟头发乱糟糟的明成进门，明哲差点儿以为里面闹火灾。明成不知在里面吸了几包烟，好像是把在家没法痛快吸烟压抑下来的数量都放毒到单身公寓了。

明哲连忙开窗，开洗手间的排风扇，可还是被呛得咳嗽。他好好打量了一下房子，麻雀虽小，五脏俱全，洗手间是整体压制的，小巧紧凑。门边还有一个料理台，估计明成用不上。稍一会儿，明哲便挨不住从烟幕中杀到窗边，坐下大喘几口气，才能对头上包着纱布一直静静看着他的明成说话。

“已经拿到离婚证了？不能挽回了吗？”

“不用挽回，离了好。”明成正没地方说，对关心他的大哥，自然是话比以前多。

“别说赌气话，你们两个一起那么多年，哪是说分就能分的，才多少日子啊，怎么转眼就分了呢？肯定可以挽回。我这次来有几件事，朱丽那儿我争取见一面。”

明成忙道：“不用了，先冷静一段时间再说吧。大哥，快十二点了，你睡吧，我也睡了。”

明哲上前抢了明成掏出来的香烟，故作轻松地道：“你不想让我晚上做梦上硝烟弥漫的战场，现在起你就别吸了。我不困，我们说说话。吴非也担心你，让我别追究你上爸那儿闹的事儿，说你最近肯定心烦得很。你跟我说说，你跟朱丽到底怎么回事？你说不出来的话，我替你向朱丽说去。”

明成有点儿疑惑地看着明哲：“你真的不怪我去爸那儿闹事？那么好说话？”

明哲伸长手，拍拍明成的肩：“怎么能不怪，但又怎么能太怪你。你跟我说说吧，离婚、欠舅舅的钱、打架……”

“还有失业。”

明哲闻言惊住，难怪明成如此失控。他好一会儿才道：“还有妈年初去世，跟抽了我主心骨儿似的。明成……”

因为明哲说到妈去世，明成很有同感，迫不及待地“哎”了一声。这一声“哎”，提醒明哲想到孩提时候的小兄弟相处，明成很懒，可大多数时候很乖，大头娃娃似的人见人爱，远远叫他一声明成，他就脆生生应一声“哎”，当年亲戚凑一起时都喜欢叫着明成听他一声“哎”。中间这二十多年哪儿去了呢？妈妈又哪儿去了呢？明哲看着头上带伤心里也一定带着伤的明成，一时说不出话来，眼睛潮潮的，恨明成不争气，也为明成难过。

明成本来等着大哥教训，没想到，却看到大哥看着他一副恨铁不成钢的样子。

他不敢对视，低下头去，看自己的双脚。可又勉强道："大哥，你说吧。"

明哲叹息："你现在这样，要是让妈知道了，她会难过死的。"

"是。"明成没抬头，乖乖应了一句。

"爸那里我明天会过去解释一下的，让他不要害怕。你最近还是别去看他了，你性子怎么会变得这么暴躁，这么管不住自己手脚。"

这种指责，明成听得进去，打虎亲兄弟，他最落魄的时候，还是大哥最关心他。他迟疑了一下，有些吃力地道："我打上爸的门，还有其他原因，他诋毁妈。他跟老三说了很多妈的不堪，老三发传真来气我，我才上门去对质，他又害怕不敢开门了，我敲门太响，才被人报了警。我回家气得踹门，把朱丽吓得也报了警，吓得她回了娘家，就离婚了。"

明哲今晚第三次震惊，抽丝剥茧下来，原来还发生了那么多不可思议的事情。"明玉没等我回家一起去？爸说了些什么？"

"老三怎么会等你，你跟着，她还怎么逼问爸，如果你在身边你会阻止爸说下去，那是污蔑，对妈的极度污蔑。谁知道爸是不是在老三的淫威下屈打成招。"

"传真给我看看。"明哲拉下了脸。对于传真的内容，明成用了"屈打成招"、用了"污蔑"，可是，如果真的如此不靠谱，明成会气得打上爸的家，气得打走朱丽？

明成不愿拿出来，道："撕了。"

"那你说给我听。"

"我说不出口，明天你自己问爸或者问老三。"

明哲没搭理明成的躲避，将没收来的烟扔给明成，道："说吧。"

明成将烟点上，看看大哥，见大哥一脸凶相，也一脸疲惫，仿佛老了许多岁。给还是不给？他心中坚持没多久，就想到大哥也是妈的好儿子，大哥不会把妈想歪了。他起身，从包里翻出那张已经泛黄的传真，交给大哥。

传真纸被揉得跟抹布似的，屋里灯光又朦胧，明哲费了好大劲儿才看完，看完，不出明成所料地呆了。而且明成看到，这张本来已经皱如抹布的传真又被大哥揉成一团。明成一言不发，等待大哥反应，他希望大哥出声否定。一个人的否定需要另一个人的支持才心里有底。

可是，明成等了半天，除了见大哥脸上皮肉越来越垮，眼神越来越悲哀，却不见大哥的愤怒爆发。明成心里发凉，连忙伸手推大哥道："大哥，这是假的，捏造的，是不是？"

"这是真的。"明哲闭上眼睛，头无力地仰靠到墙上，脸上满是阴影。"部分跟我从爸那里知道却没写出来的那些很符合，那些爸不肯跟我说的内容与我知道的内容前后衔接得上。明成，不要怪妈，也不要怀疑妈，知道吗？妈很可怜，她是被逼的，谁让她是大姐。爸也可怜，他们两个都被妈娘家人给害了。"明哲似是说给明成听，可更是说给自己听。他意识到，自己写的什么家史是捅了一个大马蜂窝。荒唐时代的有些事哪是现在人的眼睛能看的，他太粗心。

明成此时反而稍微镇定，他嘴里虽然口口声声地否定，其实早在看到传真那一刻已经相信，知道明玉无法编出那么匪夷所思的故事来。大哥的满脸萧瑟，证明大哥与他一样为妈心痛。他将传真从大哥手里扯出，一条一条地撕了。反而是他劝慰明哲："大哥，别想了，好好睡一觉。有什么过不去的坎儿呢？你失业过，现在不是好好的？我失业，又离婚，又怎么了？明天太阳照样升起。妈也照样还是我们的好妈妈，因为妈吃了那么多苦，妈咽下所有的苦头不说，一个人坚强地把我们拉扯大，教育成人，我更敬重妈妈。"

明哲抬起手臂，冲明成指指，有气无力地道："对，妈含辛茹苦，不容易。明成，幸亏你在家陪着妈，妈一直说你让她开心，妈终于还能因为你开心几年。"

终于有人肯定了明成对家的贡献，已经憋屈了很久的明成心里满是酸楚，眼睛也涩涩的，一时说不出话。但听明哲又道："可怜的妈，可怜的爸，可怜的明玉，怪不得妈一直看明玉不顺眼。这一下，我终于明白明玉为什么不接我电话，短信也不回，她想与苏家决裂了，她也是个可怜人，从小没得到幸福。明成，以后我们两个对明玉好一点儿，多记着她是我们一个娘胎里爬出来的亲妹妹，别记着以前的仇，那些仇都是历史原因造成的。你们两个现在闹得不能见面，这不行。我们两个作为哥哥，也作为以前占了家中较多母爱的人，以后得多谦让明玉，平衡她以前吃过的苦。你在明玉那儿遭的罪，你能忘就忘了吧，不能忘就把气出到我头上来。"

明成既觉得大哥说的有点儿道理，又有点儿不以为然："不错，她以前吃了苦头，但她现在能耐，她现在报复心有多强，你知道吗，大哥？她事事针对妈，针对我，你以为她这份传真是跟你一样的做家史那么好心？她是存心恶心我气我。就像她在看守所放我出来时候搜集我的窘态说要去妈坟前烧给妈看，她存心恶心妈气妈。好了，她如愿了，她事事把我算计在手掌里，我怎么还敢接近她？妈已经看死她，大哥你别劝我，我听妈的。”

明哲不得不坚决地道：“对待明玉这件事，妈做错了。妈把她对爸这个人和对娘家人强迫她做事的恶气都撒在还是孩子的明玉身上，这很不理智。明成，这一点上你听我的，我相信明玉把传真发给你，是因为她知道身世后自伤，因此想脱离苏家，这传真，她是想以此给我们一个交代，让我们，特别是我，以后别找她。我们别误会她什么针对你，她最多算得出你会上门去打她或者责问爸，这都不是她愿意面对的，她怎么可能算得出你与舅舅的债务问题和你与朱丽的矛盾。你别把她想岔了，妈是有原因的，妈看到明玉心里有疙瘩，我这次总算通过家史找到答案，你就别跟风了。明成，听我的，苏家已经少了妈，不能再让明玉离家。妈肯定也不会愿意看到明玉离家，否则小时候就可以把她送人，你好好想想，别什么都怨到明玉头上。”

明成摇头，他与明玉几十年的针锋相对，哪那么容易放下。而且对于大哥将明玉尽是往好处想，他不以为然。但他还是因为感动于大哥对他的亲情，又点头道：“我会考虑。”

“那好，你在家，你多努力。”明哲总算松了一口气，解决了一个问题。现在想想，修家史好像又是有利了，否则怎么可能发现明玉与妈的深层次矛盾，那绝不是吴非说的妈重男轻女这么简单。“还有舅舅那边的事。说实话，明成，我现在非常厌恶舅舅，如果不是因为他，妈可以幸福不少。”

“大哥，对，对，就是这么回事。所以我看见他就想骂他白眼儿狼。”明成简直想拥抱大哥，只有大哥和他两个才是站在妈的角度为妈考虑了。

“你跟舅舅做个了断吧，这种人拖着是个甩不掉的包袱，你看妈已经被他拖了一辈子。前天你打破头，他想把你甩给我们，你知道，他怎么拿你要挟我吗？这种人以后要离得远远的，我们不认识这种吸血鬼亲戚。”

明成听着又觉得称心，不知为什么这回大哥说的话句句对他的胃口。“不，我想拖着他。什么众邦，三岁才会讲话的笨蛋，高中读了也没用，猪插上翅膀就会飞吗？”

明哲皱眉，但想到明成在舅舅手下吃亏，就让他骂几句出气吧。“你是不是手头紧，还不出钱？如果……”

“我有，可我就是不给他。”

“给他吧。他要怎么栽培众邦是他的事。给钱后就一刀两断，我们不认识他。”

明成今天觉得大哥特权威，不由自主就应了“是”。

“还有你跟朱丽的事，原因既然清楚了，我明天上他们家去道歉，话由我来说。即使没法立刻复婚，也可以好好相对。以前我和吴非说起你们的时候都是羡慕，你们两个怎么能草率离婚呢？你明天也跟着我去。”

“不，大哥，我跟朱丽还有其他原因，今天晚了，我明天再跟你说。再说我现在失业，即使朱丽愿意见我，我也没底气见她。你一路过来很累，我们还是休息吧。”

明哲这会儿总算恢复一点儿元气，刚才被传真打击大了。明成的话他理解，他年初也刚失业过，知道失业的丈夫看见辛苦工作支撑一个家的太太是如何心虚。他终于又支起头，摆手道：“我一路睡过来，不困。难得我们两兄弟今天能坐一起推心置腹地谈，我们有几年没好好谈了吧？好像我出国后就没好好谈过。不过以前都有妈呢。”

明成又是连声附和，可不是，以前妈在的时候什么都会解决好。于是，他便详细把部门投资被骗，他得罪周经理，两个月几乎没有业务，朱丽与他关系的一波三折，等等，都一股脑儿地说给了大哥。明哲这才明白，明成与朱丽的离婚，是冰冻三尺，非一日之寒。

他自己动手倒了两杯水，一杯给明成，道：“你们的事，看来只有以后再找机会了。但前提条件是你得收起懒骨头，好好做事。”

明成点头：“我已经倒霉到极点，大哥，以后的曲线只会往上了。”

明哲正色道：“那也得靠你自己努力，别陷在低谷爬不出来。你别学舅舅，你以前也是常靠在妈身上靠山吃山，你从今好歹收起你的懒骨头和依赖心，好好做事，别做第二个舅舅，那样你的一生就完了，你知道吗？”

明成又点头，知道大哥推心置腹地与他说话，全是为他好。

“工作方面会不会有问题？要不要我们一起找人帮忙？”

明成忙道：“我自己会找路子，我做的是外贸，下周出去找个朋友的公司挂靠一下，你别替我担心，我又不是小孩。”

明哲起身，又把明成拉到灯光下看看他的伤，闻到明成头皮发出的一股酸臭味儿。他索性拿来绞得半湿的毛巾细细替明成将头发洗了。他在明成头顶尽量轻柔地几乎是一丝一丝地洗头发，明成在他手底下红了眼圈。

两兄弟一晚上都没睡好。

三十六

警钟长鸣

明哲到天快亮才迷迷糊糊睡过去，一觉醒来已经晚了。明成不愿跟着，他只有自己去父亲家。也不知是来早了还是来晚了，铁将军把门。他就下楼找了处树荫等待，估计父亲是出去买菜未回。

等了好久，才听转角处传来熟悉又不熟悉的笑语，不一会儿，见父亲骑着一辆小三轮车从转弯处出来，车上放着一些菜蔬。保姆蔡根花短小的两腿小跑似的跟着，却还是能与苏大强说说笑笑。明哲见蔡根花两个多月保姆做下来，太阳晒得少了，原本芝麻似的黑脸竟然白了许多，脸颊也丰润不少，看上去比他第一次见时年轻了几岁。

明哲记忆中，父亲似乎从来没这么欢笑过，说话声音除了那次在明玉车库门前的号叫，从没这么响亮过，看来父亲现在过得不错。明哲心中一时有点儿矛盾，两只眼睛在两人之间打转了好久，一直等到他们接近，看到他，欢声笑语戛然而止。这令明哲感觉其中很是有鬼，隐隐生出一丝担心。

明哲帮父亲把三轮自行车推进车库，与蔡根花一起拎菜上楼。看看那么少的菜，明哲忍不住问："这些够吃吗？"

苏大强笑嘻嘻地道："够吃够吃，冰箱里还有。"

说到冰箱，明哲立刻想到那台果然没法放在厨房，最后不得不放在客厅里的硕大西门子零度冰箱，整个夏天，那玩意儿肯定对客厅温度的居高不下居功至伟。明哲进门拉开冰箱，却见父亲紧着要买的冰箱压根儿没开，估计是为了省电。室温的冰箱里有的也就几个鸡蛋。

而让明哲暗叹的是，父亲迫不及待地交上一份购菜清单让明哲给他报销。更让明哲差点儿叹出声来的是清单所列，比之今天父亲准备大宴儿子所买的实物更丰美。明哲不是明成那样不知五谷的小资，他看着最后三天购入的四只各一斤多的鸡腿、一条活鲈鱼、一个鱼头、两条合一斤多的鲫鱼、一斤多点儿的活对虾、三斤多的猪后腿肉、两斤多排骨和花色繁多的各种蔬菜水果，以及牛奶若干，再想想冰箱里的空空荡荡，不由自主地摇头。但他慎重起见，还是问了一句："爸，这几天来客人？"

"没……没人来。"苏大强的站姿一如他以前买了书到校长那儿签名报销时的恭敬，笑容也如出一辙。

明哲的嘴唇微微掀动一下，但什么都说不出来，难道让他当着蔡根花的面指责父亲造假？他看着父亲貌似单纯的笑，胃里犹如吞了一只苍蝇似的难受。真不幸被吴非言中了，吴非说"估计你老爸拿出来的账单得让你啼笑皆非"，果然，父亲很不争气，连造假都造得没一点儿技术，天下最可恨的是漏洞百出的陷阱。当年妈不知怎么忍受过来的。想到那份传真，明哲心中如鲠在喉，对这个父亲实在有点儿打不起精神。但他不准备与父亲说明玉传真的事，父亲也是可怜的，算了，别刺激父亲，他真怕又听到父亲的号叫，他没明玉强硬，可他心中也对父亲感受大变。

明哲不与父亲多说，走进厨房交给忙碌的蔡根花一百元钱，直接打发蔡根花去菜市了事。等蔡根花一走，屋内留下父子俩，明哲才搬了把椅子放到父亲屁股后面，按父亲坐下，他自己坐在对面，将账单递回给父亲。"爸，这份账单，两个月合计四千多点儿。你跟我说实话，挤去水分，你的实际消费是多少？"

苏大强一听，两只耳朵红了，忙低下头去不敢看儿子，可还是吞吞吐吐地道："没水分，一点儿没水分。"

明哲只好把父亲往好里想，将脏水泼给外人，试探着问："是不是平时爸自己不去菜市场，由保姆去买菜，她报多少你记多少？"

苏大强如逢大赦，忙顺着道："是是是，平时我不去菜市场，你要来我才去。"

明哲也不知道父亲这话是真是假，总觉得假的成分占多数，他不想把父亲往坏里想，可偏偏父亲做出来的事诱导着他非往坏里想不可。他指着账单，看着父亲道：“爸，看来蔡根花有问题。账单上这么多菜，你们两个人吃不了，你冰箱又没开，菜去哪儿了？等下我找蔡根花谈谈，不行就让她收拾收拾回家吧，我们不能找个手脚不干净的人做保姆。”

苏大强一听急得手足无措，汗流浃背。他是从来不会放心让蔡根花一个人去买菜的，买菜时问价交钱都是他亲自经手，绝不假手他人。他确实做了假账，想从明哲那儿多掏一点儿钱出来，反正儿子挣的是美元，钱多，也不会在乎那一两元人民币。他也准备好了接受明哲的严厉询问，大不了一声不响就是，儿子总不会学老婆那样对他严刑逼供。但他没想到，儿子有怀疑没逼供，却怪罪到蔡根花头上，声言要开除蔡根花。他急了，可越急却越想不出该说什么，憋出一头大汗之后才冒出一句话：“不要叫小蔡走。”

明哲看着父亲的可怜样子，不忍心，可为了事实，他只有坚持道：“再好的保姆，如果做人不诚实，也是不能留的。回头我会与表姑解释一下原因，免得表姑误会。”

苏大强急得眼泪都流了出来，蔡根花怎么能走。他有生以来第一次在蔡根花面前找到当家做男人的感觉，有生第一次获得别人的尊重甚至顺从他，他说东，蔡根花不会往西，有生第一次他说话的时候不用看人脸色可以自由发挥想笑就笑，有生第一次被别人实心实意地艳羡着崇拜着只因为他会熟练操作电脑，为此他高兴得都快睡不着，有意在电脑面前晃来晃去地操作以收取几乎不识字的蔡根花的敬仰，为此他磕磕碰碰地在键盘上码了一篇又一篇的短文，最初只是简单的日记，后来则是一篇篇的读书笔记。写完读给蔡根花听，直把蔡根花忽悠晕了才心满意足，以后蔡根花就一直追着他喊“苏老师”。蔡根花如果走了，他还去哪儿找这么合意的人？去哪儿找这种有生第一次感受到的精神层面的快乐？可他越急越没法说话，唯一能做的只有扯着衣襟抹眼泪。

看到父亲的眼泪，明哲慌了，不敢再问，怕逼得父亲流泪之后还有更大动作，“爸，你别哭，别哭。”但明哲还是狐疑地看着那么委屈的父亲问了一句，“是不是保姆欺负你了？”

这个问题容易回答，苏大强忙哽咽着道："没，小蔡很好，没欺负我。"

明哲只有好言好语安慰了父亲几句，与父亲聊了几句有的没的，实在无话可说了，准备去一趟明玉家。电话她不接，见面总不会赶他走吧。

到门口才看见门后放着的钢丝床好像使用过，他上次走之前钢丝床由他亲自收起，不是那样的包装。他就随口问了一句："谁来过？还过了夜？"

"上周小蔡儿子过来城里玩了几天。"

小蔡的儿子？"难得他上来，陪他四处转转没有？"

"有啊。"说起这个话题，苏大强有了精神。"我帮他租了辆自行车，我带着他走了好几个地方。"当时蔡根花的儿子直赞苏大叔见多识广，苏大强在赞美声中心旷神怡，说话更是引经据典，听得蔡根花的儿子当他是老学究。

明哲回忆不出来父亲究竟有没有带着他玩过，似乎是从来没有。再想起上周果然有大量买入新鲜鱼虾的记录，比他今天来面对的菜单还丰富，原来是热情招待了人家的儿子，老爸可真是大公无私啊。他愣了会儿，才有点儿赌气地道："以后注意点儿身体，这天气不适合做太多户外运动。我出去会儿。"说完就走了。

父亲对他该说的不说，不该说的又偏很纯洁地说了，明哲出门后直觉得灰心丧气，不知道他这样对父亲，究竟是不是有什么路线性方向性之类的错误。妈当年不容易，真不容易。从昨晚开始他就没好心情，在父亲这儿打个转，心中就更不是滋味。

明哲恍惚中见到自己胸腹鼓胀一放一收犹如青蛙。中午快吃饭时他也懒得再打电话要明成过来了，他都看着老爸不顺眼，何况本来就与父亲很有心结的明成。再说，再加一个明成，还不把父亲给吃得心疼死。明哲都怀疑自己是不是父亲的亲儿子了。

找到他曾经一游的明玉家，果然没人。所谓工作狂，就是大白天家里鬼影子都看不见的人。于是明哲打车过去明玉的公司。这地址，还是他今早从明成嘴里抠出来的。明成虽然不情不愿的，甚至还假装打呼噜装睡，可还是被他抠出来了。想到这儿，明哲真是哭笑不得。一家四个，瞧瞧，就跟散沙一样。

不出所料，明玉这个工作狂的车子就在他们公司大楼底下车库，这辆车子太容易找。明哲想想还是别上楼去打扰明玉，家里人找上公司总是不美。他站在车头给明玉发条短信，告诉明玉“我在车库你的车子旁边，能不能下来见一面”。

明玉看着短信欲哭无泪，追求她的人怎么都没法做到如此步步紧逼？反而是她来不及躲开的苏家人怎么总阴魂不散？明玉想了很多回信，中庸点儿的如“出差”，恶毒点儿的如“建议你对比苏家三男丁的DNA”，厚道点儿的如“请回家”，可最终明玉什么回信都没给，翻一个白眼儿继续做事。真烦，这个苏明哲真是烦透了。对于舅舅这种人，她下手可以阴狠毒辣，对于滥好人大哥，她该怎么办？明玉心头阵阵地火。

但看了会儿报表，眼前的数字都在跳舞。她不得不打开手机发短信给明哲，“我的亲情概念早在前二十年就被全部苏家人销蚀光了，我也已经想明白，不能把自己的精力全放在清算过去上面。如果你希望我活得快乐，请让我们桥归桥路归路，不要打扰我，脱离苏家我更能找到属于我的快乐。谢谢。”她希望大哥能明白，并不是什么血缘疑问让她生出离心，而是她不想再陷在苏家的黑暗回忆里打发未来的宝贵光阴。

明哲站在明玉的车边看明玉的短信好久，手指一动，转发给了明成。两兄弟都看出，明玉说的是大实话，虽然这大实话有点儿不中听。明哲很快收到明成一条短信：“回家，别强求。”

明哲站在明玉的车前想到两个多月前明玉已经不回复电话和短信，因为家史才上论坛，可见她早有去意，这种去意被她从父亲那儿得来的父母过往给加强了。想到他求明玉去医院看明成，她没回电，只电话问了一下舅舅有关苏明成的伤势，大概只有明成快死了她才会人道出手。想到吴非现在寄宝宝照片给明玉也不见她回邮。再想到明玉现在的身份和物质条件。苏家能提供给她什么？除了痛苦的记忆和未来无穷的麻烦，她能从苏家得到什么？他找上门真的是给明玉制造麻烦、妨碍快乐吗？还有，他求明玉帮忙去医院探望几乎是有宿仇的明成，是不是坚定了明玉的去意？

明哲心想，事实可能真的如此，他发现，他力不从心。或许，桥归桥路归路还真是唯一可行的方案。不说明玉脱离苏家在她自己的工作范围叱咤风云，单看爸，爸与蔡根花一起买菜回来的时候才是笑得真欢喜，笑得像个正常人。爸也是被苏家这个框子套死了，如果爸有明玉的能力，估计也会对他这个儿子大吼一声，“苏明哲你滚远点儿不许来烦我”。

明哲感觉自己好傻。

好在明成一个电话把明哲从明玉车前拉开。明成不想见舅舅，就去银行取了钱交给大哥，由大哥去交给舅舅。在取钱的银行里，明成又交给明哲一张转账的银行电脑单据，说他把这些钱打进爸付按揭的银行账户里，请大哥帮忙去爸办按揭的银行把房款完全结清。明哲看着明成激动得不知如何是好，这家伙终于开窍懂事了。可他除了伸手重重拍了下明成的肩膀，他说不出也做不出别的。

走出银行，明哲跟明成说起爸菜金做假账的事。明成一听就是一声冷笑：“大哥，你以为爸不声不响就是好人？他以前是被妈管着没能力造反使不起坏。现在没人管他，他膨胀起来什么事都做得出来，只要他能力所及，谁最容易被他顺手抓住谁倒霉。可怜大家以前都同情爸，以为妈是恶妇，你前阵子还信他的话差点儿把家史写成控诉妈的大字报。”

明哲脸一红：“虽然现在知道爸是怎样一个人，可是他好歹是爸……”

“这话你可不能跟爸说，你说了，爸会认准你。你看看他对老三说的都是些什么？有男人这么在儿女面前说混账话的吗？他不是好人，你看清楚点儿，你挣的钱全给他他也不会记你的情，你还是把钱拿回家照顾老婆孩子吧。”

明哲叹息：“难怪明玉不肯答应回苏家，这样的爸，我都怕他。唉，我没太多奢望，我只想，一个家像一个家，一家人能坐到一起吃饭。可怎么这么难？”

“大哥，你醒醒，都是成年人了，你以为大家还会因你而变？比如我和老三，那是注定不可能说话了。昨晚我没说，妈和老三对立成那样，那是老三自己做人歹毒造成的，她那样的性格，你能改变她？大哥你好心，但你等着被爸捏着耍吧。你现在难道还不觉得，妈以前那么对爸，是被爸逼出来的吗？还有老三，妈辛苦维持一个家，还要在外面工作上挣脸，她要强，丈夫又不顶用，她苦死累死，可回家总有个女儿与她作对，妈还能不冷了心？大哥，这点你考虑到没有？你别忽视强者受的苦。”

明哲见只要是明成昨晚答应的，明成今天立马儿做到，可见明成听得进他说的话，所以他更要把明玉与妈的多年矛盾给明成分析清楚：“当时爸是成年人，他和妈的相处，是性格使然，也是那时候的社会环境使然，我们也不便置评。但明玉的事你不能这么理解，她生下来时什么都不懂，她未来性格发展成什么样子，全看大人的态度。那时候妈妈是强势者，妈可以掌控明玉的一切，明玉性格的形成，是以妈为主，我这当大哥的漠不关心为辅，多种原因结合迫使她变得具有攻击性，责任根源不在她，你不能因为爱妈就否认明玉。至于后来，妈越来越衰老，明玉越来越强，明玉的性格、能力又那么像妈，两人针尖对麦芒，越对越成死结，对局面的掌控才转向明玉主动。明成，你记忆中留下的肯定是近期的事情，如果不看问题根源，明玉确实不讲道理。我出国的时候明玉还没成年，我印象中明玉还强不过妈。这次因为整理家史，我与吴非两个讨论来讨论去，用吴非局外人的眼睛看妈和明玉的关系，我们得出妈重男轻女这条脉络，昨天才知有更深层次的原因，那就更对了。明成你看有没有道理？”

明成现在挺能听得进去明哲的话，对于明哲看来很是痛心的言论，他愿意考虑。说来，也得承认，小时候只有妈欺负明玉，哪有明玉欺负妈的可能。但他依然有点儿不愿承认妈在养育明玉方面有错这一事实，在吸了半天闷烟后，问了一句：“大哥你说明玉像妈？妈做事有那么歹毒吗？”

明哲瞪了明成一眼：“明玉做事并不歹毒。她跟妈差不多，很能做事，但一张嘴也不饶人。”

明成想了想，道：“是，她不动手脚，只动坏脑子。”

明哲听了不由一声笑，明成说出来总比不说好。“吴非有次说，算算年龄，妈更年期的时候明玉正好逆反，两人久而久之扭成一个死结。再加上昨天你给我看的传真，还有你应该也知道，家里没供明玉上大学，任她打工自生自灭，换谁都会与家有隔阂。说严重点儿，明玉可以说是被逼出家门的。明玉那条短信回答你也看了，对她来说，在苏家的日子是她迫不及待想忘记的过去。唉，我虽然理解她的心情，可还是没法接受她不肯回苏家的事实。不过硬拉她坐一起吃顿饭暂时是不可能了，我们做哥哥的细水长流吧。”

衣冠楚楚的两兄弟盲流似的站在银行门口的阴影里沉默。明成嗞嗞地吸烟，沉默半天，以前的恩怨倒也罢了，但他心里总放不下明玉当初把他送进牢里关了两天的仇恨。可是又不忍心让好心的大哥难过，不能一口拒绝，只好打岔：“大哥，爸目前的退休收入有两千多，再加你已经帮他解决了保姆的工资，他的收入足够生活，你不用太过操心，你的钱还是留着，以后他生病住院需要急用的时候很多。而且，现在我把他房款全结了，他没大笔花销的可能，还有妈的丧葬费他都独吞了，葬礼都是我们出的钱，他不缺钱，他只是吝啬，你给他再多钱都没用。”

明哲没想到明成会回到第一个议题上来，心知明成心中对明玉的疙瘩暂时是难以化开了。他也不能强迫，只希望自己昨晚、今早说了那么多，回头夜深人静时明成能好好想想。“好吧，我带着钱去等舅舅，你回去好好吃午饭，吃多点儿。只是，你现在吸烟这么凶，对身体不好。”

明成勉强笑笑：“没办法，应酬时不吸烟不好说话。”

明哲只有又搬出妈：“还是戒了吧，妈要是在，看见你吸烟还不打你个大后脑勺？妈一辈子最讨厌人吸烟。”

明成闻言愣了一下，下意识地就将吸了一半的烟揿灭，勉强笑道：“这几天心里堵得慌，就让我吸吧。”

明哲拍拍明成的肩，忽然想到一件事：“明成，以前我每年汇两千美元回来，正月前一次，七月再一次，我这次翻看爸的记账本没发现有这笔进账。”

明成忙道：“我从来没记着妈给我多少钱我还妈多少钱，都是妈说够了就好，看账本才知道欠妈那么多。”

明哲笑道：“我不是查你的账，你帮我想想，妈肯定是帮着娘家的，可是爸记的账上面没有这笔支出。会不会我寄来的钱都让妈给了娘家？你每天在家，有没有印象？”

明成想了会儿，道：“有，外婆没有退休工资，靠妈姐妹几个养着，两个阿姨都没稳定工作，可能还是妈出大头吧。有时我送给外婆的东西第二天就转手到了舅舅手中，可能妈给外婆的钱也到了舅舅手里。还有外婆去世前有一次台风，把外婆家屋顶掀了，是妈出钱修的屋顶。外婆去世的花费应该也是妈出大头。这样算算，你的钱还真都去了妈娘家。”

明哲点头：“这就是了，肯定还有给众邦的大红包。我怀疑舅舅今天见我得哭穷，他拿你要挟我给他两万块让众邦读书。”

“别给他。”明成气愤。

“有数。”

“别说有数，不给就是不给，养不起儿子生什么生，何况我们是苏家，不是赵家。”

明成听了笑道：“好，好，不给。走了，再见。”

明成看大哥上了出租车，等大哥把门关上冲他挥挥手，他才从肚子深处重重叹出一口气。要不是大哥是个好人，他也不要什么苏家。可是大哥，这个婆婆妈妈的大哥，这个一心想着他好的大哥……

他可以不要苏家，可他不能不要大哥。昨晚如果不是大哥回来看他，跟他说了那么多话，他今天不会出门，肯定是依然闭关。他什么都失去了，活着还有什么意思，还怎么有脸出门见人，他见了人就想杀人。可是大哥昨晚帮他清理了脑袋上的一把杂毛。大哥没提供他什么路子，但是大哥令他心静。

舅舅一听说可以拿回借出去的钱，飞速踩着自行车来了，明哲打车前脚进父亲的家门，他后脚就跟进。

苏大强因为心里有鬼，正忐忑着，不敢接近，戴着老花镜坐南窗边举着一张报纸阅读，两只眼睛时不时从镜片上方滴溜溜地环视一下周围，室内多了两个熟人，让他倍感不安。大概只有蔡根花的存在才会让他在这个房子里待得更舒适坦然。

苏大强心里其实不喜欢儿子过来陪他共享天伦，他并不享受，但世事难全，明哲不来，谁给他报销菜钱？不敷衍了明哲，他有事找谁？只有明哲肯替他担责。所以他本能地将两拨人有所取舍，区别对待，忍一步海阔天空。明哲代表的是丰衣足食的物质世界，蔡家母子代表的是展现自我的精神世界。苏大强为自己的精妙概括倾倒。

舅舅这个人倒是没低三下四，他身高马大，身板儿笔挺，身上的衣服裤子也是笔挺，而且那短袖衬衫白得发亮，整个人看上去很是整洁。明哲看了只想到以前的明成，不过明成对穿着方面的小细节更讲究。苏大强起身微笑，见没人搭理他，他笑完也不觉得尴尬地在老位置坐下。

舅舅进门就嗓音洪亮地跟明哲寒暄，口齿流利的明哲都插不进嘴。舅舅是客，明哲还是被他拉着坐下的。明哲并不喜欢这种很会做人却不会做事一辈子靠着大姐过日子的人，他打断舅舅滔滔不绝的赞美（该赞美已经赞美到了明哲从没好生叫发型师特别维护过的头发），直接道：“舅舅，这是三万零六百，六百是利息，你数数。”

舅舅的注意力立刻被钱夺了过去，连坐在窗边看报纸的苏大强的眼睛也看向那一沓钱。明哲看着舅舅一张张地数钱，心里想着该用什么办法让舅舅拿了钱就走，他真吃不消这个舅舅，也怕舅舅赖在这儿问他讨钱。可没想到蔡根花吆喝开饭，舅舅数完钱就起身，检阅了蔡根花摆出来的碗碟：“油豆腐烧肉、油煎带鱼、冬瓜咸肉汤、丝瓜炒蛋，不错不错，还在做什么？有五个人吃，量再大一些。”

明哲傻眼，那边舅舅却已经在招呼：“大哥，快坐过来吃饭。大哥现在经济真好，每天脚跷跷什么事都不用做就有饭吃，你看我们就不行了，我儿子众邦还等着上高中。明哲啊，你怎么都得帮帮众邦。众邦才初中毕业……”

明哲连忙干咳一声打断：“舅舅你已经说过这事。这事我已经告诉我太太，请她批准。”

“哎呀，明哲你还怕老婆吗？你堂堂一个留洋博士还怕老婆吗？你说不出口我来说，你把电话拨通了。”

“我太太那里现在是半夜，我晚上联系她。吃饭吧。爸你坐我身边，蔡保姆，你做完这个菜也来一起吃。”

舅舅先坐了，伸筷子夹了一块带鱼，也不急着吃，滔滔不绝地跟明哲道：“明哲，众邦的事是大家的事，你一定要伸手帮忙。你看，你都读了博士，众邦连高中都读不上，你这哥哥脸面还往哪儿搁？”

明哲心说这与他有什么关系？“两万块不是大数目，舅舅家里应该有些积蓄吧？”

苏大强一看见这个小舅子就烦，看到小舅子就跟看见明成一样，知道又是来要钱。他怕明哲给钱，明哲那些钱，给了舅舅就亏了他，他小心地看着前面的筷子道：“春节你大姐不是刚给过你们一沓钱吗？”

“哪够用啊？我年初不是在宾馆做保安吗？还是大姐介绍的。结果人家春天时不买大姐的账，把我辞了，我们家现在就靠众邦妈做钟点工赚点儿钱。那么点儿钱，只够吃饭。明哲，众邦是赵家的独苗，全靠你们这些哥哥啦。你经济条件最好，来去都坐飞机，我们众邦从小总说要以你为榜样，等众邦高中毕业，你想办法也让他到美国留学，众邦脑袋不笨，小孩子就是贪玩不肯学。这回上了高中我一定天天盯着他看书，你回来也辅导辅导他，他肯定也能出国读博士。”

明哲心想，原来舅舅还真是经济不好，他不由问了一句：“舅舅后来一直没再上班吗？”

“去年本来好好的，我问你妈借钱买了辆摩托车，又考出驾照，想开摩的挣钱，结果你看，年底时说全市取消摩托车，我只好把崭新的车子贱卖了。我本来还想着热天时开摩的辛苦，秋冬季总可以出街挣钱了吧，结果呢，共产党政策多变啊。没想到，没想到。大哥，有酒没？”

明哲心中一算，今年春节给的钱、去年买摩托车和培训的钱，都是妈出的啊，看来他寄来家里的钱都落到舅舅手里了。而且，从舅舅的话里听出，舅舅学了摩托车后夏天没有上街做生意，嫌天热。估计如果去年没有禁摩政策的话，舅舅冬天也肯定歇业。他这哪是找不到工作，纯粹是挑肥拣瘦，他是靠在他大姐这座金山上好吃懒做。明哲记下这些，准备回头说给明成听，要明成看看偷懒的下场，而他是怎么都不会学妈妈掏钱填这个无底洞的。嘴里则对舅舅道：“我把这些都说给我太太听。”

“还有啊，你得告诉你太太，众邦是赵家三代单传的独苗……”

“这个早说了。”

于是，一顿饭，就听舅舅滔滔不绝地阐述众邦这棵独苗的重要性，明哲听得头昏脑涨。好不容易舅舅吃完饭，又霸着一盘带鱼全啃光，擦擦嘴回家，一个房子才清净下来。蔡根花收拾碗筷进去厨房洗，明哲面对着爸，他脑子一时还没从舅舅的语言轰炸中清醒过来，有点儿不知道该怎么向爸开口说报销账单的事。想了好一会儿，才轻咳一声，道：“爸，这样吧，以后你也别记账了。保姆工资之外，我每月再给你一千零用，你吃好点儿用好点儿。”

苏大强见明哲不生气，放心，忙笑着道：“好，好，你破费了。”

明哲看着笑得低头哈腰的爸，心里叹了声气，很无奈。可有什么办法呢，爸总是爸。“爸，平时别总是待家里对着电脑和书看，眼睛会不舒服。现在不要你做家务事，多去外面活动活动，生命在于运动。”

“是，是，我每天早上去菜市场，有时天气好也会在小区里走走。”

苏大强忘了前面说的他不去菜市场，买菜都是蔡根花的事，明哲当然不便指出。“偶尔去爬爬山吧，山上空气好，带着干粮过去多待会儿再回来。”

"太远，得转一次车，我怕摸错路。还有郊区乱，我怕。"苏大强说话的时候声音怯怯的。

明哲立刻无话可说。料想要爸打车去是不可能的，他也不敢再说他报销出租车票，谁知道这么一说，爸会不会满大街找人家丢弃的出租车发票。"那爸平时干些什么？就看看电视、看看书？"

苏大强还在扭捏，刚过来擦桌子的蔡根花听见了，插话道："苏老师每天写文章，写得好着呢。"

明哲听了发愣，不知道爸有这么一手，还从没见爸写过什么，他笑道："爸写了什么，给我看看。"

苏大强又是得意又是担心地道："别，别看，不好的，随便排排流水账，你别看。"一边说一边就在椅子上扭来扭去地害臊。

明哲估计是些骗骗蔡根花的东西，也不勉强，笑道："不看就不看，不过爸有兴趣写文章是好事，生活有寄托。什么时候觉得写得好了，寄给报社看看能不能登出来。"

苏大强虽然不敢给明哲看，却还是被明哲的话激发了豪情壮志，他暗暗想着，这又有何不可，寄信给报社，谁又能知道他是谁了？学校那个蔫不拉几的刘老师看的书都没他多，还出书了呢。他美美地想了好一会儿，才道："快十一了，有七天休假，你会去旅游吗？带着我去好吗？"

明哲道："估计没时间去，可能连休息时间都没有，又一个项目得接上来做。"

苏大强低头笑一笑，依然目光朝着地上，不敢看对面说话的人，这是他说话的习惯。"金秋十月是旅游最好的时节，我从没出去走走，我想去旅游。"

明哲诧异，刚刚还连郊区都嫌太远不敢去，怎么这会儿想走得远远的去旅游了呢？"爸你行吗？别走丢了。"

苏大强还是笑道："不会，跟旅行团走，叫小蔡一起去，跟着照顾我，不行叫小蔡儿子也跟上拎包。你看这儿报纸广告。我想去三峡走走，跟旅行团，又在船上，不会走丢。"

明哲接了报纸看，这是周四的报纸，因为临近十一，版面上铺天盖地的都是旅游消息，国内国外选择颇多。苏大强怕明哲找不到，挨过来将他看中的一条指给明哲看："这儿，就这条。你看，得加紧报名了，好的话今天就去报名交钱。"

明哲一听，脑袋里"呜"一声，警钟长鸣。怪不得爸拿来一张周四的报纸一直在阳台上看，原来是看中他的钱包了。这本来没什么，父亲即使不说，他有空也会带父亲出去走走，老年人的日子不多，得趁有力气时多看看山河。可是这会儿他满脑子都是那张造假造得漏洞百出的账单，明哲意识到父亲显然是有计划地敲他竹杠，还小蔡、小蔡儿子呢，他气得好一阵说不出话，又不便对爸发火，过了好久才淡淡地道："旅游是好事，不过我不放心你自己出门，跟团也不行。有时间我带你去，或者叫明成他们带着你去。"说完这些，明哲无可留恋，起身道，"爸，我公司明天还有事，我今晚得回去了。你一定得保重身体。"

明哲说走真的走了，走得没滋没味。他不是不想送爸去旅游，只要爸高兴。但爸这么做把他当什么了？凯子？他是爸的儿子啊，在爸眼里他都不如蔡根花的儿子。

他又到明成那儿住了一夜，跟明成说了很多话，两人这回话特别多。

回到上海，明哲赌气将账户里的钱全划给吴非，给吴非电邮说，以后就给他六百美元做生活费，别的有什么需要再打报告问吴非要。

这都什么亲人，好像他的钱是地上捡来似的，变着恶心法子从他兜里掏钱，没完没了。还是把钱交给吴非的好，免得哪天他又心慈手软。

明哲心里明白，若不是有妈这个可怕的前车之鉴在，今天他听了舅舅的难处，可能还真会给钱的，毕竟孩子的教育重要。他担心自己总有一天会受不了舅舅的哭诉，将钱给了。还不如早早把钱全交给吴非管着，他只有有限生活费用，那样他才能放心自己不心软。

三十七

子非鱼，焉知鱼之乐

苏大强的日子过得前所未有地舒心。头顶没人管着，下面却有人伺候着，而且伺候的人工资由明哲来出，两个人的饭菜零用明哲也负担了去，他的工资每个月都存入银行生利息。他每个月最快乐的事是发退休工资的第二天去银行，凑个整数，把钱存成定期，他快乐地看着定期存折一张一张地多起来。他每天不用做事，不用操心，只要一门心思寻找他的老年娱乐。

苏大强的老年娱乐是每天在家看书，出去看报纸，到公园里听听其他退休老头儿老太太唱戏，偶尔他也躲假山后面吊个嗓子。他每天还要写一段读书心得，写好读给蔡根花听，并将妙处解释给蔡根花听，从蔡根花眼睛里看出钦佩后，才打印出来，放在封面写着“归田小寄”的集子里。

他的日子如流金的夕阳，灿烂而安详，非常美丽。

至于明哲来一趟吃一顿午饭就匆匆而走，他倒不是非常在意。不过明哲因为他的谦虚而没强行要求看他写的文稿，他在意，若是明哲再坚持一下他肯定就拿出来了。他发现，自己现在重精神生活甚于物质生活，这真是一种高尚的倾向。他想到每次退休教师开会的时候，总是说老有所为，所以很多人做了一辈子老师后进老年大学做学生学画画，学写字，他就不出门了，他不出门看天下书，通过高科技的网络找的老师只有更精更好。

苏大强挺满意自己现在的生活，他现在唯一操心的是蔡根花会不会永远做下去。儿女都不是他能操心的。明成离婚的事，明哲没与他说，他当然也不会主动询问明成家里过得怎么样。

明玉本来心情就已经被自己的出身搞得很不怎么样，又被舅舅、明哲接二连三地提醒她是苏家人，苏家就跟鼻涕似的甩都甩不掉，她的情绪更低落。中午破天荒关了手机在办公室的套间里睡觉，一直睡到三点，起来，情绪依然低落。

打开手机，她都有点儿不敢看短信，怕又看到明哲那个书生脑袋依然拎不清。好在，总算没有。倒是有一条柳青来的短信，告诉她他乘明天上午的飞机到。

明玉心说柳青这是想家了，明明高层会议定在周一、周二两天，他硬是周日就来，可见趁机要好好回家做些事。但是想到前两天她郁闷时给柳青打电话柳青满嘴玛丽、莎丽，她就不给柳青回电，也是短信问一句，要不要叫个司机送辆车子到机场。柳青立马儿短信回来，满屏都是谢谢。

柳青的即将到来终于让明玉有点儿高兴起来，她拉开窗帘，让光线充盈整个办公室，一直做事到夕阳西下。回头看向窗外，夕阳正好从对面一幢楼的屋顶隐去。明玉打几个电话给一起加班的手下，她在“食不厌精”请客。收拾东西时，却接到石天冬的电话。

石天冬的热情虽然被明玉浇了一盆冷水，可并没太受挫的感觉，他总觉得那天早上明玉跟他说的话里有别样的意思。他电话里说话声依然热情洋溢。“苏明玉，我明天回家，回来了。”

明玉一愣，这就是“很快很快很快”？心里倒是欢喜：“你不是说签约半年吗？香港的工作结束了？”

“我们在彼此都同意的前提下毁了原来的合同，签订新的合约。明天晚上你有没有空？我请你吃饭。”

明玉差点儿答应，却忽然想到明天柳青来，是不是该给柳青预留明天的时间？“你明天什么时候？我去接你。如果可以就一起吃午饭。晚上已经有安排。”

“哈，好，你记一下。”石天冬报了航班号、到达时间，又道，“你顺便在‘食不厌精’订好座位，就说我的名字。”

“嗯？你和他们什么关系？”

“呵呵，你笨。他们那种天天花样翻新天南海北的菜单，除了我，还有谁给得出来？我跟香港这家饭店如今签的也是类似的合约，我不坐班，不上门，但我按合约要求提供菜单和烹饪方式、原料使用等明细。我按照菜单收费。我见多识广吃多喝多，做这项工作正好。而且这份工作也正好既满足我对美食的需求，又不用自己开一家饭店像坐牢，我还可以继续天南海北去增长见闻。这样的合约我已经签了四份，我准备继续发展类似客户。说起来还真得感谢你送我的Treo，这个键盘打字发邮件真方便，现在传输菜单基本就靠Treo。”

“那意思是，你以后还尽可以一边旅游一边工作？嘿，这倒是到目前为止最适合你的工作。不过压力也不小，你得防止你被那么多的菜单需求掏空。”

“吃老本才让人厌倦，有挑战才有激情，是不是？我现在在业内小有名气，如今名声传出去，又有几家开始接触，不过每家饭店要给出特色菜单来，还真是挑战。以后你出差就带上我吧，我跟着你去吃喝取经。”

明玉听了直乐，也很是羡慕：“虽然压力大，可很自由。真不错。你怎么想出来的？这真是一个很不错的职业。”

“跟朋友一起聊啊聊的时候想出来的，以爱好养爱好，人家收藏书画之类的人不也这么在做吗？你以后吃了‘食不厌精’的菜，可得给我提意见。对了，想要什么，问了你好几次，现在还来得及。”

“你做的糕点，这还用说吗？”明玉为石天冬的新职业高兴，再回头一想，以前曾嘀咕石天冬做事没长性，可现在看来，他这人的爱好倒是始终如一。从以前办的食荤者汤煲店，到现在的菜单提供者身份，他是一步一步摸索着合适他的社会位置吧。如今他的爱好与职业结合得相当完美，是再正确不过的职业。想到她吃过的“食不厌精”的美味，想到老蒙他们这些老吃客对“食不厌精”的推崇，明玉真为石天冬骄傲。明玉一下对中午的菜肴有了更大的兴趣。石天冬真不简单，以前说他没有定性，是错解他了。

明玉周日还是上班，周日清净，她找几个在公司的职员单独谈了几次话，了解大家的心态和动态，顺便鼓励几句。但她的心思显然不在工作上面。不时抬眼看桌面上台钟的时间。等时间一到，她飞快下楼驾车直奔机场。

没想到，却看到柳青和一个雅致女孩一起出来，这才想起，对了，柳青也是这个时间到。柳青看到自己过去的司机和明玉分别等在门口，有点儿无措，不由看了一眼身边的女孩，可还是大步走向明玉："你不是说让司机来吗？怎么还亲自来？哈哈，怎么好意思。"

明玉看到柳青一点儿没变，又是带着女孩出来，心里不舒服，虽然早已见怪不怪，只是不由自主地赌气："不用不好意思，我不是来接你，我等别人。你还是用你原来那辆车，如果嫌不好，把我的换给你。"说完又朝女孩看看。

柳青心下尴尬，却大方将两个女的互相做了介绍，果然女孩不是柳青的手下，柳青这人一向不做吃窝边草的缺德事。明玉微笑，却有些揶揄。这时下一班飞机到站，新一拨人流出来，明玉抬头看去，老远就看见高大的石天冬走在人群中，穿一件很鲜艳的橙色T恤，下面是淡灰色很多裤兜的长裤，拎一只硕大的盒子。石天冬到门口晃一圈与明玉开心地打个招呼又转回去拿行李。

柳青在旁边看着，尤其是看到明玉忽然变得温柔欣喜的笑脸，心里无端地不舒服。若有所指地道："石老板穿得休闲，就你我总是随时都可以进办公室的样子。"

明玉略略听出一点儿味道，斜睨一眼柳青，笑道："因为我是从办公室赶来。等会儿一车走还是你自己走？我在一家很有特色的饭店订座给石天冬接风，你们一起去？"

柳青"哼"一声，道："不妨碍你们，你们也别妨碍我们。我先走，回头我找老蒙说话，你做好准备。"

不等石天冬出来，柳青先走。明玉看看司机跟上柳青和那个女孩的背影远去，若有所思，并不愉快。一直等到石天冬出来，她才又转为笑容，接了石天冬手里拎的盒子，其他大包小包都还是石天冬自己拎着。她想帮忙，石天冬不让。石天冬更是满面笑容，见面就表功："打开看看，里面有不少你最喜欢的起司小球，不过我这回做得好了，以前的没样子。这回还滚了点儿椰丝。你饿不饿？现在就打开尝尝？刚才好像见你同事在啊。"

明玉听了不由撇嘴："我什么时候说我最喜欢吃起司小球了？这名字听都没听说过。柳青先走一步，他陪女朋友。"

石天冬松口气，他太担心柳青这个人，以前见的时候总觉得柳青与明玉的关系太亲密。“你那次受伤我拎了一盒糕点去，忘了吗？我看你总吃起司小球，对，就这种，你一吃就能想起来了。”

“你还记着？”明玉多少有点儿诧异，她吃了一个，仍然没有想起来，估计当时看这种小球一口一个吃着方便，就多吃了点儿。但难为石天冬这么细心，记着她的嗜好。

石天冬跟着明玉一起走，时不时看看明玉，一直笑，见她吃了好像没太大反应，也没太在意，只是道：“本来一直有点儿担心你最近心情是不是会不好，见面才放心……”

“别跟我提苏家的事，再提跟你翻脸。我从此跟他们一刀两断。下午有什么安排？”

“他们约我打篮球，我没空。嗯，换车了？哇，我给你开，给我开开。这是好车。”

明玉看着石天冬对着好车张牙舞爪地高兴，一点儿没有什么敏感之类的样子，倒是高兴，觉得石天冬这人坦荡得很。她将钥匙交给石天冬，教他几项特殊功能，就看石天冬在车上摸来摸去地探索。一会儿石天冬抬头，明玉一接触到他深情的眼睛就转开脸去。石天冬却追着道：“你来接我，我真开心。”

明玉做若无其事状：“如果不是周日，就不来接你了。走吧，先把行李放你家去吗？”她说着打开糕点盒子，却见里面一盒子鲜花，不由犯疑，凑近看去，才知是不知什么做的仿真花，“真漂亮。”

“献花。有巧克力花，有奶油花，下面才是起司小球。你喜欢就好。”石天冬很是得意，这是他连夜做出来的。

“都不忍心吃它。”明玉当然清楚石天冬“献花”的意思。

石天冬看着，笑道：“走，先吃饭。你们都把‘食不厌精’说得那么好，我有点儿不服气。那家老板原来在古玩街做书画收藏生意，后来朋友多了开了一家海鲜楼，生意一般，我跟他聊起我的想法，他很有兴趣，我们就把合同签下了。听说菜价很高？”

“是，不过也该给他们高价。别家饭店都是批发同样的菜，他们是定做，工艺不一样。我们老板也喜欢，就是他向我推荐的。你倒好，有这么一家离我很近的好饭店也不向我推荐，我想拿它当食堂。”

石天冬笑道：“我一直以为他们没确切领会我菜单的精神，总担心他们做得不到位坏我名声，看起来好像还行嘛。我今天去试试。你常在外面吃，应该吃得出好坏。这车开着舒服。”

明玉笑笑没回答，她电话接连不断，正好避免尴尬。石天冬一遇红灯时就笑眯眯地看明玉，他觉得明玉这趟来接他，意思已经很明白了。明玉被石天冬看得头大，只好正襟危坐，目不斜视，恨不得扔过去一句狠话，命令石天冬不许看。好不容易到了“食不厌精”，却见早有一桌朋友等着石天冬，原来是老板知道今天石天冬回来，见中午有石天冬订座，就呼朋唤友叫大家来接风。大家在门口抢了石天冬簇拥着走，一径还埋怨石天冬重色轻友，明玉不由摸摸自己的脸，哪天她的脸竟是变“色”了？石天冬异常郁闷，他好不容易与明玉见面，今天还真想重色，没想到棋错一着。

石天冬与朋友关系不错，就像明玉平时在网上见到的聚会照片一样。而这帮朋友看上去也都是职业正当，说话做事挺有分寸。经石天冬介绍才知，原来他们都是以前同住一幢单身公寓楼的老友，经常聚会，到现在已经有四年，其间有人结婚有人出国有人进有人出，而这个团体依然存在，并不断因为女友、老婆的加入而壮大。“食不厌精”的老板也是成员之一。今天这一桌坐了十四个人。大家见面什么都说，反而轮不到明玉跟石天冬说话，明玉就笑眯眯地吃饭听他们闲扯，觉得蛮有意思。石天冬只能见缝插针地偶尔给明玉提供一下服务，大家都理所当然地把明玉当作了石天冬的女朋友。

而女人们谈女人们的话题，什么跳操、血拼、婚房装修、买房、泡吧，什么都谈，大家还要明玉在买房方面早作打算，否则买幢延期交付的期房，连结婚日期都受影响。明玉唯唯诺诺，答不上话，却感觉与石天冬好像还真是那么一种关系了似的。而其他话题，明玉都参与不上，唯有跳操，女友们竭力推荐瑜伽。她也不知道瑜伽是什么，依然唯唯诺诺。

他们本来吃饭就迟，等正常吃饭时间一过，饭厅的人开始三三两两离开，这一桌的人就聊得更欢。明玉不时有电话、短信进来，不得不经常去僻静处接听。而柳青的，她下意识地不接。柳青过后，却很快来了老蒙的电话，老蒙说话一点儿没转弯："你睡午觉？电话也不接。"

"应酬呢，还没吃完。有事？"

"趁柳青在，早商量早让他回去。我已经与老毛、柳青五六个人在一起，你也快点儿过来。"

明玉知道他们在谈什么，但看看石天冬他们一桌朋友，她竟然鬼使神差地道："我吃完再过去，会稍微晚一点儿。"

但是，吃完，明玉应邀跟着女孩子们去血拼，一点儿没有犹豫，而男人们则去打篮球。女孩们见到明玉的好车，纷纷问她做什么，明玉没隐瞒，直说，可发觉大家对她说话似乎拘谨了一些。明玉是个最不会买衣服的，跟着这帮爱血拼的女孩简直是只会跟不会出主意，但女孩们却高兴有个米多的跟着，倒是帮明玉买了好几件衣服，都是休闲款的。一场血拼下来，大家便少了拘谨，又是勾肩搭背。明玉把她们送去篮球场，看会儿石天冬矫健地打篮球，实在不好意思再拖时间，只能与大家道别离开。

明玉赶回家里，两个小时的时间里，拆商标、洗衣服、烘干、熨烫，忙并快乐着。出门，穿上新买的休闲风格的衣服。香水是新买的CK one。美丽的衣服与合适的香水，让她焕然一新。明玉瘦高，本来就是现成的衣架子，穿上这套衣服，紧赶慢赶走进蒙总等的包厢，所有人都面露惊讶。

蒙总一见就笑，心说很不错，只除了手中拎的电脑包不够时髦。但随即转念一想，不好，不会是为了柳青回来专门打扮的吧。蒙总心中顿时警钟长鸣，看向柳青的时候，果然见他似笑非笑，带着诡异。

明玉与大家寒暄一下，坐到柳青身边。柳青立刻假惺惺殷勤给明玉斟酒："苏总现在不给兄弟面子，我打电话请苏总吃饭，不接；发短信，不回。若不是搬出蒙总，这事儿没法成。您来真给我面子，我得敬您酒。"

明玉也不是个好相与的，笑道："柳总去了武汉派头就是不一样了，以前都说苏明玉我来接你，请你吃饭，现在大模厮样短信一条，说你几点几分携女孩一名到，我立刻乖乖派车给你。吃饭更是不肯自己说，还要蒙总来说。啧啧，蒙总你看他小人得志的样儿。"

柳青笑道："能当面说我小人得志的世上能有几人？凭我们的交情，我这么做有什么不对？"

明玉扮出一脸歉疚："我年轻，我天真，我无知。"

早有人在一边一针见血："小柳与小苏见面总有说不完的话。"众人哄笑。

柳青意味深长地微笑，低声道："大变样啊，犯得着这么重视吗？"

明玉也是微笑："那当然。你也变样，不过看上去正经许多，今天这日子居然没穿T恤而是衬衫。"

"环境不一样了，穿太随意不行。倒是你……"一边说一边摇头。

明玉一笑："我怎样？"

柳青不语，依然是意味深长地微笑。两人不再私聊，汇入大家的讨论。蒙总这人是工作狂，吃饭时间想让他不说工作，除非拿酒灌醉他。如今柳青过去武汉上位，集团的战略意图昭然若揭，已经不用再掩盖，而且这两月多来，蒙总大刀猛铡，离心离德的一一清除，基本上可保现在的管理团队暂时不会有二心。所以蒙总将工作提到大范围高层会议上来讨论。正好，满满当当一大圆桌人。

但明玉心不在焉，她自己身上的香水味和身边柳青的香水味混杂在一起，她觉得刺鼻。并不是气味刺激，而是她觉得香水就像是人藏在心底的一只看不见的小手，远远见了，隐隐闻到香水了，就像是两下里都伸出小手轻轻地勾手指，叫对方靠近，再靠近。靠近了，就像现在，对方的香味侵略性地突破周身防线，侵入人的大脑，就像一只看不见的手，暧昧地轻捻细挑，百般挑逗。她是到今天才能明白香水的功用，但是她也想到柳青早就深谙此道，今天飞机来时，与同行小妞一路不知怎样的暧昧。她开始后悔用上香水，感觉这简直是开门揖盗。一时把石天冬抛到脑后。

柳青也是心不在焉，看到明玉亲自去接石天冬，又转眼换上她从没穿过的休闲打扮，心中不愤。谁不说她是工作机器？但她今天穿一身花花褂子也就罢了，居然还用上香水，居然不接他电话，居然托词到吃饭的时候才到，那是以前从没有过的事。以前除非是出现合同中类似不可抗力的时候，她才会迟到。这说明她不知跟石天冬厮混得多开心。更出奇的是，明玉眼睛下垂，明显不在状态。他思前想后，越想越没劲，凑近明玉耳朵，很轻问了一句："什么时候的事？"

明玉正想回答，两人的私下交流却被提心吊胆的蒙总收入眼底，蒙总不满地道："江南、江北不要总开小差，有话大声说出来嘛。"

"OK。"明玉对着蒙总说完，便转脸对柳青清楚响亮一声，"今天！"只觉得说出来后分外爽快，心里非常平衡。不，简直是扬眉吐气。

柳青却是脸一僵，但也不再开小差。蒙总不知道两人说了些什么，总觉得两人的心思都不在餐桌会议上。两人公然表达情绪，这种情况有些糟。

但餐桌会议继续进行，吃饱喝足才散。散会时，蒙总板着脸对俩小徒儿道："跟我来。去喝茶。"

明玉与柳青在蒙总身后对视一下，跟了出去。到外面停车场，柳青先道："苏明玉你的新车我还没坐过，蒙总你前面，我们后面跟着。"

"不是叫司机送车到机场了吗？"明玉不愿在有限的车厢空间内让两股香水缠绵。她第一次用香水，她没想到自己会如此敏感。

"没开来。"柳青没什么好气。

蒙总看得出两人有话要讲，但没办法，只好让他们讲去。

柳青没要求开明玉的车，他被那个"今天"给打晕了，苏明玉这是什么意思？他上了车就急不可待地问："今天怎么了？石有什么好？"

"今天……起码，飞机场不会接来一个女的跟着他。"明玉跟上蒙总的车子，"柳青，别一脸气急败坏的样子，你这不是助长我的得意情绪吗？"

"他有什么好？"柳青不屈不挠地继续问。

明玉认真地想了想，她当然想不出来："不知道，只觉得跟他在一起安心，像个正常人。"

"你们又不是夕阳红，要什么安心。"柳青自己也觉得自己多嘴，但还是口没遮拦了。

明玉听着心烦，忽然方向盘一转，冲到路边一家公司门口停下。"石天冬哪儿不好？我心烦找他，他不会冲我乱喊玛丽、莎丽，我住院他会买高价机票从香港飞回来陪我，我生气拿他出气不会有事，最重要的是他坦率、他阳光，他心态健康，他不计较。我这个心理不大正常的人，找到他，是我的福气。"明玉说完，才觉得自己说得有道理，忍不住又补充一句，"对，就是这意思，我今天才总结出来。"

"你又不是丈母娘，总结得那么清楚干吗？"柳青拍拍胸口，"你心里呢？你有点儿女人爱男人的意思在心里吗？”

明玉被问得一愣，她的心？她心烦地打开天窗，点燃一支烟，深深吸了一口，才违心地道：“有待培养，但可以培养。我们可以接近。”

柳青看着明玉道：“你心态老得像丈母娘。苏明玉，我很不高兴，但你不用管我，我咎由自取。虽然我不能给你你想要的，去武汉后我也想过，我们的性格最后没法走到一起，走到一起双方受罪，但我还是反对你在没有感情的前提下找石。你还年轻，享受一下感情的美好，伤一下又如何？别急吼吼地只想找老公，你应该先找男朋友。”

“不要泼我冷水。子非鱼，焉知鱼之乐？”

“我没存心想泼你冷水，当然，我曾经想收留你，而且现在心里还有牵挂，我心里当然有点儿疙瘩，但你别管我，我现在跟你谈话只是为你着想，我这方面经验足，可以给你提供思考。你想想，你们在一起，有没有共同语言？你跟他在一起有没有恋爱的感觉？你别跟我赌气，你问问你自己心里想什么。一个女人到世上走一回，连正正经经恋爱都没谈过一次，你知道有多遗憾？”

明玉呆呆看着前面，心说她是为了亲眼看到柳青带女孩子下飞机而赌气吗？她又不是不知道柳青是什么样的人。可她又扪心自问，她被自己身世震撼了的时候，第一个打电话给柳青，而柳青跟她玛丽、莎丽的一通，她后来谁都没找。在她心里，恐怕柳青不知道比石天冬重多少。但是恋爱，她敢找柳青吗？柳青说得轻巧，可偏偏柳青还真是为她考虑，一举戳穿她内心的真实想法，她究竟爱不爱石天冬？她不得不解释给柳青听，也是解释给自己听：“柳青，你不懂。我想找个人给我家，我要有个说胡话使性子的地方，我已经压抑了很多年，再压抑下去我会爆裂。我必须找一个能让我放心安心宽心的人。其他，什么都可以培养，我不是没良心的人，再说石天冬其他条件都不差，而且他不会出门回来同机下来一个美丽女伴。”

“对不起。”柳青也心烦意乱地点上一支烟。他明白，明玉明着赞美石天冬，其实是句句针对他、指责他。但他心里犯难，那同机来的女孩美丽温柔可爱，气质一流，第一次遇见时只知道她是某世界500强公司驻华中小头目，他心里掂量，这个女孩是结婚的很好人选，于是接近了那女孩。没想到女孩很喜欢他，女孩家父母突袭见了他，他才知道女孩父母来头极大。他犯难的是，那个女孩他喜欢而且不那么容易甩，凭理智那女孩是最佳人选，眼下知道明玉摆明了指责他带女孩来，他没话说，他不想欺骗，只有选择不说。明玉他也喜欢，但好搭档未必是好太太，而且早就知道明玉这强人他不能要。但他看到明玉倾向石天冬，他又难免吃醋，石天冬算什么？

“可你太委屈。”

这回才简简单单五个字，明玉听了却浑身一震，搁在窗外的手指一松，香烟掉落。眼角，两行清泪缓缓滑落。委屈？太委屈？明玉就像个摔了跤的孩子，坚强地忍着痛板着脸一间一间房地找到妈妈，被妈妈抱进怀里疼惜的那一刻，孩子才放声大哭。明玉藏在肚子里的委屈被柳青一句话催化，终于当着人面哭。她何尝不是早知道自己并不是太喜欢石天冬，甚至以前有点儿轻视石天冬？可谁能像石天冬那样对她全心全意？她还不是因为看重石天冬对她的好，才一直有意培养自己喜欢石天冬，让石天冬走进她的生活，而且有些成效？柳青应也知道吧，以她的身份、她的能力，又有多少男人敢爱她？柳青也不敢，共事多年知根知底的柳青都有顾虑，只有石天冬这个大傻蛋毫无顾忌地像爱一个寻常女人一样地爱她，她有选择吗？可是柳青理解她，却不能支持她，说了何益？明玉反手便擦掉眼泪，虽然擦之不尽。

“对不起。”柳青将纸盒交给明玉，迟疑了一下，道，“要不，你给我时间，我改……”

明玉一听，反而笑了：“我宁可听老虎发誓不吃肉，也不要听你说改。看死你，不过心领了。”

柳青无奈地笑，两个人熟悉到对方肠子绕几道弯都知道，又都是最精明的，相互连发个誓都不行了。可是想到明玉与石天冬，他又克制不住地心烦。但他这人明玉肯定是不敢要的，他理智之下也不敢要明玉，只怕两人有共同未来的话，他得被明玉管死，明玉会被他气死。两个山头的老虎不能住在一起。或者，石天冬还真是最合适的。

所以，柳青两条充满感情的手臂蠢蠢欲动，却最终没敢伸出去给她一个抚慰的拥抱。多年老友，看她流泪，他心疼，可柳青自己可以不在乎男女有别，他却知道明玉坚持男女有别。

直到老蒙到达地点却不见俩徒儿跟上，左等右等不来，一个电话打到明玉手机上。明玉一看是老蒙的，便将手机抛给柳青，自己下车去车后面拿一瓶矿泉水，用大口喝水压下委屈的情绪。等回到车子，却见柳青已经占了她的位置，她只好转到副驾。

在车上，明玉缓缓地道："我即使嫁不出去……也不敢要你。哼。"柳青也"哼"了一声，但不敢将"我即使娶不到老婆也不敢要你"说出口，因为显然他的终身大事容易解决得多。但显然两人之间已恢复正常。

一路无话。蒙总看到明玉红着眼睛进来，终于决定捅破窗户纸，手指指着两个人，道："你们两个，今天到底搞什么鬼？小柳你对不起小苏是不是？"

明玉看看柳青，柳青看看明玉，终于还是柳青说话："我惹毛小苏了。不过肯定是我对不起小苏。"

蒙总看着这两个人，直截了当地道："你们两个，做朋友很好，做夫妻不行，没一个肯退让的，迟早闹翻。不如趁早收心。"

闻言，明玉与柳青对视，无奈地笑，这是实话。看来，谁都看得出来。

蒙总见此，不再多说，双手抱拳，搁在桌上，两只眼睛继续在两人之间转动。"好，这些不谈。我儿子，你们两个谁接手帮我管？"

明玉和柳青都是一惊，没想到老蒙开门见山谈这事。柳青心说，老蒙那个花钱买大学读的儿子谁敢接手啊，老蒙自己都管不好，别人接手还不是得罪人。明玉看柳青一眼，便知道他想什么，道："给柳青肯定不行，别好的没学成，学出一个花花公子来。跟我吧，除了我，没人敢得罪他。"

蒙总心里想的是把儿子跟他老婆拆开，远远地发配到柳青那里，省得总被挑唆。但被明玉一说，又觉得有理。"但小苏，我儿子已让我老婆带得无法无天，我都拿他没办法，或者还是小柳能对他强硬一些。"

柳青道："交给我，确实存在小苏说的问题，但交给小苏……小苏已经够忙了，别要她命了。蒙总还是另外物色人吧，或者，只要你不怕他堕落，交给我。"

蒙总摇头："没人敢管，只有你们两个，他知道你们狠。"

明玉笑了笑，道："柳青还不如我狠。放心，蒙总，只要你断他的粮，我天天搞得他疲于奔命。"

"断不了粮，他娘会供他。所以我要把他送到武汉去。"

“武汉又不是天涯海角。一个电话，卡里面立刻可以打入钱。而且还天高皇帝远，没人看着他。”只有明玉敢在蒙总面前直说，柳青还不敢说得这么直。

蒙总看看眼皮红肿又很精瘦的得意门生，终是不忍心再折腾她，但被明玉一说，交给柳青的心也死了，只得道：“算了，我自己收拾他。”

柳青笑道：“蒙总，我有个主意，让你儿子的妈移民到加拿大或者澳洲去，调开她一年半载的，这段时间够你调教儿子。”

蒙总摇头，他家母老虎肯定不肯，那不是调虎离山吗？但他不再说这件事，以后再说。“小苏，你怎么还没养胖？保姆要不要再给你？”

明玉不好意思地咧嘴笑笑：“这是天生的，没办法的。不过验过血，血色素已经高了。保姆能再给我更好，饭店吃饭营养没保障。”

蒙总道：“保姆不是问题，但也不是办法，跟你说过多少次，抓大放小，有些事给别人做。你总没法改。”

“我怎么没改？否则柳青的事都压给我，我再添两只手都做不完。但总得让我一点儿一点儿地放手，放太快别人没法消化。看我今天下午就没在干活儿。”

“你太仔细了。老妈子一样。”蒙总不以为然。

“哪有老板怪手下太仔细的。再一个月吧，10月份就可以恢复正常。”

“行，只要别瘦得跟竹竿一样就行。等你恢复正常，我再把儿子交给你收拾。”

明玉听了笑，其实，她的时间自己可以弹性处理，但是，她习惯了，要不闲着没事，她又无家可归，干什么去，她是工作机器，为工作而生。不过老蒙既然如此体恤，那就随便他。只有柳青在旁边听着很有感觉，他心里想，明玉对老蒙忠心耿耿、一心一意他早知道，什么时候老蒙对明玉也一心一意了？这两人的对话，爷儿俩似的贴心。柳青倒是生出一点儿嫉妒来。但他没插嘴，他对老蒙也没明玉对老蒙那么一心一意。

闲话过后，三个人的会议才是真正的高层中的高层会议。以明玉电脑式的人脑数据库为依托，柳青凭印象在纸上画下地图，三个脑袋凑一起，真正的指点江山。头顶上面，是缭绕的青烟。直到茶馆打烊，三人才出来，又在蒙总的车子边站着说了好一会儿，直到被蚊子围攻，才分头离开。

明玉送柳青回去，两人脸上都写满疲惫。但上了车，柳青还是话不断。“你不应该接老蒙儿子这个茬儿。他儿子是什么人？小太保！交给我只有我被他带坏，没有我带坏他的道理。你一女孩子，万一他跟你耍赖怎么办？当众羞辱你怎么办？你迟早得罪他得罪母老虎得罪老蒙。”

明玉笑道：“所以我不是替你挡着了吗？蒙太子是个大麻烦。但是只要在本市，一出问题就可以交还给老蒙自己处理，老蒙没有不管的道理。”

柳青一听，也有道理，太子放在武汉，他总不能有事就把老蒙叫过去，那他的担子就重了。明玉还真为他考虑周详，就像他也为明玉周到考虑一样。“哎，我看老蒙现在很……怎么说呢，信任、倚重，这些词用在我身上还行，但老蒙对你，现在好像是对自己女儿一样。你对他也少了很多以前的拘束，说大事跟拉家常一般。你自己有没有觉得？”

明玉脱口而出：“我自家老爹都不要理……老蒙，会吗？我，会吗？”

“俺的眼光你还是可以相信的。”

柳青自以为普普通通的一句话，在明玉听来却非同小可。一辈子爹不亲娘不爱的，搞得她很没信心，以为不是她身世有问题，就是她这人别扭不招人疼，但她相信柳青，没想到老蒙居然会真拿她当女儿疼，她自己还不觉得呢，看来，老蒙那次说的想收她当干女儿是真话，是她没自信，疑神疑鬼，才一直没当真。不过话说回来，她对老蒙可是无比敬重的，但却不是当爸来敬爱。她对爸……

但柳青的话还是震惊了明玉，害得她一路“嘿，嘿，嘿”的，都有点儿反应不过来。都忘了问柳青回去是不是会他同机来的小妞，也忘了自己的什么委屈。

三十八

归于平静

直到回到自己家车库，明玉才想起石天冬的行李还在她车上。一时心中有些犹豫，被柳青捅破那层窗户纸后，她还如何自欺欺人地去面对石天冬？此时石天冬的电话找上来：“你还在忙吗？”

明玉忙道：“不，刚结束。你在哪里？我把行李给你送去。”边说，边倒车出来，开出小区。

石天冬报了他单身公寓的地址，在市中心，与明玉在同一个区。明玉过去，就看到石天冬已经等在大楼下面，明玉没下车，打开后备厢，让石天冬自己取行李。石天冬取了行李到车前，一看见明玉，笑道：“她们都说你爱血拼，哈……咦，眼睛？”

明玉勉强笑笑：“挨批了。你们晚上又聚会？”

“周末。”石天冬从无数裤兜里摸出两张光盘，“我去西藏和大兴安岭两地拍的录像，给你当清心明目的眼药水用。最好在电脑上放，拿到电视上像素就不够了。不上去坐坐吗？火气说出来就好。”

明玉愣愣地看着石天冬心想：我委屈吗？我哪儿委屈了？他对我多好，我一直对他阴阳怪气的，他才委屈呢。

石天冬看明玉表情怪异，还以为她在哪儿受了天大委屈，忍不住就伸手自作主张打开车门，大手大脚把明玉拖出来："你帮我看着行李，我给你停车去，你可千万别跑，箱子里贵重物品多。"

明玉有点身不由己又有点儿顺从地被拖出来，看着石天冬把车开走，忍不住一屁股坐在石天冬的大行李箱上，用异常理性的思维考虑：首先，得弄清楚到底有没有委屈，为什么哭；其次，回头得做个详细分析，石天冬这个人究竟适不适合未来几十年的生活；最后，对柳青应该彻底放弃所有绮念。

等会儿石天冬回来，手上拖一个，肩上扛一个地带明玉坐电梯上楼，不要明玉伸手帮忙，明玉心里分析，石天冬爱护妇女儿童，是个有良心的大男人。可又想，万一是装的呢？然后再想，她还能看不出石天冬是不是装出来的？随后就暗骂自己了，石天冬是个什么样的人，她还不是早就清楚，又患得患失地观察个什么？她到底想拿石天冬怎么样？这不太欺负石天冬了吗？

石天冬不知道明玉在想什么，还以为她真是挨批挨得情绪低落，就没烦她，一直等到打开门进屋，才道："你看来从小是个三好学生，不大挨批，只会批人。换作是我，身经百战，早疲了。你坐这儿，我刚买的好茶，泡给你。"

明玉没坐，因为椅子上都是灰。就站着看了看，见差不多二三十平方米的样子，很简单的基本生活用品，没什么多余的家具，看上去并不拥挤，最显眼的是一台巨大的双门冰箱，充分体现石天冬爱吃的本性。还有一排靠墙书架，上面密密麻麻的书和碟片，显得石天冬挺有文化的样子。地上还滚着一只篮球、两只哑铃、一辆色彩鲜艳的自行车，还有一地的灰。她这人最洁癖，见了就挽起袖子道："我擦桌子你擦地，给我抹布。"

石天冬又惊，忙道："不用不用，我自己会来，你坐旁边看着，怎么好意思要你做事。"

"你不是说我从小三好学生吗？我从小最会这些，你听我指挥……"明玉反客为主，指挥石天冬做这做那，自己也有条不紊地从上往下擦拭，"还有啊，你以后出远门前拿透明胶把门窗缝隙都封死，有些没法封的用纸条塞住，举手之劳，回家的时候就不用累了。"

石天冬有些大大咧咧，只能听明玉差遣，虽然被差得陀螺似的乱转，可心里异常甜蜜，一边做事一边两只眼睛有一眼没一眼地净看明玉了。明玉也感觉到身后两道光束乱晃，只好装作没看见置之不理。她心里内疚自己在柳青面前的委屈，觉得好像是欺负了石天冬一般，想要帮石天冬做事来补偿。

房子很小，两个人下手，清理工作很快结束。明玉占着料理台洗抹布，石天冬在洗手间快速洗了自己的出来，趴旁边看着，见明玉一缕头发汗津津地黏眼角上，忍不住就出手帮她撩开。明玉大惊，身体几乎四十五度角后仰，避开石天冬已经碰到她脸上的手，石天冬见此大窘，不由把手背到身后，看着明玉解释："我……我看你眼角头发不舒服，没……没别的意思。"

明玉见这五大三粗的人像幼儿园孩子似的背着手，又是害羞又是想笑，硬憋着强装正经："不早了，我走了。劳动很快乐，我现在没情绪了。给我拿一下包，那边。"

石天冬依依不舍："别说走就走嘛，我给你做个消夜，你想吃什么？冰箱来看看。"说着拉开冰箱，"我看你喜欢吃大鱼大肉……"

明玉有意刁难："我要吃蟹粉狮子头，别告诉我没料。"

石天冬得意地笑，取出大小两包原料，放进微波炉解冻，又拿出鸡蛋和几瓶调料，摆开架势上手。明玉看着好笑，这人还真是吃货，一回来卫生没打扫，倒是把冰箱先充实了。看他认真的样子，明玉忽然觉得他挺可爱，就坐一边拿石天冬的宝贝相机摆弄，抓拍石天冬的动作，有一搭没一搭地聊天。她依然还在心里分析，她为什么答应留下来吃消夜，为什么还挺高兴地看着，这算不算恋爱？可这不是寻常说的恋爱中人的天雷勾地火，她心头唯一感觉的只是充实和愉悦，还有实实在在的安心。

石天冬动作很快，好像只有眨眼的时间，他就拿出一盘浓香四溢的蟹粉狮子头，又微波炉加热出一碟雪白的速冻小馒头。两人吃狮子头，馒头蘸汤汁也全部吃了，吃得盘子差点儿不用清洗。吃完，石天冬笑明玉："你真能吃，比我还多吃两个馒头。明天晚饭你再来好吗，我做别的给你吃，肯定比'食不厌精'做得好。"

明玉心说，天哪，八个小馒头，难道她吃了五个？又看石天冬一脸求着她明天来吃饭的模样，她索性单刀直入问个明白："你干吗对我这么好？"

石天冬被问得一愣，道："我哪知道，人家唐伯虎三笑，你跟我一笑我就喜欢上你了，喜欢看见你。可你刚才说话太不友好，你总喜欢冷不丁跟我耍一下大牌，好像怕我不知道你是谁似的。其实你那么精明不会不知道我想干吗，这么问不是伤和气吗？我朋友们都说你没架子，脾气好，其实你这人油盐不进，不晓得多难接近，好在我脸皮厚。可你也不能老打击我。”

明玉真没想到石天冬这么直说：“知道我油盐不进，你还说那么直，不怕打击我？”

“你有时架子大，可气量也大，我不担心你会误解我。这下天真不早了，你明天还得上班，走吧，我送你。”

“咦，你以为我气量大你就可以胡说？”明玉不由白了石天冬一眼，可一看到石天冬怪怪地冲着她笑，忽然想到自己很过分，这一言一行都是在昭示什么啊，忙尴尬一笑往门口走。石天冬笑着跟上，取钥匙开门。他自己也没意识到自以为手长脚长地越过明玉开门只是图方便，等钥匙插到锁孔打开，才意识到他其实把明玉圈在胸前，忙低头看去，却见明玉一脸尴尬焦急地避开他，而一缕清爽的香气早送入他的鼻端，他愣了一下，竟鬼使神差地俯首亲了一下明玉的脸，被明玉一把推开，夺门而出。石天冬连忙跟上，偷窥明玉脸色，还好，不是火冒三丈，不过也是脸色不善。

明玉遭受偷袭，心慌意乱，赶到石天冬跟来，她也不看他，脸冲着电梯道：“不要你送，你回去。”

石天冬偷看着明玉，道：“我怎么能不送你。”

“不稀罕。”

“不稀罕也要送。”

电梯打开，两人进去，里面已经有别人，两人都只好噤声，明玉目不转睛地看着电梯上显示的楼层变化，石天冬拿眼睛一直看着明玉。等电梯在地库层停下，明玉抢先出去，石天冬大步跟上。“你去哪里？车在这边。”

明玉一声不响转身，还是不看石天冬，石天冬挨着明玉走，却强词夺理：“我不道歉，我没安坏心，单纯的情不自禁。车停这儿，我给你开车。”

明玉本来满心慌乱尴尬，闻言不由想笑，只能死忍，可还是有话直说：“石天冬，我们还不是很熟悉，你不能太……什么情不自禁。我自己开车回去，不要你送，你比谁都危险。”

石天冬听了这才放心，但还是抢了明玉手中的钥匙，笑嘻嘻地给明玉打开副驾车门。明玉撇了下嘴，偏偏打开后车门坐进去，石天冬无奈，只好绕回来开车。坐进来先头朝后冲瞪着眼睛的明玉笑，明玉哭笑不得，只好也笑出来。石天冬这才哈哈笑着将车开走，嘴里吹起口哨。明玉猫在后面座位上看着前面开朗的石天冬微笑，心说刚才在柳青面前还委屈什么呀。她摸摸被石天冬亲了一下的脸，还是火烫，不由又白石天冬一眼，还没坏心呢，比谁都危险。可看着石天冬这么开心，她也禁不住地开心，心情十分好。

没想到在车库门前又遇意外，有人把两只都还站不起来的小猫扔在明玉车库前，两只小猫生人勿近，看见石天冬看它们，叫得声嘶力竭。石天冬看着不忍心，收留它们，说上网给它们找个好人家。明玉上楼拿下两盒牛奶，看高高大大的石天冬抱着两只声嘶力竭的小猫，无比滑稽，她又想笑。自知道自己身世后，她还是第一次有这么好的心情。

十一国庆长假来临的时候，明成如鱼得水，头上的纱布拆了，头发去美发店稍作修整，便可掩盖伤口。国庆长假是商家大力促销的时候，他没去别的商场，而是在全市几个车市游荡了整整三天。卖车的看见明成这种穿着有型有款的都很喜欢，追着他介绍各自车子的好处。明成比较下来，最终买了一辆白色凯悦HRV。开惯了车子已经不习惯没车子的生活，但买了车子，手头的钱也差不多见底了。不过没关系，他已经联系了一个朋友挂靠，朋友的条件很苛刻，谈挂靠条件的时候没什么朋友情，这有什么办法呢？在商言商嘛。

明成相信晦气日子会过去，他会用努力向大哥证明自己。大哥也是隔三岔五来个电话问候，有时什么内容都没有，就是报一下今天吃什么，可两人都不厌其烦。有车以后果然方便许多，明成又趁国庆打折优惠，买了一台笔记本电脑——他还是用苹果。七天长假无聊，他在网上建了个Blog。自己的地盘自己做主，他由着性子写自己喜欢的，长的短的，文体不拘。越写越潇洒。看到每天有几个点击率的时候，他还挺有成就感的。

他很想朱丽，可是没有打电话或者上门打扰。他觉得做人应该有格。一直到买车后，他才溜到朱丽父母家的小区，戴上墨镜坐在车里守株待兔了差不多一天才看了朱丽一眼，还是朱丽穿着家常衣服出门扔垃圾。朱丽面无表情，与她平日里的温婉可人差好多，明成知道朱丽不高兴。朱丽从他车边走过，他鼻子贴在贴了膜的车窗玻璃上最近距离地看着朱丽，他的心真的会痛。

苏大强的国庆与其他日子没什么不同，只埋怨了一下国庆菜市场什么都涨价，走出去路上全是人。蔡根花的儿子说来市里玩，可最终没来，苏大强松了一口气。蔡根花却为此嘀咕了好几天，说儿子找了对象不要老娘。不过苏大强的耳朵可以自动关闭，以前老婆的狮子吼他都可以充耳不闻，蔡根花的嘀咕更是比蚊子叫还不扰人。

苏大强继续写他的读书笔记。打字多了，速度上去了，一天写的字更多。写得多了，脑子多运动了，反而更能思考。原先一星期才能凑足一篇文章，而且还得改了又改，现在却是三天一篇，还写得非常轻松。他每天晚上都要看一篇自己的读书笔记才能睡觉，睡觉时把打印下来的读书笔记垫在枕头下，枕头是越来越高了，但苏大强不以为意。他高兴。

只有明哲最可怜，他所带的团队又接了一个新项目，他又是个做事喜欢说"跟我冲"而不是"给我冲"的实诚领导，所以他整个长假跟平常一样忙碌。他的闲暇时间，都用来打电话，给吴非打，给明成打，也不得不硬着头皮给父亲打。苏家终于归于平静，除了明玉没有归队，其他什么都在走向稳定。他很想也打个电话给明玉问问她在做什么，要不要到上海来玩，可是终究没打。但他在中秋节的时候还是给明玉发去了短信，措辞还很让他费了一番脑筋。

以往，所有七天长假都是明玉最难熬的时候，十一起码有三天不用上班，她这人没工作的时候一向都坐立不安。而这回石天冬才回来就面对国庆长假，石天冬朋友多，回家第三天就可以安排妥当，打电话跟明玉约七天长假的安排。他的安排是，第一天与朋友们一起寻找本市母亲河的源头，宿农家；第二天轻度穿越一座大山，烧烤；第三天与另一批人转战海岛，海钓与吃海鲜，宿渔民家；第四天继续；第五天回来。

明玉好生为难，早知石天冬从香港回来后肯定会加强攻势，她已经感受到石天冬密集袭来的甜心。她生活中孤僻惯了，真有点儿受不了石天冬的步步紧逼，很想断然拒绝，可又不舍得放弃这么好的建议。明玉犹豫之下，终于答应与石天冬共进晚餐，但一定要在"食不厌精"或其他饭店，石天冬整整花了十分钟时间劝说明玉应该到他的公寓品尝他做的绝顶好菜，明玉一个没管住嘴，答应了。

明玉比准时稍微晚到一点点，看到石天冬打开门时一脸欣喜的样子，她也高兴，但硬是吸取教训，强硬地道："你让开我才进去。"

石天冬索性走出去，让明玉先进门。明玉进去一看，已经摆开一张小圆桌，上面铺上台布，天虽然还没暗，屋里已经灯光明亮。灯光照着桌上已经摆好的一瓶酒和两个冷菜，她洗了手就在桌边坐下，石天冬便搬来一盘小章鱼，明玉一看，竟是新鲜的，而且大小不一，显然不是养殖货。石天冬偷笑道："这章鱼绝对是新鲜的，你敢不敢生吃？"

明玉笑道："咱进化了，不茹毛饮血。"石天冬笑着拿去烧，明玉看桌上冷菜，分别是碧绿的鲜海苔拿酒腌了后配雪白小糯米虾；另一碟是难得一见的大辣螺，一盘足有二十只，明玉对旁边放的调料最有兴趣，不知道石天冬又玩什么花样儿。再看酒，红得发黑，居然没名没牌，自制。她自来熟地打开一闻，扑鼻的玫瑰浓香。石天冬见了就道："这是正宗玫瑰香葡萄自制的葡萄酒，我自己做的，有次北方朋友自驾来，托他捎来三箱，全让我做了酒。喝得只剩一瓶了。别的葡萄做的酒哪有这么香，什么解百纳。"

"我那儿有几瓶据说很不错的酒，哪天拿给你。真香，烧什么？"

"一个杂蟹豆腐煲，一条红烧章鱼，等下再一个蟹粉狮子头，我看你好像特别爱吃这个。十一的事决定了吗？"

"边吃边谈。"明玉将几个有指纹的杯子重洗，才斟酒。她相信石天冬一定洗得干净，可就是受不了上面的几枚指纹。

"职业病，又不是谈什么合同。"石天冬笑骂。将做好的杂蟹豆腐煲上桌，又开始做蟹粉狮子头。

"你能不能快点儿，饿死了。"

"饿死了就先吃啊，客气什么。我很快就好。"

明玉果然没客气，拿起牙签挑一只辣螺下手。虽然她知道这样不好，可在石天冬面前她好像没了拘束，似乎怎么随意都行。果然石天冬又很快上了两道菜，锅也不洗，坐下就吃。明玉一连串的"好吃"，心说果然比"食不厌精"更好，而且这里没有饭店特有的烟火气，而比起大哥以前爱心中饭的别有用心，明玉宁可领教石天冬的别有用心。

石天冬吃了几口后，忍不住道："别那么慌啊，你想要吃，随时一个电话就可以上来，就怕你千请万请不肯来。也喝几口酒啊。"明玉讪笑举杯，与石天冬碰一下，一口下去，果然香醇，又是一声"好喝"。石天冬只得笑道："饿鬼一样。别急，吃完这些还有别的，我这儿不愁吃不饱。"

明玉笑，终于说了整句的："你小时候是独生子，你爸妈是不是有好吃的全堆你面前，就怕你不吃？"

"那肯定。我不吃他们愁死，幸好我胃口一向好。只要是好吃的他们都先给我吃。你肯定没这待遇吧。"

"还用说，我从小在家是个边缘人，想吃好的得抢，抢错的话得挨耳光。我从小最大的希望是让我一个人独吞红烧蹄膀，每次看得到吃不到时就想到《卖火柴的小女孩》。我想，我把这辈子能承受的来自家庭的苦累都已经承受了。上天如果有个承受度配额的话，我已经把这辈子的配额预支完了。我无法想象，未来的家庭如果还要我承受什么负累的话，我从哪儿透支。还有，我这个性格已经被扭曲得畸形可又身负一定社会地位的人，以后会怎样畸形地处理家庭矛盾。我已经处理了苏明成，估计他一辈子都不会忘记那个教训。我不知道这样的手法还会不会运用到其他人身上，但起码证明，我心里有这样一个魔鬼。我的悲哀在于，我没有选择，我还无能为力的时候已被扭曲，我只有承受，而且扭曲。这种待遇你可能也没遇到过吧？你现在是成年人，有能力选择，建议你别滥用你的选择。嗯，两只猫呢？"

石天冬终于明白边吃边谈是谈什么了，他草草回答一句"两只猫被三楼一个女的收养"，就一时没了下文。他也闷声不响地吃，暂时无法回答，因为他相信明玉的摊牌是真实的。一个性格畸形的人，如今又是那么强势的人，哪是容易对付的？看她咄咄逼人地直说，就已经说明她多强势。而且明玉已经说得很明白，她的承受配额已经用完，也就是说，她在未来的家庭里不肯忍哪怕一口气。明玉让他慎重选择。

明玉倒是放慢了吃菜速度，有一口没一口地喝酒，看着石天冬沉重思考。无论石天冬怎么考虑，最终结果是什么，明玉相信，石天冬此刻是认真对她的，是经过思考后的认真。只是，她不知道她自己能接受什么样的结果。但她相信，没有什么结果是她接受不了。她反而招呼石天冬吃东西："这样大的辣螺很难得见，你的蘸料也做得好，特别好吃。"

石天冬看一眼辣螺，有点儿心不在焉地道："这不算大，更大的只能切片爆炒。国庆安排的那个海岛有很新鲜的青口，有时也有辣螺，去吧。或者，我们只去那个海岛，别的什么都不做，光是吃。你平时工作挺累，到那儿安安静静吃了睡，睡了吃，好好休息几天。我陪着你。"

听着石天冬这么说，明玉觉得都不能不答应，"好。可是准备工作全部得交给你。"

石天冬点头："你说的那些，我今天不能给你答复，我想你也不会要我的豪言壮语。本来，你的身家地位已经给我很大压力，你得给我回旋空间，不能逼得太紧，你果然强势。不过，我很高兴，我们都是真诚的。我有一点可以向你保证的是，只要我有家庭，我会非常珍惜，我是个已经体会过失去家庭滋味的人。我们继续交往？"

明玉没想到石天冬不给答案，可石天冬给的话又是那么真诚，让人感动。她想了好久才回答："我是个戒心很重的人，你也别逼得太紧，给我回旋空间。像今天这样吃饭聊天，我很喜欢，但前两天……那样，我反感。"

"理解。"石天冬终于又笑出来，脸上有些发烫。他知道明玉反感的是什么。

石天冬到处旅游，拍了很多景色回来，吃到一半想起来，就放给明玉看，明玉好歹也是大江南北跑遍的人，虽然有闲心走访景致的时候很少，不过也能共鸣。尤其是石天冬说起旅途中的趣事来，她听得津津有味。奇怪，她怎么就没遇见过？

吃得很尽兴，但明玉吃完就要走，说还有工作没处理完，石天冬问能不能拿出电脑在他这里处理，明玉想了想，答应。于是两人一人一台电脑，石天冬坐在床上拟他的菜单，明玉坐在桌前做她的工作，彼此偶尔举首看看屋里的另外一个，房子小，一眼可以看到，心里都挺欢喜。

十点钟左右，石天冬送明玉回家。约定明天如果没有应酬，继续一起吃饭。

国庆前两人又一起吃了一次晚饭。国庆节第一天睡饱了一起出发去海岛。海岛偏远，没有电视信号，也没手机信号，发电机到八点就停止发电，室外照明的只有月光。晚饭后两人总在沙滩上散步，天空干净得不可思议，星星非常清晰。这样的夜晚最容易犯罪，两个人一天比一天坐得近，石天冬终于可以执子之手。

三十九

小蒙的教育权

老蒙在投降交出小蒙的教育权之前，自己曾经亲手教育过两个月。他的理论依据是疑似同宗孟子的语录，“天将降大任于斯人也，必先苦其心志，劳其筋骨，饿其体肤，空乏其身，行拂乱其所为”。但是与圣人攀亲并不是那么容易的事，小蒙血液中没有孟子的基因，无论如何都不接受父亲的教诲。老爹发配他去车间做苦力，他将头顶的行车开得如跑车，吓得下面工人狼奔豕突，唯恐天上掉下个螺丝帽。分厂长简直是哭着求蒙总把儿子绑回去。老蒙只好亲自盯着儿子记账，但是儿子在账本上画鬼脸，还说人家都电子化无纸办公了，谁家还那么原始拿账本记账，就像小学生还学什么珠算，别拿落后的东西误人子弟。老蒙被气得差点儿高血压发作。

老蒙迫不及待地希望自己的儿子尽快进入受教育进程，一听说销售公司六日就开始上班，下午立刻找出时间，带着全天下所有父亲相同的痛切心情，亲自将儿子押进明玉的办公室。

明玉起身迎接，看到庞大的蒙总身后是一脸不服气的斜着眼挑衅地看着她的小蒙，明玉一笑，不去理他。蒙总不等明玉让，自己往沙发上一坐，看着儿子对明玉道：“以后交给你，你想怎么发落就怎么发落，不用跟我打招呼。”一边掏出香烟扔了一根给明玉。

明玉听着笑，接了香烟搁在桌上，对蒙总道："反正有什么公物损坏，我开账单给你。蒙总你回吧。"

"赶我？"蒙总刚把烟点上，闻言惊诧。

"我半个小时后有个会，这会儿想与小蒙单独谈话。你在……没效果。"明玉微笑着直说。

"嘿，比我还忙。好吧，我走。"蒙总轰然起身，拍拍屁股离开，但到门口的时候，又回身对儿子恶狠狠地威胁一句，"管住你的手脚。"

明玉送蒙总回来后，看到小蒙双手插在裤袋里依然站在原处，依然还是斜着眼看她，不由好笑，若是年轻个十岁做出这等举动来，还可说是逆反，二十多了还这样，只能是瘪三。明玉也不跟他客气，径直坐到自己的座位上，对小蒙道："自己找地方坐。我不会管你，你也别反感我，我给你爸打工，他说要把你交给我，我只能接着。但有前车之鉴在，我想我也未必有本事管好你。今天我们就讲明了先，你继续玩你的小朋友玩意儿，我不去汇报，你也别打扰我工作，大家相安无事，各自混日子。否则呢，你下一站肯定是给押到武汉的柳青那儿，到柳青手下讨生活就很可爱了。反正你斟酌吧。答应，我就在这儿给你放一张桌子。不答应，回去你爸那儿等着给发配到武汉。"

"答应。"小蒙吊儿郎当地看着明玉，心里却不能确定她打的是什么主意。

"好，那就这么定。秘书旁边的一张空桌子给你，给你配了专线电脑，你爱玩什么都可以，只要不出声，不过我也没给你配声卡。我们的上班时间是上午八点到晚上五点，我看你迟到早退是一定的啦，对你没要求，爱来不来，反正我每周把考勤记录传真给你爸。"明玉一边说，一边拿起老蒙刚给的香烟，一看，居然是熊猫，不由"哦"了一声，凑鼻子边闻了一下，但还是扔回桌上。她已经答应石天冬戒烟。

小蒙还是没挪地方，看着明玉一脸没把他当回事儿的样子，心中有点儿生气，有意促狭地道："我要坐你办公室，让你天天盯着我。我自己去吩咐你的秘书把桌子搬进来。"说着就得意扬扬地往门口走，意图制造混乱。

明玉笑着在后面跟出一句："我不跟小流氓坐一间。"

小蒙没想到被骂作流氓，流氓也罢了，前面还给加了个"小"。他心中生气，变了脸色，“哈，我流氓，那你谁？你婊子。”

“还不承认？你除了会花钱行凶还会做什么？不是你爸撑着，你早给人打死了。我见识过一个跟你一样的太子，人家才是真光棍儿，将老子玩得吐血。人家走出来，前呼后拥都是大佬儿，不像你，前呼后拥的都是白吃你的小瘪三，没一个囫囵人，很让人看不起。所以说你连流氓都不如。”

整个集团公司上下，还没人敢这么说小蒙，即使他把行车开废了，分厂长也只会气得向老板告状，不敢说他，他来了这儿却被骂了个狗血淋头。但明玉根本不给小蒙反应的时间，接着滔滔不绝说她的。“小兄弟别生闲气啦，技不如人就技不如人嘛，好歹你钱多，你爸牌子硬，不就养几个小瘪三嘛，多大的事儿，我都不知道你爸着急什么。来我这儿，爱玩继续玩，爱闹去外面闹，大姐我跟你讲义气，绝不告状。好了，我去和华中部的人开会，你跟着来玩吗？”

小蒙非常逆反地一梗脖子：“不去！”

明玉笑着走到小蒙身边，拍拍他肩膀，道：“小兄弟多谢，到底是有身份有资格的，不做跟屁虫，否则我还真担心你骚扰我们开会。你一个人爱玩再玩一会儿，不爱玩就回家吧。拜拜。”

小蒙“哼”了一声，觉得这话还中听，等明玉走后，他坐上老爸刚才坐的沙发上喝水。但还没坐稳，忽然拍案轻呼“上当”。感情那妞压根儿不想他参与会议，七拐八弯骗得他赌气不跟啊。嘿，果然是个最鬼的，妈就说过，这一帮人里面，最要当心的是两个搞销售的和一个搞外贸的，说这三个平时说的都不是人话，一不小心就上他们当。小蒙非常郁闷，起身打量着办公室开始准备搞破坏。

小会议室里一室安静，大家正静听同事们一个接一个地汇报。但第二个同事才开始汇报，忽听门外霹雳似传来一声重金属音乐，随即，鬼哭狼嚎的饶舌调子充塞了办公室的每个角落。明玉竖起脖子看向她办公室的方向，心说“来了”。既来之，则安之，明玉拿起手机交代办公室主任：“你组织各部门所有人轮流参观我的办公室，每个部门十分钟，参观者必须说出三句话，大意是拿里面作法的小男孩当动物园的猴子看，但不要上前阻止。所有人必须去看。”

办公室主任心说刚才看到老板带着儿子进门，别在苏总办公室里面作法的正是老板儿子吧，得罪不起。他犹豫着道：“苏总，传到总部去，会不会影响不大好？”

明玉微微一笑："我会担着。你尽管组织，大家有点儿娱乐精神。"

办公室主任一向知道明玉只要说她会担着，天大的事她都不会推卸责任，以前早有先例。于是他虽然怕老板责怪，可还是去组织观摩人猴了。做销售的少有钝嘴钝舌的，一人三句，说得高兴了都还不想走了，长假过后的上班时间都郁闷着呢，哪儿去找这么好的娱乐，还真像是去动物园看猴儿了，窘得本来得意扬扬在明玉办公室里挥着衣帽架当麦克风横扫千军的小蒙恨不得找地洞钻进去。说啥他也是一群小瘪三们的大哥，怎能被人如此对待。可是人家人多势众，他只有将衣帽架一挥，将门顶上。可是，没多久，门又被打开，外面更多贼笑的脸。

等明玉按部就班开完会回来，小蒙坐在门背后的沙发上已经喝了三杯水，脸色铁青。明玉视而不见，一脸惊讶地道："下班了，怎么还不回？"顺手整理桌上被小蒙搞乱的文件夹。

小蒙哼哼唧唧："等着跟你去吃饭。"其实小蒙刚才早被讥讽得想夺路而逃了，可他不能出去，外面都是拿他当猴子看的人，他哪有脸出去。

"八小时以外，放你一马，回家吧。"明玉将所需的东西一一收拾进包里。她的行头，一个电脑包，有时还有一个大拎包。柳青曾经讽刺她这是没安全感，明玉觉得有理。

小蒙当然不肯，明玉越是不让他跟，他越要跟，图的就是让她难受，给妈出气。"你去哪儿我就去哪儿，这是我爸命令的，除了你家。"

明玉扬起眉毛笑道："有品！就冲你'除了你家'这句话，以后谁叫你小流氓我替你出头。在女人面前不要流氓的不会是等外品。走，跟我去吃饭。"明玉说完就背起一个包，拎起一个包，大步绕过大书桌走了。小蒙当然紧紧跟上，他看得出，明玉不喜欢他跟着，连马屁都来了。殊不知，明玉拍他这个马屁只是因为怕他真的要小流氓动手动脚，女人在这方面总是吃亏。

果然，进了电梯，挤在一电梯的下班人群中，明玉又道："上车之前，你还可以改变决定，去还是不去。"

"去，为什么不去，白吃谁不吃。"小蒙得意了，终于找到报仇雪恨的机会。

明玉心里还真是挺不乐意让小蒙跟着的，但既然跟了，也只能由着他。但等车子开上高速，小蒙心中那隐隐的受骗上当的感觉又冒上来了。

“去哪儿？上高速干吗？”

“等会儿卖了你，你帮我数钱。”

“谁卖谁。到底去哪儿？”小蒙才不怕苏明玉，瞧她那细溜溜的手腕，他一拧就断。

明玉也不会总跟小蒙针尖对麦芒，人家到底是老蒙的儿子，不看僧面看佛面。“朋友结婚，婚宴。”

“什么玩意儿。”小蒙很失望，原来不是应酬饭，婚宴上他怎么敢捣乱，还不让人灭了。

“好啊，你不愿意去也好，我等下把你放在高速出口，你自己搭车回家。”明玉也挺高兴他不要跟去。朋友婚宴，小蒙跟着算什么身份。

小蒙见明玉高兴，他又不干了，老三老四地道：“等着你卖我吧，老子累了，打个盹儿，到了你叫我。”

把个明玉气的，这臭小子拿她当瘪三跟班了还是怎的。但也好，省得一路啰唆。

可小蒙哪是安静得下来的人，眯了会儿眼睛，见明玉真的不理他，又忍不住了，猴子一样回身趴椅子上东张西望，看了半天没看出有什么明玉自己加上去的诸如香水、纸盒、玩偶之类的小玩意儿，没劲了，又缩回椅子，好奇地问：“哎，苏明玉，你搓衣板一样的身段，我爸怎么会看中你？”

明玉知道小蒙在气她，斜睨小蒙一眼，不去搭理。女人与男人说到色的问题上，总是吃亏，不如不说。再说小蒙是摆明了存心找碴儿，她不回应。

小蒙见明玉不理，得意了，以为这是明玉的软肋，追着道：“你别跟我装正经，你要正经，我爸哪能赏你那么多好处？别一边做婊子一边立牌坊，恶心死人。”

明玉听着来气：“你他妈没良心的，你长那么大连你爸是什么人你都不清楚，你爸小老婆虽多，可从不吃窝边草。仗着手中有点儿权势吃手下女职员豆腐的男人最没品，你爸不是那种人。你妈……你妈但凡了解些蒙总，你也不会多出那些个弟弟妹妹。我看你小时候还挺好一个小男孩，怎么现在满嘴喷粪像个小流氓。”

小蒙见明玉终于被他挑逗得骂出声来，赶紧回骂：“你才流氓，你是鸡，全公司谁不知道你是我爸的鸡，别看你人模狗样做什么经理，都知道你是卖出来的。我都知道，我才不会买你的账。你瞪我？你凶什么凶，我是我爸的儿子，以后公司是我的，我第一个开除你。”

明玉听了更气，但眼看前面是下去的路口，她怕走岔路，只得任由小蒙胡说，不去理他。直到过卡缴费完毕，才将车在路边一停，瞪眼呵斥：“听着，古代有个故事，叫三人成虎。无中生有的事，被多人传说，听的人就会以为真有那么回事。难怪你个小瘪三见我就像我欠你三百两似的欠揍相。明着跟你说吧，我做你爸女人的话，最多只是个姿色平庸、用过几天就不要的寻常女人，然后我会记恨你爸一辈子，凭我的脑袋与你爸作对，你爸不会好过。但用我做手下，我可以勤勤恳恳给他打下偌大江山，让他不用在销售方面多花精力。用你的榆木疙瘩脑袋想想，哪种选择最合算？你看你爸会要我给他赚的钱还是要我这么难看的色？笨蛋说的就是你这种人，别人说什么你信什么，一点儿头脑都没有，做流氓也只能是小流氓，成不了大器。”

明玉说话跟放连珠炮似的，小蒙插不进嘴，可才开始听着觉得有理，后脑勺又挨了一记狠的，小蒙看明玉居高临下的样子，敢还嘴却不敢还手，“不许动手动脚，别以为我不敢打你。”心里还真觉得明玉说得对，爸的女朋友个个儿漂亮，哪像这个苏明玉竹竿似的，是男人都不会拿她当宝贝好车好位置地供着。“算你有理，行吧？算你不是我爸的鸡，行吧？你这种人做鸡都没资格，做鸡还能赚男人的钱，你这种人男人都不要。”小蒙被明玉打得有气骂得有气，即使知道明玉可能不是爸的狐狸精，可心里还是不爽她。

明玉白了小蒙一眼，见他气呼呼的，便不再骂他，发动汽车上路。过了会儿，才慢吞吞地道：“你以前有误会，我理解，换谁见了老爸的女朋友都没好气，你今天跟我直说，而不是背后做小动作，很好。但现在我跟你解释清楚了，你再侮辱我对我没好气，那就说明你这人是非不分。我给你十分钟时间，如果到婚宴场合你还没法用理智克制你的情绪，我从此以后拿你当小男人、小流氓。如果你即使心里生气暴躁可管住嘴巴不说了，我以后把你当男子汉看待。做男人，最要紧的是心胸，你记住了。现在，给我闭嘴。”

如果跟小蒙说不要这样、不要那样，小蒙不会听。但是跟小蒙说不这样、不那样就不是大男人，他会比较在意，他这个年纪的人最想当大男人。可是要他十分钟不说话，那怎么行？但转眼一看苏总，这时候他不敢连名带姓叫苏明玉了，见苏总冷着一张脸满身似是冒出寒气，他又不大敢说了。因为今天在公司他已经知道苏总这人心黑得很，比他更损，什么损事都干得出来。他还真有点儿担心明天去上班时又被苏总当猴子捉弄。他知道他要是逃班，等于认输，他没面子。而他即使没面子，爸也会押着他去上班。爸知道他输了只会更积极地押他上班。他并没一路反思，而是一路掂量。

车到婚宴所在宾馆的停车场，明玉问小蒙："想清楚了？想清楚了就跟我下去，人站直，背挺直，眼神正面对人，做人有个人样儿。没想清楚自己下去找吃的，等我吃完载你回家，别跟我出去丢人现眼。"

"我干吗要听你的？腿脚长我自己身上。"小蒙偏歪脖子歪眼。

"随便。"明玉就要下车，她又不怕小蒙这么大一个男孩还会丢了，如果是女孩她说不定会担心一点儿。

"你回答我一件事我就跟你走。"小蒙抓紧时机要挟明玉。

"说。"

"你有没有人要？"小蒙这话问出，眼睛不斜了，腰直了，脖子挺了，像模像样像个人了。

"有。"明玉回答得爽快。

"谁？"

"你如果想知道，以后上班，你不许迟到早退，人站直，背挺直，眼神正面对人，说话不带脏字。违反一条，你不是男人，不是女人，是人妖，我在你办公桌上贴'人妖'两个字。"明玉相信小蒙做不到，不迟到早退就能先要了这太子爷的命。

小蒙本来可以答应了却不做到，他言而无信的时候多了。可是对苏总，他不敢，他要是言而无信，肯定不只办公桌上被贴人妖，全公司乃至整个集团人见了他都会叫人妖，他还怎么做人？就因为这苏总心狠手辣什么都做得出来。

明玉见小蒙不答，她下车，转过去将小蒙也拖下车，要小蒙自己找吃的去，她甩甩手进婚宴大厅去了。一路还笑着想，小孩子还是容易对付，三言两语就能搞混小孩子的脑子。

小蒙在明玉身后直骂奸商，要他拿自由换取可有可无的答案，当他脑子进水了吗？谁知道她有没有男朋友，即使有肯定也不是什么好货色，谁要知道。

小蒙不得不自己找地方吃饭，这不是难题。他才到饭店坐下，明玉打电话给他："找到地方吃饭了吗？"

"饿不死。"小蒙没好气。

"没吃饱跟我说一声，我打包剩菜剩饭给你。"

"你……打发要饭的？"

"你怎么会要饭呢，再不行打车回去也可以。我这儿很快就完，你别走远了。钱带足了吧？"

"你吃吧，吃死你。"

明玉笑了笑，挂了电话，她哪是当好人，她恨不得当恶人，可小蒙是蒙总儿子，她下手重不得轻不得。骂了没事，可饿着不行，留下伤痕不行，老蒙会心疼。她到婚宴时本来已晚，再加上婚宴本来拖的时间就不长，她早早吃完，出来一个电话叫上小蒙回家。

小蒙这回上车了没说话，闭目打盹儿。因为与明玉闹没意思，骂不过她，又不能动手，老爹出门前就已经叮嘱他要敢动手断绝钱粮供给，搞得他很没劲，懒得再闹。明玉看他怪异，奇道："又打什么坏主意？说吧。不过最好有点儿技术含量，什么我是你爸二奶之类的话都是别人说烂了的，我听着没感觉。"

小蒙挺懒得说："那我说你是我爸二奶你怎么还跟我讲理？"

"你这个小心眼儿准备冲我做的事，我先替你说了吧。一件，你想搞臭我，用的办法就是骂我是二奶。一件，你想气死我，用的办法是千方百计捣乱公司捣乱我的个人生活。你的目的：一是想公司没人再敢接收你，你从此可以逍遥过日子；二是你想通过整死我替你妈报仇；三是你可以报复你爸。凭你的本事，最多只能想到这些，或许还是我替你想多了。我干吗跟你小屁孩一般见识，你一小屁孩子我跟你吵什么，直接找人晚上拖你到郊区打几闷棍才出气呢。我先礼后兵，今天明天还会跟你讲道理，你如果肯听，最好；不肯听，以后我就拿你当不讲道理的人看待，你惹毛我了我会做什么，你想清楚。"

"你敢？你以为我吃素？"

明玉轻蔑地看小蒙一眼："我有什么不敢？我呢，奉劝你两条，是男人的话，模样先周正了，别总歪脖子歪眼跟汉奸似的。再一条呢，你也老大不小了，什么事都自己动脑袋想一想，看合理不合理，别人家放个屁你跟着说香，一点儿性格都没有，小屁孩一个。男人最给人看不起的就是小，心眼儿小、心胸小、见识小、行为小，这些都要不得。你可以不工作不生产靠着你爸的财产吃饭，可你不能光长一副男人坯子却没男人德行，给人看不起。你现在就很让人看不起，整一个混吃等死的游手好闲人。”

“你还说不跟我吵架，你满嘴都在损我。你还说你不恶毒。”

“那当然，豺狼来了有猎枪，朋友来了有好酒。”

“你什么都有理……”

“那当然，你就是牌子做坏了，有理也没理。明天上班，准点儿到。你在这儿下车，自己打车回家，我不送你。”

“做人不能这样吧，好事做到底，送佛上西天，我不下车，你送我回家。”

“你一不是我亲朋好友，二不是我上司，三不是我看得起的人，我干吗送你？下去，不下就跟我去体育馆，继续做跟屁虫跟我看朋友打篮球去。”

小蒙气愤地道：“我弄死你。”说完摔车门出去。

明玉将车门锁上，窗户放下一些，缓缓跟着疾走的小蒙，大声道：“你回去好好想想，有没有必要做个像模像样的男人。别总让人瞧不起，一辈子只跟些小瘪三一起混。”说完才把车子开走。

小蒙在后面冲车子挥拳头，呸，我就是男人，还要做什么像模像样的男人，男人生来就是男人。你看不起我，我还看不起你呢，就一打工的。小蒙打车回家，不理老娘的殷勤，一头扎进自己房间，气死了。可忽然又想起这臭女人好像说是去体育馆看篮球，他又忍不住冲出去，开上自己的车子去找茬儿。

直到看不见小蒙了明玉才开始生气，可有什么办法？早在答应老蒙接下这热煎堆的时候就已经想好得受好几场气。但想到自己是老蒙一手带出来的，老蒙儿子不成器，她怎么也得援一把手，帮忙带出老蒙的儿子。成不成先不说，起码她得努力一次，尝试一次，也算是对老蒙带出她的报答吧。老蒙待她如自己的孩子，她得拿小蒙当弟弟教诲。

市体育馆里的篮球馆外面，有三副篮球架，大概是因为国庆长假，打球的人不少。灯光明晃晃地照着铁丝网围起来的场地，明玉在外面的黑暗中很容易就找到石天冬。石天冬穿着白背心、黑短裤，在球友中间并不显得高，但显得黑。看来他在享受篮球，他和同伴们一起快乐地玩街头篮球，玩灵活过人，玩空中飞人，一只球在他大手掌里像是说粘就粘住，说放就放开，还有投篮的时候，他总喜欢狠狠扣下去，人跟大猩猩似的挂在篮圈上晃几下。明玉虽然没有走近，可想象得出，石天冬一定是露着两颗虎牙笑得快乐。他真是会创造机会快乐的人。

长假海岛之游，令明玉看出石天冬是个与苏家三个男人全然不同的人，完全不同于父亲的怯懦自私、明哲的阴柔迂腐、苏明成的无赖惫懒。石天冬也有别于柳青，没有柳青的精明，当然更没有柳青的帅气，但石天冬有宽阔的胸怀，更有，对她专一的感情。明玉已经感觉她越来越喜欢有石天冬的陪伴，越来越想听到石天冬的爽朗笑声，她觉得，那应该是恋爱的感觉。但，就是石天冬了吗？明玉举棋不定。想到家庭之可怕，想到未来之漫长，明玉实在不敢做出选择。

戒烟不易，明玉终于还是摸出老蒙扔给她的一支熊猫点燃，打开车窗悠闲地看石天冬玩篮球。想不出的事她就不想了，此刻就单纯看看石天冬，香烟也是有一口没一口地抽着，任它在车窗外明灭。可没想到，忽然有谁抽去了她手指间的香烟。她心头一紧，全身肌肉绷紧，又听车后“嘣”的一声，她这么重的车子也晃了几晃，显然是有人大力踢车，她本能地升上车窗，却隐隐约约看到一个熟悉身影，不是小蒙是谁？

她气得很想冲出车门拎了小蒙扇耳光，可只能隐忍。她又降下车窗，竭力以平静的声音跟小蒙说话：“阴魂不散啊，怎么又来了？”

小蒙一声口哨：“嚯，我就说你没人要，你这种人谁敢要，你孤单死了只好跑这儿偷看男人，而且还是流着口水偷看，连车都不敢下，怕人看见你这头女色狼。嚯，色狼，偷看男人。嚯，看中哪个肌肉男？我替你拉皮条。”

明玉哭笑不得，又点燃一支香烟，眼睛只管悠闲地看着场中的石天冬，嘴里吐出一个烟圈才与小蒙说话：“你看，左边那个场子，白背心、黑裤子的那个，挺黑的，看见没有？有种你把刚才的话跟他一字不差重复一遍。”

“他谁？噢，苏某某你不会贪我爸的财，贪这位兄弟的色吧？你真狠角色啊。”

明玉镇定自若：“这句话你也一字不落告诉他。”

小蒙看看场里的石天冬，不敢去，知道自己不是那个人的对手，而他更相信，苏明玉这样子正常跟他说话的时候，背后肯定隐藏着不可告人的阴谋。说不定就是要他自己送上门去挨那大汉的揍。可他怎么能就此认输，依然嘴上不干不净："人说缺啥补啥，你这排骨精看上人家肌肉男？说你色你还不认，做人不能假惺惺。给支烟。"

明玉扔一支烟给小蒙，看看手表，道："快十点了，你再不去他们该散了。要不给你一个借口，我车后有一箱水，你端去给他们喝。"

"你凭啥支使我？女色狼。"

"凭等会儿跟那人吃好吃的消夜，笨。食色性也，知不知道？"明玉跟小蒙说说话，就不生气了。见石天冬那边场上果然开始收拾着回家的样子，她犹豫了一下，还是决定自己找上门去，跟石天冬说几句话。小蒙见此跟发现新大陆似的，咦，排骨精找男朋友？奇闻大事啊，他非第一个知道不可。他再不记得捣乱，跟屁虫似的跟了过去。

明玉走过去与那些充当啦啦队的、已经见过一次面的女眷们打招呼。有人指着小蒙问："你弟弟？不说早来一会儿，大家一起玩。"

"这种贼眉鼠眼的哪是我弟弟，跟屁虫。"说着对后面跟来的小蒙道，"小蒙，这些都是你哥哥姐姐。嗯，那个是你石大哥。"

石天冬过来，看见明玉大为开心，两只眼睛哪里还能看到小蒙，只眉开眼笑对着明玉，两人小声说话。小蒙一边儿瞅着，心说苏某某好像还真与那个黑脸肌肉男有一腿的样子，重大新闻啊。那么看来，难道她真不是爹的二奶了？应该不是。看来是个女色狼。

明玉与石天冬说了好几句今天婚宴之类的事，才长手一把拎了小蒙衣襟，扯到面前给石天冬介绍："喏，我们蒙总儿子，缺管教的，以后你见面就教训，一点儿不用客气。"

石天冬怕明玉吃这种天不怕地不怕小衙内的亏，伸手拉开明玉的手，却将自己手中的篮球扔给小蒙，笑道："小蒙，帮我拿着，我擦把汗。"

小蒙以为石天冬帮他，又挺吃石天冬男人的那一套，心甘情愿地帮石天冬拿着球，可嘴里依然不干不净使劲儿吆喝："石大哥，你擦汗得转个身，别让有些女色狼得逞。女色狼刚刚流着口水偷看你半天啦。"

明玉一个人面对小蒙时还行，这会儿大家都听着，她就尴尬了，看到大伙儿都在笑，正想自嘲一句解围，旁边石天冬已经扇了小蒙一个后脑勺，道："吃什么醋，她不看我看谁？看你？再练个三年吧。"

小蒙偷鸡不着，又不敢在石天冬面前说"奸夫淫妇"，只好忍气吞声。明玉看着心说，这小子也有吃瘪的时候，看来对这小子的教育，武斗比文斗有效。

一队人离开体育馆就去消夜，又是一桌十几个人，大家吃得热闹。小蒙人来疯，说话喝酒拍桌打凳的，拉着人拼酒、猜拳、挨罚、起哄……样样儿都积极，还硬不要AA，非要由他来请客。众人都是侧目，明玉就说不要理这小子。石天冬实在看不下去，不得不出手扯住小蒙领子把他拎回来坐在身边，一只大掌牢牢镇压住小蒙。小蒙这才安静。小蒙只要不能动手动脚，他一张嘴就得挨明玉一顿好训，他想反唇相讥，却有石天冬的手掌落在他肩上，只得小规模地不三不四。

碍于那么多朋友在，石天冬虽然讨厌小蒙当着他的面毁谤明玉，可见到明玉不出声，他也不主动。但等席终人散，大家各自取车回家，他才找到小蒙，一把搭住小蒙的肩膀，拉到明玉面前，一点儿不客气地道："你向小苏道歉。"

"干吗？"小蒙吃惊，明玉也吃惊，一齐看向石天冬。尤其是小蒙，本来还挺仰慕高大壮实的石天冬，这下给兜头浇了盆冷水。

"你一晚上满嘴跑马，你说你爸我不管，你毁谤小苏我不干，你向小苏道歉。"

"我不道歉，她自找的，她自己明白。"小蒙知道自己不是石天冬的对手，见石天冬两手已经全部施压，他索性将自己的两手插进裤兜，一脸不反抗随便你打的样子。

明玉惊讶地看着石天冬，没想到他替她出头，心里又喜欢又好笑，她其实不在乎跟小蒙斗嘴。见小蒙双肩好像承受大力的样子，忙上前去掰石天冬的手臂："哎，你放手，小蒙还孩子呢，别跟他认真。"

"谁，谁孩子？"石天冬与小蒙竟然一齐不满，石天冬道："他还小孩？小孩能满嘴小流氓腔？苏明玉你走开，这是我跟小蒙的事，与你无关。"小蒙冲明玉道："对，你走开，我们男人的事你少管。你老子才小孩呢，你不招我，我能惹你？你不就是想拍我老爹马屁吗？不就是想替我老爹拉拢我吗？你倒不是小孩，你是小人。"

明玉听了倒是吃惊，她原以为小蒙不过是恶少一个，有钱不上进，仗势欺人，没想到他好像还另有想法。拍他老爹马屁是没错，为老蒙分忧解难本来就是她接手小蒙的初衷，但是帮老蒙拉拢小蒙，这怎么说？她想了想，还是大力掰开石天冬的手，可惜掰不开，一边对小蒙道："我干吗要替你爹拉拢你？我自己高中毕业后就与家庭脱离关系，比你只有更彻底。不信你问石天冬。你自家那点儿屁事自家处理去，你小没脑袋的爱靠谁靠谁，关我什么事。石天冬，放手，看来有误会。我跟小蒙才见面第一天，都没给他说话机会。"

石天冬这才放开小蒙，但还是警告一句："以后嘴巴放干净点儿。"

小蒙依然两手插在口袋里，吊儿郎当地斜睨着石天冬："我本来还敬你是条汉子，可你对马子低三下四，溜须拍马，真不是男人做得出来的事。"

石天冬不由笑道："你也配点评我？不过你临危不惧，倒是有点儿男人样儿。"

明玉一直看着小蒙思考，到这儿连忙插话："小蒙，说到男人样儿，你就是比我都比不上，更别说石天冬。石天冬从小丧父，母亲很快改嫁，他没被打击覆灭，自己养活自己，没怨谁，没堕落，如今是条响当当的汉子，还能保护我，他是不折不扣的男人。我呢，爹不亲娘不疼，高中毕业就被清理出家门，全靠双手养活自己，现在还能管你。你看看你，你爹妈虽然有矛盾，可都待你像宝贝疙瘩一样，你有啥可以闹的。别的家境顺畅的或者还没法说你，你在我们俩面前就别折腾了，你不就是父母吵架老爸花心吗？这点点小事跟我们两个怎么比？都是你爹妈钱给得多烧的，你这不是小孩子穷折腾是什么？还有，我跟自家爹妈关系都不愿理顺，我管你跟你爹妈怎么样，你少在我面前自作多情、胡思乱想。我俩面前，没你说话的份儿。石天冬，你送我回家吧，小毛孩子只不过一时想不开而已，别跟他计较。"她给石天冬使个眼色，推着石天冬走，石天冬有点儿身不由己。小蒙依然孤鸟似的手插裤兜里斜睨着两人，不过心里满是惊讶。

石天冬上车后就道："你还真大度。"

"放你身上你也大度，你只不过见不得我受委屈罢了，谢谢你帮我出气，我真高兴。不过小蒙不一样，他爸一手带大我，我对小蒙有责任。只好阻拦你了。"明玉想起石天冬粗钵大的拳头瞄准小蒙，心里就好笑，难怪当初威胁了苏明成后，朱丽吓得要上门求情。看看石天冬放离合器上的手，再看看自己的，对比很是强烈，心里很是想笑。

“好吧，不过你有委屈告诉我，你唱白脸我唱红脸，那小孩流里流气，有时还是得给点儿颜色。”

“对不起，我把你的过去翻出来教育他了。其实小蒙也挺可怜，他那家庭，我今天被他提醒才想到，他心里当然别扭。你不会怪我吧？”

石天冬抓紧机会看明玉一眼，笑道：“你说我该为你还记得我的旧事高兴呢，还是该为你拿我当正面教材教育小蒙高兴？你明早七点等着我，别吃早饭，我今天做了一些点心，很不错，我给你拿去。”

明玉微笑看着石天冬，他对她是真好。“我还惦记着这几天钓的那么多海鱼，你冰箱里放得下吗？”两人想起国庆长假，都是微笑爬上眼角。

第二天，明玉拎石天冬给的点心上班，原没指望看到早到的小蒙，没想到小蒙却侧着脑袋斜睨着她进总经理室的门。明玉笑笑，将点心扔进冰箱，照常上班，小蒙在不在外面一个样。

直到十来点钟，明玉才有空出去，见小蒙正打游戏打得热火朝天，他倒是真没捣乱。明玉拍拍小蒙肩膀，轻轻一声“进来”，自己先回办公室。小蒙斜睨着明玉走开，打算不理，可磨蹭会儿还是跟上了，进门，他就将门惊天动地地踢上。

明玉当昨晚什么都没发生，只抬抬眼皮，都没看到小蒙脸上，道：“拿把椅子坐我旁边来。我给你解释一下销售流程。”

小蒙依然双手插裤兜里，就是不动。但见明玉拿什么一动，身后只听“唰”一声，他回头一看，墙上露出一台液晶电视机。他心说这是干什么？还没等他想明白，画面上已经出现了中国地图。只见一个三角箭头在地图上移动，他回头看，果然看到明玉拿着鼠标在操作。

“看见了吗？地图粉红色部分，是我们产品已经覆盖了的省份。只有西藏我们没进入。但西藏铁路已通，哪天我得过去看看。”

小蒙不语，不过他站的位置离电视机太近，眼睛晃得难受，不得不退后再退后，可就是拒绝听话地拿把凳子坐明玉身边去。

“地图上那些深蓝的点，是与我们公司产品相同又有一定规模的公司。我们公司的大本营靠海，基本处于全国市场的交通边缘。你爸今年夏天新买的工厂在武汉，你明白他的意图了吗？我把总公司与柳青现在管的武汉公司作为椭圆的两个圆点，画一个椭圆，你看看里面包括了几个竞争对手？我们两个原点互相呼应，你看出有什么好处了吗？这是第一课：市场。结束。”

小蒙才刚听得云里雾里的，却一下来了个结束，他立刻回头瞪住明玉：“太水了吧。”

明玉把台式电脑和键盘鼠标给他，不客气地道：“我把疑问抛给你，后面你自习。资料都可以从地图点进去，也可以拉下来从图表进去。你自己对照着我给你的问题看资料领会吧。别告诉我你少年痴呆症，三个问题没记住。也别告诉我，这么傻的程序你不会操作，你只会打游戏。如果你真白痴，你也不用从实招来，这儿还有一盘石天冬去西藏玩拍的光盘，只要你一整天都看光盘，我就默认你是白痴。”

“靠，死也不会跟你说，死也不看光盘。”

“就知道打死你也不会说，即使是白痴也不说。你慢慢看吧，十二点下班，你回家吃了东西去看篮球，老地方，石天冬他们几个跟人对抗呢。”明玉说完，去冰箱取出一块蓝莓软曲奇，美滋美味地享受，才不理已经饿了的小蒙饿狼一般的眼睛。小蒙当然也不是吃素的，自己冲过去挑了个起司蛋糕，三两口地就没了。明玉看见“啧啧”道，“你这种吃相，吃出什么味道没有？石天冬看见你这么吃他的作品，得吐血了。”

“啥？石大哥做的？他还会做这个？你跟石大哥到底什么关系？”

“狼狈为奸！昨天刚缔结攻守同盟，专门对付你。”

“奸夫淫妇吧。我吃。”小蒙说完又冲去吃冰箱里的糕点。

明玉有点儿心疼地看着，不得不摇头道：“吃相像猪，不知道脑袋像不像猪。”

“你才是猪。”

“事实早已证明一条真理，我的脑袋不是猪脑。与真理作对的人，必定拥有猪脑。思维决定你的归属，拥有猪脑的人肯定是猪。原来你真是猪。”明玉说着起身，拿了手提电脑离桌，“我预算给你的二十分钟用完了，现在我要去开会，你跟不跟？”

“不……”小蒙被明玉骂得逆反，刚想拒绝，忽然想到昨大她也是激怒他之后让他自觉说出不跟去开会，忙改口，“一起去。”说完得逞似的笑。

明玉站门口，笑眯眯地道："小花猫，把嘴巴边的饼屑抹了，上班时间偷吃要擦干净嘴巴哦。"

"靠。"小蒙气得扑上去，明玉早打开门笑着溜了。众人只看到小蒙竟然与苏总相处融洽，打打闹闹，大惊。

其实这种地区业务研讨会小蒙一窍不通，会上说的客户名都是简称，他们说得顺溜，小蒙听着迷糊。但他只要嫌烦想动了，身边就伸出一只手压住他的肩膀，他只好被迫稳坐听着，最多肩膀一斜，把肩膀上的手卸了。终于，半个小时的会议结束，他跳起来先明玉一步跳进明玉的办公室。明玉跟进来，将小蒙拖到电脑地图前，点开一个省份，出现的是一长串的表单，明玉让小蒙好好地看，对比刚刚开会的结果，看能不能懂一点儿，如果一点儿不懂，说明真是猪脑。小蒙发现自己被明玉不真不假玩得真像猪脑一样，也不知他今天参加会议是不是正中这个狡猾女人的下怀，他满脑子都是疑问，反而使不出坏来，最多火大了踢一脚桌子，得意地看着桌对面的明玉被惊，才终于有点儿心理平衡。

可是，他下午没法去看石天冬的篮球赛，他妈肚子疼进医院了。明玉看小蒙离开，觉得挺可惜的，本来今天已经把小蒙锻造得稍微有型了，终于哄喝骗拐地引出他工作的兴趣，估计小蒙被蒙家母老虎教育一下午，得一觉回到解放前。

但无论如何，敌进我退，敌退我进，小蒙总算在消除对她的敌意，慢慢肯听她的话。

一个长假，明成眼睛血红地盯着电脑，从网上找了很多生意信息，源源不断地发回复出去。他想将事情做好，他不再耍小聪明，所有发出联络的信息都登载到office文件里，有无回音，何时何地，一清二楚。如今他单枪匹马，又与以往有所不同。

他暗嘲自己，他与那些发小广告、发骗子短信的人快差不多了。起码在数量上，基本可以等量齐观。

这几天他哪里都没去，吃饭也只是下楼去拎只饭盒上来，顺便带垃圾下去，他几乎没什么垃圾，除了饭盒与烟蒂。单身公寓周围的生活非常方便，比原来在家的时候方便。他都没考虑置冰箱微波炉。

他那么多鞋子衣服里面，这几天穿得最多的是睡衣和拖鞋。唯一的娱乐，就是上网打个游戏，更新一下博客。反正博客上面，他用的是假名，犹如人戴着面具，什么都可以写，没人知道他是谁，他不是名人，即使有人跟踪追击找上来，也肯定会为他的平凡失望。他尽可以在博上作惊人之语。

他把买车，为什么买凯悦HRV：买电脑，为什么买苹果小白，都细细在博客写出。他现在没人说话，写博，就像是与冥冥之中的妈妈说话，他需要有地方倾诉。他没把博客告诉大哥。就让他秘密到底吧。

他工作之余做大的乐趣，是去瞄一眼博客上的计数器，看到数字又有变化，他就暗暗欢喜。如果数字增加得快，他就跟捡来便宜似的。

节日过了，他开始四处奔波，于是他博客里面的内容也图文并茂起来，有落叶镶遍的山野小径，有夕阳余晖最后的金黄，有趣味偶遇，有小小体会。十月十一日，他写吃，写的是与客户在山旮野店里吃的比白鸽没大多少的草鸡，他写到久违的漂着金黄鸡油的鸡汤、久违的咬不动的鸡筋、久违的没长大的鸡蛋串，没想到竟引来第一个跟帖。跟帖的跟着他一起流口水。令明成感受到极大的乐趣和满足。

而后，他博客后面的跟帖越来越多。每天的点击量也成百上升。他心里好快活。博客简直成了他离婚、失业后的第二缕阳光——第一缕是大哥。

四十

父亲的挂号信

苏大强以前不大愿意参加学校或者区里组织的退休教师活动，因为他其实只是个校工，而不是真正的教师。真正的教师因为一辈子的职业缘故，大多有洪亮的嗓门，而他只会低低地笑，他总感觉自己低人一等。但是因为老教师坐在一起，尤其是语文老师坐在一起，常讨论起文学的事，他很感兴趣，于是开会就积极了。

10月下旬，学校组织退休教师看红叶，他本来想不参加的，没想到会议快结束时，一个常在报纸上发表文章、有学生在市晚报工作的退休语文教师冯老师提议，看红叶后每人交一篇文章，由他推荐给晚报。苏大强一下看到光明。他都不知道往哪个门投稿呢。回家后他天天等游览的日子到来，计算着日子买了四只橘子、一包饼干，用明哲扔下的旧矿泉水瓶装了两瓶水，一天清晨跟着大队人马出发了。

苏大强从来不知道旅游可以这么快乐。他每天锻炼，腿脚利索，总是可以紧紧跟在年轻的导游身边，听导游娓娓动人的解说。

虽然苏大强没有机会动用他包里的食物，因为组织活动的老师非常周到，买了充足的水和零食，烧烤的内容也丰富多样，但是他背的深蓝色帆布包还是成了旅游车上一时的话题。他听一个老英语教师读出他包上的英语，就得意扬扬地回答，这是他大儿子出国读博士的学校。但他没想到，车上老教帅的儿女们多有出国留学的，明哲的博士并不稀罕，只在他被一个一个地问到最后问到了明玉，才有人对他表示羡慕。苏大强没想到竟然是明玉为他撑起门面。

但是人家问他怎么享女儿福，他却没头脑，可他好不容易获得被羡慕的机会，忙将明玉说的名下房子随他挑爱住哪儿住哪儿其中一幢还是海边别墅啊，明玉开车带他买衣服啊，他的旧家具都塞在明玉车库啊之类的事情说了出来，仿佛明玉对他多百依百顺似的，把明哲的有些孝敬也安到明玉头上，比如保姆费、每月一千元的零用钱等，都变成了由明玉出钱。老师们以前都几乎不了解苏大强，听了还真信，还都说养儿不如养女，女儿才会体贴。

苏大强听了不知什么滋味，听着大伙儿都说明玉肯定有多少多少钱，他没头绪，他说不出来的时候就谦和地笑，大家都不好意思问他了。他心里就想，明玉真有那么多钱？天哪，他一辈子都没想到过。但是他敢斗胆问明玉要一分钱吗？不敢。他很有自知之明。

苏大强回到家里就投入了热情的创作。为了冯老师的提议，他几乎把电脑前的椅子坐穿。最终，他写出一篇文字非常华美的散文，虽然看了之后未必能与他游览的地方对号入座，可是，小小一篇散文，几乎就是一餐小小的文字盛宴，一千多字里面，几乎电光声色全齐了。他读给蔡根花听的时候，蔡根花脸上露出“一窍不通”四个字。他觉得很好，这才说明阳春白雪。

苏大强写好之后，独个儿破天荒地骑车二十分钟，将打印得漂漂亮亮的文稿交到冯老师手里，冯老师这个语文老师一看赞了一声好，没多久就将文章交给他报社的学生。苏大强从冯老师家出来后就日盼夜盼，每天傍晚都要出去买一份晚报来看。才不到一周，他如此应景的文章就在秋韵专版里登出来了。他心里这个美啊，拿着报纸坐在窗前美滋滋地看，一直看到天暗，才忽然想起还得多买几份存着分人。忙拉上蔡根花，骑着小三轮出去，将报摊上最后的六份报纸全要了。他从没觉得自己如此伟大过。

一份报纸当然得留给明哲，一份留给明成，这些都可以等明哲来的时候交接。而此时，他重新审视明玉，觉得明玉的那份一定得给，让明玉这样的人知道比什么都要紧。但他不知道该怎么送，自己去？那么大公司，他哪里敢去？可是叫明哲捎去，他又觉得动静小了点儿，于是心生一计，去到明玉公司的门口，将地址抄来，然后一封挂号信将报纸寄到明玉公司。信封封面用毛笔写“苏明玉 女 收，父 苏大

强 缄”，信封背面写，“内有父文章，勿折”。再有一份，他又骑车二十分钟，送去冯老师家里，还特意在路边花了八元钱买了两枝桃红柳绿的绢花送给冯老师，说是投桃报李。与花和报纸一起送去的，是他认为最得意的两篇读书心得。他虽然写得少，但他一辈子看的文章多，知道什么文章好，什么文章坏，他认为自己这两篇读书心得好，才交给冯老师看。冯老师果然又说好，答应继续推荐给以前的学生。于是，苏大强回到家里，索性订了一份晚报。虽然稿费还没到手，可他却已经花了很多钱出去，而且还明显是入不敷出。不过，他觉得这钱花得值，老年人就是该拥有自己丰富的精神生活。

自此之后，苏大强再去参加退休教师会议，就有点儿底气了。文人气虽然并不是太美丽的名词，却是可以壮底气的一股气。

明玉公司的接待员收到来自苏总父亲如此有古风的一封挂号信，不敢怠慢，立刻送到明玉手中。明玉看了莫名地惊诧，不知道父亲搞什么鬼，在拆与不拆之间徘徊良久，才决定拆。打开，却没别的墨宝，只看到一份过期的晚报，她大致翻看一下，终于在文艺版找到父亲的文章。一看之下，立刻惊呼一声“大器晚成”，难怪老头子要玩这一手，轰轰烈烈地寄一封怪信过来，原来是为了炫耀。

看完之后，明玉又在碎纸机与储藏柜之间站了一会儿，最后还是没将报纸扔进碎纸机，与信封一起，放进储藏柜。

她还没起身，小蒙一头撞了进来，好好一个人，好好的名牌西装，穿到他身上就是歪脖子歪眼，但小蒙说明玉审美落后，送给明玉几张周星星电影的VCD学习，明玉才知道他穿衣服模仿了周星星，也从小蒙的言行举止中看出周星星的痕迹，可是，小蒙笨嘴笨舌，说话怎么也学不来周星星。倒是明玉几张碟片看下来，可以冲着小蒙伸长手臂转着手掌模仿上好几句，令小蒙叹为观止。从此叫明玉苏星星。

小蒙进门就问：“苏星星，听说你收到一封怪信，还是毛笔写的信封。”

明玉知道小蒙不达目的不会罢休，只得将信拿出来交给小蒙：“第四版，一个叫苏大强的写的文章，你看看。”

小蒙一看信封，就大笑道：“这叫作‘此地无银三百两’，干吗不大大方方写上信中有我登在报上的文章呢？”

"只有你这种匪人才会那么露骨。遮遮掩掩才叫文人，懂吗？天又不热，怎么又一头汗？"

"这是雨，大姐。屁都不懂还当总经理。"

明玉不去理他，做自己的事。小蒙看完，一脸迷惘，但怕自己那么差的语文在明玉面前露怯，又遭明玉周星星式的嘲讽，便将报纸草草塞进信封，闷声不响地钻出门去。明玉看着好笑，今天太忙，没时间特意叫小蒙进来寻开心，只好放他一马。小蒙一个月下来，依然口无遮拦乱顶撞，不过明玉教他的课程肯听，上班时间不吵别人，跑腿工作做得不错，明玉也就睁一只眼闭一只眼：野人能穿衣服已是进步，识字还得徐徐图之。

石天冬心疼明玉的瘦，闲时总是做出花色点心诱惑明玉多吃。明玉哪里都吃得完，被小蒙揩了不少油，但还是有余。中午，携石天冬做的点心去朱丽的事务所。

朱丽并没将离婚的事与同事说起，她不愿意。她自己都还没给自己的猝然离婚定性，也不愿意回想那段压抑至疯狂的时光，更不愿意面对世俗人对离婚者的安慰。但是明成不再上门是明摆着的事，明成太常上门，所以一下不上门，朱丽心虚同事们会看出什么破绽在背后议论。幸好，前几天明玉中午找上来，拎来美丽又美味的点心。

朱丽不知道明玉带点心来做什么，可在外人看来，一个是嫂子，一个是小姑，一家人。朱丽正需要外人的这种误解，她非常欢迎明玉上门。明玉只知道朱丽欢迎她上门，其他的也没多想，她还担心朱丽嫌她是苏家人，从此避而不见。也不知为什么，朱丽与苏明成离婚，令明玉更认清朱丽的为人，明玉总觉得欠了朱丽什么，以前对朱丽言语太过火，对不起朱丽的时候多，她想要弥补。两人就这么心照不宣地混在了一起。

朱丽请明玉在事务所楼下安静优雅的日本餐馆就餐，可明玉并不喜欢日本菜，比如寿司、生鱼片等，她总觉得日本菜煮熟后用手摆布的机会太多，不知摆布的手干不干净，不知摆布的手会不会出黏糊糊的手汗，想起来就恶心。她只好霸占了天妇罗。

朱丽再美丽温婉，可明玉本质好歹也是女人，对着朱丽不会激素过量而滔滔不绝，再说两人之间横亘着太多不愉快的过去必须避免涉及。但是难不倒明玉，她可以请教朱丽很多财务税务问题，尤其是税务的问题，朱丽也正好与明玉讨论实务，讨论那些实际操作中公司财务做的小手。两人都是对工作精益求精的人，吃饭时严肃地谈这些，她们以为这已经是娱乐。不过明玉提起她报名跳弗拉明戈舞的事，说是有人向她推荐瑜伽，她现场去看了却觉得弗拉明戈舞更好，建议朱丽也可以抽时间去锻炼。朱丽告诉明玉，她早N年就已经在练了，只不过她练瑜伽，她嘲笑明玉这种表面看似冷静的人却选择热烈奔放的弗拉明戈舞，可见是闷骚。明玉倒是觉得有理。细说起来，两人锻炼的地方竟是同一家。

以后锻炼遇到天气不好的时候，明玉会体贴地打一个电话给朱丽问需不需要送她回家，两人就这么稀里糊涂恢复邦交了。于是两人常和其他练友一起吃饭，她们没提起互相是什么关系，别人以为她们是年龄相仿的朋友。两人的工作地点接近，有时朱丽一个电话叫上明玉一起血拼，明玉这个审美有问题的人这下有了生活指导，穿衣档次不知提高多少倍。

明玉今天中午提点心来，一见朱丽又要去日本餐馆，她连忙谢绝，拉朱丽到石天冬推荐的一家粤菜馆。明玉总觉得朱丽欲言又止，坐下就道："朱丽，有什么话直说吧，即使是苏家的事。"

朱丽苦笑："问题是我也不想知道也不想说，可偏偏被我知道了。昨天锻炼后你不是匆匆赴你的饭局了吗，我与他们几个一起吃饭。他们问起你与苏明成是不是一家人，长得有点儿像，名字也有两个字相同。我说不知道，他们两个做外贸的就无所顾忌地八卦上了。"

明玉狐疑地摸摸自己的脸："我像苏明成？"

"我看着也不像。我不知道他们几个怎么得出结论的，或许旁观者清。"朱丽以前还常以为明玉是苏家的怪胎。

明玉嘀咕："好歹是一个娘胎里爬出来的，真郁闷。苏明成找上新人了？"

朱丽哭笑不得："你更离奇。不是，他倒霉透顶，我昨天听着不是滋味。离婚不是房屋归我，我给他一笔房价折算款吗？我本来以为他会用这些钱先还了他在各方面的欠债。昨天才知道，他竟然没还欠他前部门周经理的十万块，反而拿钱买了一辆新车。他如果真没钱倒也罢了，可他开着新车进进出出，大家是一个圈子的人，这无疑是在周经理的脸上扇一巴掌。这样，本来的经济纠纷上升到斗气，到现在，苏明成已经被迫离职，而周经理则跳出原本窝在公司里的矛盾，公然在业内扬言，她与苏明成势不两立，谁帮苏明成就是与她作对，她将不惜代价对付苏明成。所以苏明成离职后事业刚刚有点儿起色，就又被掐头了。”

明玉听了奇道：“怎么有人善于把阶级斗争扩大化啊。”

朱丽一想，可不是，都是明成自己把问题搞僵的，她不得不承认，她恨的也是明成这一点，脑袋不知怎么想的，不知道妥协，不知道软化，以为别人都像她妈那么好说话吗？她将明成与周经理矛盾的来龙去脉与明玉说了一下。“这种僵局，都已经上升到斗气了，关系到面子问题，周经理哪里肯放手，某些人完了。昨晚两个外贸公司的女孩都在猜测，如果你真是苏明成的姐妹，你会不会见不得自己兄弟被欺负，忍不住出手。”

“我？”明玉愣了一下，看看朱丽，不得不叹息一声，“朱丽，你是好人。”

朱丽低头叹息：“没听见倒也罢了，既然知道了……”朱丽没说下去，她想到了离婚那天明成受伤的头，更想起再遭封杀的苏明成这几天怎么过活。她犹豫了一下，才吞吞吐吐地道，“我昨天最后向他们说了，你和某人正是兄妹关系。”

明玉听了只会笑，不出所料，其实她在看出朱丽为明成担心的时候，已经想到朱丽会出这一招。但她还是笑道：“我和他们又不在同一个行业，你别指望我能成虎皮大旗。你是病急乱投医了。”

“我只是想，你们的关系肯定会传到周经理耳朵里去，希望她能有所收敛。”朱丽一脸沮丧，她理智上根本不想帮，可是昨晚她就是那么冲动地帮忙了。既然已经说出口，那就不能对明玉隐瞒。“也不知某人会不会从这件事上吸取一些教训。对不起，明玉，又扯上你。”

明玉只有无奈地道：“别人扯上我我反对，你扯上我我没办法。不过我怀疑没用，欠钱还是小事，斗气是大事，周经理话已出口，大伙儿都盯着她行动呢，她骑虎难下。再说周经理是个女的，女人大多气量小一点儿。”

“离婚前，他已经想过转行，可是三十多岁的人转行，哪那么容易。”

明玉婉转提醒：“朱丽，他已经不是你的责任，而且他是成年人。”

“我知道，所以我都不能跟爸妈说。对不起，明玉。”

明玉笑笑，并没太在意。有名头可以给人扯虎皮大旗，总是好事，总比没名没气的强，可她来不及答话，她的电话又处于忙碌状态。

朱丽吃饭不是很有心情，昨晚还希望扛明玉的名头出去，周经理好歹能稍微不看僧面看佛面一下，今天听明玉一说，也觉得用场不大。虽说苏明成的事与她无关，可她没法安心。

朱丽饭后打车去一家公司。经过全市最大的开放公园的时候，看到一个极其熟悉的背影。这背影明显瘦了。虽然朱丽知道明成已经是自由职业者，可大白天上班时间看到明成一个人在公园踽踽独行，联想到昨晚听两个做外贸女孩说起的事，明成现在的心情可想而知。这是离婚后朱丽第一次看见明成，看到的却又是明成最气馁的时候，朱丽的眼圈红了。可她终究是没有叫停出租车，她只是一直贴着车窗看着，一直到看不见。她何尝不知道明成已经不是她的责任，她何尝不知道明成是成年人，而且她还恨明成为什么不先还了周经理的钱，而是非要充阔贪享受买什么新车，她恨明成再一次无知地惹下更大的祸，可是，她不能左右自己的情感。她对自己无能为力，对明成更无能为力。

明成怎么也不会想到，朱丽的眼泪在为他而流。如果知道，他只有更添压力。他这两天郁闷异常，原以为已经逃离周经理的魔掌，通过自己的努力争取新的生机，没想到周经理在一周前来电问他讨债无果后豁出去了。周经理说，即使赔出这辈子赚的身家，也要把他搞垮搞臭，这十万元欠债，她就算是送给苏明成做搬离本省本市的安家费。周经理动用了一切可以动用的人脉和力量。

正因为周经理是公然放风，大家的眼睛都盯着周经理的行动，明成知道，周经理不可能再放手。周经理是破釜沉舟。

给明成挂靠的朋友仁至义尽，前晚约几个朋友出面与周经理谈了一下，可周经理是豁出去了。明成的朋友毕竟只是一般的朋友，不可能替明成承担来自周经理的不理性压力，回来就请明成退出。没有资金，没有挂靠，明成还做什么生意，他好不容易搭上的老外客户又得泡汤。他简直是焦头烂额，他已经考虑着要不要放下面子向周经理投降。

他今天考虑的是，他投降，可是周经理能接受他的投降吗？万一周经理不肯见好就收，与他死杠到底，他不是白投降又丢脸吗？

投降，还有一种可能，就是周经理见好就收，但是不投降，那就只有离省。世界很大，其实也很小，尤其是一个省的圈子。可问题是，他还有资本要面子吗？他现在没有固定工资，没有业务就是没有收入。不向周经理投降，他下个月的房租、物业费、水电费、汽油费、邮电通信费，这些都从哪儿出？

除非他卖车。

如果向周经理投降，那得把十万还了，他只能卖车筹款。如果不向周经理投降，他的生活费似乎也只能是卖车得钱。那些原本高价买来的衣服鞋子，现在卖掉只能当作废品。而电脑，电脑上网现在已经是他唯一的精神寄托，他怎么可以卖。

投降吗？要投降吗？必须投降吗？

周经理欺人太甚。这都还没到约定还钱的日子。只要让他好好赚钱，到期他怎么可能违背法律不还钱？她何必损人不利己？

这世道也太现实。这世道竟然没有讲理的地方，只有强权可以横行霸道。

他憋着一股气回家，打开电脑，将一腔子的愤怒不平全敲进键盘，发上各大热门网站和他的博客。题目很耸人听闻，论调则是他大学时几乎倒背如流的尼采风格。《作为既得利益者——我为什么要考虑穷人的死活》《作为既得利益者——和平年代，金钱才是硬道理》，等等。他的笔调一反他平日的作风，异常犀利泼辣，而他的论点论据，则稍偏极端，可铿锵有力，令读者耳目一新，不由自主地被煽动。他的文章一发上去，立即获得网友追捧，也招致无数叫骂。明成正在气头上，面对叫骂，他一篇一篇地还击，论调异常辛辣。一时，他的博客客流量大增，网站把他放上首页。

虚拟世界的盘肠大战，成了明成最好的安慰剂，虚拟世界的硝烟战场，让明成暂时忘却现实世界的烦恼。他除了吃饭睡觉——不，是不得不吃饭睡觉补充体力——他足不出户，两条手臂几乎麻痹，只有脑袋异常亢奋，几天时间，他写出刀剑般锋利的九篇文章和无数争论。

可这一切都是虚拟的。这几天里，离下月付房租的日期越来越近，吃饭喝水又让手中的钱消失几张，而周经理对他的迫害不知已经走到什么地步。

他头顶是苍蝇般密集的炸弹，他顶着一顶破帽子当没看见。

只有朱丽着急。明哲远在上海，明成电话里粉饰太平，他就以为平安无事。只有朱丽，可是朱丽没有办法。

朱丽通过同学找到周经理，周经理给朱丽的同学一句话，钱不要了，事情没商量。

周六下午跳操后大家又在一起喝咖啡，明玉在，朱丽也在。朱丽忍不住轻轻问做外贸的练友明成与周经理的争斗到什么地步，练友看看明玉，还以为是明玉不好意思问，让朱丽代问，就有意用大家都听得见的声音说，苏明成一败涂地，大家都说有好多天没有见他了。

朱丽吓得脸都黄了。明玉看在眼里，只得拉朱丽先结账离席。众人看着都奇怪，明明应该是苏明玉担心的，她却满脸的若无其事，怎么变成是苏明玉的朋友更担心了呢？

朱丽被明玉拉到车上，怔怔坐下，忽然说："他会出事的。"

明玉也有这感觉。一个一辈子顺风顺水身受太多关爱的人，在如此压迫之下，好几天没有露面，很可能出事，而且是出大事。但她没说话，只是问朱丽拿来手机，给明哲发去一个短信，用朱丽的名义，问明成住哪儿。

很快，明哲回了短信，可见明哲并不知道这儿发生了什么。

拿到地址，两人都是沉默，都在心底清算前账。但朱丽很快就道："明玉，我去看一趟，我不放心。对不起，我没骨气。"说着，朱丽准备起身下车，明玉没说，只是将门锁上，不让朱丽下去。她叹了口气，将车开去明成所住的单身公寓。明玉心想，她也很没骨气。

一起站到明成的公寓门前，两人又是对视，但明玉走了，走之前无声示意朱丽该捂住猫儿眼。因为明玉知道，如果明成活着，看到外面的前妻，以他现在的落魄，绝无开门的可能。

很快，在一声嘶哑的"谁啊"之后，门给猛地打开了。屋里屋外两个人都呆住。没等朱丽看清楚里面明成的脸，门就被重重合上。里面一片寂静。而朱丽知道，明成再不会开门。

活着！可不好。

朱丽默默走下楼去，都没坐电梯，一路回想惊鸿一瞥的明成的脸。这还是她熟悉的那张脸吗？以前的婴儿肥哪儿去了？以前的白里透红哪儿去了？以前没心没肺的阳光笑脸哪儿去了？她看到的是一张被胡子模糊掉的脸，苍白而亢奋。

坐上明玉的车，朱丽开始啜泣。她恨，可她不能不为明成难过。明玉听了发了会儿呆，想打电话给明哲，要明哲过来处理，但最终没拿起电话。明哲来能做什么？现在的情况，明哲一个离乡多年的人回来，即使还钱给周经理，也未必有用。

除非她出手出力帮忙。但是，她不甘。

她气愤地想到，周经理不也是一个女人吗？苏明成扯住她头发扇耳光的勇气哪儿去了？为什么不干脆闹个鱼死网破，即使最后背井离乡，也要给周经理一个好看呢？原来不过是个窝里横。

想起她那夜无望地挨打，她心头又是火焰万丈。再加上苏明成完好无损地活得好好的，她原本的担心烟消云散。她看了啜泣的朱丽一眼，不由分说，开车将朱丽送回她父母家。她在朱丽下车的时候告诉朱丽，苏明成既然好好地活着，他就应该为他自己的生活负责。

明成等朱丽走后，冲到窗口张望。他只看到朱丽坐进一辆宝马7系的豪华车，他不知道这是明玉的新车，一时呆了。是，朱丽，多少人爱朱丽，他哪里配朱丽。他更绝望了。

明玉心里很矛盾，不愿去想，可眼前时时浮现苏明成据说不成人样儿的脸，交叠出现的，是她被打倒在地上时，看到的路灯阴影下苏明成狰狞的脸。她一次次地回味那张路灯下的脸，渐渐冷了心。

她送走朱丽，恶向胆边生，打电话给小蒙："出来，到公司，上课。"

小蒙当然反抗："老大，现在是八小时以外，你无权支配。"

"谁说八小时以外不用上课？课外补习、兴趣班、辅导班，都是上课。过来，敢不来周一大棒伺候。"

"老大，做人要厚道。我现在过不去，我在离城半小时的地方，现在就是回来也已经是吃饭时间。我明天来伺候您老人家行不行？今天是我上班满月，朋友们为我庆祝。"

"你上班满月早过了。"不过明玉却已经想到，被她管住不得不上班的小蒙肯定被他的小朋友们耻笑了，因此小蒙可能不得不用请客摆平，"你开车没有？"

"没开。"

"你会没开？酒后不许驾车，酒后不许闯祸，答应我。"

“是，大妈，你烦不烦。要不你过来管着我？可惜我们吃的是大排档，你嫌脏。”

明玉这才终于放过小蒙，去找石天冬晦气。但到了石天冬窝里，闹不起来，她不好意思闹，石天冬又对她宽容，两人又是各自对着一台电脑，安静做自己的事。石天冬说都跟老夫老妻一样，挨了明玉一声啐。

明哲终于可以一年一度地回美国。他归心似箭。周五获得确切消息，周六赶紧交接了工作，周日准备回家跟父亲和弟弟告个别，周一的飞机起飞。

他越来越有危机感，原本最喜欢他抱的宝宝，现在电话里需要吴非做很多思想工作才马马虎虎叫一声“爸爸”，叫完立刻就跑去玩。而吴非的工作很出色，当然，她本来就是因为好脑子才到美国留学的。吴非越来越自信，越来越独立。家里很多事，她都一个人拿主意做了，不需要他帮忙提供意见。他觉得自己在家中的男主人地位岌岌可危。当他越来越不被需要的时候，会发生什么事？拿脚指头想都知道。

他一天都不能拖，必须以最快时间回美国。

他不知道朱丽来短信问明成的地址干什么，但想到两人分开的原因，并不是太苦大仇深，或许……见面是有好处的。他给明成打电话，想跟明成说他周一准备回美国，今天收拾行李，明天回家看一趟，一起吃午饭，但没人接。他只好发短信给明成，希望明成回到手机身边时能看到短信。晚上打明成手机，还是没接，但收到明成回的短信，说他正出差。明哲只能作罢。但明哲隐隐有丝怀疑。

周日一大早，天几乎还没全亮，明哲就起床去高速客运站。早早到了父亲家，却见只有父亲一个人。原来蔡根花回家看儿子去了，据说蔡根花儿子今天带女朋友上门。苏大强看见明哲回来，得意扬扬地给明哲看他登在晚报上面的文章，明哲自然是赞叹一番，不等父亲说，主动要求拿一份报纸去美国，给吴非他们也看看。苏大强自然叫好。

明哲不放心明成，过去明成的公寓看一下，敲门没人应。看来是他多疑，他这才作罢。带着一丝没见到明成的遗憾，他回去上海，周一，兴奋地起飞。

蔡根花周日下午很晚才回来，一回来就眉开眼笑地进厨房洗菜做饭。苏大强看见她简直比看到儿子明哲还高兴。可蔡根花却笑眯眯地给苏大强带来一个晴天霹雳，说她儿子已经找到女朋友并同居，而且很快就要结婚，她准备不干保姆了，回家伺候媳妇生子，换取未来媳妇伺候她终老。苏大强一听就急了，蔡根花怎么可以走，她走了，他到哪儿找这么好的人。他回避到客厅里。可是，再回避，蔡根花还是要离开，怎么办？他怎么能离开蔡根花？怎么办？

苏大强悄悄打电话给正在回上海路上的明哲，告诉明哲蔡根花明年可能不做的事。明哲觉得这又不是什么大事，不做就不做，到时再找一个人。苏大强说不行，他怕别人，只有蔡根花他才不怕。明哲知道父亲胆小，怀疑蔡根花可能是要挟想涨工资，就跟父亲说等他春节后从美国回来再来处理。

苏大强无奈放下电话，但蔡根花要走的事，成了他的心病。

四十一

你以后有我

冷空气一阵接着一阵地南下，天气迅速地冷了下来。不过苏大强觉得现在的房子比原来的一室一厅温暖得多。苏大强更怀念明成家的温暖，空调多强劲，空气多香甜，可怕的电费又不用他来考虑。

但才想到明成，明成就来敲门。看见瘦了整一圈的明成，苏大强惊呆了。他害怕，他本来就怕明成，现在更怕苍白消瘦、眼睛略微深陷的明成。这双微陷的眼睛，与去世老婆的真像。他刻意避开明成的眼睛。

明成也在回避屋里两个人的眼睛，他心虚，他惭愧，但装作若无其事地对蔡根花道："你把你房间的铺盖卷了，我立刻搬进来住。"说话的时候明成没有抬眼，好像是不把蔡根花放在眼里的样子。

苏大强惊呆了，蔡根花也惊呆了，一起愣愣地看着明成。明成却已经转身下楼去。没等两个人反应过来，他已经抱着两条被子进来，看见两人都没动静，他把被子往边上一放，将客厅的弹簧床打开，将客卧床上蔡根花的铺盖卷了，放弹簧床上。然后他又出去，走出去前，用凳子将门倚住，免得被风关上。他口袋中有限的钱，已经不够支付房租和物业费，他只能搬家，他无处可去，只有搬到父亲家。这里是他唯一似乎理所当然可以回来的地方。可是他也知道回来意味着什么，他在外面活不下去了。

明成的东西非常多，主要还是衣服鞋子。占了原本属于蔡根花用的衣橱还不够，还得占用苏大强的。这些，大多是奢侈品，或许在别人眼里都可以丢弃，可是，明成如今保命一样地留住它们。他现在已经无可倚仗，只有靠这些，才能显得自己与庸碌大众有所不同。他因此不愿意卖车，他将为车子坚持到最后一刻，他为此宁愿搬到父亲家住。车子，是他最后的面子。

苏大强在一边看着悲愤地想，凭什么，明成凭什么大摇大摆说搬进来就搬进来？而他住明成家就得像做贼？可是，苏大强不敢问。明成也没给他机会问。只要不是吃饭的时候，他都闷在自己房间里，唯有从门缝下面飘出一缕一缕的香烟味儿。苏大强想向明哲告状，可明哲刚回家，忙得要命，暂时顾不上他，没来电话。苏大强自然是不舍得那国际长途费。

明成在屋里的时候就是闷着上网，什么都看。看累了，就写一篇激情洋溢的文章扔上博客。他现在已经不用去各大网站发文，网友已经会自己找到他的博客去支持或吵架。他甚至都不用再找题材，自有人在后面跟帖问他对某某问题是什么看法。只有在网上，他才有精神上的满足，网上不用考虑柴米油盐，网上他是权威。他沉溺于网络。

可是苏大强家的饭菜不好，只管吃饱。隔几天，明成肚子里油水耗尽，不得不带着一身烟味儿出去觅食。天冷了，不再有摆在人行道上的快餐，而那些小店的里面实在太脏，他无法凑合。可太好的店，他的钱包无法凑合。他寻找再三，才找到一家稍微像样的，他记得，好像这家店在网上有点儿名气，说是物美价廉。

他点了几个浓油赤酱的菜，他现在的胃呼唤这种没档次的菜。

而后，他又要了两瓶啤酒。环顾小店，已经坐满。一桌是一大帮小瘪三，大呼小叫地说话，一桌是几个工人阶级似的人，天然的大嗓门，小小的店堂挤得人都不能起身，大家几乎背靠背地坐，鸡犬之声相闻。他被挤在一角。

满屋子的烟酒臭味。而半年以前，他只进最高档的饭店。落差，什么叫落差，谁能相信网络上的闻人居然会挤在这样的小地方吃最廉价的菜、喝最廉价的酒。

没油水的肚子无法抵挡酒精。才一瓶下去，他就感觉有点儿上头。

他悲哀，可他悲哀地清醒，他在酒精中清醒地认识到，如今他为什么一头扎在网络里，因为网络廉价，网络几乎不用多少钱就可以提供最丰富的精神生活，同样丰富的精神生活，如果他走上街，一张电影票就可以掏去他六十大元。网络真是最物美价廉的娱乐，可是，明成并没有占了便宜后的喜悦，他只是悲哀，因为他是被迫选择这种物美价廉的娱乐。就像他被迫选择这物美价廉的小店。

小蒙已经知道了石天冬的住址，是明玉告诉他的。石天冬常在家为了创新菜谱试做新菜，有时一个人吃不完，想给明玉送盒饭上去，可又觉得这样做对明玉不便，明玉就打发小蒙去拿。一来二去，小蒙倒是认准石天冬了：石天冬在哪个健身房锻炼，他也报名跟去；石天冬周末安排与明玉去海边钓鱼捉蟹，他也死皮赖脸当灯泡；石天冬与朋友骑车转山路，他也买了全套设备跟上。小蒙又缠着石天冬带他打篮球，他则是硬要教石天冬玩轮滑。石天冬大高个子玩轮滑不便利，当着小蒙的面摔了几次，小蒙却觉得特亲切。石天冬本是看在明玉面上才与这小流氓交往，可交往下来倒是觉得这小流氓心思单纯，有点儿英雄主义思想，就有意引导他做大男人。明玉与石天冬双管齐下，小蒙不知就里，懵懂落网。

可小蒙依然常与他的狐朋狗友混在一起，这是明玉最头疼的一件事。

晚上吃完石天冬做的菜后，明玉照旧坐在书桌前做事，石天冬忙他自己的，偶尔抬头说几句话。明玉怕自己这么静束缚了脚底如装弹簧的石天冬，但石天冬却甘之若饴。

一会儿，石天冬做完他的事，从柜子里掏出一包东西，拿到明玉面前晃："走，出去玩会儿，你的轮滑鞋我已经买到了，我们好好滑几圈，现在路上人少。"

明玉听了大笑，石天冬好动，前不久看了小蒙灵巧地轮滑后，偷偷迷上了，她都已经被邀观摩石天冬初滑多次摔跤，现在他也想引诱她下水。"我不行，我重心高，肯定摔得鼻青脸肿。我看你滑。"

"我们先去你那儿多穿一些衣服，冷空气到了。外面风很大。"

"我行吗？"看看石天冬穿着的宽大粗毛衣，明玉很不自信，不过看到石天冬有兴致，她愿意参与。她依言与石天冬回家，上去换了厚衣服下来，却见石天冬已经换上护具和轮滑鞋。石天冬一看见明玉，就笑道："你看我。"说完"唰"地滑了出去，一个转身，竟然并脚跳上彩砖人行道而没摔跤，依然稳稳地前行，而且还稳稳地跳下来，站到明玉面前。"你看，很简单，两天就行了，并不一定非要小孩子开始就学，只要掌握好平衡就行。我扶着你，保证不让你摔跤。”

“我行吗？我体育一向不好，四肢协调不灵。”明玉也羡慕小蒙穿上轮滑鞋后闪转腾挪的灵活劲儿，但想到自己在弗拉明戈舞班里最差劲的肢体协调能力，又有些怀疑自己行不行，别一把老骨头给“咔嚓”了。

“你试试，我给你系上鞋子，你自己戴上护腕护膝，还有手套。”石天冬竟然就站在轮滑鞋上帮忙，“非常好玩，比小时候学会骑自行车还好玩，人好像是甩掉一种束缚。我们冬天学会，正好春天滑出去春游。”

明玉笑着连连后退。她可以在弗拉明戈舞班上不要脸地跳得张牙舞爪、横冲直撞，可不好意思在石天冬面前摔得四脚朝天。她都怀疑石天冬是巴不得她摔跤，好制造身体接触的机会，他不是一直在找两人关系的突破口吗？她原先一直笑眯眯地旁观石天冬一步一步打阵地战似的接近她，觉得特别好玩，可是穿上轮滑鞋，她还能旁观吗？可她又想玩，她想玩很多她小时候从没玩过的东西，包括前几天与石天冬还有小蒙一起去海边钓鱼摸虾，还在海边现烧鱼汤喝，无比鲜美。不仅她迷恋，小蒙也喜欢，都要石天冬再找机会安排，石天冬安排出来的事总是有趣。

“可是你自己都才站稳，怎么扶我，别两个人一起摔跤。要不你再练几天，练稳了再……”

“去，我已经很稳了。”石天冬为了说服明玉，又耍几个花招给明玉看，“你看，我转弯的角度很小吧，这就是水平。我再转一次给……”石天冬托大了，这回速度太快，角度太小，人站不住，甩出去猛扑到道边一辆车上，那车立马儿哇啦哇啦警报大作。明玉大笑，忙扶起石天冬一起跑开。

石天冬挺不好意思，笑道：“嘿，我没走稳就想跑了。你也试试吧，没准儿你比我学得还快，没准儿明春我只能坐车上开车，你穿着轮滑跑我车前呢。你不是说你胆子最大吗？”

“别激我。我们换个地方，这儿都是车子，撞了太烦。谁怕谁啊。你上车，我们去体育馆。”石天冬的摔跤反而摔出明玉的尝试心，摔就摔吧，不摔什么都学不会。

石天冬开车，他喜欢开明玉的车子。明玉就坐在旁边套护膝护腕鞋子，穿戴完了看看，怎么都不像。她试想着某春暖花开的郊区，一根竹竿踏轮滑穿越青山绿水，那该是多滑稽的场面。不过……明玉承认自己闷骚，就像当初放弃温和沉静的瑜伽硬是选了弗拉明戈舞一样，她内心向往狂放的生活。风一样地滑翔，头发随着春风飞扬，那是多大的诱惑。

明玉微微侧身斜睨着石天冬，这家伙释放了她。在所有人都觉得苏明玉应该符合她的身份、应该表现端庄高雅、性格坚强独立的时候，石天冬却来告诉她，你个小可怜，什么好玩的都没玩过，多可惜。比如，看电影有什么好玩的？但看电影前抱一堆珍珠奶茶奶油爆米花与卖花女周旋，看电影后饿着肚子满世界地找据说最正宗的一摊新疆羊肉串才是好玩。石天冬带给她一双发现“好玩”的眼睛，而且是，没有“好玩”制造“好玩”。明玉越来越乐在其中，感觉自己以前活得真像苦行僧。今晚，明知石天冬教她轮滑有阴谋，她还是毅然将计就计，至于将计就计后谁擒拿下谁，再说。

体育馆外空地上，北风那个吹，树叶那个飘，明玉扶着车门踩着风火轮才刚双脚落地，便一下平沙落雁屁股向下式钻进车门底下。等石天冬下车套上鞋子过来，明玉已经连摔三跤，摔离车子好几米，周围已没有可以攀抓的，她没法起身。最后石天冬扶起她，她“哎哟哎哟”地连呼好玩。她几乎没法直立，站起来就重心不稳，然后非常无助地眼看着自己摔倒在地上。

石天冬没想到明玉平衡能力那么差，不得不脱下轮滑鞋，也来不及回去车边穿上普通鞋，赤脚从背后托着明玉的两条胳膊推着向前走，一直走到大铁门边。大铁门上有一条横档，明玉这才能脱离石天冬扶着横档站住，但两条手臂累得不亚于玩吊环。

石天冬又穿了轮滑鞋过来，看着明玉大笑：“没见过你这么狼狈。要不要扶你一把？”

“玩你的，让我自个儿找到平衡。”

“你说小蒙在场会怎么样？会不会围着你搔首弄姿？”说着，石天冬自己却围着明玉转来转去。

“那小子，上来肯定先从背后狠狠撞我。你最好别跟我说话，让我精神集中，我就不信找不到平衡。”

“轻松点儿，你越紧张两腿越僵，其实我的第一步是抱着横竖摔跤也要冲出十米的狠心迈出去的，还是斜坡，可出去后就找到平衡了，没理论可言，就是那么瞬间找到站稳的诀窍。”

“那也得先找到平衡的感觉。我起码得扶着横杆站稳了。”

“我后面推你一把吧。”石天冬哪里肯走开。

“不许动。”明玉看石天冬靠近，急得大叫，若不是扶着横杆也站不稳，她很想给石天冬一个扫堂腿，看他还站不站得稳。可一心急，她又没站稳，手吊在横杆上，人眼看着慢动作似的摔下去，可就是没法自我挽救。

石天冬在旁边看着简直不能相信，即使只用两手撑着，两脚不落地都不会摔跤，明玉怎么扶着横杠，竟然还有本事摔地上。他嘻嘻哈哈地上来搀扶：“你特别差劲儿……”话音没落，跌坐地上的明玉气愤不过，一脚蹬出去，石天冬顺势飞跑开去。等他转回来，明玉双手抓着横档费劲地起来，嘴里一边念叨：“你别帮我，让我自己来，我就不信。”石天冬知道她好强，只好作罢，一边儿晃来晃去地看着她艰难起身。前面两次，都差不多起来了，可稍微转身，又一下滑出去，前功尽弃。第三次的时候才见她慢悠悠站稳，石天冬看着发觉他自己都紧张出了一身的汗，看明玉学轮滑比他自己学还累。

“找到秘诀了？”石天冬问晃悠悠站稳的明玉。

“有，八字步。是不是因为产生的摩擦力不在同一个方向，都有一个角度，导致纵向横向都有分力，哎，这原理怎么解释？”明玉还确实用八字步站稳了。

石天冬阴阳怪气地在旁边笑：“对啊，我小时候一直对着自行车研究，你说那么窄两只轮子，怎么竖起来的？是不是两只轮子不在一条线上的缘故啊？哎呀，难道也是八字形？”

明玉哭笑不得，跺脚又不敢，全身注意力都集中在脚底，连脑子都不好使了。只会连声说：“石天冬你闭嘴，石天冬你闭嘴。”

石天冬笑道：“你以前体育总不及格吧？”

“关你什么事。”明玉的体育果真是经常不及格。

“你手机响了怎么办？”石天冬笑嘻嘻地等着看明玉该怎么腾出一只手来掏衣袋里的手机。

“谁？谁这么没眼色？”明玉想松一只手，可怎么行，松手肯定会摔跤。又见石天冬站在一边看她好戏，恼羞成怒，索性破罐子破摔，一屁股坐在地上，这才摸出手机。一看，却是小蒙，心说他不在场也可以令她坐地上。明玉当然没好气，“搞啥，你。”

“大姐，快来救我，我打架给关了。”小蒙报出派出所地址。

小蒙的电话立刻被一个严肃声音的人接了去，那人很严正地告诉了明玉大致发生了些什么，要明玉过来办手续领人。

原来，小蒙召集几个狐朋狗友到石天冬推荐的一家小饭店吃饭，席间与人打起来了。加入战斗的是三桌人，虽然警察赶来得快，可还是有人在啤酒瓶下挂彩。一群人全被领入辖区派出所的警务室，分头打电话通知家长领人。

明玉结束通话，抬头时已经没了笑容：“小蒙闯祸了，我们去派出所领人。先回我家一趟，我拿些钱。”明玉当机立断，席地将轮滑鞋脱了，跳起来小跑向车子。形状之潇洒，令石天冬心中暗叫一声好。

等明玉和石天冬两个赶到闹哄哄的警务室，石天冬一眼便看到靠墙坐在长条木凳上的、斗志昂扬的小蒙，明玉则死死盯住墙角一个脖子淌血、抱头垂首的大个儿男子，那是苏明成，剁成肉泥烧成灰明玉都不会认错。难道苏明成也是今天打群架的一员？刚前一阵还思想斗争着要不要拉他一把呢，他却自甘堕落。显然，烂泥扶不上墙。

明玉和石天冬老老实实排队，等着有限的警力一个个儿地将打架的和来捞人的家长一起批评教育一顿，签字画押办完手续放走。

屋里还没被领走的明显分为两帮，哪个被叫出来，就与同伙战友似的告别，还搞得挺有情有义似的。小蒙看上去嬉皮笑脸，一点儿惊慌之意都没有，当然更不可能忏悔。站在外面的明玉恨得抽拳头冲他挥舞，这臭小子，这回出来绝不轻饶。但苏明成是孤立的，明玉不知道他为什么也在这里，看样子也是打架。苏明成上回还知道打个还不了手的妇孺，被她使手段送进去坐两天牢后，难道幡然醒悟，知道“三大纪律，八项注意要遵守”，不能欺负妇女儿童，打人要打更狠的？明玉眼睛里满是熊熊火焰，心里更是破口大骂，打不死的蠢猪头。

石天冬与小蒙用手势打了很多招呼后，感觉明玉有异，才顺着明玉的目光找过去，看到明成，但明成垂着头他认不出来。石天冬心中微酸地搭搭明玉的肩，轻道：“你看的那个是谁？”

“他妈的，苏明成！我若是他娘，拉出来先给他三巴掌。”想到自己某夜的遭遇，明玉恨得咬牙切齿的，眼睛里全是火。谁打的，打得好，打得妙，打得呱呱叫，那人出来她苏明玉请吃饭。轮滑的玩闹，早丢到九霄云外。

原来是明玉的那个混账二哥。石天冬看着明成心里犹豫。虽然看到明成脖子上的血已经凝固，但看着他那惨样儿，想想他总归是明玉的哥哥，虽然石天冬也恨这人，他可以冲过去找上明成挥拳头示威，可在这儿总不能扔下明成不管。但还没等石天冬与明玉商量，他又听明玉嘴里爆出一句“狗改不了吃屎”。石天冬心说，明玉新仇旧恨涌上心头了，冲她那暴脾气，这会儿他还是别给她浇油，等下小蒙的事情处理完，他自己再悄悄过来打听一下明成的情况，起码问一下明成出的是什么事，有没有人来捞他。他自以为清楚明玉家的事，他想，再怎么深仇大恨，总还是亲姐弟。

等了好久，但行列中所有等待的人都不敢出怨言，这是什么地方，平时看到警察还绕道远远地走开呢，现在站人警徽底下，谁敢喧哗。明玉有点儿冷，可心里都是火。

好不容易，终于轮到小蒙。明玉还想呢，是不是按名字的拼音顺序排的，那小蒙还算走运，换她和石天冬都是“S”起头的，还不等到黎明？没想到小蒙起身两手一起快活地比了一个“V”，惹得外面的明玉、石天冬哭笑不得。这二十出头的小蒙，两人怎么看怎么觉得他像小孩子。

一个大约和明玉、石天冬差不多年纪的警察虽然是例行公事，但态度和蔼，说话入情入理，不过口气不容置疑。等警察把事情大致交代完，明玉办完例行手续，两人领着小蒙出来，出来时，明玉拎着小蒙的皮夹克领子。等走到外面，石天冬说他进去上个厕所，明玉就在车边问小蒙：“喝多啦？你又没石天冬的身板，打架吃亏不吃亏。”

小蒙“啪”一拍车顶，瞪眼睛道：“就是这理。我本来不想打架，准备暗暗记住那几个瘟生的长相，明天去集团分厂一个个儿找出来开除，结果隔壁桌一个人冲过来先给吵上了，吵后开打，我一看那人势单力薄，才招呼兄弟们帮他忙。我这回做的是路见不平的侠客。”

明玉一声“呸”，但心里却“咯噔”一下，想到了什么，定下心来问：“到底是怎么回事？”

小蒙满不在乎地道：“还能什么事，都是炒冷饭的干活，那帮人酒喝多了，说你和我老爹勾勾搭搭，话说得很下作。我一听就知道他们肯定是哪个分厂的，我能跟他们那种人计较？本来想明天去分厂门口认人头的，啊，一分厂不用去了，我在那里捣过乱，他们都认识我……”

没等小蒙说完，明玉一张脸热辣辣地烧了起来，她隐约猜到什么，一把扯住小蒙往回拖。小蒙急忙问：“干吗，干吗，你要送我回去？我这回真没做坏事。天地良心，我跟你保证，我以前怀疑你跟我老爹，现在可一点儿不会那么想，知道你跟石大哥勾勾搭搭。”

明玉简短道：“帮我认个人。”拉着小蒙进去，却见到石天冬上厕所上到警察叔叔面前，正赔着笑脸与警察说话。明玉明白他在做什么，当没看见，她指指里面的明成，对小蒙道：“跳出来为我打抱不平的是不是他？”

小蒙天不怕地不怕，把进派出所当光荣事迹，但见明玉脸色非常不对，从未见过的不善，奓着胆子道：“是他。吵架不行，打架也不行，就够勇气……大姐，他是你老情人？我一定不跟石大哥说。”

明玉没应声，只看着明成发愣。苏明成这回居然是为她打架？他为什么要为她打架？他……但无论如何，苏明成就是为她打架。明玉下意识地去摸裤袋，掏了半天才想起来，她已经被迫戒烟有段日子了，可现在她脑袋里前尘往事轰轰烈烈地打架，手上如果有一支烟……她扭转脸问小蒙：“带烟没有？”

小蒙连忙掏给她。明玉接了，先不忙点烟，对小蒙道：“你去看着石天冬交涉，他如果不行你立刻来告诉我。”

小蒙一头雾水，这是什么跟什么嘛，怎么石大哥也似乎认识苏星星老情人似的。只是心里奇怪，苏星星为什么不自己出面。回头，见苏星星吸毒似的急急忙忙点上了香烟，大步出门。小蒙抓抓头皮，重入虎穴。

很多往事在明玉脑海里像放映幻灯似的交叠出现：她和明成吵架打架，妈偏帮明成，明成得意扬扬地在妈身后挥拳示威；她寒假被妈布置用碱水用硬板刷擦地板，小手冻疮爆裂，可明成坐在椅子上连脚都不抬起，更别说出手帮忙；多年以后妈为朱丽上门大肆装修将她扫地出门，苏家女将吵架的时候，明成挥着拳头帮妈压阵；再后来，明成挥着的拳头终于落到毫无抵抗的她身上，那个夜晚，明玉刻骨铭心，引为奇耻大辱。即使以后报复得手，她也并未快活一分半毫。

她原以为只会在给明成收尸的时候才会放弃前尘往事，可是……

明玉坐在车里大口大口地吸烟，不，她不是吸烟，她需要借助工具将胸中大团大团的浊气泄洪。她与苏家的前尘往事太过不堪，回忆是对自己神经的折磨。她的出生，她的长大，她的离家，哪样是欢天喜地、心甘情愿？人最悲惨的莫过于不能选择出身。别人可以人之初，性本善，而她虽然没有入教，却实实在在背负原罪，父母将罪恶和仇恨倾注于胚胎，她是开放于阴暗家庭的罪恶之花。谁能知道，她从初中起，就已经时时压抑自己心中的暴戾？谁能知道，她高中时心理的阴暗，她曾经一夜掐断数学教研室所有的粉笔？她强迫着自己做好人，做符合社会规范的好人，可她走得多么艰难。她是被伤了心的人，她的心千疮百孔，她虽然四肢无恙，可她自己知道，她是伤残人士，而且是重度伤残，她身体里的某一部分已经再也不会复原。如今，她以为她已经抛离了苏家，可以重新做人，她已经晕乎乎地接受了简单快活的石天冬，假装若无其事地过单纯快乐的日子。

谁要他出手，他是她的谁？她不要苏明成来提醒！

可是，苏明成已经出手了。

于情于理，她无法再将他视为路人甲。

然后，她必须将苏明成捞出来，他们互惠互利，苏家最后的敌对人物也化敌为友……

心中某根一直支撑着她走到今天的充满仇恨的支柱忽然没了立足的依据。凭良心，凭道德，凭舆论，苏明成都已经主动为她如何如何，她又怎能抱住过往的仇恨不放？可是，她如何放得下？如果时光可以倒流，她一定冲回打架现场，恳求苏明成千万别为她出手，他们不认识，不相干，别让她背包袱。但一切都已经无法挽回。

她脑袋里有个小声音在说："求求你，苏明玉，当一个敌人为你受伤的时候，你应该感动。"但明玉排斥这感动。她吃了那么多年的苦，她怎能为几滴血感动？那不等值，她不能犯这个贱。可是，她身不由己。否则她激动什么？她为什么没能冷漠到底？

明玉将烟头一掐，重重地摔上车门，出去打车回家。她无法忍受苏明成出来时与她那一瞬的对视，她怀疑她会失控。她怕自己暴露魔鬼本质，对苏明成冷嘲热讽，只为逃避向苏明成就事论事说一声感谢。她排斥那感谢，她不需要苏明成为她流血。但现实却总是拧着她的意志。她只有逃避。她今天最初的开心已经全部消失，就只因为看到苏明成，苏明成永远是她生命中的黑暗。

好在，有石天冬帮她面对。可爱的石天冬，他总说他要保护她，她总是觉得自己钢筋铁骨不需要保护，但石天冬的话很动听，她原只想姑妄听之。而石天冬今天果然履行了诺言。幸亏有他。

明成压根儿没想到会有人自发来捞他，为他交上罚金，为他办完手续。但面对这个人的时候，他发现他认识，他不会忘记出狱后第一个找他寻衅的人。在他还在狐疑地看着这人的时候，这人告诉他他就是石天冬。两人没有握手，也没互相说谢谢，都非常冷淡。石天冬送明成去医院，明成让石天冬回家，但石天冬一直等到医生确认没有伤筋动骨不用缝针后才离开，没殷勤地非要送明成回家。

明成发现他今年特别背，今年三次上医院，三次都是最没钱的时候。等到石天冬一走，他也没配药也没打针，临时做的病历卡都没拿，就悄悄绕到医院后门走了。他没钱打车，他也需要静下心来为自己的打架行为诧异。

被警察抓进派出所，问到打架原因，他说是因为隔壁桌工人说话下流侮辱妇女，而隔壁桌那几个小瘪三则说得详细得多，说是因为那帮工人侮辱了谁谁谁和谁谁谁，警察后来单个儿地查身份证，一看他的名字就说，原来人家侮辱你姐妹，那倒是情有可原。明成从警察说那话开始起，就一直惊讶地问自己，他为维护苏明玉的名誉打架？他？

他不得不用冷风洗涤他的脑子，回忆当初干架前发生的所有。他记得他喝了两瓶啤酒，后来又要了一瓶，他打人用的啤酒瓶就是后来要的那一瓶，第三瓶，对。小店环境太差，人与人前胸贴后背，嘈杂得像鸡鸭市场，如果还是独居，明成宁愿站门口等店家炒出几个菜打包了带回家吃，可现在他寄人篱下。

他不得不憋闷地听到背后那群还穿着工装的工人酒后的下流话，他听到有关苏明玉的段子。他原以为自己应该感到痛快，竟有人一起唾骂苏明玉，但烟气、酒气、闷热，明成也不知道那时想什么了，他记得他义愤填膺地在想，苏明玉知不知道别人这么议论她？苏明玉既然知道被人冤枉的苦，为什么她还要将已所不欲，施于妈身上？那份发给他的传真，难道不是她对妈的无端猜测与诬陷？大哥还说传真内容是真的，可是……明成又不得不承认，因为他也知道传真内容是真的，大哥不会诬陷妈。他只是不认同苏明玉的态度——她对妈的态度。他记得吵架前听在他耳朵里的、隔壁桌的侮蔑都变成了对妈甚至对朱丽这些在社会上辛苦做事凭本事吃饭的女性的侮辱，如果他手头有电脑，他一准儿会将他心里的怒斥流于指端，发到网上。可是，当时他手头没有泄愤的工具，现在他甚至都没有说话的地方，现在他是个没有社会身份的边缘人，那么多双手捂住他的嘴不让他说话，他只能戴上面具用手指说，这是何等屈辱的生活，怪不得朱丽会送同情上门。他居然需要同情了！他不是骄子吗？

最后怎么打起来的？明成现在怎么也想不起来，他只记得当时他拍案而起了，然后就进了派出所。

上一回打架，他被苏明玉送进里面坐了两天两夜，受尽折磨。这一回，他知道石天冬的幕后肯定是苏明玉。可惜苏明玉不在眼前，他不与不相干的人说话，否则，他会告诉苏明玉，求求你别误解，我不是为你打架。

是，他清楚地知道，他拍案而起的时候，心里装的不是苏明玉，大哥虽然教育他以后要与侮蔑苏明玉的人作斗争，可是他没法有那自觉。苏明玉肯定是误解了，否则，她岂会花钱捞他出来？但他不需要苏明玉的援手，那廉价的回报。他有尊严，他即使落魄，也不需要苏明玉的援手。大哥奉劝他的话有道理，他明白，但是他心中怎能消除与苏明玉的新仇旧恨，尤其是他怎能忽视苏明玉对妈造成的伤害。他能答应大哥的，最多是以后桥归桥路归路，他与苏明玉相见不相识。

可是他今晚无端地承受了一次苏明玉的恩惠。他不要，他也相信苏明玉给得不情不愿。这种恩惠，给明成的感觉犹如嗟来之食。

可他不得不吃了。派出所里由不得他说话。他只能回到家里，再一次将心中所有的憋闷扔给电脑。他写了一篇文章，他的打字几乎没有中断，他不需要思考，文字就这么源源不断地流于他的指端。他为妈和朱丽这样靠自己的能力立足社会获得地位的强女子呐喊，呼吁世人摘下有色眼镜。他在文章中大段引用了尼采的一些话，他硬是从尼采歧视女人的文章中摘出有利于女性的片段，比如“世界上有种女人具有崇高、雄伟和坚贞的灵魂，有能力并准备做一番了不起的忠告、决心和自我牺牲，有能力并准备去支配男人，一如最佳的男人，他们超越了性别的拘束而成为一种有形肉体的典型”，等等。他给的题目是——《小男人，闭上你的贱嘴》。

一如往常，他的文章发上去，没多久，后面沙发板凳就跟了一串。他没看，洗洗睡了。他相信明天上网，必然会看到一场争论，就像他以往发文章上网，总有人说好，有人说孬，有人文不对题。

石天冬从医院出来，就给明玉打电话，问是不是他把车开走，约个时间，他明天一早到明玉楼下接她上班？可明玉却给他一句话，要他送钥匙过去。她说她心烦，想跟人说说话。

于是石天冬得以再一次出现在明玉的领地。进门他就闻到一股甜香，而不是意料中的烟味，原来明玉还真戒烟了。

明玉的房子很温暖，即便不开空调，她那四周都是原木的板壁也会给人温暖的感觉，就像是桑拿浴室，何况一屋子开两只油汀。他进门就跟还在门边关门的明玉道：“医生说苏明成的伤没有大碍。他变化很大，人好像瘦了几十斤。”

“我们不说他。他的罚金与小蒙的一样吗？这些够不够？”明玉将石天冬可能替明成垫付罚金的钱交给他。

石天冬没有推却，因为他与明玉早就达成一致，亲兄弟明算账，这还是他提出来的。明玉这人想不出点子来大家一起高兴，就买贵重物品送石天冬，搞得石天冬挺没意思，就想出了这个主意。“小蒙一点儿事都没有，我看他没醉，让他自己回家。我怀疑他明天还得去找那些工人算账，你得有个思想准备。”

“这事儿，我已经忍了多年，但是谁追究这事儿都不如小蒙追究来得有理有力。明天让他去闹吧，我当不知道。明早上班我先与小蒙他爸打个招呼，让别拦着小蒙。”说完这些，明玉忽然又无话可说了，她叫石天冬来，好像有很多话想跟石天冬说，可是见了面，却又不想说了，苏家那些破事，她不是说想尽早忘记吗？何必又将垃圾倒给石天冬。可人家已经来了，她又不便立即要人回去，即使她知道女孩子在某个阶段对男孩子有招之即来，挥之即去的特权，可她总觉得那样不好。

石天冬拉着明玉进客厅坐下：“你别太在意那些流言蜚语，真正认识你的人都知道你是什么样的人。不过让小蒙去闹也好，有些人需要为自己的胡言乱语负责。”明玉倒给他的是白开水，估计她手头还有茶叶、咖啡，但这样夜深的时候，茶和咖啡显然不合适。

“什么叫真正认识的人，小蒙是老蒙的儿子，他还不相信他老子呢，跟我第一天就为这事与我大闹。儿子尚且不相信老子！”明玉这话才说出口，忽然愣住。她这个女儿好像也不相信老娘。他们苏家一家人怀疑来怀疑去，那个老子更是一开始就怀疑他老婆，可一辈子下来，又没抓到真凭实据。她也是，她看到明哲的记录时，一点儿也没怀疑父亲的论调，甚至，她想到的更多、更脏。看来小蒙一点儿不荒唐。

石天冬心里开始怀疑明玉为什么心烦了，本来还以为是她看到苏明成触景生情，想到以前她在苏明成拳头底下的遭遇了，现在看她凝重的眼神，听她说出来的话，似乎又不是那么回事。他也只能就他知道的开解：“别太在意别人想什么，别人都看你有房有车，可谁能知道你从觥筹交错的地方回家，过的是这种清教徒一样的生活。”石天冬举举面前的白开水杯子，“见过你玩命工作不知道生活的人都不会胡言乱语。”

“不，不，我没太生气，小蒙指着我鼻子骂的时候我都不会生气。但无论生气不生气，我总要有个最终态度给大家。这事不说了，我想的是别的，我想的是，即使人与人再接近，看到的也未必是全部的真实。”

“你是说你自以为很了解苏明成，看扁苏明成，可你没想到他还会跳出来做一件有血性的事？你以为你们之间并无兄妹亲情，而其实骨肉相连？”

明玉摇头，想了好一会儿，才道：“不，不是你想的那样。他要是没喝酒，他只会幸灾乐祸地旁听，他今天跳出来，是因为他最近失意，憋慌了，他需要宣泄。可我不明白，他为什么要找这个口子宣泄。如果我没料错，这口子，他是有意找的，他可以借此逼我还他人情。他知道我欠谁都不愿欠他的人情。他知道，他闯的祸，他扔下的烂摊子，只有我能替他收拾。以前他有他妈，后来他有朱丽，现在他谁都靠不上，他只有逼我。谁让我与他‘骨肉相连’呢？可是我还真是欠谁也不要欠他，他即使欠我无数，我也不要欠他一条。我做人怎么这么累。”

看着明玉无可奈何的疲累样子，石天冬自然而然地伸手揽她入怀，给她支持，“你别想太多，我怀疑苏明成头脑没你想的那么复杂。今天他和小蒙他们坐在一家饭店吃饭纯粹是巧合，如果没有小蒙，他们再怎么闹你也不会知道。即使他知道你和小蒙的关系吧，也不会想到小蒙被抓进去不找他神通广大的爸却来找你。你想多了，在我看来，你有点儿风声鹤唳。”

明玉继续摇头：“你错了，小蒙的出现或许是意料之外，可他今天的事很快就会通过各种渠道传到我耳朵里。我不想欠苏明成的情。我不想再陷于苏家的任何纠葛。我不愿意给苏明成任何机会让我原谅他，我也不愿意看到他降贵纡尊来接近我，我不愿接受他任何形式的道歉、示好，包括今天他为我打架，因为我不愿原谅所有在我幼小时他们加给我的伤害。你理解吗？我宁愿忘掉那段经历，也不原谅那段经历。”这么一大段说出来，明玉长长叹一口气，仰头闭目靠在沙发上，“苏家，苏家，为什么我怎么甩也甩不掉呢？我确实一听见苏家就风声鹤唳。”

石天冬没想到明玉会说出这么一席话，可此时也只能宽解再宽解，不让明玉陷在情绪里。“你别太敏感，家里人吵架归吵架，仇视归仇视，正经遇到外敌时，当然是一致对外的，没二话，这是本能。你不用太当回事。就像我当初跟我妈吵得厉害，可谁要是在我面前说我妈坏话，我立刻找那人的麻烦。你也一样，小蒙那坏小子，也就你跟他爸妈会说他还有得教，我稍微说说小蒙的不对，你立刻就跟我争辩，你又不是不知道小蒙是什么样的人，争辩只是本能而已。你今天捞苏明成出来很正常，捞出来就结了，你没欠他。他不过是本能反应，你别太挂心上。睁开眼睛，开心一点儿，不喜欢的事就不去想，别钻牛角尖，要不我再带你去轮滑？”

石天冬说到她护着小蒙的时候，明玉忍不住一乐，虽然没笑，心情却宽松了一点儿，那小子，那小子是最没心机的。她依言睁开眼睛，看看石天冬对着她温暖的笑，叹息：“你会后悔，你会发现我本质非常变态，一个不正常家庭出来的孩子心理不会正常。其实我也不想害你啊，你的生活多么阳光，你会被我拉进泥沼。”

“胡说，我也是爸早逝，妈改嫁，我不是好好的？你别把自己往死角里塞。国庆前你自己说自己畸形，硬要吓退我，现在又来了。你也别管我，明里暗里你早已不知道拒绝过我多少次，是我自己死皮赖脸硬要缠上你，你就当我蜜糖吃多了想吃苦瓜，好赖不是你苦瓜的责任。你放心，我虽然至今还没总结出我为什么喜欢你，可我是个知道自己需要什么的人，我需要你，就像我需要快快乐乐的生活。你跟着我会快乐，我保证。苦瓜结出来的籽儿是甜的。”

明玉听到“好赖不是你苦瓜的责任”就乐了，再听下去，眼睛却潮潮地不对劲了起来，忙将脸撇了开去。竟然还有人会爱她，无条件地爱她。既不是日久生情勉强将就她，也不是看到她的能力想要她夫唱妇随，只是不知道什么原因地喜欢她。她这样的女人，作为女人而言，可爱度比起朱丽差得远，她早就想过，她未来的婚姻，可能是利益的平衡，双方各取所需，方可缔结牢固的婚姻基础。可没想到，萝卜青菜，竟然也有石天冬这样的傻子爱吃苦瓜。她难以避免地想到了石天冬究竟能吃几天苦瓜的问题，可最终心想，她也要吃蜜糖。

一根手指伸过去，抹去明玉腮边的眼泪。石天冬看着明玉伤心，心里只是奇怪，像明玉这样的人，即使是如此丰厚的身家都已经够吸引人追求，她竟然还会被他没情没调的追求感动？可看着她眼泪珠串似的下来，他又心急，跟哄小孩似的拍着明玉的背劝她“别哭”。

怀里那个人却道：“谁哭了？你下手不会轻点儿？心都快被你震碎了。”

石天冬愣了一下，看看自己的手掌，忙轻轻落下：“没哭就好，啊对，你这是眼睛在排毒，每晚例行操作。”

越描越黑。明玉本能地想挣脱开来，可是心里又很留恋。以往遇到苏家的事她总是自己内伤，吸完一支又一支的烟，今天有石天冬陪着，她感觉，她不用再拿刀子剜自己的肉。而且这个怀抱宽大舒适，角度适宜，温度适中，明玉处在这个怀抱里，感觉自己被深深地疼惜。

石天冬候着明玉不掉眼泪了，才道：“以后苏家有什么事，让他们找我，我替你处理，你别管。”

“我要把你养胖。”

“我要带你好好地玩。”

“你以后有我。”

……

四十二

主与仆

明哲下班乘地铁与吴非会合。走出地铁车站到吴非的医院，一眼就看到吴非已经穿上棉褛在门口等他。吴非显然也看到他来，开门走进风中，迎着过去。

明哲接了吴非的大包，却将他手中的一个大纸袋递给吴非："你看看，是不是你喜欢的那款？"

"什么东西？神秘兮兮的。"吴非想拆开邮件包装，但不方便，一直折腾到车上，取出工具才打开，里面是个纸盒，纸盒上面有似曾相识的LOGO。

明哲没急着开车，打开顶灯看吴非拆包装，也一直留意着吴非的脸色。听到吴非"咦"了一声，笑道："还没想起来？别我马屁拍错地方。"

吴非好奇地打开箱子，抖出来一看，竟然是一件黑色羊绒长大衣。她这才想起来，对了，上周末一家五个人一起逛店，她对这件大衣爱不释手，可又舍不得买。没想到明哲记着品牌和尺寸。她一脸欣喜地责备："这么贵的衣服，圣诞打折了买多好。呀，面料多好，今晚一定要穿着饭后散步。"

明哲也开心地笑了："喜欢就好。我年初回家时看明玉也穿着这么一件，特别潇洒。我就在想，你也应该有一件的，冬天穿这种大衣特别漂亮。"

"是啊，经典款式呢。不过明玉人高，又瘦，穿什么衣服都好。对了，你昨天发工资，你趁工资还没上缴先花了这笔？"吴非知道衣服的价钱，又是心疼，可又是欢喜，欢喜明哲这个木头终于也知道拍她马屁。

明哲挺高兴，这才将车子开了出去。“现在家里都安顿了，我们收入也不差，也该调剂调剂生活了。你爸妈来了后一直关在家里照看宝宝，现在多我一个人手，圣诞假期应该带他们出来走走。你看去哪儿玩？你爸妈喜欢哪儿？”

吴非捧着大衣箱子感慨：“明哲，你回来后家里不知道热闹了多少，人气一下子旺了。”

“是，我原来一个人在上海，都没有下班的欲望，下班就是睡觉，睡觉以后起来，感觉与前一天下班的时候没什么不同。不像现在，回家后睡一觉，第二天又朝气十足。我在努力，争取早点儿回本部。但目前看来，希望还不可见。”明哲犹豫了一下，又道，“可是我太想回来。非非，我这回很想找找有没有在美国工作的机会。我们得想办法一家人在一起。”

吴非心说当初你可是一意想回国。“有什么办法可想？无非三条路，你辞职，我辞职，或者保持现状。可是前两者可行吗？”她敢辞职吗？她心有余悸。而且她的职业前景良好，她越做越有信心与兴趣。

明哲沉默了会儿，才道：“非非，如果我的努力不能成功，暂时过不来，你辞职行吗？我算了下，你辞职去上海，收入支出加加减减下来可以与现在的收入支出平衡，上海的费用稍低。那样我们就能在一起了，你不会那么辛苦，我不用那么内疚。一家人总得待在一起，宝宝成长需要妈妈，也需要爸爸。你也可以常回父母家看看。”

吴非非常坚决地摇头：“不，辞职的事我不考虑，上回的经历让我怕了。我长这么大才明白古人说的一句话很有道理，‘积谷防饥’，我们得为宝宝做好收入双保险，得好好积存余粮，我的收入少归少，可多一份收入是一份。”吴非没说的是，她最怕的还是明哲这个愚孝的人，他爸年纪大了，虽然有医疗保险，可万一哪天生病倒下，他肯定会倾囊而出地去支助，而不问家中死活。她如果没有一份收入，到时更加没有话语权，只有气死而无能为力。但这种话，现在争了也白争，争了白添气受。即使争出了个高下，哪天公公躺下，明哲能不出手？这是天性，说起来是万古流芳的孝，但于当事人而言，实在是一地鸡毛。

明哲沉吟了会儿，才道：“非非，你是不是担心没有经济收入，在家腰背不直说话不响亮？这点你放心，都什么年代了，难道我还会要你夫唱妇随？我们照旧，我的薪金全部交给你管着，你得信任我。”

吴非见明哲明说，她也不再隐瞒，点头爽快地道：“我有顾虑。即使你现在跟我保证你以后如何如何，但人的改变是潜移默化的，我们会变成怎样，我们自己无法把握。如果我辞职顾家，每天钻在家里不出去，久而久之目光狭隘，行动能力降低，人变得面目模糊殊不可爱；而你独立支撑家庭，苦累之余可能会积累怨气：一样是人，为什么挑担的是你？我还是喜欢接近平等的相处。你应该也不会喜欢一个不独立的妻子吧？”

“可是非非，你不能这么悲观，人家专职太太不也过得好好的？你也帮我想想，我那么爱宝宝，那么爱你，宝宝能跟我们生活在一起的日子没几年，以后她上学嫁人自己过生活，这几年，我怎么能不参与她的生活？而你，我们选择了一辈子相伴，你的生活，我中途怎么能缺席？我以前不知，等你和宝宝离开上海回美国，我才知道，那感觉简直跟割我肉一样，那滋味就像那天接到我妈去世的消息。我很迟钝，非得重大打击才会明白过来，但明白了就会改，我不能再离开你们两个。而且，我也不忍心你一个人带宝宝吃那么多苦，宝宝也得不到全面的照料。再说，非非，夫妻长期分居会出问题的。”

吴非却将脸转了开去，她何尝不知道明哲的诚心，但是心有那么容易被掌握的吗？很多时候都是心不由己。如果三选一那么容易，那天下还有选择这个词吗？怕只怕原本的鸡肋，一旦舍弃，便成象牙了。她无法答应。

明哲叹息道：“非非，你就不担心我吗？这么把我扔在花花绿绿的上海，不担心吗？”家里有吴非的父母，两人不便谈这些严肃问题，明哲只有趁车上单独相处时与吴非细说。

吴非心里说不出地难受。她也不顾明哲正开着车了，流着眼泪握着拳头砸明哲，怨明哲将难题抛给她，让她来选择。

明哲不大会劝哄，见事态严重，忙将纸巾交给吴非，一迭声说“别哭，别急，慢慢考虑，不行先放一下”。吴非不搭理，反而哭得越发响亮，倒是像把半年多来的辛苦孤独全倒出来似的。哭了会儿，人才舒服轻松了一点儿。她梗起脖子，咬牙切齿地道：“明哲，不瞒你说，我别的都可以放下，我最担心你家生事儿。我们一家三口，钱少省着花，钱多也没乱花，即使我辞职，过日子不会有问题。我就怕你爸故态复萌，节外生枝，你又是个对你爸耳根最软，顾了你爸不顾我们娘儿俩的，你往后填不完的无底洞。你说，前阵子，我没收入行吗？我没收入，不是饿死就是被你气死。这往后多的是风波呢，你爸这人会生出事儿来，还有你弟也不是个省心的。我无法不担心，我需要一份工作、一份收入傍身，因为我怕旧事重演，你不知道你不理智起来有多可恨，可恨得让人没安全感。你想想，你想好了再回答我，其实是你的选择，不是我的选择。”

明哲惊住，他没想到上回给他爸买房的事对吴非的伤害这么大。他知道，自己不能再做鸵鸟，回头他得好好想想，他做错了什么，做对了什么，对这个家庭和对苏家，他该如何摆正位置。他想了好久，才道：“非非，相信我，有些事我会改。团聚的事，我会更努力。”

吴非擦干眼泪，叹息道：“你也别太逼自己，你这人就是太会逼自己。说起来，你回家一礼拜了吧，好像还没给你爸打过电话，等下回去吃饭后给你爸去个电话。”

明哲拉过吴非的手，亲了一下才放下：“你是最好的，非非，我很珍惜你。”

吴非一听，眼泪又流了下来，她的心软了，这时候明哲如果再提出要她辞职一起去上海，她可能会答应。明哲又何尝不是最好的呢，明哲好不容易回来，要不是碍于爸妈看着，她恨不得天天依偎在明哲怀里。好在明哲后来专心开车，没再提起。

家中有爸妈在，回家有热饭热菜。吴非穿上新买的大衣给爸妈看，指着红肿的眼睛说高兴坏的，她爸妈就信了，还以为小夫妻久别重逢不知道说什么体己话了。

每天晚饭后人最多最热闹，也是宝宝最兴奋的时候，她现在已经走得很好，外婆都追不上她。一屋子都是她的笑声。明哲等吴非拎宝宝上楼睡觉去了，才给他爸打电话。

没想到爸在电话里当头就是一炮：“明哲啊，明成搬我这儿住了，你知道是为什么吗？他昨晚好晚才回家，扔在卫生间给小蔡洗的衣服上还有血，你知道是为什么吗？”

“明成？他车子还在吗？我也不知道。他在家吗？我跟他说。”

“还在睡觉，还没起来。车子还在，是一辆白色的。”

明哲无语了好久，总觉得如果不是走投无路，明成不会蹭到家里去住。车子倒是还在，但是明成住回家？他回美国这一周多点儿时间，明成究竟怎么了？是不是他回美国前，明成已经有了问题，看来朱丽那个问地址的短信有蹊跷。明成究竟是怎么了？明哲急得团团转，可鞭长莫及，恨不得叫爸去叫醒明成出来听电话。

没想到电话那头，他爸扔出更重一炮："明哲，我年纪大了，老年人生活寂寞，需要一个伴儿。你看小蔡挺好一个人吧，我也问她了，她也答应了……"苏大强吞吞吐吐不好意思说。

明哲压根儿还没从明成的事里面还魂，没能理解父亲隔着太平洋抛过来的媚眼，愣愣地问："问什么？答应什么？"

苏大强用蚊子叫的声音细细地道："我需要个伴儿，小蔡答应我跟我结婚，以后照料我一辈子，不会她儿子结婚后就跑回家不顾我了。我们准备不等你回来了……"

明哲惊得大叫："爸，你说什么？你跟蔡保姆结婚？你……妈才去世不到一年。"但明哲很快就想到爸与妈的关系并不好，"爸，你除了要小蔡照料，还有什么原因？你要小蔡照顾你到老，这没问题，我可以跟她商谈工资，不一定非要结婚。你说说……起码等我回国再说。"

苏大强说不出别的理由，该说的他都与明哲说了，难道明哲觉得这些理由还不够吗？可为了蔡保姆不回家，他只有再说："明哲，老年人需要照顾，可也需要亲情，小蔡人不错……"

明哲没耐心听下去，急着道："我明白了。但是爸，这事儿你不能做主，你年纪大了容易上当受骗，所有的事等我回国，我跟蔡保姆谈了再说。你不能偷偷去把结婚证办了。"

"不行，他们的儿媳眼见着就要怀孕了，明哲，时间不等人。"苏大强压低声音，又不能让厨房里的蔡根花听见，又急着要让明哲知道他的心急。

明哲脑袋里"嗡嗡嗡"的，恨不得飞回中国立刻处理。他知道电话里这么说话没法说服父亲，只得叫道："爸，叫明成，要明成听电话，睡再熟也拖他起来。"

"好。"苏大强搁下电话去叫明成。这时吴非下来，见明哲在电话边气急败坏的样子，想过去听听，她妈一把拉住她，轻轻跟她说看来明哲爸爸是在电话里说要跟保姆结婚。吴非翻了个白眼儿，不出所料，这个公公就是有本事层出不穷地折腾出匪夷所思的事情来。

明哲没想到，明成不肯起床也不接电话。他又无法说服父亲，气得摔了电话。回头见吴非一家都看着他，他虽无比尴尬，可只有吴非一家可以商量。大家商量结果，都觉得保姆这是逼婚，这事儿靠如今如此落魄的明成有点儿玄，可能还得找明玉。可是，明玉早摆明不肯接电话，明哲此时只能死马当作活马医，打明玉的手机。手机通了，明玉接了，但他才叫一声明玉，明玉就把电话挂了。

吴非心想，明哲他爸结婚就结婚吧，她也无所谓，可是蔡根花逼那么急，显然是别有用心，这她就得好好思量了。这事儿，无论如何都得扼杀在襁褓中。见明玉不接电话，她转身去找出电话簿，翻出她曾经用过的明玉司机的手机，将电话打给明玉的司机。她知道这样做很对不起明玉，是逼明玉回电，但有什么办法呢，这事儿也与明玉密切相关。以后蔡根花儿子儿媳如果有行动，明玉是最大的目标。吴非也没与司机多说，只说一时打不通苏总的电话，请司机转告，说苏总的父亲打算立即结婚。吴非觉得，明玉应该能从这个转告里知道事情的严重性。

司机见是苏总的家事，他曾经接送过的苏总大嫂口气里又是十万火急的样子，心里虽然嘀咕着想苏总老爸该是多大年纪，两脚早赶紧走向总经理室。

虽然昨天明玉与石天冬说得很晚，但第二天一早她便去了公司。因为她得候着小蒙去分厂找出昨晚胡说八道的几个工人后闹事。可她还没等到小蒙找到那几个工人，苏家的事却送上门来。她都无法在司机面前掩饰情绪，一把将手中的文件夹摔在桌上。司机一见就溜了，替她关上大门。明玉气得眼睛发直。她早就与苏明哲说明她与苏家断绝关系，她都已经不接电话了，苏明哲还不清楚吗？他们竟然找到司机传话，他们还不如在她公司装个高音喇叭广而告之呢。他们想拿舆论逼她就范？用心也太歹毒了。不就是他家父亲要结婚吗？爱结结，他们做儿子的管得着？怎么跟丧考妣一样。

明玉觉得，这个苏明哲甚至比苏明成还烦，苏明成也就明刀明枪地说不是兄妹就不是兄妹，即使在派出所被石天冬领出来，也照样没一点儿假惺惺的客气。而苏明哲则是披着一脸亲情的幌子，成事不足败事有余，除了给她添堵，什么事都没做，好，现在再添一个吴非。她司机的电话不是吴非找出来的还能是谁？

明玉决定不理，心里开始盘算，要不要找刘律师咨询如何与苏家脱离关系的事。有没有必要先找父亲去做一个DNA测试，看看究竟是不是父女关系？如果不是父女关系，可不可以就此合法中断与苏家的联系？可万一做出来，她确实是父亲的女儿，那么恶心的出身是不是又得给自己添堵？明玉真是左右为难，家务事让一向做事雷厉风行的她犹如裹足夜行。

有一个小声音在明玉心中喊，做鸵鸟吧，做鸵鸟吧，只要事情不找上门，你就当作什么都不知道。仿佛只有如此了。她与苏家，与苏明哲，话都已经说明白了，人家还要寻找上门，一会儿是苏明成挨打进医院，一会儿是苏大强要结婚，她拒绝再拒绝都没有用，人家还是要找上她。他妈的，以前她挨饿打工时怎么就没人找她送钱送温暖？

这么一想，明玉的心肠怎么都软不下来，与苏家，太多铭心刻骨的记忆。昨晚本来还想不欠苏明成，帮他解决问题算是清欠，现在想来，她还是不能插手。否则，更是没完没了。选择遗忘，竟那么难。

早上，本来是事情最多的时节，可是明玉为苏家的事心浮气躁，做事不能安心。苏家，真是她生命中最大的魔障。这是不是就叫作宿命？就连本性坚强的明玉想起来都只能摇头叹息。

但同样是麻烦，面对小蒙惹的麻烦，明玉却会宽容地微笑。她也知道她偏心，可谁让小蒙与她之间没有几十年的阴霾呢？三分厂的厂长气急败坏地来电，说一上班小蒙就带了几个小瘪三蹲厂门口认人头，将五个工人拦在门口不让进门。小蒙若只是闹闹也就罢了，但他坚决要求开除这五个人，他说三分厂一天不开除这五个人，他一天蹲厂门口拦这五个。若是别人拦在门口，早被保安扔出去了，可这是太子，谁敢扔。只有三分厂厂长亲自出面，一个劲儿说他会亲自处理会亲手开除这五个人，可小蒙就是不依。大伙儿其实心里也知道，谁让这五个人自己没眼色，上骂老板，下打太子，一直闹到派出所，人家能放过他们？可处理也得有个过程，小蒙拦在门口让人怎么处理。

三分厂的厂长最先顺藤摸瓜找上小蒙的老子老蒙，结果老蒙气呼呼地说，这种绯闻的事也要他出面，大伙儿都是吃干饭的？三分厂厂长这才想到苏明玉，都知道小蒙居然在销售公司稳稳地待下来了，没闹事，只被苏明玉闹。

明玉想了一夜都想不出小蒙会怎么闹，也想不出怎么闹最有效，她要是想到了，早悄悄指点了小蒙。她没想到是这么低级的办法，别说，低级办法往往最直接、最有效。她笑嘻嘻答应过去处理。小蒙虽然做事乱七八糟，可他的乱七八糟驱散了压了明玉一早上的苏家阴云。明玉临出门前吩咐秘书，她家要是来电话，即使说她老爹翘辫子了，也别搭理。

明玉很快就到了三分厂。才到厂门，果然见大门内外，小蒙率几个小瘪三站里面，五个工人站外面，两军对垒。公司的工资和福利一向是本市除了国家垄断企业之外的最好几家，五个工人也不是才二十出头没家累的小年轻，他们需要这份工作，他们无法甩袖走开。其他十来个就是三分厂的管理者了，也都站在厂门里面。

明玉没急着进厂门，倒是小蒙看见明玉过来，“啪”地打了个响指，叫喊道：“苏总，还差三个人，我今天只逮到五个。没错吧，你认认。”

明玉看看这五个一脸尴尬惊惶的工人，只认出一个，她当时在派出所只盯着苏明成光火了，没像小蒙整看了三四个小时。她也没说话，拐进工厂大门，先到小蒙身边，笑着轻道：“做得好。昨晚就不该在小饭店动手。”

“还不是看那笨蛋不是他们八个的对手嘛。”小蒙难得受到表扬，再说今天威风得逞，非常开心，“你看怎么处理？你快想办法，我快给冻死了。”

明玉将话抛给三分厂厂长：“你看该怎么处理？昨晚小蒙还是我从派出所交罚金领出来的。我自家亲兄弟被他们打得头破血流进了医院。这八个人的过错是三条：恶意诋毁蒙总的名誉，而且不听劝告；公众场合打架斗殴，影响极坏；至今没有道歉表示。所有证据都在昨晚处理的派出所，你们可以去了解。另外三个人也请你们找出来。”

小蒙在旁边听了立刻道：“对，还有三个，不行我去派出所要名单。”

三分厂厂长手下一千余号人，本不是个好对付的角色，但问题是他面对的是不讲理的太子，他重不得狠不得，才只能由着小蒙闹，只能好言相劝。此刻终于来了个讲理的，他忙用门内外都听得见的声音大声道：“按厂规，从重。但苏总，凡事都得有个程序，你……”他冲小蒙努努嘴，又冲明玉抱拳，“可你得让太子放人让我们处理吧。”

“你们处理了我才放行。否则谁知道你们怎么蒙我。我昨晚交的罚金不能白交，还有我兄弟们的罚金。我昨晚挨的打要讨还，我昨晚挨的骂也要讨还。”小蒙不依。

明玉心里其实只想趁机杀鸡儆猴而已，现在见小蒙低级得近乎幼稚，心里早憋得想笑。但看门外几个工人，显然已经受到惊吓，应该也是受到教训了。她见好就收，对小蒙道：“你回去，你今天又旷工了你知道吗？这儿的事我会处理。”

“不行，昨天挨打的是我。”小蒙抗议，没想到明玉不支持他。

“昨天挨骂的是我。”当着那么多人的面，明玉不便拎小蒙领子将他扔车上去，也只能糊弄。“昨晚我跟石天冬学轮滑，可惜他水平也不行，你这就去石天冬那儿拿我的轮滑鞋子，到公司等着我，回头你教我。快，上车去，这儿我处理你还不信吗？”

“你？”小蒙手指着明玉哈哈大笑，一张脸再也板不住了。他靠到明玉耳朵边得意地道，“怪不得你们昨晚一起去派出所，你们是不是在约会？”

“不错，就是被你的求救电话打断的，你得赔我，你还得赔我替你交的处罚金。走吧走吧，别磨磨蹭蹭，小娘儿们似的。”明玉一手顶住小蒙后背，一手掏出小蒙皮衣里的钥匙，硬是将小蒙推出厂门，经过那五个工人，将小蒙塞进车里。又招呼其他几个小瘪三，一个个儿送进车里。她这才对着车里的小蒙轻声道，“见好就收，你不是寻常人，你该有高于寻常人的气量，对吧？走，今天你已经够威风了，这儿交给我。”

小蒙出入都有空调，衣服一向穿得少，其实早被冻得不行，只能见好就收，吸溜着鼻子走了。明玉这才沉下脸回来，没理门外的几个人，径直走到三分厂厂长身边。三分厂厂长见明玉送走太子爷，心头轻松，忙笑道：“进去里面坐坐，这儿让他们处理。”

明玉也笑道：“好几个客户等着呢，要不是太子爷的事，我怎么敢这个时间出来。我不打扰你了，只麻烦你一条，开除就免了，但教训得深刻。”

厂长看看外面五个，犹豫了下，道：“他们的过错，从重一下，已经够开除级别；从轻一下，也可以不开除。问题是，你肯大方，蒙总肯大方，蒙太太不肯放过打她儿子的人，早上已给我打过电话了。我还担心我不开除他们，太子每天来我这儿捣乱，蒙太太也会来。我们还是进去办公室谈吧。”

明玉至此才深刻意识到，降服小蒙才是开始，教育蒙家母老虎才是关键。小蒙为她打抱不平，她可以摆平小蒙，但是母老虎恨人家打她儿子，这母老虎在蒙总那里都张牙舞爪，她怎么可能放过这些工人。明玉没想到小蒙妈会插手，人家的妈怎么都是那么护犊。她不得不沉下脸来想了会儿后果，才对三分厂厂长道：“算了，还是放过他们，都快年底了，开除了让人家怎么过年，蒙总对职工一向最照顾的。小蒙那儿我会做思想工作，他妈嘛，只有哄着小蒙去做思想工作了。但你得费心，这事儿怎么处理得热闹一点儿，让蒙太太没话说。”

分厂长招手叫外面五个进来，嘴里对明玉道：“今天幸好你解围，后面的事还得你费心。其他事交给我，我保证影响做得又深又远。”见那几个工人进来，他喝道，“过来向苏总道谢，苏总大人大量不计较，保住你们的位置。”

明玉忙对那几个人说：“算了。大男人，以后做人做事，记得凭良心，凭事实。”又对分厂长道，“我那边急，不进去叨扰你，我没管住小蒙，今天给你们添许多麻烦，抱歉，抱歉，以后见面赔罪。”

分厂长亲自送明玉上车，路上忍不住问：“你怎么管住太子的？一分厂当初被他闹得翻天覆地。”

明玉一脸无奈地笑道：“我答应今晚陪太子玩轮滑，你这下明白他为什么肯给我三分薄面了吧。”

分厂长忍不住喷笑，原来如此。原本都还有点儿羡慕明玉拿下小蒙，上又得老蒙支持，前途不可限量，现在心理平衡了，这哪是人做的差事。自古陪太子读书就是苦差，现在陪太子玩更是不消说。

明玉笑嘻嘻地走了。她心里清楚得很，她年轻，她女人，偏她又占着要害位置，多少人看着她心理不平衡。可大家同在一个屋檐下又需要合作，她只有收敛再收敛，送平衡给人家。她就是不明白，像她这样在社会上不做多头，不做空头，只做滑头的人，为什么还总是逃不脱苏家的魔障。

明玉回到公司，小蒙早等在她办公室里，晃着轮滑鞋冲她笑：“石大哥不肯说你摔了几跤，你自己坦白从宽。”

明玉笑道：“什么摔了几跤，我就没像模像样站起来过，就一直赖地上。太难了，连石天冬都会摔跤。小蒙，第一个月领工资后有没有请你爸妈撮一顿？”

小蒙听明玉说摔得都起不来，心里特别高兴，哈哈哈地怪笑。见问就道：“没，钱都请小兄弟了，谁让你通知我爸断了我的口粮，害我昨天请客只能去小饭店。”

明玉打开电脑，笑道：“别骗我，你妈能不给你钱？布置给你一个任务，三天内找时间请你爸妈一桌吃饭，说这是你第一笔工资请客。”

小蒙反对：“不，他们两个坐一起就吵架。”

“容易，他们只要敢稍微抖抖眉毛，你就拍桌子骂，靠，谁敢开口，谁开口老子明天不上班。看他们还敢吵架。”明玉笑眯眯地打开Outlook，却眼看着一个一个的邮件不由自主地跳出来，带给她最不想看的苏家的信息，不等小蒙回家要威风，她先一拳砸桌上，学着小蒙憋出一声“靠”。

小蒙眼明手快地立刻冲过来挤着明玉看，怕手脚慢了好东西被明玉毁尸灭迹。只见一大片的新邮件如此写着：

“爸元旦前准备与保姆蔡根花登记结婚”

“爸说蔡准备回去伺候儿媳生孩子，不结婚无以留住她”

“爸说他希望蔡伺候他到老，只有用结婚挽留”

“我在美国没法过来，我们认为蔡有要挟嫌疑”

“蔡家穷，我们三个以后得养继母几十年，甚至她儿子儿媳孙子”

“我们考虑，我在国外可以免责，你目标最大”

“蔡既然会要挟爸，也会要挟你，她成继母后可以做很多事”

“蔡既然可以被贫穷扭曲得不要脸，要脸的人就得提防她”

“爸并无太多油水，我的油水她榨不到，明成没油水可榨”

“明成离婚，失业，又住进爸家里，非常潦倒，非常低落”

“为长远计，请你千万做爸思想工作，让他起码拖到”

“我元旦后回国，我来做爸的思想工作”

“如果他们真有感情，我们只能答应他们结婚”

“另，保姆变太太后，未必能更好照料爸，爸只会吃苦头”

“结婚后蔡更没有约束，可以随时回家照顾儿子儿媳”

“可是爸在电话里不听我的劝，明成不肯接电话，只有你了”

小蒙横看竖看看不出明玉为什么生那么大气，奇道：“你反对你爸再婚？你还教育我忽视我爸找二奶呢。我告诉你，你没必要生那么大气，天要下雨，爹要出轨，没办法的事。”

明玉脸色墨黑，随手打开一个邮件，内容竟然是“如题”。

小蒙见明玉不吱声，又觉得不像：“我最先跟你吵架时你都不生气，怎么你爸结婚你生那么大气？”

明玉老老实实交代：“石天冬说，我一遇到苏家的事就风声鹤唳。”抬眼一看小蒙，听不懂的样子，又道，“杯弓蛇影？”小蒙还是摇头，她不得不想了想，又组织出词语，“我见着风就是雨，一遇到苏家的事就跳。”

“你说苏家是你死穴不就完了？”

“小蒙你怎么这么聪明。对，就是死穴，可我现在不得不解决这死穴去，否则以后没完没了。你爸外面再几个奶，他都会自己解决，我那个爸找一个妈就得儿女帮手，不一样。”她想了想，又道，“那五个工人，我放过他们了。”

小蒙一听，白着眼睛拿头顶明玉：“我就知道你支开我不安好心。不行，我得杀回去。”

明玉一把挡住小蒙漂染得唐三彩一样的头，不让顶过来，笑道：“跟你说个道理。你作为公司里的太子，你是强者，谁见你都得客气三分……”

“你是强者，你一向对我不安好心！”

“靠，我现在火气大着呢，别打断我。作为强者，最要紧的一点儿，要大度。大度的意思就是，工作之外，你不能跟弱者争平等，你得让着弱者。否则就是没品，恶霸一个。比如说，在我面前，你虽然是强者，但你骂不还口，打不还手，说明你是好汉。那几个工人比起你更是弱者，你更别与他们计较了。知道吗？”

“你还弱？你颠倒黑白，你比我不知道强多少，可你还每天欺负我，你这恶霸，你自己说你是恶霸。不行……”

“不行也得行，回去你再做你妈的思想工作，这事儿到此为止，三分厂会给你一个体面的处理结果。不聊了，布置今天的作业，你已经旷工半天，又害我出去半天。”明玉打开电脑，指着三份文件，“昨晚来的三份邮件，你先找一下资料，再把处理意见写给我看。今天给你增加一份邮件的原因是你昨天做的事太完美了，说明你进步神速，神童，将门无犬子。”但随即“唰”地板下脸，“做不完加班。”

小蒙被表扬得心里高兴，可嘴里老实不客气地揭露：“又给我下套，你这奸商。”但说话间却拿起鼠标，眼明手快地把文件传到自己电脑上。明玉在一边看着自己的两只手“啧啧”连声：“头上擦了什么东西？头发竖得跟刺猬似的。我好好的手哦，被你毁了。”

小蒙一把拍掉明玉的手：“哼，看你每天还打我后脑勺不？哼。”

明玉追着趾高气扬出门的小蒙，又说一句：“回头拿你的第一笔工资买三件礼物，你爸妈各一件，一件给你师父我。”

“送你拳头。”小蒙人已出去，拳头在门缝里挥舞，忽然又钻进头来，“晚上去轮滑？”

“先通知石天冬。”

“才不做你们灯泡。”

明玉笑眯眯地看小蒙关门离开，看都不要看明哲发给她的邮件，一股脑儿删了。可删了邮件删不了事，她还是得去处理。她深知明哲说得没错，苏家三兄妹，她目标最大。以后老爹死了，她要是敢不好吃好喝地养着那继母，不知道多少恶心事会找上她。她不会没招，可既然事情有掐灭于襁褓的可能，她还是现在就防患于未然吧。唉，苏家，苏家，真是她的死穴。一遇到苏家的事，她就无法心平气和，她就变得病态。以后也别说小蒙了，小蒙看到他爸找二奶还不是死穴，各人有各人的死穴，不是设身处地，无法体会。

午饭的时候明玉不得不去父亲家，她这是第二次去。车子开到那幢不熟悉的楼，她得在车里坐上好一会儿，才能平心静气出门。她没想到，敲门，给她开门的竟是明成。两人当下都愣住，但明成随即就一声不响地让开，露出他身后探头探脑的蔡根花。明玉看着明显变白变胖了的蔡根花想，也不知老头子对她是不是真有感情，这事儿难说得很，经历那么恶毒的前妻之后，估计看哪个女人都会像朵花了。而对于蔡根花这种没有收入的农妇而言，一个月拿两千元退休金，还会写文章发表的老头儿估计也是看上去比较伟岸的样子。

蔡根花见明玉一脸审视地打量她，心里明白这个苏家女儿来是为什么，忙客气地往里面让，一边热情地问明玉吃饭了没。明玉冲她微微一笑，什么都不说，走进客厅自己找地方坐下。明成没回客房，站阳台上吸烟，对明玉不理不睬，但不清楚她来做什么，总之是无事不登三宝殿。苏大强坐在电脑前看到明玉，傻了。没想到给明哲打电话，却招来明玉这个煞星。蔡根花跟进来给大家倒水，倒完水，她拉来一把椅子，远远地坐在厨房门口。

明玉不等蔡根花坐稳，便眼睛都不抬，冷冷道："蔡根花出去一个小时，这儿苏家开会。"

蔡根花看看苏大强，见他蔫头耷脑没一点儿神气，又看明玉与苏家儿子不同，满眼的杀气，连忙转身出门去。

明玉用手背缓缓将面前的茶杯移开，等关门声音出来，才抬眼看着苏大强，声音四平八稳地道："你要结婚，我不反对。就你与你亡妻两人的关系，我也没有要你守足一周年的要求，等不等到元旦后，我不关心。"

苏大强一听，眼睛一亮，这明玉说的都是他的心里话啊。不错，这个女儿一向与她妈唱对台戏，他再婚明玉只会拍手叫好。但没等他高兴多久，传来明成一声喝："不行，犯什么花痴。"明成这才明白大哥为什么一次次找他，原来不仅仅是为他，还为老头子结婚的事。大概找不到他，大哥只好找苏明玉了。但找苏明玉，不是与虎谋皮吗？

苏大强立刻将脖子又缩了回去，不敢看明成，但是这事儿事关他的幸福，他不能不争取，他中气不足地嘀咕出来："成年人结婚，父母儿女都不得干涉。你只有赡养我的义务，没有干涉我的权利。"明玉一听，不怒反笑，心里还替父亲补充一句：父母对成年儿女无赡养义务，可以不必提供房子给成年儿女居住。

明成这时回过头来，客厅本就不大，他一眼就看到明玉在笑，心说她可得意了，她巴不得把妈清扫出门。只要他在，她别想得逞。他又瞪眼对父亲道："你这种人，蔡根花图你什么？图你一月一两千的退休工资吗？等着你死继承房子吗？你别头脑发昏。"

苏大强壮着胆子道："我不管她图我什么，我死后房子给谁都不重要，我只要小蔡在我生前用心伺候我。你不也在图我的退休工资吗？你这几天吃的用的都是我的退休工资。"

"你敢。"明成无言以对，又加被父亲在明玉面前揭底，恼羞成怒，暴跳如雷，大步过来一把抓住苏大强的胸口，怒目而视，总算是拳头没有下去。因为苏大强早蔫儿了，激不起明成更大的冲动。

明玉冷眼旁观，心说都不是好东西。这个老头子果然够自私，结婚后有人撑腰了，说不定他第一个跳出来问她要钱要物。而苏明成除了拳头，还知道什么？

明玉冷眼看着明成“哼”了一声将老头子放下，她才干咳一声，道：“说到房子，我今天就是为这事来。爸，我得跟你算一笔账，账清了你即使去蔡根花家倒插门往后姓蔡我都不管。本来，我的财产与你的混在一起也无所谓，以后你死了也是我们来分。现在不行了，得多出一个人来，不，蔡根花还有儿子，那也是你未来的儿子，这房子得五个人分。为了我们自己的利益，我们得把自己的先取回去。”

明成正生气，听明玉这么一说，忽然咂摸出味道来，讪讪地退回阳台，又是一脸与他无关的样子吸着烟，搞得正戒烟的明玉烟瘾发作。苏大强也感觉到了什么，看了明玉一眼，见明玉客客气气的，他才问一句：“什么财产？”

明玉还是不温不火地道：“这么说吧，原来的一室一厅是你们两夫妻的共有财产。现在一个去世，你可以得到其中的八分之五，我们三兄妹可遗产继承到其中的八分之三。这八分之三折合人民币大概是八万。然后买现在这所房子的时候，老大、老二家出钱，加起来十几万吧。还有这儿的家具都是老大家出钱的。另外，你们夫妻共有的钱财我们也要分八分之三，你得把存折拿出来核算。这样算吧，你如果要结婚，我给你两项选择，一项是卖掉房子我们取得属于我们的部分之后，剩下的钱你爱买什么房子住就买什么，你自己管自己，我们不管了，我们可以管你，但我们不管蔡根花。另一项是你可以留下房子，但你把我们的钱还给我们，然后你爱结婚就结婚，结几次都无所谓，我们什么话都没有。你自己斟酌，我不是恐吓，你什么时候擅自结婚，什么时候等着接法院传票，等着法院来这房子贴封条将你强制扫出门，拍卖了房子还我们的钱。你自己选择吧，这事情决定好，你就是明天登记结婚也无妨，我们不干涉，有人伺候你我们省心，以后就把你扔给蔡根花。”

明成一听，立刻就明白了明玉的意思，不得不赞，这话真是打到老头子的七寸了。他当然不会喝彩，但他有点儿自惭形秽，他怎么就没想到这么好的招数，驱强虏于谈笑间呢？但又一想，人家是有备而来，不稀奇。这才安了心，在阳台悠悠地吐出一口烟。

苏大强听了明玉的话，却好一阵才计算清楚，激动地抖着满头白发问：“你……你们想赶我出去吗？”

明玉依然淡淡地道：“废话少说，我们的意思很清楚，养你，没办法，养蔡根花，我们不干，你喜欢她，你自己养。就这么着。你可以拿着剩下的钱到郊区买间一室一厅跟她一起过日子，你那些钱够你花，我们也不会稀罕你手里的钱。”

明成心想，够狠，知道老头子是贪财的，她以毒攻毒，拿剥夺利益来制约他的手脚。

苏大强又气又急，可在场没一个人可以商量，精神支柱蔡根花又早被明玉驱逐，他只能腿脚瑟瑟发抖。儿女是他的物质生活保障，儿女如果不保障他，他还有几个钱养蔡根花？他还哪有现在这么丰衣足食有保姆伺候的好日子？终于，他有气无力地蹦出一句话：“我找明哲，要明哲跟你们说话。”虽然心疼国际长途电话费，他还是动手拨打了，明哲是他唯一的希望。明玉没掏自己的手机给他，只冷冷看着父亲颤抖的手指拨了好几遍才拨对号码，心说明哲家遭灾了，午夜凶铃。

苏大强一听见大儿子的声音，就像是溺水的人抓到稻草，迷路的孩子看见亲妈，未语泪先流。被电话吵醒的明哲一听父亲的哭，自然而然就想起母亲去世那天，父亲打来的报丧电话，忙说声：“爸你放下，我打给你。”拿起电话下楼，怕吵醒楼上睡熟的人们。

小小客厅电话铃响起时，明成很有过去接起说明原委的冲动，但是他畏缩了，他怕大哥趁机询问他为什么搬回家住，他无言以对。明玉心烦这个苏明哲，怕接了电话就是又搭上苏家的天线，听见电话铃响她就转身背对。

苏大强接了电话，一开口就是：“明哲，明玉要逼我净身出户，你来救救我啊。”

明玉“嘿”的一声笑了，就这么当着她的面撒谎？但别说，可怜人哭哭啼啼地撒谎还真是效果不错，悲情戏。她料定老头子已经幡然悔悟，再不敢打结婚的主意，她也不想多待在苏家这种黑暗的地方，走过去也不管明哲在电话里跟他爹怎么说，依然如拉家常似的道：“结婚？你无非想拉拢个长期女佣，让我们替你背着包袱，休想，没人是傻子。可惜你三言两语就被我探出用心，你若是真心真意，我还真支持你一把。走了。”她当然没与明成打招呼，转身就走。可身后却传来明成大声的说话声：“他当着你的面都敢撒谎，你以为他对你说的你的身世会是真话？”

明玉一愣，扭头看着明成，一时挪不开脚步。是，这个父亲的话能相信吗？另一个当事人已死，他更有说谎的空间。这一回明成说的是人话。她的身世……究竟是怎样？她一时迷惘了。

明哲在美国听爸哭诉，大惊，没想到明玉解决问题的手法如此暴力，又听电话那端明玉隐隐约约在说什么，还有明成的声音，他忙道："爸，你叫明玉听电话，我跟她说。"

苏大强放下电话，以哭腔喊明玉："你大哥要你听电话。"

明玉没理他，只是神色复杂地看了明成好一会儿，转身出门。

明成看着明玉出门，心中忽然痛快，好像是替妈平反昭雪了似的，冲过去拿起电话，对大哥道："没人赶他出门，他撒谎。你放心，他永远不敢再提结婚。"说完就像烫手一样地挂了电话，怕大哥问东问西。他知道大哥没弄明白，肯定还得打电话来问，与其看着老头子啼哭撒谎，他还不如出去轧马路。

但他才走到下面，就看到明玉在楼道口与保姆说话。他没再往下走，不愿与明玉碰面。

明玉是心烦意乱地走下楼梯的，但看到蔡根花，她立刻就恢复了精神，招手叫她过来。本来，她也可以走过去，但是今天不行。这是个姿态，一丝一毫，体现的是主动与被动，主与仆。明玉平时不爱摆架子，但是今天必须做出这个姿态，让蔡根花明白两者的身份。

但是面对蔡根花的时候，明玉和颜悦色："不好意思，大冷天要你到外面来等着。我们刚才商量了一下，老爷子暂时不搬去我的别墅，你继续在这儿做保姆。对了，这房子是我们三兄妹买的，本来老二准备卖了房子抽去他的几万块钱做生意，想把老爹赶到我空着的别墅去，现在谈好了，这儿生活方便，我们不换住的地方。几万块钱我可以另外给老二。老爷子说，你做事情不错，伺候得很好，这是好事，只要你伺候好老爷子，我们不会亏待你。你的工资之外，我额外给你设两项奖金，如果全年没一天缺工，年底时我给你全勤奖一千。如果老头子被你伺候得满意，不向我们告状说你不好，我给你鼓励奖两千。做满一年，第二年月工资加一百块，第三年再加一百块，每年加。只要你好好做，做得好，有你的好处。你要是三心二意，让老头子到儿女面前告状，那我没二话，立刻开除。我们这样的工资，外面多的是抢着做的人。上去吧。"

蔡根花连声应"是"，也不敢上去，看着明玉开大车子走了，才敢动。她这才知道，原来这房子不是老头子的，那还不如做保姆合算，一年收入都要比儿子高了。原来这老头子骗她，什么房子不房子的，他是个没家产的，只有两千元钱退休金够什么用，以后一生病还得欠债。看来这结婚的事以后提也别提，否则背上一个大包袱，得伺候上一辈子。如果结婚，肯定得罪他们儿女，工资奖金都捞不到，老头子的退休金她也用不着多少，完了。蔡根花虽然胆小，但头脑还是有的，这么一算计，回头再也不与苏大强提起，苏大强落个清净。

明成最先听着什么别墅，什么老二卖房子，刚才没说起啊。到后来才明白明玉的意图，心说她倒是一点儿不吃亏，即使撒谎，他也肯定是奸角，她自己是好人一个。不过这办法倒是好，拿点儿小甜头稳住蔡根花，让蔡根花为了每年加一百的工资不舍得离开。老头子还能有几年活，最多十来年，加一千也差不多到顶了，十年后通行的保姆工资怕是也要涨不止一千了。奸！

他也不走了，回到客房，将今天的谈判写成邮件，发给大哥。免得大哥在美国干着急。一边写明玉的发言，一边感慨，他是事后诸葛亮，难怪他不是对手，难怪妈当年也不是对手。写的时候，他更加意识到，明玉话说得滴水不漏，才想到她扯了一大通的房子长房子短，目的是为了告诉蔡根花老头子只是穷光蛋一个。后面如果不给蔡根花一点儿甜头，她结婚未遂，闹点儿事情出来，收拾残局的还是他们几个儿女。而且，明玉厉害的是，压根儿一句不提他们闹结婚的事，根本就当这事没有，不给蔡根花一点儿说话逞脸的机会。一通说话，让蔡根花只有点儿头哈腰说“是”的份儿，将身份弄得清清楚楚。

想到老头子还不知道中计，在外面向明哲哭诉明玉要赶他出门，这不正好向蔡根花补充说明了老头子没家产吗？这一下，两头都摆平，以后不仅老头子不会提起结婚，蔡根花估计也不敢再提结婚。这么臭又这么老的老头儿，谁要。又不是82对28。

发出邮件，他就跑到客厅，抢过电话要明哲看电邮，就又挂了电话。

明哲正被父亲哭得抓头皮，心里已经打算要不请假回家一趟解决了此事，听明成一说，立刻上网查邮件，一看，就安心了。他相信，明成说的是真话，因为明成一向对明玉没好气，应该不会替明玉说话。而这份邮件的字里行间，却满含着拍案叫好的意思。而明成最后的一句话也让他深思，明成说：“我当场向明玉指出老头子当着两个当事人的面都敢撒谎，可见他嘴里出来的话可信度不高。这话我也要向你说，大哥，你以为你写的家史，这份从老头子嘴里掏出来的家史，有几分可信？”

明哲几乎是第一时间就想，是的，不可信。他潜意识中一直反抗着从父亲嘴里吐出来的母亲的形象，可是想到父亲苍狼一样的号叫和老泪纵横的脸，他又不能不信父亲。现在明成以事实告诉他父亲的话不可信，他轻易就接受了。

这时吴非下来，趴在他肩上看了这封邮件，看完叹息：“还是明玉。”虽说请这尊神出山不易，可越难请的效果约好。但是对于明成为婆婆的辩护，她动用睡得迷迷糊糊的脑袋心想，老头子编谎能编得这么完美吗？可她没揭穿。

明哲高兴一夜大事解决两桩，一转手，将明成的邮件转发给了明玉。

四十三

“天下无不是的父母”

明成知道，老头子躲在房间里哭，这是毫无疑问的。想起刚才的唇枪舌剑，不，简直是一边倒，他又好气又好笑。他若不是自己寄人篱下比较尴尬，他会更欣赏刚才这一出。他真是有点儿手痒，想把这一段写成小小说扔到博客上。他已经发出邮件，可一时脑袋里总想着刚才这一出，这一出真是最近狗一般生涯难得的亮点，他竟有点儿懒得思考了，打开博客阅读留言，不出所料，他昨晚写的要小男人闭贱嘴的文章后面的回帖观点两极分明。有人骂他不是男人，有人大声叫好。

明成摸摸昨天刚打出来的伤疤，脸上挂着最近几天难得一见的微笑，鄙夷地看着那些反对的留言。切，他们懂个屁。他心情好，不与那些屁都不懂的人争，不教他们学这个乖。

但是慢着，这条留言与众不同。这条留言写着：“上一篇的留言你可能没看到，这一篇继续留。我是××周刊的，邮箱为××××@×××××××.com，请拔冗与我联系。”

“哈！”明成不由自主地叫出声来。周刊？联系他？问他要文章？

明成喜极，立刻给那个邮箱写信，平时打字都是好好的，这下几乎打三个错两个，好不容易拼成一封短短的只有写出他通信方式的信，回头一看，又是语句不通。他太兴奋，没想到自己泄愤似的文章居然会获得那份有点儿名气周刊的瞩目，他只可惜，可惜那只是周刊，那如果是日报，要他天天写一篇都不在话下。

一高兴，他把中午发生的这段小小插曲写成一篇小说扔上博客，用的是第一人称。明玉说的字字句句，他几乎没什么改动，只修改了他自己的，把自己的形象稍微修改一下，不要那么暴躁，变得有点儿像明哲。他在点击发送的时候，又有点儿犹豫了，这不是明目张胆地宣传明玉吗？但再一想，这个工作狂，每天有休息的时间已经不错了，哪里还会上网闲逛。这么一想，他就把文章发了出去。

不久，他的手机就响了。他被约稿，他居然被约稿！

千字一百五，他知道这个价不高，只是网上某些写手的对折，但是他已经满足，他是新人，不是吗？

但是，新人，并不意味着人气低落，才一会儿时间，看看他的博客，新发文章的后面，沙发已经抢到屋顶。

明成几乎是刷一遍网页就看到多一条留言。他有点儿志得意满地靠在椅背上，一遍一遍地转动着手中的铅笔，满脸都是笑意。终于，柳暗花明又一村。在这一片土地上，还有哪个周经理会横行？

但是，这一片处女地需要开垦，需要施肥，需要养育。他需要补充知识。

从这一刻起，他不再玩游戏，玩文字打架，他开始有的放矢地海量阅读资料。网络上，只要有心，几乎是应有尽有。

事后明成怀疑自己怎会把这篇小说扔上博客，可能是约稿带给他自信，自信让他宽容。宽容自己，宽容别人。

明玉将车驶出没多远，大约看不到刚才她才离开的那幢楼了，就又在路边趴下了。她心中一直盘旋着明成刚才难得的一句人话，难道那天她打上山门，老爹被她逼问出来的话有假？

她搜尽枯肠地回味那些话，心中又是疑问，如果有假，老头子是不是太能干了，竟然编得如此活灵活现，简直可以只做简单记录就成为一篇扣人心弦的现实主义小说。但看他今天对着明哲的电话张口就来的谎话，天知道他是不是早就把自己的过去在心里编辑演绎多少次，编成一出最动人的苦情戏？可明玉又觉得，凭老头子的能耐，还不可能编得那么符合逻辑，尤其是符合现实中每个人的性格。

究竟哪句是真，哪句是假，明玉无法判断。除非回去那间小小的客厅，以最高技巧逼问真实来龙去脉。可是除非不得已，她不愿回去那间有苏家人存在的房间。

而且，问出来是真还是假，有什么意义？以此说明妈是个好人？不，这是苏家两个儿子才会做的事。其实，是真，还是假，又有什么意义——该吃的苦头，她都吃了、该受的不公，她也都受了。即使妈在别人面前是雷锋、是孔繁森，对她而言，妈还是魔鬼，不会变。

明玉放下心事，安心上路。但是她心里也清楚，妈是她永远的心魔，她的心里永远无法放下一个心魔。任何与苏家稍有关联的接触，就能轻易打开潘多拉的盒子，放出那个从幼儿时起就一直纠缠至今的魔鬼。她对任何苏家的事、物都过敏。生理上的过敏，可以到医院找出过敏源打封闭，心理上的过敏，她虽然清楚过敏源，可只能眼睁睁地看着自己发作，她对此无能为力，就像双脚踩上轮滑鞋，即使两手死握住横杠，她还是无奈地看着自己以慢动作缓缓摔倒。唯其清醒，才如此痛苦。工作，只是扑尔敏，治标不治本。

她所能做的，唯有克制，克制，再克制。克制得自己冷漠变态。尤其是自己都觉得自己变态，她总是以最清醒的眼光认识自己，看着自己受罪吃苦。

不过这些都不妨碍她回到公司就正常投入工作。无聊的时候才会多思多想，她哪有那么多时间多想。有时候真希望有关苏家的事都发生在她被工作逼得团团转的时候，等她忙回来，好，事情已经过去。

今天也是一样，等做到天色墨黑，路灯大亮，回头犹如涅槃，她没事人一样拎上轮滑鞋出门。竟然看到小蒙脸色血红、领带歪斜地还在加班。明玉看了微笑，野马也给上鞍辔了。她走过去，拿脚踢踢小蒙的桌子，笑问："吃饭去？"

"吃你个头。布置作业也不知道控制个量，老总怎么做的。"小蒙头都没抬。

"我去石天冬那儿给你打包个饭盒回来。你要是没做完就溜是人妖。"

"去去去，别烦我。我做完你还没回来，你是蚯蚓。"

"算啦，还是吃了饭再回来做吧，肚子里没油水，血液里没血糖，脑袋里没营养，再做也是白做。"

小蒙这才"靠"的一声，终于被勾引，跟着明玉一起下楼去石天冬那儿吃饭。石天冬那单身公寓简直成了他们的食堂。

石天冬见面就道："明玉，我给你看一篇文章，一篇男人写的女权文章，正是我昨晚听说有人非议你之后的感想。"

石天冬几乎是兴奋地等了明玉一天，说话时自然就把手放到明玉肩上。明玉不由斜了身边的小蒙一眼，小蒙正冲他们吐舌头。明玉忙改斜为白，偏偏将头一仰，倚到石天冬肩上，接近了，立刻闻到石天冬口气有点儿臭。"下午空闲时没休息一下？光顾着上网玩了？"

"你不也一样？今晚早点儿回家休息。"

小蒙惊讶地指着两个，目瞪口呆："你们两个？你们昨晚纵欲过度了？太强了，没结婚就上……"没说完就被石天冬捂住嘴巴，明玉早满脸通红，跳离石天冬身边。石天冬尴尬地道："小蒙，你小子嘴巴放干净点儿。"

小蒙来劲了："我哪胡说了，你每次看见苏星星两只眼睛都像铜铃一样，大家都是男人，你自己老实承认，你心里把苏星星吃几遍了？哈，昨晚我替你们制造机会，老石终于……"

"小瘪三外面吃西北风去。"明玉给石天冬使眼色，石天冬快手在电脑上调出文章，冲明玉指指电脑，趁小蒙与明玉缠斗，自去烧汤。明玉这才给小蒙个后脑勺，"刚看你还人模人样，一不小心就露猴子屁股。没见我兄弟被打破头吗？石天冬昨晚得帮我处理。"明玉怕小蒙没完没了，不得不扯了个谎。

小蒙笑嘻嘻地对坐到电脑面前的明玉耳语："可怜可怜老石吧，他都快欲火焚身了。"

"靠，我说风声鹤唳你不懂，说杯弓蛇影你也不懂，说起下流词来你一个赛一个，聪明全用在下半身。嗯，这篇文章不错。你看，题目叫《小男人，闭上你的贱嘴》，听话，闭嘴。"明玉不理小蒙，知道一说到荤的素的小蒙就来劲。文章确实写得好，很多话说得痛快淋漓，简直是现代职业女性的一肚子气话，针砭社会对职业女性戴有色眼镜的陋习。

小蒙没看出有什么精彩，见石天冬端菜上桌，他饿得先吃了起来。不料他妈来电话，他一看号码，就道："靠，现在没法查老爸的岗了，每天闲着没事干查我的岗。"接通就问，"妈，干吗？不搓麻将了？"

"小宝，我炖了一只野鸡汤，你快点儿回来吃。妈给你留着鸡胗。"

“你去搓麻将，我还有一道题没做完，得加班到十二点。再见。”说完就挂了电话。

明玉看着《小男人，闭上你的贱嘴》写得不错，又见下面注明转自Blog，有兴趣看看此人的其他文章，便上百度查询。很容易就找到此人的博客，此人起了一个很别致的名字：沉香。头像下面的说明里说：“寻常之树，水淹土埋，煎熬之后，始成沉香。”明玉看了一笑，写字人脱不了的自恋，酸。菜已上桌，她暂时没心思阅读沉香的其他文章，三个人一起抢食。

想起刚刚小蒙与他妈的对话，忍不住问：“你妈搓麻将也得跟你通报一下？”

“没，她炖了个什么汤，我没听清，要我回家吃饭。又不是她炖的，肯定是保姆炖的，她一个人让两个保姆伺候着，闲得只会搓麻将和烦我。”

“你有地方吃饭，还来这儿蹭石天冬备给我的菜。明天开始叫你妈送饭盒来公司，不许再蹭我的饭。”

“我叫我妈送完饭找你聊一会儿天？”小蒙嘻嘻笑着看向明玉，知道两人不对路。

“投降。”明玉也笑。管一个小蒙已经够累，谁耐烦再应付蒙家母老虎。

“所以你看，我来蹭你的饭是为你好。就老石看见我肯定不高兴，老石巴不得一个人的时候好吃了你。”

明玉不得不再给小蒙一个后脑勺。很快吃完，与小蒙一起回公司。小蒙啧啧连声，说明玉找的是石天冬，陪她的却是他小蒙。路上看见有人骑自行车卖花，他又指出那么多天石天冬连花都不准备一束。明玉直接给他一句“八婆”。

办公大楼到时间就关中央空调，小蒙冻得受不了，钻进明玉的办公室继续做作业，就坐在明玉对面，两人合用写字台，互不干扰。九点钟的时候，老蒙来电话，问是在公司还是在家里，明玉说在公司，老蒙就说他很快上来。明玉看看正清理比对当季应收款和销售额，分析某个片区销售员们动向的小蒙，决定还是不跟他说明，免得他逆反地走避，自己悄悄起身出去迎候老蒙。

老蒙跟在明玉身后进门，一眼就看见儿子背着门对一台笔记本电脑抓耳挠腮地干活儿，非常认真的样子。他瞠目结舌，胖手指指儿子又指指自己，明玉领会他在惊讶这难道是他的儿子吗，微笑点头。老蒙竟然不敢进门，眉开眼笑地看着儿子好一会儿，忽然挥挥手要明玉一起出去，亲自动手蹑手蹑脚将门关上，又悄悄走出很远一段路，到大办公室，才轻问："小宝在干什么？"

"他喜欢做大哥，我就让他根据一些销售资料分析每个销售员的手法心理，再提出有针对性的改进方案。"

"他还行吗？"

"还行，脑子反应很快，记忆好，就是玩心重，须七骗八拐才能压他坐座位上好好做事。还有就是没有生活压力，做事情积极性不高，得靠别人来推动。"

老蒙摇头："这事我管不好，我已经断他粮草，即使他妈不给他钱，他也有本事到处借到钱，债主最后都问我来要债。这样已经挺好了，你一步步来，不要心急，早知道他听你的，我前几年就把他交给你。"

明玉笑道："蒙总你即使再这么想也别说出来，小蒙一得意就无法无天。"

老蒙笑得很高兴："对，对，你教他好好做人，好好看人，他以后主要还是管人。小苏，小宝是你弟弟，你要像教自己弟弟一样教他，打骂都可以。他妈要敢胡说，你找我。我以后所有儿女都交给你管。"

明玉笑道："我还不如找小蒙给我做挡箭牌有效一点儿。蒙总，还是去我办公室吧，这里太冷。"

"我去了小宝肯定又演猢狲戏给我看。"但看看明玉穿得单薄，只得去明玉的办公室。果然，小蒙一见他爹进门，立刻将一只脚骑椅子上，没一点儿坐相地斜睨着电脑。活儿也不干了，调出游戏玩耍。

老蒙只得装作没看见，装作大公无私地拍拍儿子的三彩毛毛头，心里其实挺欢喜的，眼睛就是不正眼看儿子，也不跟儿子多说话，坐下就询问明玉几个产品的市场分布与预计。明玉见他问的是一些公司尖端产品，好奇他怎么忽然想起这些来，就拿电脑一起坐到沙发上，对着电脑如数家珍地把某地有几家下游企业用得到这些产品，某地某家企业正调整产品结构，预计会用上哪些产品，需求量估计是多少，等等，一一告知老蒙。

老蒙听后想了会儿，道："这么说，中原以西的地方，预期需求量不是很大喽？"

"中原"两个字出来，明玉立刻想起柳青，想起柳青最近申请上马新设备，以生产公司的尖端产品。柳青为人追求高端，心中异常想把手下工厂改造成一流。

可是，他忘了他也只是集团公司全局中的一枚棋子。明玉不偏不倚地道：“就目前形势分析，中原以西地区的高端需求量还不至于大到要在中原设立高端生产线的地步，在可预期的三年时间内，在中原设高端线的必要性会增加，预估两年后动工，三年后建成，效果会比较好。”

老蒙点头：“话是这么说。”却一时没说下去，皱眉看着地图不语。小蒙现在大致知道了一些数据，但还不会分析，他又为了对抗老子故意不去做他的作业，虽然白着眼睛坐着似是无所事事，其实一字一句听得真切，心中好奇，既然话是这么说，为什么老爹还一脸犯难的样子？他又不肯问老爹，只好问明玉：“你说的是柳青的公司？”

“是啊，他那家辐射中原以西地区比较好。但目前我们的高端产品需求主要在沿海，一些出口加工企业用得比较多……”

“可是你忘了，甘肃一厂家已经在用了。”

“那家产品是通过新疆供中亚的，量不大，发展前景不是很明朗。不过我看好四川。小蒙，你明天的功课是好好了解一下四川的下游企业动向。四川跟武汉之间，有长江船运为依托，使柳青管的公司辐射四川的能力优于鎏金公司。有数了吗？”

小蒙伸出两根手指在脸上装着流泪，“呜呜”哭了几声，道：“我今天的作业没法完成，课堂太吵，我没法安心做作业，我不要做人妖。”

明玉听了忍不住笑，这不是赶老蒙吗？她很想说那就立即挥刀自宫，但碍于老蒙在场，老蒙又在抱着胖肚子考虑问题，她只得取出手机给小蒙发了“挥刀自宫”四个字。小蒙一看，哈哈哈大笑，冲着明玉挥拳头。可当着他老爸的面，他还不敢拿头顶过去。老蒙本来是在考虑各方面的平衡问题，但听儿子插嘴，一下耳朵调整焦距，追听他们两个说什么，听儿子居然说得有模有样的，而且看来他很能接受明玉的教育，心里欢喜，笑眯眯地看着儿子装鬼脸虚张声势，但很快被小蒙发现，小蒙立刻抛给他一个白眼儿。

老蒙不以为意，心中也想给儿子上一课，便貌似对明玉说，其实是对儿子深入浅出地解说道：“柳青上任后一直冲劲儿十足，这是非常值得鼓励的事。他想尽快做好，做出成绩，这种心理值得肯定。如果完全驳回他改造设备的请求，可能会打击他的积极性……”

明玉听老蒙讲得那么简单，便明白老蒙其实是讲给他儿子听。她想到的是，柳青的收入与利润之间的挂钩太紧密，涉及金额非常大，导致柳青有点儿被冲昏头脑，惘顾市场需求，急于上马高端设备。如果他的申请被驳回，他会怀疑老蒙是不是压他之利，肥总公司其他三个分厂。但柳青的这种心理，老蒙不会想不到，只是不便明说。明玉相信老蒙在了解市场分布与预测后，权衡利弊之下，会在公司利润与柳青的积极性之间取一个中间值，不用她多嘴。

明玉只是在想，要不要提醒一下柳青，不要太急功近利，也得考虑一下老蒙的容忍度。

她正想着，手机叫唤，石天冬的。"明玉，还没早点儿回家休息？"

"我在公司，还有点儿事。"

小蒙立刻插嘴："老石？叫他一起轮滑去吧。别急着睡觉，什么时候不能睡。"

老蒙很郁闷他的教育小蒙不肯听，但也发现一个新动向，难道打电话来的是明玉的男朋友？他冲儿子指指明玉："男朋友？"

小蒙"哼"一声，转身不去理他老爸。老蒙知道肯定是，如果不是，儿子巴不得否定他。他就跟明玉道："叫他过来嘛，让我看看。"

明玉放下手机，不好意思地道："我改天安排时间，在'食不厌精'见面。"

老蒙倒是高兴，好，终于与柳青无关了，又开始与明玉商量其他问题。小蒙回头继续做作业。他什么都听不懂，他还以为自己已经了解很多，本事很大，明玉布置的作业都能完成，没想到今天听老爹与明玉的工作讨论如听天书，刚才的什么中原以西还是最简单的。他们说得快容不得他有时间考虑是一层，但他们说的词儿他有听没懂，整个人跟白痴一样无知。这才有点儿相信，明玉说她是他老爹教出来的这话不是马屁，老爹看来还真有点儿本事。

小蒙郁闷地做完作业，明玉看见了，跟老蒙提一下，老蒙有兴趣看。明玉就将小蒙的电脑拿来与老蒙一起看。老蒙久不接触，已经生疏，但看了小蒙的那些分析，好像还有点儿模样，便点点头，眉开眼笑的，却不肯表扬。明玉问老蒙："时间不早了，蒙总要不要回去休息？"

老蒙闷骚，其实很想再跟儿子说说他满肚子的经验，可又不愿表现得太心急，被儿子揪住把柄嘲笑，他已经吃足苦头了。只得点头。"好吧，回去。今天谈的，你不用费心帮我去做柳青的思想工作，你与他的良好关系你别不珍惜。他现在处的位置已经不一样，我得给他一段时间调适，我自己会处理。”

明玉不好意思地笑，原来她的考虑逃不过老蒙的眼睛。师父毕竟是师父。

老蒙看着明玉也笑：“被我猜中了吧？这个提醒的人，由老毛去做比较自然。元旦时柳青会回来，我们到时再说。小宝，跟我回家。”

小蒙翻翻白眼儿：“妈给我炖了什么什么汤做消夜，你那里有吗？”

“我那里什么没有？快收拾。”

小蒙索性将手插进裤袋：“妈那里花一整天时间炖的老汤你肯定没有。你那里拿高压锅吹出来的粗食怎么吃。又不是喂猪。”

老蒙无奈，只得道：“行，那你早点儿回家。别外面胡闹去。”

小蒙故意对明玉道：“苏星星，咱等下轮滑去，我保证你今晚站得起来。”

老蒙大惊，指着小蒙问明玉：“你陪他玩？”

明玉不由笑道：“今天不去，累了。其实轮滑挺好玩的，可小蒙滑得太好，我都没脸在他面前滑，昨晚只好背着小蒙偷偷地学，可我扶着栏杆都站不稳。”

老蒙哭笑不得，心知明玉肯定是为了他儿子玩轮滑，这牺牲够大。谁见过大姑娘玩野人一样的轮滑了？他不点明，拍拍儿子的头，道：“好好听你苏姐姐的话，我走了。”

小蒙白着眼睛看明玉送他老子出去。等明玉回来，他笑道：“你还看不看我的作业？不看就是蚯蚓。”

“不是看了吗？你老爸这个老法师都点头了，我还有什么话说？走，回家睡觉去，我累死了。”

“我带你去吃消夜吧。”

“你一到晚上就精神，老鼠命。”

“你不带着我我会闯祸，半夜又叫你去派出所。”

“闯吧，我再去派出所捞你我是蚯蚓。”

“老石现在会在做什么？你不怕他陪着其他女孩？我们去找他？”

“八婆，你有完没完？我走了，你爱待待着，走了别忘关灯拉闸。”

明玉几乎没拿什么回家，反正回家睡一觉立刻就得回公司。小蒙更是只拿一把车钥匙走，东西都扔在明玉办公室，他冲得比明玉还快。在电梯里，明玉有意提了一下："这下知道你爸厉害了吧？"

小蒙反感道："他厉害是他蒙总的事，他再厉害也不是好爸爸。"

明玉想了想："对，我妈也是，她再厉害也不是好妈妈，她厉害是她护士长的事。"明玉觉得自己还不如小蒙一分为二，想得明白。不由也扯扯小蒙的三彩头发，被小蒙踢一脚。

回到家里，明玉很自然地给石天冬打个电话，报告自己回来了。石天冬笑道："还说早点儿回家，今天这么忙？"

"唉，早上小蒙为昨晚的事到分厂闹事，占去我半天。下午我那个爸要跟保姆结婚，我去棒打老鸳鸯了。刚才小蒙在，不便跟你说。"

石天冬笑道："很巧，写'闭嘴'的那个沉香今天写了一篇小说，也说的是儿女棒打老父亲鸳鸯的……不会吧，太巧了，他写的小说里老父亲也是想与保姆结婚。"

苏明成＝沉香？别搞脑子。但是，昨晚小饭店打架，很是写"闭嘴"的大好时机！明玉一下直了身子："我得看看，太巧了，难道是苏明成？"

明玉上网查出沉香的博客，直奔石天冬指出的那篇小说。才几行下来，已经惊得说不出话来。苏明成真实拷贝了她的原话，字里行间居然还带着赞许。

明玉不由想起下午那封被她删掉的、明哲转来的、明成的电邮，难道明成也去明哲那里传信了？而且还是这么善意的传信？

"是他？"石天冬在电话那段等不及地问。

"是他。"

"他大概想不到我们会找到他的博客。"

"是。如果不是你，我没时间找这种闲文字看。"明玉震惊得无以复加。以他们之间的关系，她怎么都想不到明成会写出这样的一篇小说。

"我当时一看这篇小说就在想，你遇到这事处理得肯定不比文章里写的差，原来就是你。还有昨天那篇，他在为你还是为你妈鸣冤？"

"为妈，肯定不是为我。可问题是他昨天打架是因我而起，现在看了这篇文章，可见他打架最终的原因是为他妈。"明玉想到中午明成说父亲撒谎，可见父亲说的其他话也是撒谎，他这么说的时候，不知多开心吧？

“看看他其他文章，我觉得他很愤青。说实话，我没法把现实生活中的他跟写文章的沉香联系在一起，两人好像性格差太远。”

明玉皱眉想了想：“看来也是闷骚，就跟我平日里一本正经，到健身房却跳弗拉明戈舞一样。还喜欢轮滑。”

明玉一边看文章咂味道，一边联系着文章发表的时间考虑明成那时候在做什么，综合起来考虑。毋庸置疑，这一定是明成，今天棒打鸳鸯一幕只有三个人知道，不可能是彼岸正睡觉时间的明哲，更不可能是老头子，老头子也有文笔，可不会曝自己的丑。只有明成。

文章不是很多，但她看得慢，她从字里行间看到明成心灵的挣扎，还有他身上背负的他无能为力的压力。再将鼠标拉回到那篇小说，她还是字斟句酌地看，没错，这一篇里面没有其他篇的压抑。明玉不明白，明成为什么会以如此的笔触写她。她百思不得其解，对电话那头等了半天的石天冬道：“我还是想不出他写这篇小说的动机，他肯定不是写给我看的。”

石天冬道：“我刚才看的时候还在想，这人倒真有意思，昨晚写一篇为女性辩解又赞美职业女性的文章，今天就整出这么一篇小说来进一步赞美。很可能他昨天写的那篇‘闭嘴’的文章，也是因为你有感而发。”

明玉一愣，又连忙摇头：“从字里行间看出，不会，只有他妈……难道还有朱丽？不过，今天的小说，你真的觉得倾向性这么明显？”

“或者，他吃苦头后，开始知道好歹了？”

明玉沉默，拖着鼠标又将页面往下拉，拉上拉下好几次，才道：“他最近离婚，失业，被打压，又没能力翻身，前一阵关在一间单身公寓，朱丽找上去，看到他一身晦气。现在没钱了吧，被迫住到他父亲家。我最先以为他会从此消沉下去。但看这些文字，说明他在思考。且不说他在思考什么，他总归不再是原来那个没脑袋的人。”

“你的意思是，他思考后，知道以前可能错了？知道以前对不起你？”

明玉摇头：“我不知道。但这篇小说不会是无的放矢，他不知道我们会在看他的博客，这应该是他心底最真实的想法。我不知道他怎么想的，但他写出来的东西，让我觉得匪夷所思。”

“如果他有悔改，你打算原谅他？”

“不会。看到他我就想到苏家，想到苏家我就情绪不稳。我不想自讨苦吃。你怎么问题这么多？”

石天冬笑道：“我看你在激烈地思想斗争，怕你憋闷，我帮你问出来。要我过来吗？”

“不用，太晚。”明玉笑了。这家伙，有他在，闷都闷不起来。确实，她想的就是这些问题，但她想的还有别的。“我看这篇小说，都不知道是什么感觉。他还给他大哥发了一篇邮件，他大哥转给我了，可惜我看都没看就删了，估计也是差不多的语气，他大哥激动了，以为找到阶级斗争新动向了。”

“你看，都以为你会因此原谅他。”

“不可能，他不会直接请我原谅，我也不会原谅他，积怨太深。最关键的是，他不会觉得他有什么需要我原谅的地方。我总觉得，他现在对我的感觉是，原来此人有可以欣赏的地方，而不是全无是处。”

石天冬听了笑出来：“你啊，这个脑袋怎么长的。你想那么清楚干什么呢？你这不是钻着牛角尖自寻烦恼吗？既然不喜欢，那就不去想他，不管他怎么想，又不碍你的工作。”

“怎么可能？你看你就塞他的文章给我看。你还罢了，他大哥还一个邮件一个邮件地发给我提醒我，唯恐我删了邮件不看里面的内容，内容都写在标题上，一次就发十几个邮件。你以为我那么喜欢钻牛角尖吗？我多希望自己是石头缝里蹦出来的孙猴子，可没办法啊。睡觉，不想了。”

石天冬却道：“很想你，我还是过去看看你吧。”

明玉听了心里甜甜的，忽然想起什么，忙道：“小蒙爸想见你，你给我几个候选时间，我安排你们在‘食不厌精’见面。”

“见我干什么？我没荼毒他儿子，他也不用来谢我，他谢你就行。”

“不是。”明玉又觉得不便说出口，“我只是感觉他可能会去找你，我没把握。这样吧，反正你见到他，他问什么你就说什么。”

石天冬忽然灵光闪现，想到明玉说她是小蒙爸一手带出来的，再想到明玉对小蒙的感情，忙问：“你跟他说啦？见面时要不要穿西装打领带？我能不能跟他商量我们什么时候结婚？”

“去，去，去。”明玉害臊地挂了电话。

石天冬短信追来：“我还没说完呢，我明天七点带早餐来。”

明玉看了短信甜笑，石天冬总是千方百计地对她好。可微笑里，她又想到明成的博客、明成的小说，还有明成的杂文。心说原以为他和父亲不相像，可现在看来将门虎子，同出一脉。

刚才与石天冬一问一答说了那么长时间，她至此还是不能相信那个叫苏明成的同志竟然会自发地偷偷地说她的好话。不可思议。明玉虽然早就清楚这是为什么，可心里还是不断地冒出泡泡，不断地问自己为什么，为什么。

石天冬心里也在不断地冒着泡泡，不过他心里的泡泡是幸福绚烂的泡泡。但他的绚烂泡泡中也有一个惊悚的，小蒙的爸该如何应付，不知道小蒙的爸会问出什么问题，要不要先从小蒙嘴里打探一下。石天冬很是担心这件事，躺下后竟然睡不着，翻来覆去。

一觉醒来，已经快早上七点了。他忙鱼跃下床，先给明玉发一条短信，飞速洗脸刷牙，飞一样地出门去最干净的早餐店买了豆浆糍饭油条，骑他的赛车直奔明玉家。老远就看见明玉的车尾巴喷着白雾在加热。石天冬过去，拉开驾驶室的门，笑道：“不好意思，不好意思，你坐那边去，我给你开车。”

明玉看石天冬，又是穿着灰色粗线毛衣，头发乱糟糟的，胡子都没刮，整个人毛茸茸的挺好玩。她钻到副驾坐下，笑问：“昨晚又干什么了？很晚睡？”

“失眠了，被你说的小蒙爸吓坏了。你快趁热吃豆浆糍饭。”

“我又不急，像我这样的劳模即使不上班也没人说。都吃完了再开车吧，你也饿着呢。”看石天冬赶得呼哧呼哧的，明玉心疼，拿了属于自己的，将剩余的早餐递给石天冬，“老蒙确实挺可怕的，我刚上班时一看见他腿就抖。现在不怕了，你也不用担心，他只是一双眼睛厉害一点儿而已。”

“眼睛厉害才是真厉害。”

明玉看到石天冬咬一口糍饭后，嘴唇边的胡楂上挂着一颗饭粒，本想伸手帮他拿掉，可又觉得好玩，眼睛不断瞄着这颗饭粒打坏主意。石天冬两眼也没离明玉，看着心惊胆战：“你在打什么鬼主意？我怎么觉得你看着我不怀好意呢？是不是小蒙的爸会给我出难题？”

明玉给了一个婉转悠扬的“No”，减慢了啃糍饭团的速度，倒是将豆浆全吸完了。反而是石天冬吃得飞快，虽然明玉说不碍事，他还是不想耽误明玉上班。吃完就将车开了出去。但见明玉还是慢吞吞地吃，他好奇地问：“你也没睡好？今天你怎么胃口不好的样子？还是不喜欢吃糍饭？”

“不，不，不，糍饭很好，大大的好吃。”明玉笑着，一只手开始忙碌地行动。

石天冬将明玉送到她公司地下车库，面对着后视镜，发誓以后绝不再买糍饭，这一路下来，他的胡子根儿上，被明玉挂满了白花花的饭粒。他不得不窝在暗无天日的地下车库里耐心取下饭粒，又不敢开灯让别人看到。异常艰难，真是又好气又好笑。没想到小蒙的车位在明玉的旁边，正好被小蒙上班看到，小蒙在车外笑得捶胸顿足。

明玉脸上挂着忍也忍不住的笑意上去办公。打开电脑，照例先调出昨晚最新发生的数据，看看有没有异常。然后，不由自主找出明成的博客，她倒没有窥看的意思，但因为知道沉香就是明成，所以很想知道，跟帖里面，对她阻止父亲结婚的事怎么反应，她想知道，人们如何看待明成的细微倾向：既然明成是以欣赏的角度写昨天发生的一个片段，那么，会不会有人批驳他的欣赏。明玉认为，在他人清楚了解苏家历史之前，单纯看这篇小说，她可能会被千夫所指，哪有女儿如此强硬对待老父的。

但是，占了一半的回帖还是打得明玉有口难言，清早出来时的好心情一下灰飞烟灭。有一句话，叫“天下无不是的父母”，这句话多次出现，不过这句话明玉早在十年前反出家门时已经听多想多，虱多不痒。而有些有意拧着来的、道德标准非常高的回帖，明玉看着有点儿被影响心情，可也没太当回事儿，心里哼一声“懂什么”，便打发了过去。反而有的话虽然中庸平静，可对明玉的触动却大得多。有个人说，“父母过去纵有千般不是，可现在他们年老了，即使他们不是你的父母，只是不相干的老年人，你在公共汽车上看见老年人你还得让座呢，何况他们还是生你养你的父母，起码你活到这么大，你父母没有功劳也有苦劳，如此强硬对待老年的父母，不是智力体力相对强势的儿女之道，最起码，以礼相待。”

对于这样的回帖，明玉心头如哑巴吃黄连，再也无法给一句“懂什么”。因为她前不久才刚教育小蒙，作为强者，与弱者计较平等，是没品，是霸道。她知道作为强势的人，即使心中张牙舞爪，平日里也得将手脚捆住了别显山露水，是为人品。可如果不是今天看到这些回帖，她还没好好意识到，在苏家，她现在已经不再是受尽欺负的小可怜，风水轮流转，她已经成为苏家绝对的强者。甚至，因为母亲的去世、明成的无用、明哲若有若无的醒悟和父亲的懦弱，包括这篇小说反映出来的明成的态度转变，她在苏家已经没有对立面。

她竟然没有意识到自己已经成了苏家的强者，而她却依然咬牙切齿地沦陷在对过去生活的敏感憎恨之中，无法自拔。不知己不知彼，是兵家大忌。不知己不知彼，同样也是生活中之大忌。

三十年河东，三十年河西，她是哪年占了苏家的风水高地？是经济实力超过苏家总和的那一天，还是母亲终于口舌不敌的那一天，或者是母亲去世那一天？

为什么她心理上一直没以为自己强势？为什么她直到刚才之前，还一直在以为自己是个受迫害者？如今知道了自己强势，她又该不该为她在苏家强势的所作所为道歉？诸如打压明成，威胁老父，冷遇明哲？

明玉知道，自己是异常的不甘心。

好在上班时间繁忙，容不得她静心多想。很快，秘书就通知她有会议要参与一个开头，有人要约谈。

一样的文章，两个人看。明成起床吃饭，是很简单的稀饭咸菜，生活素质倒退到小时候还住在学校宿舍的年代。他是捧着饭碗看小说后面的回帖的。看完之后，对那些道德制高的言论嗤之以鼻，虽然知道那些人骂的是小说中的女主、实际上的明玉，他在里面是个陪衬还轮不到挨骂，可心里还是实事求是地骂一声“狗屁”，都是些站着说话不腰疼的。

吃完饭，他将饭碗往桌上一搁，便找出但丁的《神曲》，翻出一句他以前曾深为感慨的话，以作为对父亲这种人的评价和对那些不腰疼人回帖的反驳：文中“父亲”角色，是懦夫的典型。但丁在《神曲》中有说：“地狱之走廊，懦夫受刑之地……这些都是无声无臭的懦夫……他们对于上帝既不反叛，也不忠实；他们是只知自私自利的骑墙派。这一班幽灵既为天国所摒弃，因为天国要保持他的纯洁，又不为地狱所收容，因为罪恶之徒尚有自夸之点呢……他们既没有寂灭的希望，只是过着盲目的平庸生活，也没有改进的可能。世界上对于他们没有记载；正义和慈悲都轻视他们。我们也不必多说他们了，看看就走吧。”但丁以降，我终于在中国看到有人为懦夫奔走疾呼，我终于看到中国犬儒遍野。悲哀啊，那些自以为慈悲自以为人性的人，当你们自以为是地维护一个自私自利懦夫的同时，你们扼杀了一个天使。

明成写反驳之词的时候，不知不觉就想到了母亲，父亲这一辈子，都是母亲在为他操劳。如果没有母亲，他凭什么拥有儿女，哪里能活得如此轻巧一点儿不用动脑筋。如果没有母亲的约束，他还不知道怎么荼毒他的儿女们。他什么都不用做，就这么轻轻巧巧活了几十年。可这样的人，却最终博得大家的一致同情，因为他是弱者，一个被压制着坏不起来的弱者，母亲却是做多错多，反而成了迫害者的典型，接受舆论的道德审判。这世道，一个没有话语权的强者，等于是随时等候枪击的出头鸟。

明成将反驳的回帖发表的时候，还伴以一声“哼”。等他拿饭碗去厨房时，忽然想到大事不好，在旁人看来，他的反驳之辞可不是为他妈，而是为明玉。他竟然将明玉说成是“天使”。回房，鼠标点着“删除”犹豫不决，要不要删？

明成犹豫不决，他想再想想，他点上一支烟，查看邮箱。果然，邮箱中有好几封新邮件，一封邮件来自大哥。他有些不敢打开大哥的邮件，他先将那些全英文的订阅邮件看了。他的英文功底终于在阅读中得到极大发挥。直到中午，他已经看遍所有可看的资料，才磨磨蹭蹭地打开大哥的邮件。

没想到，大哥并没有对他爱之深，责之切，大哥只是在邮件中说：“明成，一时的磨难和跌倒，不要因此气馁，人都有起起落落的时候，关键是要自信自强，有必要退一步以走出困局。多的就不说了，你应最知道你该走的路。我请我在上海的同事往上回给你汇款的账户里打了五千块钱，不多，你紧着用，相信你很快就会走出困境，不会再需要援助。大哥。”

明成转过身，背着电脑，痛痛快快地泪流满面。

擦干眼泪，他第一时间跑去银行，将钱提出来。然后，他也不搭理蔡根花已经准备好的午饭，又要回朋友的朋友名下的单身公寓，饿着肚子就搬了出去。对大哥的感谢自是不用细表，而大哥对他的好，让明成看到生活的美丽。他没再搭理小说后面那些跟帖的是是非非，天使就天使吧，明玉在对待她父亲一事上赏罚分明，有理有节，没什么不对，充分显示了她的理性和能力。

可这种理性和能力也不是人人都能消受的，明成苦着脸回想。他和明玉的恩怨，那是无法解决的矛盾了。在虚拟世界，他可以理性，可以大胆理性地看待问题，看待明玉。可是，如果在现实中相逢呢？多年有意无意产生的积怨，彼此仇恨了那么多年，哪是那么容易云淡风轻地当作幻梦一场的。还是各走各路吧。比如他潦倒地搬进父亲的家暂居，明玉看见漠不关心，无一句提及，也无一句嘲笑，就这么彻底地冷漠到底，视同路人，这才是两人间最好的相处。那时他站在阳台上不知多提心吊胆地等着明玉的嘲讽，看到明玉一句都不涉及他地离开，他还真是松一口气，这是不是明玉的理性？

明成不敢多想了，再想，就得揭自己的老底。

他出去楼下买快餐，他买了一条红烧橡皮鱼和梅子肉，还带上来一些水果，他相信生活很快会好起来，他可以很快归还大哥给的五千元钱。然后，他可以昂首挺胸地做人。

四十四

天使

石天冬没想到鬼子这么快进村，明玉也没想到老蒙心那么急。既来之则安之，石天冬反而放下包袱，轻装上阵。他只是想到，难怪明玉一直对小蒙偏心，原来老蒙也对明玉关心。

一顿饭的时间，老蒙问了无数问题。首先，是籍贯、民族、学历、家庭成员、工作简历、爱好、特长，就跟人事经理一样的详细。然后，老蒙问了石天冬与明玉如何相识，看中明玉的哪些方面。最后，老蒙的问题开始围绕石天冬的工作打转，那些问题看上去与明玉毫无关系，甚至有点儿漫无边际，暴露出老蒙对餐饮这一行业的无知，可老蒙事无巨细，自有其刁钻的一套，问得石天冬差点儿抓狂。

可是，面对老蒙看似轻松实则审视的目光，石天冬不得不有问必答——敢不答吗，他除非不想要老婆了。石天冬这一顿饭食不下咽，度日如年。最后还被老蒙威胁，说他如果敢对明玉三心二意，小心走夜路。

好不容易老蒙一走，石天冬立刻跑朋友办公室一个电话打给明玉。“小蒙的爸刚走，天哪，整审了我两个小时。”

“问些什么？有没有问你的工作为什么这么怪，你为什么住那个地段的单身公寓，为什么你爱穿着粗毛衣？”

“问了，都问了，你还真了解你们老板。他是不是要从这些问题里看出我的为人？他还要我立刻去体检，将体检报告交给他审阅。你说，我如果见你父亲，你父亲会问那么多吗？”

明玉笑道：“我父亲会问，女方父亲不用送茶钱吧，有没有红包可拿。嗯，感觉是不是像被当作嫌疑犯？”

“现场没那感觉，只觉得老蒙真啰唆，被你一说才知道这是他看人的方法。我不知道老蒙从我嘴里挖去多少情报。明玉，千万千万，听到对我不利的评价，你要当作耳边风。我宁可明天再不刮胡子让你刺一遍糍饭粒。”

明玉想象得出石天冬在强硬的老蒙面前所遭的罪，连油滑的柳青都被老蒙捏着转，何况爽直的石天冬？但是，她喜欢老蒙为她出头的感觉，她这一辈子，都是她自己在为自己搏位出头，这一次的个人大事，她并没指望有人替她出头，她觉得自己能把握自己的生活。可从老蒙流露出要与石天冬见面的意思起，到还不到一天时间老蒙就采取行动，还有老蒙使出看家本领挖出石天冬自己可能都不知道的本性，明玉深深感动。现在真好，石天冬能为她出头，老蒙也为她出头。可她也知道，这对石天冬并不公平，老蒙有点儿盛气凌人了。她微笑道：“你别太当回事儿，你该怎么做还怎么做。我下午要紧急去见一个客户，等下就去机场，估计明天晚上或者后天回来。”

石天冬本来还想着晚上一定要缠着明玉问出老蒙的意见，没想到明玉出差，电话里还问个鬼，只得无奈道：“好吧，我等下过去你那边送你去机场。你给我个时间。”

明玉笑道：“我今天有同行的，回来时可能要你接一下，再联系你。”

“你一定得第一时间告诉我小蒙的爸跟你说了些什么，我担心。”

此时，明玉的秘书来报，蒙总就要到来，明玉对线路那端的石天冬道：“好，现在老蒙来了，再见。”

石天冬心惊，恨不得立刻赶去明玉的办公室，半路劫了老蒙离开，免得他吐露半个字。因为刚才是他经历的最没把握的考试，在他不知不觉中，考试就像梦游一般结束了，他心中完全没有标准答案。他一个劲儿地回想，老蒙见面时的态度与分手的态度有没有变化，分手时有没有笑容多一点儿，人客气一点儿。但回想来回想去，好像老蒙只有更严厉。最后的一句话还是威胁。难道他在老蒙眼里是如此的不可信？石天冬忐忑不安。以前早已想到，与明玉这样的人交往，会承受来自明玉的强势压力，可现在相处下来，明玉那儿的压力倒是不明显，她是个太过合理的人，朋友间提起的女朋友的种种不合理要求和小性子，明玉都不大会提出。今天，在老蒙面前，石天冬才清楚意识到，明玉所处的世界与他的不是同一个。他没自信，他为人处世的哲学会不会被老蒙这样的中年人所接受。

明玉看看时间，拎着行李出去电梯间迎候老蒙。老蒙出来一看明玉身后还有其他出差人员，心领神会，忙道："小苏，你乘我车子，路上我有事跟你谈。"

明玉知道老蒙要谈什么，心中也是忐忑。一上车，老蒙就问："你跟小石是不是当真的？"

"当真的。"

蒙总斟酌着道："小石为人有些理想化，无论从能力、魄力、智力来讲，都不如你。我不放心把你交给他，他背不起你，他连柳青都不如。我知道有个人，刚接替他父亲的公司，做得不错，对你也有意思。我倒宁愿割爱，放你离开公司，让你跟那个人在一起。"

明玉没想到蒙总如此直言，她须得好好考虑了，才道："我知道是谁，可跟那人在一起，夫妻关系弱于合伙人关系，等于一天二十四小时做工，做人也太悲惨。我只想回家就什么都不用想，回家就当弱智，石天冬他是个大快活，跟他在一起轻松愉快。我这人不大会休息，他会带着我玩。好在他还不是个游手好闲的。"

老蒙想了会儿，道："也是。柳青太花，有些事业的人刀子太狠，都不是能让人放心的人。也好，小石这个人倒是个耿直开朗的，人也比较正气，虽然能力不如你，但摆到社会上已经是个不错的青年了。心胸也不错，是个有担当的人。关键是他能对你一心一意，这才最要紧。不过你如果觉得委屈，你就等等，我替你物色别的人。"

"不用。"明玉有点儿着急地阻止老蒙，"嗯，蒙总，不用。"明玉又顿了会儿，才吞吞吐吐地道，"有感情了，那些差距就忽略了。"

老蒙一听，咧嘴大笑："我想你应该预先也考虑过那些实际问题，你不是脑袋容易发热的人。既然……那是好事，好事，哈哈，我祝福你们。我找个时间再看看小石，今天我光顾着挑刺儿，下次好好看看他有什么好处。"

明玉脸红："石天冬被你吓坏了。蒙总，我有个最担心的问题，石天冬会不会因为能力方面的问题，最后被我压得阴盛阳衰？"

蒙总绝没想到明玉会提出这样的问题，他没有这个思想准备，想了好一会儿，才道："不会，应该不会。小石这个人阳刚十足，又不大会斤斤计较，他可能会在生活中让着你，以你为重，但这不能说是阴盛阳衰。他很有自信，自信的男人不会有阴气。"

明玉头大，也不知道这事该不该与老蒙说，思想斗争三十秒，才道："我更担心我不合理地压制他。"

老蒙"哼"的一声又笑出来，"你又不是个不讲理的人。放心，所有家庭都一样，不是东风压倒西风，就是西风压倒东风，稍微随风倒点儿没什么。倒是以前你和柳青走得近的时候我很担心，你会被柳青压死，或者你压死柳青，你们两个都太不服输，又都太有手段。小石这个孩子，野心不大，功利心不重，未来不是个可以太成大器的人，这一点是你唯一需要考虑的。你很能挣钱，但不会花钱，你得考虑以后你作为家中经济支柱，小石未来会花你的钱，你会不会不平衡。"

明玉认真考虑了会儿，道："小石不是个没有能力的人，他事业小有成就，活得有滋有味，我羡慕他都来不及。我跟在他身边，活像一个千年白骨精被他带出来晒太阳，看到的是另一种活法儿。我看到的缺点，是他太喜欢追求新奇，性格有些浮躁，但都不严重，他能自己养活自己。至于钱的方面，估计石天冬不会太计较我钱比他多，但也不大肯花我的钱。再说我的钱也是有限，他如果有心，应该找更富的女人，不会找不到。"

老蒙微笑着考虑了会儿，道："你自己已经想得周全，很好。不过我还是提醒你，婚前必须做好财产公证，做好体检，你还得好好了解小石的家庭。谈朋友可以不考虑对方的家庭，但结婚一定要注意对方的家庭是不是个讲道理的。你要是不好意思说，我代你说，我不怕得罪小石。"

明玉想到石天冬嚷嚷说老蒙要他呈交体检表，原来老蒙早已替她得罪人了。再想到自家的父亲不仅不替儿女考虑，还有意将包袱甩给儿女，令她不得不去插手他的婚姻，对比之下，真是令人感慨。她是失之东隅，收之桑榆。她很是由衷地道："蒙总，你看过，你基本上同意，我就放心了。这是最重要的。其他都是细枝末节。"

老蒙想了会儿，却道："我还没最后同意。我只知道小石这个人为人实诚，性格开朗，但靠两个小时的谈话说明不了什么问题。你尽管出你的差，等你回来我再说同意不同意。"

明玉喃喃道："这话我绝对不向石天冬透露，不然他得担心出心脏病。蒙总是想调查他？"

"娶一个老婆哪有那么容易？哼！"

明玉看着老蒙深思熟虑的侧脸发呆，石天冬死定了，他的祖宗十八代都得被老蒙挖掘出来研究。老蒙要是发狠，他们苏家可以被他挖掘到苏东坡。她犹豫了很久，才反抗出声："蒙总，人好是关键。其他的，相信我都能对付。"

老蒙斜了明玉一眼，嘀咕了一声不知道什么，但好歹同意了。却又在"好吧"之后撂下一句狠话："我晚上还找他。"

明玉忍不住做个鬼脸："找借口，明明是你想借石天冬的光蹭'食不厌精'最好的菜。"

"没良心。"老蒙却笑了。

明玉心中终于放下一块大石头。石天冬的缺陷，她早就有所认识，这些不用老蒙提醒。她最需要老蒙帮她的是预测未来两人的相处，她相信老蒙的眼光，她也相信自己的，但面对终身大事，她需要老蒙的肯定。老蒙肯定了石天冬的阳刚与豁达，老蒙估计两人之间不会阴盛阳衰，她就放心了。她最担心的是走上父母的老路，别哪天她死后，石天冬也跟父亲一样发出翻身农奴的号叫。她更担心的是，她已经不幸了，可别再荼毒了她的子女。

老蒙的肯定让她放心。

上飞机前当着同事的面明玉不便说如此私人的事，但给石天冬发了一条短信，短信有点儿文过饰非："老蒙对你的印象很不错。"老蒙所作所为纯粹是为她考虑，而她不能不考虑到石天冬未来与老蒙的相处。哪料到石天冬给她一条短信："谢天谢地。另，你兄弟说你是天使。"

明玉忍不住回电："怎么回事？"

石天冬将明成的回帖读给明玉听，明玉听了，好一阵沉默。半晌，才回答一句："我得登机了。"

“天使”？苏明成说她是“天使”？她怀疑苏明成脑子出了问题。昨天还可以说苏明成脑子发昏写了一篇倾向于她的文章，可能是因为在明成心里，他老爹的形象更加不堪。可今天，明玉再不能说别的理由了。一次倾向可以说成是吃错药，两次倾向就不可能再是吃错药。她简直是诚恐诚惶于被苏家老二说成是“天使”。难道是明成落难之后，知道反思，知道悔悟了？可他即使悔悟，也不用说出“天使”这两个字吧。幸亏她了解明成不知道她无意间闯入他的博客，否则，她都得恶意揣测明成这是有意向她摇尾乞怜了。

明玉发现，自早上她忽然意识到自己已经成为强者之后，现在她又仿佛失去憎恨的目标。那个曾经在黑暗的路灯下扯着她的头发带给她最深屈辱的人，似乎忽然软化了。明玉觉得这世界简直是不可思议。人家都已经在背后称她为“天使”，她这个“天使”还怎么能继续怀揣着放不下的仇恨？明玉真想求求老天，告诉她这个所谓的“强者”，她该怎么做。

在老天告诉她之前，她只会翻白眼儿。翻白眼儿又太标新立异，她只有闭眼假寐。做人咋这么难。

下了飞机上了车，明玉第一件事就是发短信给石天冬：“以后不许再告诉我任何有关苏家的事。”

她宁愿闭目塞听。她的过去她无法轻易放下。

可是，明玉终究不愿欠下明成一次又一次的人情。她可以看着明成落魄到赖在父亲家无动于衷，可是她无法对明成在落魄到底时对她的示好无动于衷。她宁愿没有看到，可她看到了。既然看到了，她就不愿欠下人情。她得还了人情才能换得原来的平静，她但愿以后再别看到听到苏家的任何事情。

因为她无法、不愿故作大方地原谅和宽恕。

她想尽快了结此事，免得成为心病，成为无穷无尽的烦恼。苏家的事总是能够给她制造麻烦。

她出差回来第一件事，就是与集团进出口公司经理商量帮她引见那个将明成欺压得抬不起头的周经理。帮明成一个大忙，还他一个人情，以后明成再有感谢，那也只是与她的这个帮忙动作相关了，她可以视而不见。

周经理上班时被总经理请去，总经理客客气气地说，苏明成的妹妹通过他一个老友请她吃饭，时间地点如字条。周经理想说不去，谁知道这个苏小妹是个谁。但总经理非常严肃地指出，她必须去。周经理只能委曲求全，终究人在屋檐下。令周经理心虚的是，在她发布对苏明成的封杀令后，曾有消息反馈给她，说苏明成有个妹妹大有来头，从那时她已经在等待苏明成妹妹的挑战了，可是，一直没有动静。直到今天，苏明成妹妹请她吃饭。宴无好宴，会无好会，周经理心知肚明。

晚上下班，按照约定时间、地点，周经理到达餐厅。被领座小姐领进去，见一个瘦高女子正看着电脑，见她过去，立即盖上电脑，笑吟吟地起身迎过来，非常客气周到。都是场面上的女人，见面握手寒暄，一点儿不含糊。周经理发觉，苏明成的妹妹除了身高和嘴巴与苏明成有点儿相像，其他，与浮躁的苏明成是完全不同的两种风格。

各自坐下，明玉并不含糊，直截了当地道："很不好意思，与周经理不相识，又想认识周经理，只好请同人帮忙，辗转通过贵公司的总经理才请到周经理。与周经理明人不说暗话，周经理可能也已经猜到，我是受了苏明成所托，想来做个和事佬儿。这是我的名片，希望以后常联络。"

周经理不是个随人搓圆捏扁的，对于被总经理硬逼过来敷衍，心中耿耿于怀，但也不得不承认，她确实想到苏明成妹妹见她的目的肯定是想给苏明成说项，人家自己说出来，反而大方主动。她仔细看了明玉的名片，心说果然有点儿本事，比她哥哥能干得多。她收起名片，微笑道："原来苏总过来是为这种小事。不瞒苏总说，小苏的处事方式、小苏的工作热情都大大不及苏总。三个月前吧，小苏喜新厌旧，完全无视这几年究竟是谁带他出道，拍着桌子要求调离我的部门。现在，我和小苏井水不犯河水，不敢有劳苏总特意请客谈起和解，其实，不和解也无所谓，小苏翅膀硬了，本来就应该离枝飞走，何况他已经飞出公司，我应该正视现实，自然规律嘛，哈哈。"

明玉也跟着哈哈干笑，心说他们两方各自公说公有理，婆说婆有理，谁知道他们谁有理，她才不当仲裁，也没时间心情向苏明成了解清楚。西餐，各自点餐。点餐完，等服务生离开，明玉才看似自嘲地道："我家兄妹三个，我老小，但苏明成从小娇生惯养，从心理年龄上来说，他应该最小才是。活到现在，我们一家都拿他当小弟弟。没办法，谁让家母最宠他，如今家母去世，只得由我和大哥接手，无奈得很。”

周经理当然听得出明玉说了一大串明成的幼稚，却一句不提她对苏明成如何如何，倒是有点儿狐疑，不知道苏明玉留着什么后手。但是，大家不同领域，谅这么个细细瘦瘦的小女子对她鞭长莫及。她也海阔天空地乱扯。“这倒是与我们部门以前的情况相同。小苏为人天真烂漫，就是做事有点儿懒，有点儿拖，我们也常恨其不争。但估计小苏也被我管得烦了，辞职开创自己的事业。我们嘛，也只好认命，如苏总所说，无奈得很啊。”

明玉笑道：“说到这儿，我们真该握手了。女人做管理最难。管得严了，手下嘀咕女人心眼儿小；管得松了，又嘀咕到底是女人，不会强硬。即使管得不松不紧刚刚好，也落不下个好，手下那些鸟男人不管能力好不好，挺不高兴给个女人管着，迟早得要求离开。有时候想想投胎时怎么没跑快一步呢？看我们现在，做的事情比别人多，得的收益比别人差，名声也不见得好到哪儿去，一声‘女强人’，活脱‘变态’的同义词。等着瞧，多的是苏明成这样大事做不成、眼界还挺高的男人纷纷挂冠求去。”

周经理越听越糊涂，越发不知道这个苏明成的妹妹葫芦里卖的什么药。不过看她骂苏明成骂得挺真切，那些有关女管理者的话她深有同感，便真真假假地举起杯子道：“苏总这话说得有理，为所谓的女强人干杯。”

明玉举举她放了一片柠檬的水杯，笑道：“干杯。不过恕我戒酒戒烟，呵呵，女人据说有这特权。”

明玉如此亲和，周经理无所适从。难道这个苏总单纯到以为吃一顿饭说几句明成的不是，就可以算讲和了吗？不会吧，肯定后面有地雷等着。周经理索性挑开了问：“苏总，我们说了那么多，你准备怎么让我和小苏和解？硬的，还是软的？”即使苏明玉是什么苏总，难道她还怕了一个小姑娘不成？

明玉满脸堆笑，道：“周经理太紧张了。虽然我们做内贸的江湖气重一些，三教九流接触得多一些，但强迫人的事情还是不会做的。再说，苏明成是什么样的人，我比周经理更清楚，不会勉强周经理接受他。我想讲一段我个人的经历给周经理参考，作为佐餐美点，如何？”

周经理淡淡地道："请。"都被总经理逼来吃饭了，难道还能不听苏明玉说几句话？但心中不免将"江湖气"和"三教九流"这两个词掂量了一下。这是她自今晚吃饭以来，唯一感觉有点儿内容的词组。

明玉笑道："也不是什么大事。我刚毕业时候就做销售，不知天高地厚。有次与部门女上司一起出差，到千岛湖一家饭店吃饭，我竭力向她推荐千岛湖的野生鳜鱼，说我见过人家撑小船拿杆子搭游轮后面随便到一小岛垂钓，绝对是野生，也绝对是美味。女上司与我们这种光棍儿不同，她有家有口舍不得花钱，不舍得吃那么贵的野生鳜鱼，点了红鲤鱼。我极表遗憾，非要点鳜鱼，最后大家AA结账，女上司不得不掏了腰包。后来还去了别处，凡是我认为好的，我都要热心地强加给她，不知道甲之熊掌乙之砒霜这个道理。回来后，女上司与我结了仇，而我还不知，吃了无数暗亏。论理，女上司也该生我的气，她以为我是成年人，早不该行事如此幼稚，她该记恨，她又不是做销售的，钱没我们多，她不多的钱还得养家糊口，就这么被我逼着花了，不知多心疼。"

周经理听了呵呵地笑，非常自觉地将自己与那个女上司对号入座了。心说怪不得苏明玉一上来就痛斥哥哥如何如何幼稚，原来是为这个故事打伏笔，让她看在苏明成幼稚的分儿上，饶了苏明成。这个苏明玉倒是有点儿异想天开，也不知她是怎么做上销售公司老总的，难道其中有猫腻？难说，年轻女孩子都难说得很。

明玉也笑，吃了几口，才又道："然后，我被女上司修理了半年。有人了解因由后，劝我低头认错，我不肯，那时候年少气盛得很，我宁可多花十倍时间精力将业务跑出来也不愿意低头。其实，换作现在，我会认错，因为我虽然是好心，但终究是办了坏事。看问题不看初衷，得看后果。作为小辈，先认个错没什么大不了，相信比我年长的上司是不会再为难我的。而且，凭我当时的身份，如果识时务的话，知道与上司作对没好下场，也应该赶着去主动道歉。但是，年龄局限了性格和心胸，我们终究一直对峙。我后来依仗业务，迅速升官发财，很快与她平级，然后做她的上司，然后上司的上司，再到现在这个位置。但是我过去的上司需要稳定的工作，又不能离开另外寻找工作，我们公司的工资福利都是上乘，她有实际考虑，不得不屈居在我手下。我当然想过报复，我不是圣人。但一是感觉胜之不武，更上层楼后，眼界开阔，不屑纠缠鸡毛蒜皮之事；二是我不愿将自己也降低到过去的档次，被人骂一声女上司总归小肚鸡肠；三是我不愿有风使尽帆，谁知道哪天会不会风水轮回。给别人留个余地，等于给自己留个余地。不过，我可以不计较，但过去的女上司的日子想必很不好过，她自己心知肚明。其实，对峙是一件两败俱伤的事。因此，周经理，我自告奋勇做个和事佬儿约你出来。苏明成虽然幼稚，虽然我也讨厌他，但我们是苏家人，打断骨头连着筋，我不会看着他落魄，我会提携他。他幼稚他懒惰，这都不重要，关键是他聪明，他即使仗着小聪明都可以混得不错，何况懒惰和幼稚都可以被我拎着耳朵改进。我会创造条件给他机会让他翻身。请周经理也给他机会。有要求，你可以向我提出。”

周经理一时没吱声，她不笨，更不愚钝，听得出苏明玉话中的暗喻。她沉默了一小会儿，才若无其事地道：“很可惜，我已经给过小苏很多机会，快十年了。也对小苏耳提面命了近十年，他让我失望，我是再不愿意接手他，也不愿意与他有任何牵涉了，请原谅。”

明玉也笑笑，道：“看，是我一厢情愿了。说起来，我有时候也想对苏明成死心，凭什么啊，我还比他小呢。但是，凭的就是血缘。周经理，不好意思今天请你出来，占用你时间。但能与前辈说说话，还是很受教的，多谢，多谢。回头我让苏明成自己向周经理道歉。”心说只要周经理答应以后不干涉，压在明成身上的大山等于消失，以后的事，得看明成自己了，他若是个扶不起的阿斗，那也是他自己的造化，她总不能要求周经理送一把业务给明成，又不是同一领域的，难道叫她操刀子架周经理脖子上逼之就范吗？那是明成自己被逼上梁山该做的事，她不想得罪人。明成被逼急了她这个明成的八世仇人都会出面，谁知道周经理给逼急了哪个大佬儿会出面，皇帝也有几个穷亲戚。

周经理见明玉非常客气，不带一丝火气，也知明玉不愿得罪于她，这是生意人的圆滑。但是，这个苏明成的妹妹就是这么不带火气地将该警告的警告了，该威胁的威胁了，该劝诱的劝诱了，最后还给你揉一把，弄得周经理也没法生出一丝火气。但周经理终究还是强悍的，既然答应放过苏明成，那么她借出去的钱就得收回。她对明玉道：“道歉免了，与苏总谈话受益匪浅。不过还有个问题问苏总，小苏欠我的十万块怎么归还？”

明玉当然不肯为明成出这笔钱，她微笑回答：“根据当初所签条约办吧。周经理放心，我‘苏明玉’三个字，放在江湖上还是值十万块的。”

周经理无言。

吃完饭，明玉又殷勤地送周经理回家，嘴上行动上都非常周到，让周经理无可挑剔。周经理下了车后才收起笑得僵硬的脸，心说做内贸的确实奸猾得多。如果苏明成有这能屈能伸的本事，她一早就被苏明成踩脚底下了。回到家里，又思前想后地回味一番，心中终是有了忌惮。收篷吧，不能有风使尽帆，已经有黄雀在后了，谁知道那黄雀会做出什么三教九流的江湖事来。

回头，周经理便打电话给明成曾经挂靠的公司的老总，告诉那老总她送个新年礼物给苏明成那小畜生。

那老总当即打电话给明成，两人都不知道周经理忽然松口是什么原因。但明成毕竟是高兴的，终于不用受那女人压迫。他立刻取出已经中断一阵子的业务。幸好，中断的时间还不长，有一些业务他可以找个借口搪塞过去。

有了工作，明成不免稍微放弃一些他在网络上的耕耘。但他已经从网络上找到甜头，喜欢上在博客里的恣意挥洒。原本他什么时候高兴什么时候就上传一篇文章，一天两三篇、三四篇都有，而且还尽是与跟帖的人吵架。现在他决定一天一篇，跟帖就不再太当回事儿了。他发现，他更宽容了。

明玉做了好事，心里却不快活。送周经理回家后她没回家，找到石天冬那儿，把石天冬叫下来说了十分钟话才安心离开，石天冬就跟是她心理医生似的。她也高兴于石天冬又签下一家西点工坊的研制新产品合同。

四十五

糊涂到底

明哲再也不敢怠慢，怕又发生明成回家住、老爸要结婚之类的大事而他却不知，他隔三岔五地勤着给家打电话，没事也问问早晚吃了什么，室内室外温度是多少。

地球很小，有些许风吹草动，便会飞快传播开来。朱丽很快从走得比较紧密的两个外贸圈练友那儿了解到，周经理收回了对明成的封杀令，明成终于可以钻出水面呼吸。而那个调解的人，谁都知道是明玉。练友背着明玉窃窃私语，都说毕竟是自家兄妹，再大的事也会奋力摆平。

朱丽却知道全不是那么回事，这家兄妹，关系还不如路人。想到那次她和明玉一起去单身公寓探望明成，明玉还不肯上去呢，听了她的转述也无动于衷，她不知道为什么拖到现在明玉却又出手了。但无论如何，这是好事。看着前夫落魄，朱丽心中总不是滋味。

既然明玉已经出手拉了明成一把，那么，明成该走出泥沼了吧。朱丽想，也该告个段落了，而她的心，也该走出泥沼了。

明成到挂靠的朋友那儿借用传真机，朋友没二话，但看见明成就道：“小苏，你妹妹那么好的资源为什么不好好发掘，你应该改行做他们那产品。”

明成牙痛似的“哼哼哈哈”，挤牙膏似的道：“咱有志气，不靠家里人吃饭。

你怎么知道的？”

朋友笑道：“你瞒得太严实了，怕我们烦上你妹吗？我们又不同行。你们苏家都是把家里人捂那么严的吗？”

明成犹豫了下，道：“倒不是，结婚后我们兄妹三个走动不勤。”

朋友点头笑道：“怪不得这么晚了才出手帮你，不过自家人总是自家人，再怎么走动不勤，遇到事情还是自家人出头。怎么，小苏，你妹没告诉你是她帮你在周经理面前出的头？”

她？苏明玉？

朋友不知就里，奇道：“你还真不知道？那你得备足大礼赶紧去找你妹道谢去，你可别让你妹学雷锋叔叔做了好事不留名。”

明成忙笑着说“哪会哪会”，心中却依然震惊，明玉？他想到谁都不会想到是明玉。她怎么会帮他？她怎么知道他潦倒的根源是周经理？她与周经理说了什么？她帮他还钱了吗？十万元？

难道是大哥求了明玉？大哥知道他和周经理的过结。他该感谢大哥，还是感谢明玉？他知道，大哥肯定会对他说，你要感谢就去谢明玉。但那之前，他必须搞清楚这是怎么回事，他总觉得明玉出手帮他不会那么简单，可能是大哥在明玉面前割地赔款的结果。回到单身公寓，明成先给大哥发邮件说明此事。知道现在是美国的夜晚，大哥正睡着，不可能回邮，他也不等，做了些事。

冬日的夜晚来得快，才四点多一点，就开始暮色四罩。明成没开灯，听到楼道里开始有人声来来往往，隔壁的那户小夫妻又在做菜了吧，香味“呼呼”地往他房间的门缝里钻。这一刻，明成心中异常孤寂，他想妈妈了，想妈妈操持的、飘溢着他最爱饭菜的香味的家了，他还想朱丽，看到隔壁亲亲热热的小夫妻他就想朱丽。

明成呆呆地吸着一支烟，吸得少，自燃得多。大哥回邮之前，他不会再去想明玉帮他的事，此时他只是发呆。一支烟到头，他猛地起身，拿起车钥匙下楼。如果朱丽正常下班，他过去正好可以看她一眼。他的白车穿越车阵，直奔前丈母娘家。他想朱丽想得发疯，尤其是他现在恢复自信、事业有起色的时候。

他坐在车里等在朱丽回家的必经之路。或许是感应吧，朱丽打车回家，下车等发票的时候，竟然看了明成的车一眼。正好出租车的大灯照着明成的车，朱丽看到了里面的明成。明成看得出朱丽看到了他，但他看到朱丽惊讶之后，便若无其事地走开，没有打招呼，也没有愤怒，就那么当作看到陌生人一样走开。明成想起以前朱丽曾经就一个朋友离婚后宣称离婚还是朋友之类的话做出过评论，朱丽说，离婚之后就该当前人为陌路，如果还能做个可以打招呼的朋友，那就意味着彼此之间还有少许的感情、少许的忍让，那就不用离婚。如今朱丽当他是陌路，那是不是意味着她对他连少许的感情和忍让都没有了呢？明成想到那天朱丽去单身公寓探望他时跳上一辆宝马7系车，有这样的车子接送，对比他如今的落魄，朱丽心中怎可能还留少许情意？

他满心失望地启动车子离开。从此，天各一方了吧？

回到单身公寓，对着一眼可以看得到头的小房子，明成沉默着。他能怨谁，都是自己无能。

以前，他心中满腔的假想敌，周经理压迫他，明玉仇视他，都是她们害他踩他至地狱。没想到如今明玉解决了周经理。他的周围歌舞升平，而他的业务却还没大的起色，原来相熟的客户敷衍他，约稿也只周刊一家，没再有发展，吃饭靠大哥寄钱解决，他依然陷于地狱，可他已无人可怨。他除了怨自己，还能怨谁？

明成第一次对自己的能力产生怀疑。以前，究竟是他的不经心导致的业务平平，还是他本来就只有这些道行？

怀疑自己令明成消沉。他躺在床上直着眼睛到倦极睡去，第二天起床依然心情灰暗，忘了昨晚居然没有更新博客。窗外难得一个大晴天，一个可以令人忘记寒冷的大晴天，没业务要明成出门，明成也没心情出去狩猎觅食，他在床上躺了一天。

中午朋友打电话来，说有家公司正需要一名有经验的外销业务员，问明成有没有兴趣，被明成拒绝了。那家老板他认识，刚发家的时候每天低三下四到他们进出口公司巴着大伙儿转，指望明成他们给点儿加工生意。现在他怎能低三下四地给那老板打工去？去了，这张脸往哪儿搁？

他还是继续做他的业务。他只能继续做他的业务。

邮箱里，有大哥回复的一封邮件，邮件里说，他没与明玉提起周经理的事，也依言没向明玉要求帮忙，估计明玉是从别处听说后出手的。邮件里又说，自家兄妹，血肉连心，明玉表面不提起，背后只要打听一下就会知道详情，可见明玉关心着苏家上下。大哥还在邮件里说，他希望明成向明玉道谢。

明玉主动帮他解决问题？他向明玉道谢？在两个月之前，这简直是伪命题，他想都不会想，可今天，他却面对了。明玉主动帮他解决问题，已经成为现实。不管明玉帮忙时是怎么想的，她做了，问题又解决了，问题已经沦为现实。而他向明玉道谢，也得实践吗？

可他该如何道谢！他最清楚不过，道谢之前，他必须道歉，为过去无数的事道歉。就像廉颇向蔺相如道谢必须采用负荆请罪的方式一样，他也必须先负荆请罪等待明玉宽恕后才能道谢，否则，明玉绝不会接受他的道谢。道一声谢岂是那么容易的，大哥可知？

可是，让他如何道歉？让他否定他的过去，甚至与他紧密相连的妈妈的过去，向明玉道歉？妈已经去世，朱丽已经与他离婚，他没有固定职业，他也没有恒产，社会已经否定了他，难道还一定要他自己亲口承认，说出否定自己的话吗？不说，他也已经在怀疑自己，何必再去明玉面前现世？

明玉还不如不帮他。以他与明玉的关系，明玉主动帮他，别无其他原因，无非是不愿意看到无能的兄弟拖累她的名声，并非大哥猜测的什么血肉深情。明玉如果不帮他，他还可以沉寂在周经理的阴影下心安理得，现在他却不得不怀疑自己。而且以后走出去，谁都会跟他提一句原来你有如此有能耐的妹妹，这话后面的意思简单明了，那就是你比你妹差太远。明成看到，通过这次明玉染指他的行业插手帮忙，他第一次被与明玉摆在一起比较，而高下对比一目了然。这简直是耻辱。

还让他如何去道谢？不！

如果可以选择，他会明确告诉明玉，没有妈妈存在的苏家已经四分五裂，你是你，我是我，互不相干，不需要帮忙。

可问题是明玉已经帮忙。那就让他做没担当的人吧。妈妈去世他不在场，他不能给朱丽美好生活，他索性堕落到底，这一声“谢”，他吞进肚子里，他最近正节衣缩食缺少油水。他已经背负了太多的不负责任，虱多不痒。他宁愿选择自暴自弃。

明玉选了一天，上班第一件事便是叫秘书给柳青的秘书留言，要柳青到公司后回电。知道这会儿柳青这个夜游神还在睡觉。

柳青果然是九点才来电话，一来电话就叨叨："苏明玉，我就知道你会来电话，你不来电我也会给你打电话，圣诞快乐。我昨晚睡前一想，不好，这几年圣诞节都是与你一起度过的，你算算是不是？"

明玉略一回想，奇道："咦，以前怎么没想到？今年开始天各一方了。跟你说一件事，我认准石天冬了。"

柳青那里好一阵沉默，明玉也没吭声，等着柳青开口。好久柳青才道："昨天的事？"

"更早一些。"

柳青又沉默了会儿，道："还算有良心，第一个告诉我。当心老蒙反对，老蒙把你我看成私有，上回来武汉一定要看我跟他提起过的女孩，我不给，他老花眼。"

"老蒙从太子那里发现端倪，已经自己找上石天冬。他反对过，不过没反对成，石天冬很受他困扰。你那个有希望吗？"

柳青有点儿烦躁地道："别在这事上面跟我要对等。真正考虑结婚的时候我才发现大多数女人只能调情，不能说人话。那个废了，太浅薄。石天冬跟你说不说人话？不说人话你难不难受？"

明玉笑着摇头："柳青你太骄傲，什么调情、人话，都是废话。都是同龄人，别拿自己也做不到的诸如责任啊、内涵啊要求别人。石天冬很不错，我没觉得委屈自己。"但明玉也不就此多作阐述，立刻换了话题，"柳青，你做工厂管理后，人没以前潇洒。是不是事务性事情太多？"

柳青也不愿多提石天冬。"对，都是没创造性的工作，想创造性一下改造设备又被老毛纠缠。我已经后悔被老蒙引诱到武汉……"

"感觉你近期思维有点儿毛躁，有些绝对吧，没以前看得那么透，做事没原来那么游刃有余。是不是因为占有股份的原因，让你现在不能跳出圈外看问题？"

"是不是上回你跟我反映说供货速度有问题被我驳回，又听我埋怨半天，你才这么认为的？"

明玉笑道："你做江北的时候不会没有经验，分厂长都是这种腔调，你即使是一个诸侯也不会好到哪儿去。不，不是因为这个。我说的是你急着改造设备，急着想设立自己的研发中心，别人这么急犹可，你做销售出身的，又才从销售负责位置退下来，你应该能统筹认识你所辖企业的发展思路，明年这个时候才是提出设备改进的最佳时机。你太心急冒头，不给你一棒给谁？老毛是客气的，如果犯我手里你更惨。”

柳青反而笑嘻嘻地道：“我这不现在身边缺少你这样跟我说人话的人吗？你说得有理，你这么看，老蒙也不会看不到。你看，肯跟我说真话的大多数说不出这种见解，说得出这种见解的大多不肯跟我说真话，综合起来，说人话的真少。老蒙应该跟我直说，不要叫老毛来敷衍我。”

明玉笑道：“老蒙说人话也得有人来听啊。”

“好，你拐弯抹角骂人，这仇我记下了。我春节前四天就回家，顺便跟老蒙商量事情。你攒点儿人话等着我。”

“你真想听？我对你武汉公司一肚子的诽谤，我会收集证据。顺便，我和石天……”

“上班时间不谈私事。”都不等明玉把石天冬的名字说全了，柳青悍然插话打断，“我准备把父母迁来武汉，春节后搬迁。到时你一起吃顿送行饭，一个人来。太子真的被你收服了？相熟的客户跟我说，近期他跟你出差很有人样儿。”

明玉见柳青反感石天冬，好像是持之以恒地反对石天冬，只得作罢：“小蒙本质还是讲道理的，否则我也拿他没办法。还行，他肯给我几分面子，听我几句话，但我也常被他搞得没面子。我现在在培养他拿你当偶像。”

“去偶石天冬吧，我这种层次哪是太子学得来的。”

“去，你能，你高不可偶。”

“警告你，不许重色轻友。”柳青这才笑了，打击了石天冬他才高兴。

明玉怒道：“我从来就没太重你的色，呸。去了武汉后少了洒脱，现在看来还少了幽默……”

“所以不可爱了。”柳青连忙自己总结。

明玉这才笑出来：“算了，你也是万事起头难，在那边憋闷得慌，我不跟你理论。开春叫小蒙过去偶像你那里学习，行吗？具体我会跟老蒙建议。”

柳青想了会儿，道：“如果我没理解错你的人话，你的意思是让小蒙过来负责从我这儿起运的中西部地区业务？顺便让他看看偶像是怎么做事的？偶像还是远远地看才好，近了就成狐朋狗友了。我承你的情，我知道你是为调和我跟老蒙这回有点儿绷紧的关系，但不用，我跟老蒙习惯于有矛盾有调和，调和蜜了我们彼此会自觉生出异心，矛盾大了你会掺和，有你在就行了。我们都肯听听你的意见。女人就这点儿占便宜。”

明玉想安排小蒙去中部，小蒙哪能独挑大梁，肯定得柳青指点才能成事，老蒙当然得知道柳青好歹。这就调和了最近柳青逼着老蒙上新设备的矛盾。不过听柳青这么说，可见他心里是有认识的，也就不提。

放下电话后，明玉挺遗憾柳青不能接受石天冬。不过再一想，她心中其实也对柳青那次同飞机带回来的女孩耿耿于怀，听柳青说只能说情话不能说人话的时候还有点儿高兴。看来双方半斤八两。男女同事之间，男女普通朋友之间，关系真是说不清道不明，还是自己知道吧，别让石天冬担心，她以后留意着别滑出轨道就行。

明成单干这么多天后已经明白，对于他这样没有铁杆客户的人而言，身后有个实力公司作为背景是多么重要。而没有雄厚的实力背景，他只有花更多时间、精力去说服客户相信他的能力、他的诚信。原以为头顶去掉一座大山之后，他可以很快恢复以前的业务量，只要努力就有回报，现在看来，事情没那么简单。

手头大哥给他的五千元钱，除了房租和吃饭之外，他不得不紧着花，做人做得小头锐面。周刊有稿费寄来，还不到一千，但总算是细水长流的收入。为此明成考虑是不是多花一点儿精力在博客上搏人气、搏眼球，争取更多的约稿，争取每月更稳定、更多的收入。他受够回父亲家暂居的落魄滋味，他必须为能独立居住而奋斗。他还是头一次如此为生计斤斤计较，简直是锱铢必较。他计算着每天用奶粉泡牛奶与买鲜奶之间的差价，他对各种品牌香烟的价格了如指掌，他发觉梨和橘子的价格竟然比青瓜和番茄的还低，他学会了煎一个鸡蛋夹两片面包当早餐，他还学会了下面条，面条里面放榨菜和鸡蛋，如果添加辣椒味道更刺激。

这种事情并不太难，一学就会。但是够了，到此为止。鸿鹄不能遍学燕雀之技。

可他总是运气不佳，现在已经年底，国内的所有行业都在盘点总结，而不是开拓。生意和约稿，前景都暂时渺茫。想起来真是令人气馁，明成有时一早上都赖在温暖的被子里不愿走到寒冷中去。

天寒地冻里，明成本年度最后一次坐在妈的坟地上。周遭连麻雀的叫声都没有，寂静得像死地。

生活一层一层地揭下明成身上的皮，他从年初下葬妈妈在这处坟地时的粉白丰腴，变为现在的苍白消瘦，一年之间，青年转为新中年。

而他的底气在一次一次虽不致死，却也致伤致残的打击中慢慢消磨。他像只温水中的青蛙，脑袋里依然在思索着如何跃出这锅越来越危险的热水，行动却受到体力的局限和外部环境的局限，他异常清晰地看清自己心有余而力不足，绝望和沮丧越来越占据他阳光灿烂的脑海。这回他无力掩饰，也不再试图掩饰，一来，便扶碑而泣。

前三十年，他是妈的中心，苏家的中心，朱丽的中心，别人的阳光，他从来不知生活艰难，不，他不必知道，妈会为他遮风挡雨，为他安排下最佳位置沐浴阳光，他披一身阳光，他反射一身阳光，他无忧无虑，他也无忧虑的危机感，他已经缺乏危机意识，他无法适应不是中心的地位。可现实犹如头顶的天，天凉，连好一个秋都不是，天凉，是肃杀的冬。

路很难走，打开市场不容易，转型也不容易，开门七件事也不容易，什么都不容易。可最不容易的不是这些，而是一个人踽踽独行的苦。没有妈来肯定他，没有妈来否定他，以至他做什么都是错，他已经头破血流，不敢迈步，他想，是不是守住固有的，等待时机上门才是良策。他也知道路是走出来的，前程是开辟出来的，可是，万一打开一扇门，里面跳出来的是狮子呢？就像那次投资。

明成流了好一会儿泪，最终还是没有答案。

他再也牵不到妈妈的手了。

来的时候寒冷彻骨，回去时彻骨寒冷。什么都没变。

而另一个从来没在家里做过中心的人，在农贸市场里面对满坑满谷的荤素原料无所适从。石天冬问明玉买尖椒回去做牛柳好不好，明玉说好。石天冬问要不要加洋葱，她还是说好。石天冬问得多了，明玉不胜其烦，就说你自己决定，我吃什么都好，吃白水煮大白菜也没事。

答应元旦三天给石天冬，明玉想着既然做人家女朋友就得有女朋友的样子，以后多关心石天冬、多爱护石天冬，没想到第一天早上起来就这么烦，她立刻关心爱护不起来了。

石天冬在料理台前收拾，明玉坐会客区唯一的沙发上看石天冬桌上的碟——她已经看了石天冬很多的碟，可还没看完，可见石天冬是真能走。很多地方明玉曾到此一游，可这回跟着石天冬的镜头看山水，又有不一样的感受。石天冬这人好奇心很重，石头水流植被昆虫，他都要探究个究竟。他还喜欢动手参与，到哈尔滨旅游，跟着人家一起做冰灯，做雪雕，不知跌倒爬起多少次，录像显示他一屁股的雪。

一会儿石天冬收拾完，两人又关了VCD去一处刚修好还没通车的路上玩轮滑，这一回，明玉这个劳苦大众终于能站起来了。中午，两人坐在晒得到太阳的窗户边开一瓶明玉带来的藏酒吃饭说话，菜都是石天冬做的简单又简单的家常菜，可味道一如既往地好。

饭后，又没事干了，习惯于忙碌的明玉无所适从。终于石天冬提出要不要去看看他妈，明玉有可无可。

出发路上石天冬才给他妈妈打电话，车子到了石天冬经常停的地方，石妈妈已经抱着孙子迎候在那空旷处。才五十多岁的人，一把花白头发，异常苍老。

石天冬一看见他妈就来气："妈，她是明玉。小东西他妈呢？手断了？她今天又不用上班，一岁多的儿子还让你抱着，你不是犯肩周炎吗，还硬撑？"埋怨归埋怨，手一伸就把孩子抱了过来。可那孩子显然是早就怕了石天冬的，一到石天冬手上就"哇哇"大哭。石妈妈都来不及与准儿媳打招呼，连忙来抢孩子，但已被明玉接了过去。小孩子也就退一步海阔天空，立刻不哭。

石妈妈忙笑着说："哎呀，怎么能让你抱，你这么好的衣服都让孩子给蹭脏了。我来，我来。"

明玉没想到圆球一样的孩子有这么重，可看到石妈妈那诚恐诚惶的样子，她又不好意思将孩子交回去，只好硬撑着，笑道："没关系，小孩子好像还挺喜欢我。妈你前面领路。"又给石天冬一个眼色，往后备厢努努嘴，石天冬摇头，不予执行。可石天冬被明玉一声"妈"喊得心花怒放。

石妈妈几乎是侧着身在前面走路，一路赔笑。遇到相熟的就欢喜地介绍这是儿子的女朋友。明玉在后面跟着，费了九牛二虎之力才避免走路跌跌撞撞，小孩子太重了。可石天冬稍施以援手，小孩子就跟灵敏感应器似的哭叫，石天冬一点儿办法都没有。

石天冬妈的新家其实也不新了，是农村常见的三楼加一小院，小院都是水泥地，跑着一条黄狗、圈着一群母鸡。明玉看得出，石天冬妈在家没什么地位，话都是丈夫说了算。男方自己也有儿女，儿子已经娶媳妇，媳妇已经生孩子，孩子就石天冬的妈抱着，都挤一幢屋子里住着。石天冬的妈跟天下所有想贤惠一把的后娘一样，含辛茹苦抚养前妻的儿女，养出来的个个儿都是白眼儿狼，还得做一辈子的老用人，带大小白眼儿狼，却又得罪了自己的亲儿子。

石天冬的继父、继父的儿子和媳妇，还有女婿，四个人凑一桌搓麻将。继父看见石天冬就停下手，将位置交给女儿，迎出来往屋里让，其他人都是好奇地看明玉，嘴里招呼几声，依旧专心码他们的长城。明玉不客气，一进门就将孩子往地上一放，客客气气说声“找你妈去”，不管不顾走开，却正好挡在石天冬妈与孩子之间。石天冬见此按住他的妈，跟继父道：“叔，你们玩，我接妈出去聊会儿天。”石天冬的话还没完，麻将桌上一女子声音已经响起：“宝宝倒了，快扶一把。”

明玉故作诧异地回头道：“咦，宝宝妈呢？快来扶一把。”一边若无其事地笑对石天冬继父道，“叔叔一起去外面坐坐吧，我们说说话。”身后，小孩子的妈早抢了儿子回去。

继父客客气气地对石天冬和明玉道：“你们聊，你们聊，玩得开心点儿。老婆子，去换件衣服啊。”

石天冬妈“噢”了一声连忙上楼去，继父也冲两人笑笑，跟着上去。麻将桌上四个人中的一个因为得照顾孩子腾不出手，不得不暂停，于是四个人七嘴八舌刨根究底地问石天冬问题。明玉不吱声，只微笑听石天冬说话。石天冬大多哈哈哈地打滑了过去，说了等于没说。好一会儿没见上楼去的人下来，石天冬轻轻跟明玉道：“我妈磨蹭，你别心急。”

明玉暗笑道：“哪儿呀，他们在上面讨论要不要给我红包，该给我多大红包呢。”

石天冬一想，对，忍不住大笑出来：“怎么想到的，真鬼。”

明玉一笑，脸上却是很温良谦恭让的样子。

果然，继父送三个人一起去石天冬停车的地方，车前塞给明玉一个红包。明玉没客气，接了。不过自己绕到后备厢，取了两瓶五粮液和一箱橙、一箱杧果出来，送给石天冬的继父。又到前面取两个打火机、两个女表、几本挂历，请石天冬的继父转交麻将桌上的四个人。

这才由石天冬开车，一起到市里找个安静的地方坐下说话。几句下来，明玉大致知道，石天冬的妈是个没主意的女人，前夫去世后没了主心骨儿，才会急急另找。现在的丈夫有点儿木匠手艺，家境不错，对她也不错，不过小孩子对后娘一般都有抵触情绪，石天冬的妈有丈夫疼着，操劳一点儿也无所谓，奇怪的一家就这么相处了十几年，局中人安之若素，只有石天冬看不惯妈受欺负，想接妈出来住他妈还不愿意。可见每一个家庭都是不等边形，只要每一边都安之若素，不等边有不等边的理由。看苏家那么畸形的不等边形，也是稳固地发展了几十年呢。

元旦后，两人去领了结婚证。明玉拎两大包巧克力上班算是宣布结婚，反而是石天冬朋友多，找一处馆子开了几桌，也没什么仪式，就是吃喝。明玉当然是没通知苏家任何人。石天冬也没请继父家人吃饭的愿望。

两人住在明玉的住处。石天冬从网上领来两只流浪小土猫，他说他从小爱猫，以前一个人住时怕连累猫挨饿，不敢养，现在他有家，他可以养猫了。明玉对养狗养猫敬而远之，但既然她爱石天冬，石天冬喜欢猫，她也就跟着喜欢。明玉不是个柔软的人，不会抱着猫猫狗狗玩玩闹闹，可小猫腻人，它们喜欢腻明玉，它们虽然还不大会跳跃，却已经会拿爪子钩住明玉的裤子哭着喊着要求抱，在怀里待着又不老实，转眼就跳下去，跳出一声惨叫。明玉不忍心，拎起电脑撤出书房，席地趴客厅矮几上做事，任两只小猫拿她当木马当软垫，她只在两只小猫打得不可开交时将它们拎开。很快她就开始与石天冬抢着伺候小猫。

她本以为会因为自己性格强硬冷漠而怠慢石天冬，最先一直有意让自己对石天冬亲密，还觉得挺累。可后来在石天冬左一个拥抱右一个拥抱的软化下，她的腰肢也学着朱丽似的变得越来越柔软，她不仅是为了两只小猫才搬到客厅做事，因为书房不大，不方便两人一起挤着做事，到客厅里，她可以随时看到石天冬。工作累了，看看在料理台前做试验的丈夫，她会微笑。

因为新婚，因为新年，两人逛超市采购的时候买了许多绒面小灯笼，回家来到处悬挂。转眼不见，小灯笼就成了猫猫们的皮球。小蒙有饭吃没饭吃的常来做灯泡，经常闹得被主人家拿笤帚伺候出门，可一转身忘记了，第二天又来。老蒙过来参观一次，看见两只猫就一针见血地说不如自己早点儿生一个。蒙家母老虎小蒙的妈打着感谢明玉照顾她儿子的旗号也来，看见两只猫说了与老蒙同样的话。都是石天冬做菜招待他们一顿，吃得他们满意而归。老蒙还私下与明玉说，要不是不好意思一再登门，他可真想多吃几回石天冬的手艺。明玉听了特得意。

婚后的日子乱糟糟闹哄哄，烟火气十足。明玉很享受这种焕然一新的生活，人变得丰润了。石天冬偶尔去西点工坊带回来的香气也令明玉很享受。石天冬还想乱上加乱，准备春节之后引一窝热带鱼进家门，算是发挥他过去养鱼的专长。

这种全新的、与过往完全不一样的生活，让明玉慢慢不再想起她的以前，心平气和。即使石天冬安排春节旅游计划时问明玉要不要向她父亲拜年了之后再走，明玉也并无太多情绪，只平静说一句“不用”。但还是让石天冬出面给父亲送去一些年货，她自己没有上门。

明哲因为公司培训时间拖延，春节得以如愿在美国过。天越来越冷，年越来越近。终于，明哲、吴非、宝宝还有吴非的爸妈一家五口迎来了除夕。虽然是美国少数民族的小节日，但对明哲一家五口而言，关上门与在中国没什么不同。早早地，他们就忙碌着采购开了，虽然不过是“吃喝”两字。

提前一天，宝宝已经穿上外婆亲手缝制的大红绸袄，看上去像小地主似的。吴非在宝宝额头用大红口红点了粒朱砂痣。夫妻俩看着爱不过来，横拍竖拍倒着拍，直拍得数码相机快自爆。吴非爸妈笑眯眯地坐一边搓汤圆准备守夜点心，吴妈妈将糯米粉搓圆按扁，一摊手，吴爸爸就把事先搓好的馅料球放糯米粉饼里，两人分工合作和谐得跟流水线上似的。

赶着中国吃年夜饭的时候，一早，明哲打电话回家，向父亲拜年。吴非两只耳朵早进入一级战备状态，谁知道大过年的，老头子又会提出什么额外要求来。

苏大强正一个人冷冷清清地吃饭，正好冷空气来，室内温度只有七摄氏度。苏大强又心疼电费，不舍得用电热器，微波炉热好的饭没等吃完就凉了。有电话进来，简直是冬日里透入一丝温暖的阳光，苏大强抱着电话絮叨个不停。

“学校给每个老师发来一箱芦柑、一箱苹果，还有一大瓶西瓜子、两包糖、一箱椰奶、一瓶大瓶装金龙鱼油、一份香肠。他们开车子过来给退休老师送，我和蔡根花搬了好久。”明哲想，如果妈在，医院的新年福利也不会少。

“还有三个老师上门拜访，问我生活得好不好，有没有需要照顾的地方。他们知道我的文章在报纸上发表后，问我要没发表的稿件看。他们看了一下午，都说写得好。晚饭还是在我家吃的呢。”明哲想，父亲不知道给客人吃了什么清汤，人家有没有吃饱都难说。“一个老师说，我的文章都可以收集起来出书了。明哲，听说可以自己出钱买书号出版，出版的书自己卖，我已经请一个老师帮我打听了，你说好不好？出书与在报纸上登载又不一样，我以前想也想不到有这样的好事。这样一来，我写的文章不是有更多人看了吗？”

明哲心惊肉跳地问：“爸，自己买书号出书整个流程下来需要多少钱？你千万全部搞清楚，别让人给骗了买个假书号回来，回头文化管理官员还找上你。你自己又往哪儿卖你的书？又不能去菜市场摆摊。你还是继续向报纸投稿把。”吴非听见立马儿竖起了耳朵，果然老头子又要变着花样儿掏儿子的钱了。

“明哲，你放心，都是几十年一起工作的老教师，他们不会骗我。我也算是……他们说我老有所为。做人到我这年龄，别的还有什么可求的？能出一本书，全跟着我一起火化了也值啊。”苏大强想起前几天与老师们的讨论就高兴，最近几天心中想的都是新书的名字、新书的装帧。

明哲心想，过年过节他就不反驳父亲了。“爸，别说难听话。有明成、明玉的消息吗？”

“有，明玉自己没来，她大概忙，她叫一个以前给我送粥来的小伙子给我送来一大箱子海鲜和一箱子稀奇水果，还给了我两千，给小蔡一千。那些水果我看都没看见过，想都想不到，我上网都还没找全果名。”

明哲听着诧异，欣慰地笑了，觉得明玉是刀子嘴豆腐心。他捂住话筒就把这话传达给吴非，吴非也是吃惊，还以为明玉彻底脱离苏家了呢。“明成呢？我一直联系不到明成。他有没有回家看看你？”

“我没见明成，还有街道领导也来关心我，送来两个小小的红灯笼，被我挂在客厅了。”明成不来，苏大强倒是正好如愿。“还有你们舅舅带着众邦也来过，众邦妈做钟点工，越是年底越忙，听说每天做到很晚才回家。你们舅舅说，众邦妈想快点儿还掉借人家的众邦读高中的借读费，做得手上冻疮开裂，惨不忍睹。你们舅舅这下半年一直没在做事，跟我说家里紧张得没法过年，明目张胆地问我讨红包，还说以前他大姐在的时候每年给众邦五千，要我也起码给这个数。我说我没钱，钱都让明成吃光了。他又问我你有没有汇钱来，我说你春节后自己带钱回来。他从我身上捞不到钱，把我挂在阳台的鳗鲞和风鸡香肠都摘去了，一点儿脸皮都不要，跟鬼子进村一样。欺负我老头子没力气跟他抢。还好明玉送来的名贵货我都放冰箱里了。”

“爸，以后你还是再多长个心眼儿，别放他进门。”明哲听着挺无奈，更无奈的是从爸嘴里挖不出明成的消息，只有他邮箱里收到的明成的贺年卡。“爸，大年夜蔡保姆给你做些什么好吃的？晚上吃什么？明玉送来的年货用上了吗？”

“晚上吃什么？啊……醉鸡腿、油煎咸带鱼、红烧墨鱼、红烧牛肉、香肠。明玉送来的年货大多洗干净了在冰箱里冻着，以后慢慢吃。冰箱大着呢，够用。”因为明玉送来的年货稀奇值钱，味道又好，让苏大强在蔡根花面前挣足了面子，此后他一直挂在嘴边，跟明哲说话也是一再提起。

明哲心说怎么都是荤的，估计爸就捡着好的说了，不过够放一桌了。心里不由得想起他在爸那儿吃饭的时候，炒青菜都只有几条。看来蔡根花持家还是不错的。想到明玉客气，还给蔡根花送上一千块红包，他忙让爸叫蔡根花听电话，他想感谢蔡根花几句，顺便拜个年。

没想到这仿佛点中了苏大强的死穴，他结结巴巴半天，才说出蔡根花不在。原来蔡根花寡妇人家带着一个儿子生活，相依为命多年，平时倒也罢了，过年就不一样了，想得天天掉眼泪。又贪着明玉跟她提起的全勤奖，不舍得回去休息。考虑来考虑去，对着苏大强软磨硬磨，后来也不等苏大强答应，就煎带鱼卤牛肉腌酱肉醉鸡肉地准备上了，打算让儿子进城来过年。反正现成的床。苏大强虽然享受蔡根花儿子的仰慕，但关键是，这么一个大小伙子，弄不好还跟来一个准媳妇，十来天下来，得吃掉他多少钱啊，包括明玉送来的那些他自己都舍不得吃的年货，而要命的是，锅铲掌握在小伙子妈的手里，天天都得是大鱼大肉。苏大强一琢磨二琢磨的，感觉此事万万不行。便暗中与蔡根花协商，让她回家团圆，他帮蔡根花瞒着儿女，又送蔡根花一箱最便宜的芦柑，赶紧把她打发走了。苏大强打的如意算盘，以为明成、明玉肯定不会来，明哲远在美国，他没想到明哲竟然会点名要蔡根花听电话。

他毕竟是个胆小怕事的，一问之下，不敢撒谎，全说了。

明哲这才明白爸的桌上菜为什么那么多，而且都是荤菜，原来是蔡根花准备过年用的。明哲急了，连声问道："爸，那你一个人吃年夜饭？都是冷菜？饭是热的吗？冰箱里有饺子、汤圆吗？"

苏大强面对着窗户外此起彼伏的火树银花，一个人冷冷清清，凄凄惨惨切切，两行老泪掉了下来，正伤心。"一个人，只有一个人，饭是冷饭拿微波炉热了的，菜都是凉的，我只有一个人。"说着，呜呜呜哭出声来。

这时候明哲打飞的回去的心又来了，可是，他鞭长莫及。明成指望不上，这种小事则不便麻烦明玉，明玉已经仁至义尽。

"都不在，你们都不在，你们都丢下我……"苏大强哭得越发伤心。

明哲喃喃道："要么，要么我……"话还没说出，吴非在旁边早插嘴提出不许明哲又想到明玉，苏大强也不敢要明玉来，但还是哭，明哲被老爹哭得肝肠寸断，眼圈也红了。吴非冷眼旁观，差不多听出缘由，心中不由得冒出一些古今中外著名吝啬鬼的下场。老头子但凡稍有些良心，儿女怎么会都不管他？儿女都不是没良心的人，这等老爹，明玉还是礼数尽到，年货红包一点儿不少。再说了，老头子如果稍微大方一点儿，让蔡根花儿子过来，几天时间，人家能吃穷了他？说可怜是真可怜，可也真是自作孽。而果然明哲又激动得坐立不安了，这老爷子啊，还真是什么匪夷所思的乱子都闹得出来，都无法预料他往后还会做出什么。听着明哲絮絮叨叨地开解他父亲，一脸真诚的内疚，满额头的热汗，吴非心中下了决心：再苦再累，她也得保住自己的工作，发展自己的事业。不能太信了明哲。不是明哲不可靠，而是那公公花样儿太多。

放下电话后，腮角挂泪的文学老年苏大强老夫聊发少年狂，从厨房里翻出一瓶做料酒的黄酒喝了，醉眼蒙眬间，觉得自己说不出的孤独凄清。他不由得反思，究竟是儿女可靠，还是保姆可靠。

老蒙为了春节能看到儿子，老奸巨猾地叫明玉和石天冬一起到他别墅吃年夜饭。果然，小蒙见热闹就跟了来，虽然他进门就声明他才不甩老爹。但蒙太太不甘心了，杀上门来抢儿子回家，被石天冬从厨房出来好言好语按下一起吃饭，明玉这个母老虎的一贯对头反而不帮上忙，依旧在厨房帮厨。吃饭时，老蒙两夫妻盘踞巨大餐桌两头鸡犬声不相闻，虽然都是板着脸，但一点儿不妨碍他们下手大吃。酒足饭饱，老蒙两夫妻各据客厅两头看春晚，明玉跟着石天冬和小蒙坐中间玩电脑游戏。蒙家一雌一雄两只老虎居然相安无事，挺让人吃惊。

快十二点时，石天冬做了馄饨、饺子、汤圆，竟然是母老虎做帮手。他下厨房煮的时候叫小蒙进去搬，小蒙反抗着跳进去了，母老虎也心疼地跟进去帮儿子，很有贤妻良母样儿。蒙家三口终于久别重逢，大年夜坐一起吃饺子、汤圆、馄饨，可互不搭理。还是小蒙与明玉、石天冬三个人谈笑风生，讲他们年轻人的事，老蒙与母老虎都是有一搭没一搭地偷看偷听。可好歹是坐一起了。

明玉原以为，今年可过一个安定祥和没有硝烟的除夕，然后初一跟石天冬一起，拖上大尾巴小蒙去东北大兴安岭打雪仗，家中两只猫通过小蒙交给同是猫科的蒙家母老虎暂时照料。没想到，电视里新年钟声响起的时候，她包里的手机也响了。她的手机一向设的最大铃声，买手机时，也是先考察了手机嗓门大不大才下手，怕的是耽误业务联系。所以，即使电视里不知所云的新年鼓噪也无法掩盖铃声的尖叫。

看到屏幕上显示的一串乱七八糟的数字，明玉就怀疑是国外来的电话，果然，那边一声“明玉”，听出是大哥的声音，明玉不情不愿地就一个“新年快乐”送了出去，随即将手机贴石天冬耳朵上。但还没等明玉有点儿温暖地把“妈去世后，大哥好歹现在有点儿大哥样子了，大年除夕还想到关照一下妹妹”的话想全，石天冬已经脸上变色，传达给明玉，那边明哲急急忙忙说，他们爸刚才给他电话，痛苦地叫了声明哲就没声音了，然后电话里传来推金山倒玉柱的“咣当”声，可又联系不上明成，无奈，只有打电话给明玉。

明玉听完，无奈地拿回搁在石天冬耳边的电话，冲话筒说一声“知道了，我过去看看”，也不管明哲还在电话那头絮絮叨叨便挂了。起身与老蒙他们说明一下，拉上石天冬赶去苏大强家，小蒙想跟上，被母老虎拉住，他们蒙家一家倒是还坚守岗位，在老蒙别墅里面别苗头。一路喜庆的烟花没心没肺地透过车玻璃照进来，照得车里明玉的那张脸一会儿青一会儿蓝。

见此，石天冬只有劝慰：“算啦，你又不能选择父母，幸好他们不是杀人放火的，别生气啦。能怎么办啊。”

明玉“唉”了一声，无话可说，不由想起自己在看到母亲遗体时的那几滴鳄鱼眼泪。有些事，自她生下便给刻上烙印，这辈子再要强，那也强不过老天了。今儿的事，她能不管吗？明哲在国外，明成看来越发不能托付，这个父亲，她无法推脱，她只能背上。

还是请了110才打开防盗门。刚进去，石天冬就把明玉推出来应付警察做记录，因为里面一屋子的大便臭味。

苏大强跟明哲通话后，饭菜凉了，他懒得热，想将就着吃，一口气吃了冷饭冷菜又喝了冷黄酒，老年人的肠胃如何抵受得住，一拉之下眼冒金星，想到住明成家时吃生蚝曾吃得拉肚子送医，越想越害怕，就给明成打电话呼救，但明成的手机关机。苏大强也不心疼钱了，立马找明哲，听到明哲的声音，他立刻昏了过去，感觉有靠山了。一点儿没想想，明哲是在美国，也一点儿没想找找他的蔡根花和根花侄儿。

结果，最终的负担都落到他想都不敢想的明玉头上，冤家路窄。

明玉开车跟着救护车走，心说幸好有石天冬，幸好有他代她快速清理父亲的污秽，幸好有他代她跟着救护车一起走贴身伺候，幸好有石天冬挡在她和苏家的中间，让她不至于恨恨不绝。幸好有石天冬，老天开眼，终于搞了一下平衡。

老头子并无大病，就像上回跟着明成夫妇吃生蚝吃进医院一样，不救很危险，救了，只要挂两瓶水就没事。挂水的时候，石天冬让明玉回家休息，明玉没去。前面横着苏大强，他们两个依偎着坐在旁边，随时等水快完了叫护士。大年三十的，打针挂水的人却不少，护士忙得足不点地，明玉想到小时候妈争先进，也常在节假日时守值，不过她想到，妈初一早上回来好像都没怎么休息，一手张罗过年的吃喝，当年只有明哲是帮得上忙的，她只会洗刷，明成从不动手。以前还以为妈作为护士节假日守值不过是在医院睡一觉，谁大年夜地去看医生啊，熬也熬上几天才去，现在才知，还有急诊。这不，父亲挂水的这么几个小时里，好几起急诊，有被烟花炸得头破血流的，有喝酒休克的，有交通事故的，什么样的急诊都有。

明玉想到她现在还年轻，可偶尔一夜没睡，第二天做事难免挂上火气。妈以前夜班回来，家中常被她赶得鸡飞狗跳，她和爸那时最好隐形。妈以前也累，可因为脾气急躁，并不为人所理解。不过明玉心想，她问心无愧，她那时尽力了，她在家中做的事不少，明哲也比不上。她不会因为以前不理解妈妈的疲累而内疚。最近跟石天冬在一起，被石天冬宝贝着，她想开了。过去的都不是她的错，完全是她生错娘胎，到了不该到的地方。以前她还挺不自信的，总觉得自己不正常，或许是冷血动物，可现在看来，连家中两只猫猫都腻她呢，她好得很。她现在有自信正视过去，一分为二地正视她不喜欢的每个人，她知道自己在愈合。

她趁没人注意到他们，亲了一下石天冬有点儿严肃的黑脸，看到石天冬眉开眼笑地回头，她也眉开眼笑。她真爱石天冬，上天把石天冬奖励给了她。

很快，苏大强的脸色明显恢复正常，但他没醒，就这么呼吸均匀地睡着了。等挂完水，石天冬背着老头子上车回去。

上车，回哪儿？石天冬不忍心将沉睡的老头子扔回他空荡荡、冷清清的家，但明玉也不愿将老头子领回她和石天冬现在住的家，两人宁愿老头子住院，他们探望，可惜医生不让。一合计，三人去了明玉公司给的海边别墅，反正明玉从没拿那儿当家。而大兴安岭滑雪算是泡汤了。不过正好，他们收拾出来的行李箱可以拿去海边别墅用。

去别墅的路上，新年的第一缕晨光透过车玻璃将车内的两人照亮，也将不知依然沉睡还是装睡的苏大强照亮。又有电话进来，明玉一看又是明哲的，懒懒地将手机交给石天冬接。明哲已经打了无数电话询问安好，而明玉不愿说这个“爸”字，只有让石天冬说。但这回石天冬说了几句就将电话交给明玉，说是宝宝要问候姑姑。

明玉这才接起。手机里，宝宝奶声奶气地说：“阿姑姑新年好，宝宝爱你。”这显然是宝宝的父母教的，明玉只会瓮声瓮气地回答：“好，好，谢谢你们。”她已没以前见宝宝做鬼脸的劲头。

人算不如天算，明玉怎么都不会想到，时间走了一圈，她挣扎着离家那么多年，最后竟是她陪着老爹守岁，是她陪着老爹过年，苏家的担子最后竟着落在她头上。苏家母亲最看重的两个儿子，一个儿子守着美国的小家，一个儿子下落不明，最后还是她这个处理货管着苏家。命啊……

她原以为自己会火气十足，起码找到明哲、明成骂一顿，可她其实想都没想过发火，她虽然有些郁闷，可还是平静地接受了这个事实。她自己也没想到会那么坦然接受这一事实，而无一句嘲讽打击，除了事情大多由石天冬做去了之外，当然，还因为她一直有石天冬的陪伴。她现在已经不再是一个人，她有好多人爱她，石天冬、小蒙、老蒙，还有柳青。她现在的心态……可能与新年一样，也是全新了吧。

与苏家其他人的关系，也别避之唯恐不及了，既然都是姓苏，怎么能避得开去？亲情是捡不回来了，大家淡淡如水地交往吧，她不寄予厚望，也不恨之入骨，该怎么样就怎么样，她和石天冬幸福就行了。

可她忍不住看看化妆镜里的自己，又看看后面父亲的脸，越看越无相像之处，她连自己是不是苏大强的女儿都还没搞清楚呢。看来她只有糊涂到底了。